고려거란전쟁

고려거란전쟁

고려의 영웅들 (하)

ⓒ 길승수 2023

초판 1쇄   2023년 11월 2일
초판 4쇄   2024년 1월 12일

지은이   길승수

출판책임   박성규   펴낸이   이정원
편집주간   선우미정   펴낸곳   도서출판 들녘
기획이사   이지윤   등록일자   1987년 12월 12일
디자인진행 하민우   등록번호   10-156
편집   이동하·이수연·김혜민   주소   경기도 파주시 회동길 198
디자인   고유단   전화   031-955-7374 (대표)
마케팅   전병우   031-955-7381 (편집)
경영지원   김은주·나수정   팩스   031-955-7393
제작관리   구법모   이메일   dulnyouk@dulnyouk.co.kr
물류관리   엄철용
ISBN   979-11-5925-815-2 (04810)
           979-11-5925-813-8 (세트)

대하드라마
〈고려 거란 전쟁〉 원작소설

고려거란전쟁

고려의 영웅들

下

길승수 지음

들녘

책을 읽기 전에

고려사, 고려사절요, 요사(遼史)를 기본사료로 취했다.

등장인물들은 대부분 실존 인물이고 사건들 역시 역사적 사실을 바탕으로 하고 있다.

시대 배경

거란의 소손녕이 고려를 침공한다(993년). 이때 그 유명한 서희가 활약하고 이 사건을 거란의 1차 침공이라고 한다.

이 소설은 그로부터 17년 후, 1010년에 있었던 고려와 거란의 전쟁을 배경으로 하고 있다. 보통 거란의 2차 침공이라고 부른다.

고려에서 강조(康兆)가 목종(穆宗)을 폐위시키고 현종(顯宗)을 옹립하자, 거란은 그 빌미로 고려를 침공한다. 거란 황제의 친정이었으며 총 40만의 대군이었다.

고려 측 주요 인물

1. 양규: 서북면 도순검사(압록강 국경지역의 최고위직)로서 거란군을 방어하는 임무를 맡고 있었다.
2. 김숙흥: 구주(龜州: 평안북도 구성시) 별장(무반 정7품)으로 양규와 함께 거란군에 맞선다.
3. 조원: 통군녹사(統軍錄事, 문반 정7품)로서 중하급 관료이나 중책을 맡게 된다.
4. 강민첨: 늦은 나이에 과거에 급제했으며, 1010년 전쟁 당시 애수진장

(隘守鎭將, 문반 7품)으로 중하급 관료였다.

5. 왕순: 고려의 왕. 강조의 정변으로 18세에 왕위에 오른다.

6. 강감찬: 눈에 띄지 않는 평범한 관료였으나 위기의 순간 빛을 발하기 시작한다.

7. 강조: 고려의 주력군을 이끌고 거란군과 건곤일척의 승부를 한다.

거란 측 주요 인물

1. 야율융서: 거란의 6대 황제. 고려에서 강조의 정변이 발생하자, 이를 구실로 침공한다.

2. 소배압: 거란 황제의 친정이지만, 거란군의 총지휘는 소배압이 했다.

3. 한덕양: 거란의 대승상. 황제인 야율융서와 부자(父子)와 같은 관계이다. 야율융서의 어머니인 승천황태후*와 한덕양은 공식적인 연인관계였다.

4. 야율분노: 세세히 따지는 성격으로 요직에 중용(重用)되지 못했다. 그러나 고려 정벌에 적극 참여하면서 선봉군을 이끈다.

5. 야율세량: 한덕양이 지명한 자신의 후계자.

---

* 승천황태후: 거란 경종(景宗, 거란의 5대 황제)의 황후로 야율융서(거란 성종)의 어머니. 승천황태후가 병약한 남편과 어린 아들을 대신해 982년부터 1009년까지 사실상 거란을 통치한다.

책을 읽기 전에   5

일러두기

1. 귀주대첩으로 익히 알려진 지명인 '귀주'는 '구주'로 표기한다.

2. 본문에 나오는 각종 시와 노래들은 원문 그대로인 것도 있고 창작한 것도 있으며, 어떤 시의 내용을 차용한 것도 있다. 예를 들어, 좌우위의 노래는 〈도이장가(悼二將歌)〉를 변형한 것이다.

3. 한 척은 약 30센티미터의 당대척이고 한 근은 약 600그램이다. 당시의 역법은 선명력(宣明曆)으로 선명력의 1분은 현대의 약 10초이다. 일각은 현대의 900초이다.

4. 관직명에서 약간의 의도한 오류가 있다. 예를 들어, 감찰하는 업무를 담당하는 어사대(御史臺)는 시기별로 명칭의 변화가 있으나 어사대(御史臺)로 통일했다.

5. 1010년 당시 고려의 군제도

1) 중앙군 6위(六衛)*

	6위 명칭	병종별 인원	총 인원
전투 부대	좌우위(左右衛)	보승(保勝) 10령**(領), 정용***(精勇) 3령(領).	1만 3천 명
	신호위(神虎衛)	보승(保勝) 5령(領), 정용(精勇) 2령(領).	7천 명
	흥위위(興威衛)	보승(保勝) 7령(領), 정용(精勇) 5령(領).	1만 2천 명
치안 유지	금오위(金吾衛)	정용(精勇) 6령(領), 역령(役領) 1령(領).	7천 명
의장대	천우위(千牛衛)	상령(常領) 1령(領), 해령(海領) 1령(領).	2천 명
수문 부대	감문위(監門衛)	1령(領).	1천 명

2) 주진군(州鎭軍)

국경의 주·진에 주둔하며 방어를 담당했다. 이 소설에서는 구주군
(龜州軍), 통주군(通州軍) 등이 등장한다.

3) 사역군(노동부대)

일품군(一品軍), 이품군(二品軍), 삼품군(三品軍).

* 각 위에는 최고 지휘관인 상장군(정3품) 1명과 대장군(종3품)이 1명 있었다.
** 1령(領)은 1천 명의 군사로 구성되어 있으며 장군(정4품)이 지휘한다.
*** 정용과 보승에 대해서는 여러 설이 있다. 이 소설에서는 정용은 기병으로, 보승은
보병으로 설정했다.

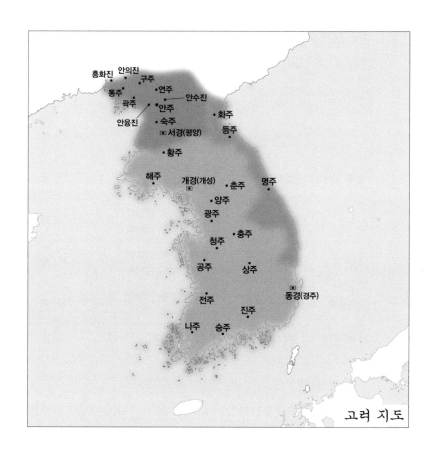

고려 지도

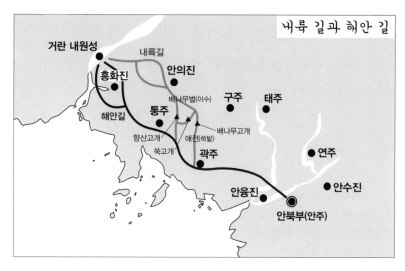

내륙 길과 해안 길

고려거란전쟁 - 고려의 영웅들 (하)

수성무기와 공성무기

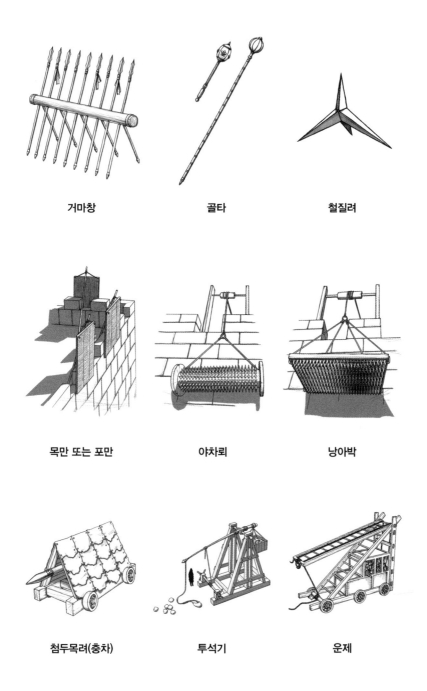

거마창   골타   철질려

목만 또는 포만   야차뢰   낭아박

첨두목려(충차)   투석기   운제

목차

제5장 곽주 공방전

59
큰 바람 작전

: 경술년(1010년) 십일월 이십육일 미시(14시경)

양규는 안의진, 구주성 사이의 산길에서 고려군들을 구조했다. 구조한 군사들은 삼백여 명 정도였고, 이들을 그냥 두었으면 한겨울 길가에 숨어 있다가 추위에 혹은 부상에 목숨을 잃었을 것이다.

그리고 안의진이나 구주까지 제 발로 도망친 군사들은 이천오백여 명가량 되었다. 양규는 이들을 잘 돌봐주게 했다. 비록 부상을 입지 않았더라도 전투에 패한 후유증은 상당할 것이었다. 마음속에 공포가 있을 것이었고 전우를 구하지 못한 자책감이 있을 수도 있었다.

구주 도령중랑장 이보량에게 명하여 개개인의 상태를 잘 파악해놓으라고 지시했다. 그리고 김숙흥에게 말했다.

"거란군들은 반드시 통주성을 공격할 것이오. 나는 군사들을 이끌고 그 뒤를 공격하겠소."

김숙흥의 얼굴빛이 흐려지며 말했다.

"아군은 적들에 비하면 한 줌도 되지 않는 숫자입니다. 섣불리 적을 치다가는 낭패를 당할 수 있습니다."

김숙흥의 말에 채굉이 화를 내며 말하였다.

"'섣불리'라니, 별장 따위가 어찌 각하 앞에서 망발하는가!"

채굉이 성을 내자 김숙흥이 고개를 숙이며 사죄하였다.

"소장이 입을 함부로 놀렸습니다."

채굉의 성에, 김숙흥의 옆에 있던 이보량의 얼굴이 붉어지는데 양규가 채굉을 보며 말했다.

"김 별장은 지금은 구주부방어사요! 예의를 지키도록 하시오."

채굉이 양규에게 고개를 숙이자 양규가 김숙흥에게 가만히 물었다.

"그렇다면 우리는 지금 가만히 있어야 하는 것이오?"

김숙흥이 약간 주저하더니 말했다.

"우리는 숫자가 얼마 되지 않는 데다가 좀 전에 아군이 패했으므로 사기 또한 매우 떨어져 있습니다. 매우 세심히 움직여야 합니다. 한번 실수하면 다음이 없습니다."

양규가 고개를 끄덕이며 물었다.

"어떻게 움직이는 것이 세심히 움직이는 것이오?"

"우리가 적이 주둔해 있는 곳을 공격한다면 성공할 수도 있으나 위기에 빠질 수도 있습니다. 우리가 준비된 곳으로 적을 끌어들여 싸워야 실수가 없을 것입니다."

"그렇다면 준비는 어떻게 해야 하겠소?"

김숙흥은 지도 여러 곳을 가리키며 작전계획을 설명했다. 양규는 설명을 들으며 대단히 만족스러운 표정을 지었다.

양규와 김숙흥은 대강의 작전계획을 만들고 역할 분담을 논의한 후, 각자의 부대로 돌아가 맡은 역할에 대한 세세한 계획을 수립했다.

양규는 안의진에서 나와 통주성 쪽으로 나아갔다. 먼저 원태의 흑낭대를 우회로인 쑥고개 쪽으로 보내 거란군이 쑥고개 쪽에 있으면 그들을 견제하도록 했다. 그리고 나머지 흥위위 초군들을 이끌고 향산고개를 넘었다.

향산고개 길에서 거란의 정찰병들과 마주쳤으나 그들의 숫자는 역시 많지 않았다. 그들은 자신들보다 다수의 고려군을 보자 즉각 후퇴했다.

만일 거란군이 요소마다 복병을 숨겨두고 있다면 앞뒤로 적을 맞을 가능성도 있었다.

그렇지만 지리는 이쪽이 훨씬 익숙하다. 흥위위 초군들은 반복된 기동 훈련으로 짐승들이 다니는 길까지 모두 알 정도였다. 그래서 만에 하나 적을 당해내지 못할 상황이 오면 소로로 흩어졌다가 재집결하면 된다.

양규는 향산고개와 쑥고개 길이 합쳐지는 삼거리에서 백여 보 떨어진 곳까지 나아가자 일단 부대를 멈추게 했다. 쑥고개로 갔던 원태의 흑낭대를 기다리기 위해서였다. 벌써 시각은 미시(13~15시)의 중간을 지나고 있었다.

양규는 안의진의 군사 중 날래고 지리에 익숙한 자 열 명을 추려서 추위를 이길 수 있도록 단단히 준비시킨 후, 산속 곳곳에 올려보내 파수를 서게 했다. 또한 자원자 둘을 뽑아 동북쪽의 산을 따라 이동하여 통주성으로 잠입을 시도하게 했다.

잠시 후, 원태의 흑낭대가 삼거리에 나타났다. 군사들을 합쳐서 삼거리를 지나자 드디어 원래의 아군의 군영이 멀리서 보였다. 아마 거기에는 이제 거란군이 주둔하고 있을 것이었다.

양규는 일단 군사들을 대기시킨 후, 몇 명만 데리고 대담하게도 군영 가까이 나아갔다. 거란군은 아무 움직임이 없었다.

중랑장 채굉이 양규에게 말했다.

"분명 우리의 움직임을 알 텐데 적들이 너무 조용합니다."

양규가 무겁게 고개를 끄덕이며 말했다.

"저들이 움직여야 할 텐데요."

양규는 초조히 기다렸으나 거란군은 아무 움직임이 없었다.

원태가 말했다.

"제가 군사들을 이끌고 좀 더 앞으로 나가보겠습니다."

양규가 고개를 가로저으며 말했다.

"저들도 대비하고 있을 것이요. 저들이 이리로 와야지 우리가 가는 것은 좋지 않소."

기묘한 대치였다. 어느 쪽도 서로에게 다가가지 않았다.

양규는 거란군들이 앞으로 나와 주길 바랐다. 거란군들이 앞으로 나와 주면 산속 깊숙이 그들을 유인할 것이다. 그 산속에는 구주군이 매복하고 있으므로 거란군에 타격을 줄 수가 있다. 그러나 거란군들은 전혀 앞으로 나오지 않았다.

해가 지는 유시(17~19시) 초가 되자 양규는 부대를 이끌고 안의진으로 퇴각했다. 양규가 김숙흥을 보고 짧게 말했다.

"적들이 유인에 걸리지 않는군."

양규는 지속적으로 빈틈을 노렸으나 거란군은 미동 없이 고요하고 단단했다. 거란군들은 통주성을 공격하는 데 집중하며, 나머지 방향은 방어를 단단히 하고 섣불리 움직이지 않았다.

양규는 밤에 북과 징을 치며 전진하여 공격할 것 같은 모습을 꾸며보기도 하고, 군사 한 명당 횃불을 두 개씩 들고 이동시키고 산등성이 곳곳에 횃불을 밝혀 마치 대군이 공격할 모습을 꾸미기도 했으나 거란군은 도무지 요지부동이었다.

한 가지 다행인 사실은 앞서 통주성으로 보냈던 군사들이 잠입했다가 다시 돌아오는 데 성공했다는 것이었다.

이들이 전하는 말로는, 밖에서 도순검사가 적들을 교란시키고 있다는 사실에 통주성의 군민들의 사기가 꽤나 진작되었다는 것이었다.

그리고 통주성은 양규의 걱정과는 다르게 거란군의 공격을 잘 막아내고 있었다. 양규는 향산고개 근처에 봉화를 설치하게 하여 통주성과 지속적인 신호를 주고받았다.

십일월 이십팔일이 되자 거란군은 드디어 움직이기 시작했다. 거란군이 통주성의 포위를 풀고 남하하기 시작한 것이었다.

사흘간 흥위위 초군들은 거란군의 빈틈을 찾으려고 지속적으로 노력했고, 구주군은 안의진 일대의 이동로에 갖가지 작업을 하는 데 여념이 없었다.

거란군이 통주성을 결국 함락시키지 못하고 포위를 풀고 남하하자, 양규는 한편으로는 대단히 기뻤으나 또 한편으로는 몹시 걱정되었다. 통주성이 함락되지 않은 것은 기쁜 일이나, 거란군이 다시 남하하니 고려에 큰 피해를 입힐 것이었다.

양규가 제장들에게 말했다.

"저들이 통주성을 함락시키지 못했으니 우리에게는 통주성이라는 천군만마가 생긴 셈입니다. 적들이 최상의 결과를 얻는다고 하더라도 반드시 어느 시점에는 회군할 것이고 그때가 우리가 진정 움직일 때입니다."

십이월 초하루, 양규는 흥위위 초군들을 이끌고 다시 흥화진으로 돌아갔다. 흥화진에 들어간 후, 제장들과 더불어 작전에 대해서 지속적으로 토의했다. 격렬한 토의 끝에 드디어 하나의 안을 완성했다.

그리고 그 작전에 '큰 바랑 작전'이라고 이름을 붙였다.

60

통주성으로

: 경술년(1010년) 십이월 삼일 묘시(6시경)

십이월 삼일 묘시(5~7시), 통주성 근처에 남아 있는 거란군들이 거의 없다는 보고를 받은 양규는 즉시 흥위위 초군들을 이끌고 큰길을 따라 통주성으로 남하했다.

과연 노상에는 거란군들의 정찰병들만 남아 있는 상태였고 양규의 군을 보자마자 황급히 사라져버렸다. 통주성에 가까이 이르자 분명 도로를 감시하기 위한 거란군들이 있었을 터이지만 어디로 사라져버렸는지 전혀 보이지 않았다.

통주중랑장 이홍숙은 통주의 남문루에 있었는데 척후병들이 서북쪽에서 정체 모를 군사들이 다가온다고 보고했다. 이홍숙은 급히 전투태세를 갖추도록 한 다음, 즉시 방어사 이원구에게 보고했다. 서북쪽에서 다가온다면 반드시 거란군일 것이었다.

수제관 최충은 삼수채에서 패한 후, 통주성에 들어와 있었다. 최충 역시 서북쪽에서 군사들이 접근한다는 소식에 무기를 챙겨서 성벽 위로 올라갔다.

성벽 위에 오르니 이홍숙을 비롯한 군사들이 바짝 긴장한 표정으로 서쪽을 주시하고 있었다. 곧이어 방어사 이원구와 대장군 채온겸이 남문루로 왔다.

거란군들이 남쪽으로 몰려간 지 며칠 되지 않았다. 성안의 군민들은 포위가 풀렸다는 사실에 기뻐했으나 마냥 기뻐할 수만은 없었다.

거란군이 향한 곳은 북쪽이 아니라 남쪽이었고 그렇다면 전쟁은 아직 끝나지 않은 것이다.

또한 거란군들이 남하했다고 하지만 북쪽에는 아직 이십만이나 되는 거란군들이 여전히 남아 있다고 한다. 그들이 언제 또 남하할지도 모를 일이었다. 거기에 거란 기병들이 수십 명 단위로 성문 밖에서 횡행하고 있었다. 통주성의 군민들은 긴장의 끈을 놓을 수가 없었다.

척후병들이 다시 와서 상기된 표정으로 말했다.

"다가오는 군사들의 기치는 고려군의 것입니다!"

통주성의 척후병들은 다가오는 군사들의 기치가 고려군의 것이라는 것을 알아보았으나 앞으로 가까이 다가가 직접 신분을 확인할 수는 없었다. 전쟁터에는 거짓과 속임이 다반사인데 거란군들이 어떤 속임수를 쓸지 알 수 없었다. 얼굴을 알아보고 목소리가 들릴 정도로 가까이 다가가는 것은 무모한 짓이라고 판단했다.

양규는 통주성에서 서쪽으로 십 리가량 떨어져 있는 왼쪽 고개에 이르렀는데도 마주치는 고려군이 없자 음악을 연주하게 했다.

분명 통주성의 척후나 파수(把守)들이 양규의 군을 보았을 것이다. 그런데 앞으로 나오지 않는 것은 지금까지 피아의 구별을 확실하게 하지 못했다는 뜻이었다. 그렇다면 행여나 왼쪽 고개 쪽으로 가까이 갔을 때 오인사격을 받을 수도 있었다.

양규는 고각군으로 하여금 곡을 연주하게 하고 노래를 부르게 했다.

가시리 가시리요.

나를 버리고 가시리요.

나더러는 어떻게 살라 하고,

나를 버리고 가시리요.

붙잡아 두고 싶지만,

서운하게 생각하시어 다시 아니 오실까 두려워,

서럽지만 님을 보내오니,

가시자마자 바로 돌아오세요.

모든 고려인이 아는 〈가시리〉라는 노래였다. 이별의 정서를 노래한 곡인데 누가 만들었는지는 알려지지 않았고 지방마다 다양한 곡조가 입혀져서 불렸다.

특히 〈가시리〉는 주점과 기방에서 가장 많이 연주되는 곡이었다. 아리따운 기녀들이 애절하게 이 노래를 부르면, 거기에 홀린 무수한 사내들이 술을 마시기 위해 빚을 내는 마력의 노래였다.

〈가시리〉는 원래 얇고 가녀린 여자의 목소리로 애간장을 녹일 듯이 불러야 하는 노래인데, 거친 목소리의 남자들이 불러대니 군가와 다를 바 없었다.

왼쪽 고개에 들어서니 앞쪽에 흰색 전포를 입은 기병 두 기가 버티고 있었다. 그중 한 명이 소리쳤다.

"멈추시오!"

양규는 그 말에 따라 군사들을 멈추게 하고 기다렸다. 기병 두 기가 천천히 다가왔다.

양규는 다가오는 기병들에게 외쳤다.

"나는 도순검사 양규요!"

기병 한 기가 그 말을 듣더니 역시 외쳤다.

"대장군 채온겸입니다!"

대장군 채온겸이라는 말에 흥위위 초군들은 모두 함성을 질렀다.

"와! 와! 와!"

"대장군이다!"

흥위위 초군들이 함성을 지른 이유는 채온겸이 흥위위의 대장군이기 때문이다. 채온겸은 척후병들이 피아의 식별을 제대로 못 할 것 같아서 직접 성문을 나섰던 것이었다.

채온겸은 흥위위 초군들의 함성을 듣자 말에 박차를 가하여 앞으로 나아갔다. 가까이서 보니 양규가 이끄는 흥위위 초군들이 분명했다. 서로 반가운 마음으로 군례를 나눈 후, 채온겸이 양규에게 말했다.

"적들 이십만이 아직 흥화진 근처에 있다고 들었습니다."

통주성이 포위당했을 때, 양규가 보낸 군사 둘이 통주성으로 들어와서 흥위위군과 구주군이 밖에서 적을 교란하고 있다는 말을 전했다. 전적으로 믿기는 힘든 이야기였지만 그 사실을 통주의 군민들에게 적극 알려서 사기를 진작시키는 기회로 삼았다.

채온겸은 나중에 향산 쪽에서 양규의 봉수 신호가 왔을 때도 단지 극소수의 병력이 활동하는 것으로 생각했다. 상황상, 양규가 그런 소수의 병력을 보내 통주성을 돕고자 하는 것만으로도 대단한 것이었다. 오히려 구주군이 움직인다는 것은 그래도 믿을 수 있겠지만, 흥화진에 주둔하고 있는 흥위위 군사들이 도순검사 양규의 지휘 아래 구주군과 같이 움직인다는 것은 도통 믿을 수 없는 일이었다.

구주의 지휘관이 어느 정도 담력이 있다면 성을 나와서 활동할 수도 있을 것이다. 구주에서 안의진 사이의 도로는 거란군의 진출이 없는 상태였기 때문이다. 그러나 적 이십만이 코앞에 주둔하고 있는 흥화진에서 군사들이 나와서 활동한다는 것은 상상하기 힘든 일이었다.

거란인 마수(馬壽)가 와서, 이십만의 병력을 흥화진 근처에 주둔시켜 계속 흥화진을 공격하게 하고 이십만을 이끌고 거란주가 남하했다고 했다.

거란군이 흥화진을 닷새만 공격하고 포위를 푼 것이 아니라, 이십만은 계속 공격하게 하고 나머지 이십만으로 강조를 상대하려고 왔다는 것이었다.

즉, 마수의 말은 며칠 버틴다고 끝나는 것이 아니라는 뜻이었다. 통주성 안의 사람들의 항전 의지를 꺾고자 한 말일 수도 있었지만 일리 있는 말이기도 했다.

채온겸의 말에 양규가 대단치 않은 듯 말했다.

"용만 서쪽에 적의 군사들이 주둔하고 있는 듯합니다."

채굉이 채온겸에게 말했다.

"주둔하고 있는 거란군들이 인원은 많으나, 그들 대부분이 보급부대 등으로 일급은 아닙니다. 우리에게 큰 위협이 되지 않으리라고 생각하고 있습니다."

채온겸이 채굉에게 물었다.

"흥위위 초군들은 언제 흥화진을 나왔나?"

양규에게 직접적으로 묻는 것이 아니라 채굉을 통하여 간접적으로 묻는 것이었다.

"부도통 이현운이 항복을 권유하러 거란의 사자로 흥화진에 왔었습니다. 그를 통해서 삼수채에서 아군이 패했다는 것을 알게 되었고 우리는 바로 진을 나와 안의진 쪽으로 가서 패잔병들을 수습했습니다. 그때 구주군도 나와서 활동하고 있었습니다."

채온겸이 고개를 끄덕인 후, 양규 뒤의 고각군들을 보며 한숨을 크게 쉬며 말했다.

"지금까지 듣던 중 최악의 〈가시리〉였습니다."

채온겸은 이렇게 말하며 앞장섰다.

성벽 위에서 최충은 바짝 긴장하고 있었다. 드디어 서쪽에서 일단의 군사들이 나타났다.

성 밖의 군사들이 성벽 위를 향해 손을 흔들며 외쳤다.

"흥위위가 간다! 흥위위가 간다!"

다가오는 군사들은 과연 양규가 이끄는 흥위위 초군들이었다. 최충은 남문에 가까이 온 양규를 보았다. 수십만 적들이 횡행하는 밖에서, 마치 개선하는 장수인 마냥 단단해 보였다.

삼수채에서 패전을 경험한 최충의 느낌으로는 밖은 절대로 나가지 말아야 할 사지(死地)였다. 나쁜 기운이 가득한 곳이었다. 그 공기를 마시기만 해도 숨이 턱턱 막히며 팔다리가 마비될 것만 같았다. 만일 밖에 나가게 된다면 쥐처럼 몸을 웅크리고 움직여야 한다. 최대한 숨고, 땅에 납작 엎드려서 포식자의 눈에 띄지 않도록 해야 하는 것이다. 허리를 펴는 순간, 어디서 무엇이 덮칠지 몰랐다.

그런데도 양규의 흥위위 군들은 깃발을 휘날리며 당당하게 다가오고 있었다. 최충의 눈길이 바람에 힘차게 펄럭이며 다가오는 그 깃발들에 한참 동안 머물렀다. 도순검사의 깃발 아래 자색 전복을 입고 말을 타고 오고 있는 양규는 크지 않은 몸이었으나 마치 후광이 흐르는 듯했다.

도순검사의 표시가 선명한 깃발이 나부끼며 다가오자 통주성 성벽 위의 모든 고려군이 열렬한 환호성을 질러댔다.

"도순검사의 깃발이다!"

"도순검사 각하가 왔다!"

"와! 와! 와!"

삼수채에서 아군이 거란군에 패한 후, 통주성 안의 공포와 절망감은 말로 표현할 수 없을 정도였다. 최질과 이홍숙이 분연히 떨쳐 일어나 분위기를 주도했으나 통주성 안의 군민들은 이미 죽은 목숨이라고 생각했다. 이미 죽었으니 죽기로 싸우는 것이다.

그때 통주성 안의 제장들이 외치고 다닌 말이 '흥화진을 보라'였다.

"흥화진은 사십만의 적군들에게 포위당하고도 함락되지 않았다. 적들은 미리 준비된 무수한 공성무기로 흥화진을 공격했으나 결국 함락시키지 못했다. 흥화진은 우리보다 더욱 상황이 좋지 않았다. 그럼에도 흥화진의 군사들은 흥화진을 지켜내었다. 흥화진에서 보듯이 거란군은 우리를 오래 공격하지 않을 것이다. 조금만 버티면 거란군은 물러갈 것이다."

전에 양규가 보낸 사람들이 통주성에 잠입해서, 흥화진을 비롯한 구주의 군사들이 밖에서 활동하며 거란군을 견제하고 있다는 사실을 통주의 군민에게 알렸었다. 그 사실은 통주 군민들에게 대단한 마음의 위로가 되었다. 외부의 아무런 도움도 기대하지 못하고 거란군이라는 거센 파도에 힘겹게 저항하고 있는데, 누군가가 밖에서 자신들을 돕기 위해 움직이고 있는 것이다. 설령 그들이 실질적인 도움이 되어주지 못할지라도 심리적으로는 큰 위안이 되는 법이다.

통주군민들은 흥위위 초군들을 보자 마치 옆에서 어깨를 맞대고 같이 싸운 전우와 같이 느껴졌다.

그리고 도순검사 아닌가! 지금 상황의 최고 지휘관이다. 양규가 과감한 기동으로 통주성에 입성하자 통주의 군민들은 마치 헤어졌던 부모를 만난 것처럼 기뻐했다.

양규는 통주의 제장들과 군민들을 치하하고 위로한 후, 먼저 병력부터 점고했다. 통주군이 삼천 정도 되었고 통주성 동쪽 성벽 아래 주둔하고 있던 일품군 병력이 이만이나 되었으며 삼수채에서 패하여 성으로 들어온 군사가 오천가량 되었다.

거의 삼만이나 되니 성을 지키기 위한 군사로는 상당히 많은 숫자였으나 또 다른 어떤 측면에서는 많다고 볼 수 없는 숫자였다.

양규는 통주의 제장들을 모아놓고 앞으로의 작전계획에 관해 설명했다.

한참을 설명한 후에 양규가 두 팔을 활짝 펼치더니 말했다.

"이것이 바로 '큰 바랑 작전'이요."

61
통주성에서의 작전 회의

: 경술년(1010년) 십이월 삼일 신시(16시경)

양규의 작전 설명에 통주성의 제장들의 표정은 당황과 황당함에서 점차 아연실색으로 바뀌었다.

양규가 하는 소리는 미친 소리였다. 누군가가 양규와 같이 말했다면, 실없는 소리라 들을 가치도 없다고 할 것이었다. 그러나 양규는 지금 최고 지휘권자다. 최고 지휘권자가 아무리 미친 소리를 하더라도 일단 들을 수밖에 없었다.

양규의 마지막 말에, 통주의 지휘관들은 대경실색한 표정으로 무어라 할 말을 잃었다.

아군의 주력은 패했고 지금 가진 병력으로 할 수 있는 최선의 일은 성을 고수하는 일이다. 그 이상을 생각할 수는 없었다. 누구도 이렇게 큰 그림으로 생각해본 사람은 없었다. 통주성은 지켜냈지만 그다음은 어떻게 할지 계획이 없었다. 그저 거란군이 물러가는 좋은 소식이 있기를 기다릴 뿐이었다. 지금 상황에서는 이것이 최선이었다.

양규의 말을 들을수록 채온겸의 인상은 점점 찌푸려졌고 눈가와 입가의 주름들은 더욱 짙게 패였다. 채온겸은 양규를 빤히 바라보면서 생각했다.

'이 자가 지금 무슨 소리를 하는 건가, 다 같이 달려 나가서 죽자는 소리 아닌가! 용기를 미덕이라고 하지만 이런 미친 생각을 하다니, 아니면 그냥 허풍을 떨어보는 것인가?'

양규의 작전계획은 대단했다. 성공한다면 엄청난 무공을 세우게 될 것이다. 그러나 너무나 대담해서 상상을 초월하는 것이었다. 도저히 지금 가진 병력으로는 실현 불가능한 작전이었다.

거란과의 결사 항전을 주장하며, 싸움이라면 무조건 앞장서는 최질과 이홍숙마저 양규의 작전에는 고개를 크게 내저었다. 양규의 말은 정신이 나갔거나 상황 판단을 하지 못하는 어린아이가 하는 소리와 같았다.

통주의 지휘관들이 아무 말도 하지 못하고 있는 가운데, 이원구가 한숨을 쉬며 딱하다는 목소리로 양규에게 말했다.

"도순검사 각하! 우리의 주력은 궤멸하였고, 통주성 안에 병력이 많다고는 하나, 대부분 일품군과 삼수채에서 패하여 사기가 바닥을 치는 군사들이 대부분입니다. 그나마 야전을 벌일 수 있는 정예병은 겨우 천 명 정도입니다. 그 인원으로 각하께서 말씀하신 그런 거대한 전략을 실행하는 것이 가능하겠습니까?"

양규가 조용히 답했다.

"할 수 있는지 없는지는 해봐야 알지 않겠소?"

이원구가 입을 열어 반대의견을 내자, 모두 한마디씩 하기 시작했다.

삼수채 싸움을 지켜본 판관 시거운이 냉정히 말했다.

"여기 삼수채에는 우리 고려군이 가득했습니다. 좁은 지역에 십만이나 되는 군사들이 운집해 있었습니다. 거란군이 비집고 들어올 틈도 없었습니다. 우리 고려군은 이곳의 지형과 검차를 이용하여 완벽한 진을 형성하고 있었습니다. 그러나 거란군은 우리의 완벽한 진을 뚫어냈습니다. 지금 각하께서는 그때의 십 분의 일도 안 되는 병력을 가지고, 실패했던 작전을 다시 하겠다고 하시는데 제가 볼 때는 취지는 좋으나 불가합니다."

시거운의 말에 양규는 무거운 표정으로 묵묵부답했다.

채온겸은 양규의 말을 듣고 할 말을 잃었고 양규의 작전계획은 당연히 안 되는 일이었으나, 양규가 왜 이렇게 미친 소리를 하는지 이해되는 측면도 있었다.

양규는 대단히 강직하고 굳건한 사람으로 알려져 있었다. 그래서 도순검사의 직책을 맡겨 거란군이 처음 공격할 흥화진에 있게 한 것이다.

거란군이 침공하게 되면 기본적인 방어선은 청천강 남쪽의 안주였다. 따라서 최전선의 흥화진은 아무런 지원 없이 적의 공격을 견디어야 하는 것이다. 보통 담력이 요구되는 일이 아니었다.

물론 이번에는 거란주가 미리부터 침공을 예고하여 압록강을 일 차 저지선으로 삼을 수 있었지만···.

양규는 흥화진에서 수십만의 거란군을 막아내었다. 그만큼 자신감이 충만해졌을 것이다. 담력과 자신감이 만나니 실제 능력 이상을 생각하게 될 수도 있었다.

또한 양규는 전 내사사인(內史舍人) 양연(楊演)의 아들이었다. 양연은 소손녕의 침입 때 전사했고, 양규는 평소 병법과 무예만 익히는 것으로 알려져 있었다. 계속 아버지의 복수를 꿈꾸었을 것이고 지금이 그 기회라고 생각할 터였다.

채온겸은 잠시 생각에 잠겼다가 말했다.

"성벽을 의지해 싸우는 것과 야전에서 거란군을 상대하는 것은 전혀 다른 개념입니다. 적들은 흥화진과 통주성을 함락시키지 못했지만, 야전에서는 단 하루 만에 우리의 주력을 괴멸시켰습니다. 적들은 우리 고려의 고위 관료들에서부터 말단 군졸들까지 많은 수의 인원을 포로로 잡았습니다. 그들을 통해서 우리의 전력에 대해서 자세히 알고 있을 것입니다. 제가 거란군의 지휘관이라면, 막아서면 그냥 싸우지, 무엇 하러 정신 나간 사람처럼 좋은 주도로를 놔두고 산길을 통해서 회군하겠습니까? 우리가 잠깐 막아선다고 해서 솥뚜껑 보고 놀란 자라처럼 움츠러들어 산길로 갈 가능성은 전무합니다. 의도는 좋으나 이번 작전이 성공할 가능성은 없습니다. 괜히 군사만 상하게 하고 사기만 더욱 떨어뜨릴 가능성이 더 큽니다. 재고해주십시오!"

채온겸의 말이 끝나자 최질이 쌍꺼풀이 짙은 눈을 부라리며 거친 목소리로 양규에게 말했다.

"각하! 군사 일을 잘 모르시나 본데요. 그것은 안 될 일입니다."

최질의 말에 채굉이 최질에게 눈을 부라리며 말했다.

"최 중랑장! 말이 지나치다!"

최질이 울컥해서 지지 않고 말했다.

"채 중랑장요! 이게 도대체 말이 되는 계획입니까?"

최질의 태도에 채굉이 성을 내며 칼자루를 잡으며 말했다.

"이런 발칙한 인사 같으니라고…."

채온겸이 급히 두 사람 사이로 들어가 일단 상황을 진정시켰다. 채온겸은 순간 이런 생각이 들었다.

'겨우 용기를 내 범을 물리쳤는데 또 다른 범이 왔다. 그런데 이 범은 용기로 물리칠 수 있는 범이 아니다.'

채온겸은 몸에서 힘이 쭉 빠져나가는 것 같은 기분이 들었다.

제장들의 반대에 양규가 한숨을 쉬며 말했다.

"나도 정말 어려운 작전이라는 것은 잘 알고 있소."

양규는 이렇게 말하며 제장들의 마음을 이해한다는 표정으로 한 명씩 바라보았다. 그러더니 표정을 단호하게 바꾸며 말했다.

"그러나 이미 작전은 실행되었소이다. 구주의 도령중랑장 이보량과 별장 김숙흥에게 안의진 주위의 산길에 만반의 준비를 갖추도록 지시했소이다. 거란군이 그 길로 들어서면 거란의 일로군(一路軍)쯤은 흔적도 없이 사라져버릴 것이요. 이제 이곳의 일을 할 차례입니다."

양규의 말은 사실상 명령이었다. 통주의 제장들의 얼굴은 사색이 되었

　　　　　　　　　　고려거란전쟁 - 고려의 영웅들 (하)

다. 삼수채 전투를 가까이에서 경험한 통주의 제장들이 보기에는, 양규는 너무 자신감이 지나쳤고 너무 상황을 쉽게 보고 있었다. 그래서 전혀 믿음이 가질 않았다. 믿을 수 없는 지휘관이 의지는 충만하다! 그것은 최악이었다.

적보다 더 무서운 것이 아군이라더니, 지금 딱 그 경우였다.

양규의 말을 들으며 이원구는 차분히 생각했다.

'도순검사가 정말 이런 말도 안 되는 작전을 하려는 것일까! 아직 상황이 확실히 정해지지 않았고 지금 당장 죽자고 달려 나가자는 것도 아니니 일단 명령을 따르는 척하다가 상황을 보아 행동하자.'

이원구가 최질과 이홍숙을 가리키며 양규에게 말했다.

"통주를 지켜내는 데, 두 중랑장의 공이 컸습니다. 비록 어려운 작전이지만, 각하께서 굳이 하시려고 한다면 통주의 제장들은 각하의 명에 따를 것입니다."

채온겸도 마음을 가라앉히고 가만히 생각해보니 아직 상황이 정해진 것은 아니어서 시간이 있었다. 시간을 두고 양규의 의중을 정확히 알아보고 짬을 내어 채핑을 비롯해 흥위위 초군 장교들을 소집해 얘기를 나누어볼 수도 있을 것이다.

양규가 말을 이어나갔다.

"여기 통주성에서는 일단 두 가지 일을 해주어야 되겠소. 첫째 검차를 백 대 이상 만들 것. 둘째 철질려를 십만 개 이상 만들 것."

어쨌든 도순검사가 최고 명령권자다. 멍청한 명령이더라도 따르지 않을 수 없었다.

양규가 이원구에게 말했다.

"거란군은 어쨌든 곧 회군할 것이요. 보름 내로 준비할 수 있겠소?"

이원구가 고개를 갸우뚱하며 애매한 표정으로 말끝을 흐리며 말했다.

"에, 그게…."

부사 최탁이 양규에게 말했다.

"지금 성내에 대장장이가 몇 명 있습니다. 대장장이들에게 철질려를 만들게 하고 날은 일반 백성과 군사들에게 갈게 하면 별로 문제 될 것이 없습니다. 그런데 검차가 문제이옵니다. 검차의 다른 부분은 만들 수 있다손 치더라도 바퀴를 수량에 맞춰 만들 수는 없을 것입니다. 있는 바퀴는 모두 검차를 만든다고 일전에 떼어 갔습니다. 바퀴 만드는 장인들이 몇 명 있었는데 성 밖의 군영에 있다가 어떻게 되었는지 모릅니다. 지금 성안에 바퀴를 만드는 장인은 두 명밖에 없습니다."

"바퀴가 부족하다면 바퀴 없는 검차도 괜찮소. 중요한 것은 최대한 우리가 있어 보여야 한다는 사실입니다."

62

뇌공(雷公)

: **경술년**(1010년) **십이월 사일 묘시**(6시경)

양규는 통주성에 머물며 먼저 봉황고개 좌우에 단단한 영채를 세우기를 명했다. 그곳은 거란군이 우피실군을 선봉으로 해서 삼수채로 들어올 때 이용했던 곳이다. 좁은 봉황고개에 영채를 세우는 것은 그래도 괜찮았다.

그러나 삼수채에도 영채를 세우려고 하자, 통주성의 제장들은 난색을 넘어서 사색이 되었다. 양규는 봉황고개와 삼수채에 영채를 세움으로써 거란군이 회군 시에 아예 해안길로 이동하지 못하게 하려는 의도였다. 그러나 삼수채는 폭이 넓기에, 거기서 적은 병력으로 거란군을 막아서는 것은 불가능에 가까웠다.

양규가 사색이 되어 있는 통주성의 제장들에게 말했다.

"이것은 명령이오. 차질 없이 수행하도록 하시오."

통주성 안에 들어와 있는 삼수채에서 패주한 군사들 중에 싸울 수 있는 자들을 추렸더니 삼천 명 정도가 되었다. 그리고 일품군 중에서 지원자를 뽑았다. 지원하기만 하면 보승에 임명하고 향직과 은자를 준다고 하였다.

그러나 이만여 명의 일품군 중에 지원자는 수십 명에 불과했다. 보승에 임명되는 것과 향직과 은자가 매력적이기는 하나, 바로 수일 전에 고려군이 도륙당하는 것을 지켜보았다. 그런 것보다는 지금은 목숨이 우선이었다.

양규는 일품군들에게 말했다.

"그대들은 어차피 성을 나가 영채 공사에 동원되고 거기에 주둔하게 될 것이다. 천천히 생각들 해보아라!"

양규는 구주 쪽으로 사람을 보내 패주한 군사 중에서 전투 가능한 군사들을 통주성으로 보내게 했다. 그다음, 흥위위 초군들을 둘로 나누어 남과 북으로 보내 거란군에 대비한 견제 및 정찰 임무를 수행하게 했다.

양규는 삼천의 병력과 이만 명의 일품군을 몰고 나아가 순식간에 봉황고개와 삼수채 쪽에 영채를 건설하기 시작했다.

봉황고개의 길이는 대략 삼사백 보 정도 되었고 그 동쪽 주변부는 작은 언덕들이 오밀조밀하게 솟아 있는 모양새였다. 여기는 군대를 숨기고 매복 작전을 펴기에 최적의 지형이었다. 이곳에 거란의 우피실군 등이 주둔했었다.

그런데 강조는 거란군들이 이 지형을 그냥 통과하고 점령하게 놔두었었다. 검차진을 믿었기 때문이기도 하고, 땅이 얼어서 거란군들이 더 해안 쪽 길을 따라 삼수채로 올 수 있었기 때문이었다. 병력을 나누는 것이 좋지 않다고 판단했었다.

양규는 이곳 언덕들 정상부에는 성처럼 목책들을 세우고 곳곳의 길을 조작하여 미로처럼 만들고 함정을 팠다. 거란군이 이곳에 들어서서 길을 따라가다 보면 반드시 함정에 빠질 것이었다. 또한 거란군들이 어떤 언덕 위의 목책을 점령하려고 공격을 시도해도 완전히 포위 공격하는 것이 불가능하게끔 목책들의 간격을 조정하여 서로를 도울 수 있게 만들었다. 봉황고개로 적들이 지나가지 못하게 하는 것이 우선 목표였다.

그다음 삼수채 쪽을 막아야 하는데 넓은 삼수채를 완전히 막는 것은 불가능했다. 먼저 남·북의 산기슭에 영채를 세우고 차근차근 산 밑으로 내려오면서 잇달아 작은 영채를 세워 최대한 통로를 좁히려고 했다. 또한 통로에는 정강이 높이의 말뚝을 수천 개 박아 놓고 그 사이사이에는 십만여 개의 마름쇠를 뿌려 놓을 것이다.

삼수채는 가장 좁은 곳마저도 폭이 이 리(里)나 되는 비교적 넓은 지형으로 그곳 근처에서 강조가 패했었다. 기병 중심의 거란군에게 유리한 곳이었다. 따라서 적들이 이동하기 힘들게 작은 영채를 최대한 많이 세워서 길목을 최대한 좁혀 놓는 것이다. 마치 움직이지 못하는 검차진들과 같았다.

곧이어 구주에서 천오백 명의 군사들을 보내왔다. 금오위 중랑장 정신용과 낭장 고적여 등이 인솔하여 왔는데, 정신용은 삼수채에 있다가 패하여 구주로 가 있었다.

정신용은 체구가 크지는 않지만 눈빛이 형형했고, 고적여는 덩치가 산만 한 것이 힘깨나 쓸 것처럼 보였다. 양규가 이들과 대화를 나눠보니 전의 패배를 만회하려는 의지가 가득하다는 것을 알 수 있었다. 양규는 이 군사들에게 봉황고개에서 수비하는 역할을 맡겼다.

양규가 절도 있게 일해 나가자 통주성의 제장들은 내키지 않아도 따를 수밖에 없었다.

일단 구색을 갖추었는데 한 부대가 더 필요했다. 삼수채 앞에서 유군(遊軍)으로 움직이며 적을 막아설 부대였다.

양규는 통주성의 제장들에게 말했다.

"삼수채 앞에서 유군으로 움직일 부대가 필요합니다. 가장 정예한 통주 행군*(行軍)들을 동원하고 필요하면 잡다한 군사 중에서 더 징발해야겠습니다."

양규는 일을 척척 진행하고 있었다. 이제는 통주의 제장들이 난색을 표하든 사색이 되든 아무 거침이 없는 상태였다. 명령에 불복종하면 양규는 분명 목을 벨 것이었다.

---

* 행군(行軍): 주진군(州鎭軍) 중에 정예 병력의 명칭이다. 중앙군의 정용과 보승에 대응하는 병종.

채온겸이 나서며 말했다.

"제가 그 임무를 맡겠습니다."

채온겸은 내키지 않았지만 누군가 해야 한다면 대장군인 자신이 해야 한다고 생각했다.

채온겸은 통주행군 천 명을 동원했다. 또한 일품군 중에서도 유군으로 쓸 군사 천 명을 강제로 선발하여 보승군으로 임명했다. 그들의 사기와 전투 의지는 사뭇 의심스러웠지만 어차피 삼수채에 진을 치면 도망칠 곳도 없을뿐더러 도망하려는 기미가 보이는 자가 있으면 장교들이 바로 베어버리면 된다.

양규는 진들이 기본 뼈대를 갖추자, 일품군들은 계속 공사를 하게 하고 거란군의 진군 상황을 예상해서 봉황고개와 삼수채에서 군사들을 훈련시켰다.

이렇게 바쁘게 준비하다 보니 벌써 닷새가 지나 십이월 팔 일이 되었다. 해가 질 때쯤 김숙흥이 보낸 전령이 와서 어두운 얼굴로 보고했다.

"곽주가 함락되었습니다."

제장들은 몹시 탄식했다. 그러나 통주의 군민들에게는 비밀로 하기로 하였다.

양규는 곽주 함락 소식에 매우 애석해했다. 곽주까지 지켜졌다면 거란군의 남하는 거기서 끝날 가능성이 농후했다. 아무리 기동력이 뛰어난 거란군이라 해도 고려의 모든 성을 우회하여 남하할 수는 없는 것이다.

양규는 안주에 기대를 걸었다. 곽주가 지켜졌다면 더할 나위 없이 좋았겠지만, 안주를 지켜내면 역시 거란군의 남하를 저지할 수 있다. 혹은 지켜내지 못하더라도 열흘 정도만 시간을 끌어주면 날짜는 십이월 말에 가깝게 된다. 날씨는 점차 풀릴 것이고 거란군의 남하는 거기서 끝나게 될 가능성이 높았다.

안주는 대도호부(大都護府)다. 공격이나 방어 시에 군대가 모이는 기점이었다. 삼수채에서 패한 병력 중 상당한 수가 안주로 향했을 것이고 각종 물자도 충분히 비축되어 있다. 열흘 이상 충분히 버틸 수 있는 저력 있는 성이었다.

양규는 진지 작업에 박차를 가하였다. 조만간 거란군이 퇴각할 수도 있는 것이다. 침식을 잊고 밤낮을 가리지 않고 움직이며 군사들을 몰아댔다. 제장들과 군사들의 볼멘소리가 여기저기서 터져 나왔지만, 신경 쓰지 않았고 명령을 어긴 군사 몇의 목을 베어서 군기를 확립했다.

다행인 것은 탈영병은 발생하지 않았다는 점이었다. 도처에 거란군들이 있는 데다가 겨울이라 탈영해도 갈 곳이 없었기 때문이었다. 통주 근처는 지속적인 작업으로 점점 거대한 함정으로 변하고 있었다.

그로부터 삼 일 후, 안주가 함락되었다는 보고를 접했다. 안주의 너무 빠른 함락 소식에 양규는 몹시 당황했다. 안주는 청천강 방어선의 중심이었다. 안주가 함락되었다면 거란군의 남하는 계속될 것이고 그다음 방어선은 대동강을 끼고 있는 서경까지 후퇴할 것이다. 삼수채에서 강조가 패할 때만큼, 어쩌면 그보다 더 위급한 상황이 되어버린 것이다.

양규는 안주 함락을 강조의 패전만큼이나 심각하게 받아들였다. 야전에서의 대규모 전투는 의지가 있다고 해서 해결될 문제가 아니었다. 지휘관의 역량 역시 대단히 중요했고, 군사들은 충분히 훈련되어 있어야 하며, 경험 또한 상당한 수준으로 축적되어 있어야 한다. 이 중에서 하나라도 빠진다면 야전에서의 승리를 장담할 수 없는 것이다.

그러나 성을 수성(守城)하는 것은 다른 문제였다. 지휘관은 대단한 역량보다는 강건한 의지만 있으면 충분했다. 군사들은 훈련이 조금 안 되어 있고 경험이 없어도 상관없었다. 성벽이 지휘관의 역량과 군사들의 부족한 훈련도를 보완해줄 수 있기 때문이다. 다만, 한 가지 꼭 필요한 것이 있다면 수성에 필요한 각종 물자였다.

안주는 군사들의 숫자와 물자는 부족하지 않았을 것이다. 단지 지휘관에게 성을 지켜내려고 하는 의지조차 없었을 뿐이다. 양규는 개탄하지 않을 수 없었다.

안주가 함락된 이상, 중간에 서경이 있기는 하지만 전진 기지들을 확보한 거란군은 이제 마음만 먹으면 개경으로 가는 것도 어렵지 않을 터였다.

양규는 안주 함락 소식을 접하자, 바로 통주의 제장들을 모아 작전회의를 했다. 그러나 제장들에게 뾰족한 수가 있을 리 만무했다. 지금 가지고 있는 병력으로는 양규의 작전계획을 따르는 것만으로도 무리였다.

쓸모없는 말들만 몇 마디 오간 후 작전회의를 파하고 양규는 삼수채로 가서 영채를 세우는 것과 군사들의 훈련을 감독했다. 양규가 막 삼수채에 도착하여 산 아래로 영채를 확장시키고 군사들이 훈련하는 모습을 지켜보고 있는데 훈련하던 군사 하나가 양규를 불렀다.

"도순검사 각하! 각하!"

훈련을 시키던 장교가 조용하라며 그 군사에게 소리쳤다. 양규가 장교를 제지한 후, 그 군사를 불렀다. 가까이서 보니 스무 살이 갓 넘은 듯하고 눈빛이 초롱초롱한 것이 꽤나 영리하게 생긴 얼굴이었다.

"그래 무슨 일인가?"

양규가 묻자 그 군사가 울상을 지으며 말했다.

"저는 곽주병 승개(承恺)라고 하옵니다. 곽주가 함락당했다는 뜬말(뜬소문)이 돌고 있습니다. 사실입니까?"

승개는 삼수채에서 일전을 벌이려는 강조의 계획에 따라 곽주에서 차출되어 통주성에 들어와 있었다.

승개의 말에 양규가 정색하며 말했다.

"곽주는 잘 지켜지고 있다네. 염려하지 말게."

양규의 말에 승개가 반문했다.

"정말이십니까?"

양규가 말없이 고개를 끄덕이자, 승개의 표정이 밝아지며 말했다.

"일전에 통주성이 포위당했을 때, 도순검사 각하께서 사람을 통주성 안으로 보내주셔서 통주성 군민들의 사기가 얼마나 진작되었는지 모릅니다. 지금 곽주 사람들도 매우 불안에 떨고 있을 것입니다. 저를 곽주로 보내주시면 곽주성 내로 잠입해서 밖에서 우리 고려군이 거란군을 물리치기 위해서 애쓰고 있다는 것을 알리겠습니다."

양규가 승개의 말을 듣고 애처로움을 느끼면서도 기특함에 칭찬해주려고 하는데 문득 느껴지는 바가 있었다.

"자네는 곽주에서 얼마나 살았나?"

"곽주에 성이 쌓아질 때부터 살았습니다. 곽주 주위의 지리에 대해서는 제 손금 보는 것과 같이 압니다."

양규는 즉시 승개를 통주성 안으로 데리고 가서 지도를 펼쳐 놓고 여러 가지 사항에 대해서 물었다.

그런 후에 야간에 흥위위 초군들을 지휘하여 기치를 내리고 온몸을 천으로 감싸 정체를 숨긴 후에 곽주 쪽으로 정찰 활동을 벌였다.

구일부터 십사일 새벽까지 부정기적으로 세 번의 정찰을 했고 각기 다른 길로 대담하게 곽주 근처까지 내려갔다. 곽주 근처에 가자 거란군의 뿔나팔 소리가 요란하게 울렸다. 길가 어딘가에 숨어 있는 거란군의 척후일 것이었다.

십사일 오전에, 이번에는 흥화진에서 전령이 왔다. 흥화진 근처에서 거란군의 심상치 않은 움직임이 있다는 것이었다. 양규는 채온겸에게 모든 상황을 관리 감독하게 하고 흥위위 초군들을 이끌고 다시 흥화진으로 북상했다. 과연 흥화진에 다가갈수록 거란군의 움직임이 많아졌는데 흥위위 초군들이 활을 쏘고 돌격하니 싱겁게 흩어져버렸다.

양규는 무로대에 이십만의 군사가 있을 리도 없고, 있다고 하더라도 정예한 군사들은 아닐 것이라고 생각했다. 정예한 군사들이라면 전투를 위해 남하시키거나 홍화진을 계속 공격하게 하지 굳이 놀릴 이유가 없는 것이다. 홍화진 주위를 오가는 거란군들을 보니 자신의 예상이 옳다는 것을 알 수 있었다.

그렇다면 좀 더 과감한 작전을 펼쳐도 될 것이었다.

홍위위 초군들은 이십 일 가까이나 작전을 펼쳤으므로 피로가 상당히 쌓인 상태였다. 간밤에 푹 쉬게 하고 그다음 날에도 아침부터 계속 쉬게 했다. 어느 정도 피로를 푼 후 다시 통주로 갈 생각이었다.

양규는 하루종일 홍화진의 제장들을 상대로 이러저러한 다양한 의견들을 나누었다. 제장들은 양규가 과감한 작전을 펼치는 것을 따르기로 했으나 그 위험성에 대해서는 여전히 몹시 염려하고 있었다.

양규는 군사들의 상태도 직접 살폈다. 처음에 거란군들이 사람의 바다처럼 밀려들어 왔다. 상대를 압도할 만한 엄청난 군세였고 보고만 있어도 다리가 후들거릴 지경이었다. 그 엄청난 적의 군세를 무리 없이 막아 냈기 때문에 홍화진 안의 군사들의 사기는 상당히 높았다. 그러나 홍위위 소속의 군사들은 거란군들이 남쪽으로 몰려갔으므로 고향에 대한 걱정이 깊어졌다.

양규가 장군 김승위에게 물었다.

"홍화진 안은 군사들의 사기가 어떤 것 같습니까?"

"저들도 사람입니다. 많이 긴장하고 있습니다. 그러나 저들에게 중요한 것은 사기가 아니라 명령입니다. 명령이 내려지면 반드시 행할 것입니다."

초군 흑낭대 항정 이관(李寬)은 부하들과 함께 휴식을 취하며 이런저런 생각에 빠져 있었다.

홍위위 초군들은 벌써 이십여 일이나 작전을 펼쳤다. 홍화진을 떠날 때는 모두 크게 긴장했었다. 홍화진 앞에서 거란군의 대단한 규모를 보았

고려거란전쟁 - 고려의 영웅들 (하)

다. 거기에 비하면 자신들은 한 줌도 안 되는 병력으로 성을 나가서 작전을 펼치는 것이다. 흥화진에서 승리를 거두었지만 성을 의지하고 싸우는 것과 야전을 펼치는 것은 전혀 다른 문제였다. 양규는 부대를 거침없이 움직였고 초군들은 그 명령에 따랐다.

흥화진을 나갈 때는 긴장감이 팽배했고 '최정예인 우리니까 나간다'라는 자부심이 있었는데, 막상 밖에서 태연히 활동하는 구주군을 만나자, 느꼈던 자부심과 긴장감이 무색해졌다.

구주군을 만났을 때는 반가움과 더불어 강한 경쟁의식을 느꼈다. '사람 먹는 구주군'의 명성은 역시 위기 상황에서 더욱 빛났다.

이관은 평소 기동훈련 중에 구주에 들른 적이 여러 번 있었다. 구주군에게서 특별한 느낌을 받은 적은 없었다. 오히려 잘 정비된 중앙군인 자신들에 비해서 구주군들은 장비들도 제각각으로 많이 촌스러웠고 군기도 풀려 있는 것처럼 보여 대단치 않은 것 같았다. '사람 먹는 구주군'이라는 명성이 워낙 대단해서 그렇지, 그 명성을 제거하고 나면 별 볼 일 없어 보였었다.

그런데 실전 상황에 닥쳐 행동하는 구주군을 보니 그들은 마치 산천(山川)과 하나가 되어서 움직이는 것 같았다. 더구나 압록강 변에서의 구주군의 활약상은 입이 떡 벌어지게 만들 정도였다. 이관은 자신이 고려의 최정예군이라는 자부심으로 똘똘 뭉쳐 있었는데 그 마음에 약간의 충격이 왔다.

도순검사 양규는 듣던 대로 강직했다. 수십만 명의 거란군을 상대로 수성전을 벌이는데도 전혀 흔들림이 없었다. 성 밖을 나가보니 야전을 지휘할 장수로서의 능력도 갖춘 것 같았다. 양규의 명령은 거침없었고 단호했으며 또한 시의적절했다. 이관을 비롯한 흥위위 초군들도 양규에 대해서 야전을 지휘하는 장수로서의 신뢰를 지니게 되었다.

전투에서 승리하기 위해서는 여러 가지 갖추어야 할 요건들이 있으나 무엇보다 가장 중요한 것은 상하 간의 신뢰였다. 서로 간의 신뢰가 강하면 강할수록 어려운 상황도 타개해갈 수 있는 것이다.

지휘관은 부하들의 능력을 고려하여 그들이 수행할 수 있는 명령을 내려야 하고, 부하들은 지휘관을 믿고 따라야 한다. 상하 간의 믿음을 바탕으로 전투에 대한 두려움을 딛고 명령을 실행해갈 수 있다.

이관은 전황에 대해서 이 생각 저 생각을 했지만, 결국 그 끝은 고향에 있는 가족들에게로 가 닿았다. 특히 이제 열 살인 딸아이의 얼굴이 눈앞에 아른거렸다. 평소 훈련 나오면 늘 보고 싶은 딸이지만, 거대한 전장의 한가운데서 삶과 죽음이 위태로운 외줄에 걸린 상태에 처하자 애틋한 마음이 평소에 비할 바가 아니었다.

삼수채에서 아군의 주력이 패하고 거란군들이 남쪽으로 남하했다. 잘못하면 고향 곡주까지도 전화(戰禍)가 미칠 수 있었다. 이관은 몹시 걱정하고 있었고 당장이라도 달려 나가 거란군의 뒷덜미를 잡고 싶었다. 가족과 딸아이를 위해서라면 목숨까지 바칠 수 있었다.

이관뿐만이 아니라 흥화진 안의 모든 흥위위 군들은 남쪽의 가족들을 걱정하지 않을 수 없었다.

이관은 양규를 찾아갔다.

"초군 항정 이관입니다."

"알고 있네."

"부탁을 하나 드려도 되겠습니까?"

양규가 고개를 끄덕였다. 이관이 약간 주저하며 말했다.

"나라와 가족을 위해 용맹하고 싶은데 제가 겁이 많아 그러지 못할까 걱정됩니다. 용기를 북돋울 수 있는 글 하나만 써주십시오. 각하께서 써주신 글을 품에 간직하고 마음이 약해질 때마다 보려고 합니다."

양규가 멋쩍게 웃으며 말했다.

"내가 그렇게 좋은 글을 쓸 수 있을지 모르겠지만 어쨌든 하나 써보겠

네. 조악하다고 비웃지 마시게나."

양규는 이관에게 글을 하나 써주고, 자정을 넘어 홍화진의 동문루에 앉아 있었다. 그런데 남쪽 하늘에서 커다란 유성(流星)이 긴 꼬리를 끌며 땅으로 곤두박질치고 있었다. 양규는 보기 드문 풍경에 의자에서 몸을 벌떡 일으켰다. 유성은 통주보다 먼 남쪽에 떨어진 것 같았다.

마치 영감을 받은 듯, 즉시 초군들을 깨우라고 지시하며 말했다.

"뇌공(雷公: 번개의 신)이 벼락 창을 거란군에게 던지고 있다. 지금이다! 출정한다!"

뇌공은 천둥과 번개의 신으로, 얼굴은 사람같이 생겼는데 입술 대신에 부리가 있고 날개를 달고 있는 신이었다. 뇌공은 손에 벼락을 칠 수 있는 벼락도끼를 들고 다니며 사악한 귀신들을 혼낸다고 한다.

유성과 번개는 매우 다른 것이지만, 땅에 떨어지는 유성을 처음 본 양규는 유성을 느린 번개와 같은 것으로 인식했다.

63
다시 통주로

: 경술년(1010년) 십이월 십육일 축시(2시경)

유성이 남쪽에 떨어지자 양규는 즉시 흥위위 초군들을 잠에서 깨워 통주로 남하했다. 유성이 떨어진 것과 군을 움직이는 것은 별개의 것이었다. 그러나 유성이 긴 꼬리를 달고 떨어지자 양규는 본능적으로 결정했다.

곽주가 함락당한 지 벌써 십 일이나 지났고 세 번의 정찰을 통해 곽주 주변에 거란의 대군은 없는 것으로 파악하고 있었다. 언젠가 군사를 움직여야 하는데, 양규는 달이 없는 날로 계획하고 있었다. 그믐날쯤이나 하늘에 구름이 낀 날.

지금 유성을 보고 군사를 움직이는 것은 전혀 합리적인 판단이 아니었다. 그러나 모든 정보를 다 알 수 없는 이상, 때로는 감각적으로 움직이는 것도 필요하다. 일단 움직인 다음, 다시 판단하는 것이다.

축시(1~3시)에 흥화진을 나가서 최대 속도로 움직여 진시(7~9시)에 통주성에 도착했다.

방어사 이원구가 보고했다.

"간밤에 유성이 곽주 동북쪽 어디엔가 떨어진 것 같습니다. 유성은 지면 가까이 오자 크게 밝아져서 하늘을 벌겋게 수놓았는데 그다음은 볼 수 없었습니다."

양규는 즉시 통주성의 제장들을 소집하고 승개를 불러오게 했다. 그리고 또 한 명을 더 불렀다.

"옥에 있는 노전을 데려오시오."

이원구가 의아한 눈빛으로 말했다.

"도관원외랑 노전은 적에게 항복하고 이곳에 적의 사신으로 왔습니다. 비록 우리에게 항전하라고 말하며 어쩔 수 없이 항복하여 사신으로 왔다고 했지만 속을 알 수가 없습니다. 그런데 왜 이 자리에 부르시는지요?"

"그에게 일을 맡기려고 합니다."

통주성의 제장들이 몹시 꺼리는 표정을 지으며 말했다.

"그자는 거란에 항복했던 자입니다. 속을 알 수가 없습니다."

"사세가 어쩔 수 없어 항복한 것이라고는 하나, 상황에 따라 말을 바꾸는 것일지도 모릅니다."

"어떤 일을 맡기더라도 군사들에게 영이 서질 않을 것입니다!"

제장들의 부정 섞인 말에 양규가 아랑곳하지 않고 말했다.

"나는 그를 좀 알고 있소. 당신들의 말이 맞겠으나 그에게 기회를 한 번 주어야겠소."

양규는 이렇게 말한 후, 제장들에게 곽주를 공격할 것이라고 말했다. 모두 입을 딱 벌리며 대경실색을 했다.

통주성의 제장들은 양규가 흥화진으로 돌아간 후, 내심 다시 오지 않기를 바랐다. 통주에서 회군하는 적을 막아선다는 양규의 계획은, 명분은 훌륭했으나 아군이 가진 능력에 비해 너무 무모한 것이었다.

그런데 지금은 곽주를 공격하러 간다니, 이게 무슨 망발인가! 곽주 같은 성을 공격하려면 적어도 수만의 병력이 필요하다. 통주성의 병력들을 전부 이끌고 가자는 말인가? 말도 안 되는 소리였다.

지금 통주성의 잡다한 고려군은 성을 공격할 능력 따위는 없었고 그럴 상황도 아니었다. 성을 포위할 병력도 미약했고 공성 기구도 없었다. 거란군이 언제 회군할지 모르는데, 곽주성 앞에 얼쩡거리다가 회군하는 일로(一路)의 거란군이라도 마주친다면 전멸을 면하면 다행일 상황이었다.

양규가 다시 제장들에게 말했다.

"성을 꼭 함락시키겠다는 것이 아니라, 이곳에 우리의 대군이 있는 것처럼 보이게 하여 적의 주력을 안의진이나 구주 쪽 산길로 가게 하겠다는 것이요."

통주에서 적을 막아서겠다는 계획부터 곽주를 치겠다는 것까지, 제장들이 듣기에는 양규가 실전 경험이 없기 때문에 하는 말들로 들렸다. 실체를 정확히 파악하지 못하고 자신의 힘이나 능력을 부풀린 상상 속에서나 나올 법한 계책들이었다.

채온겸이 심히 정색하며 말했다.

"각하께서 세우신 작전을 수행하기에는 모든 병력을 총동원해도 너무 적습니다. 더구나 곽주성 안에 적의 병력이 얼마나 있는지도 모릅니다. 이런 작전은 고금에 들어본 적도 없습니다. 성공 가능성이 아예 없는 것입니다."

이원구는 통주에서 적을 막아서자는 양규의 명령에 대강 따르는 척하며 눈치껏 행동하려고 했다. 그러다가 어떤 요행이 발생하여 그만두게 되기를 바랐다. 그런데 지금은 당장 곽주를 치러 가자는 것이 아닌가! 요행을 바랄 수 없는 상황이었다.

이원구가 강력하게 마음을 다잡고 자기 생각을 양규에게 쏟아냈다.

"솔직히 말씀드리면 야전에서 거란군을 상대하는 것 자체가 불가능에 가까운 것입니다. 거기에 적은 병력으로 곽주를 공격하고 어쩌고 하는 것은 대장군 말씀대로 고금에 들어본 적도 없는 작전입니다. 의도는 좋으나 성공할 가능성은 희박합니다. 괜히 군사들만 상하게 하고 사기만 더욱 떨어뜨릴 것입니다. 더구나 군사들이 많이 상한다면 통주성과 흥화진 모두 위험하게 됩니다. 통주와 흥화진이 위험해지면 나라가 위험해집니다. 용기가 미덕이나, 전쟁은 개인의 용기만을 가지고 하는 것이 아닙니다. 전체적으로 면밀하게 상황을 파악하고 엄중히 검토해야 합니다. 용기를 앞세워 만용으로 간다면 일을 그르치고 나라를 그르치게 될 것입니다!"

부사 최탁 역시 양규에게 말했다.

"적의 성을 공격하려면 적보다 열 배 이상의 병력이 필요하다는 것은 모두가 아는 사실입니다. 열 배도 낮게 잡은 것입니다. 당 태종은 수십만의 병력으로 고작 수천이 지키는 안시성을 함락시키지 못했습니다. 아니 멀리 볼 필요도 없습니다. 사십만의 거란군은 흥화진과 통주성도 함락시키지 못했습니다. 성을 공격하려면 적보다 압도적인 병력이 있어도 성공을 가늠할 수 없습니다. 적들은 곽주에 적어도 오천 이상의 병력을 배치했을 것입니다. 기본적으로 열 배의 병력이 필요하다고 치면 적어도 오만의 병력이 필요한데 어디에 그런 병력이 있겠습니까!"

시거운과 최질, 이홍숙 역시 고개를 저으며 반대의견을 냈다. 시거운과 이홍숙은 그래도 점잖게 말했으나 최질은 혀까지 차대며 불손하게 말했다.

제장들은 양규가 통주에서 거란군을 막아서겠다고 할 때부터 대단히 반하는 마음들을 품게 되었다. 한겨울에 영채를 세우고 군사들을 훈련시키는 것은 여간 고된 일이 아니었다. 더구나 언제 거란군이 나타날지 모른다는 불안감에 떨며 지내고 있었다. 그런데 지금 양규가 곽주를 공격하러 간다고 하자, 그 반하는 마음들이 강하게 쏟아져 나온 것이었다.

채온겸이 다시 무슨 말을 하려고 하는데 양규가 먼저 입을 열었다.

"곽주 공격은 흥위위 초군만으로 행해질 것이오."

통주의 제장들 사이에서는 침묵이 흘렀다. 곽주를 공격할 것이라는 양규의 말을 듣고 제장들은 아연실색했었다. 그런데 양규가 자기가 데리고 온 병력만으로 공격한다고 하니, 제 무덤을 제가 파는 격인데 그것마저 말릴 수는 없었다. 또한 한없이 어이없기도 했다. 겨우 칠백으로 수천의 적이 지키는 성을 공격하겠다니!

그러나 채온겸은 흥위위 대장군이다. 어색한 침묵이 흐르는 가운데 채온겸이 말했다.

"우리 흥위위 군사들은 삼수채에서 패하여 얼마나 살아남았는지 알 수 없습니다. 지금은 무리한 작전을 펼치는 것보다는 안전하게 수성하는 것이 최상의 계책입니다."

양규는 채온겸의 말에 침묵했다. 방 안에 무거운 적막이 감도는데 노전과 승개가 들어 왔다. 양규가 승개에게 물었다.

"곽주성에 잠입할 수 있겠는가?"

승개가 눈빛에 살기를 띠며 비분강개한 어조로 말했다.

"반드시 할 수 있습니다."

승개는 곽주성이 함락되었다는 사실을 이제는 전해 들어서 알고 있었다. 양규가 다시 승개에게 말했다.

"자네는 밤중에 곽주에 잠입하여 거란군들의 숙소에 불을 지르고, 뒤따르는 군사들이 성벽을 오를 수 있도록 통로를 확보해야 하네. 만일 자네가 성공하면 곽주를 공격하겠지만 실패하면 바로 물러날 것이니 자네는 목숨을 걸어야 하네."

승개가 양규를 보며 말했다.

"제 어머니를 비롯한 모든 가족이 곽주성에 있었습니다. 저는 더는 잃을 것이 없습니다."

이번에는 양규가 노전을 보며 말했다.

"우리는 곽주를 공격하러 갈 것입니다. 원한다면 같이 가도 좋습니다."

노전이 양규에게 깊이 읍하며 말했다.

"이 노전은 이미 죽은 목숨입니다. 기회를 주셔서 감사합니다. 이미 죽었는데 어찌 살기를 바라겠습니까? 단지 의미 있게 죽기를 바랄 뿐입니다. 저도 이 친구와 같이 선봉에 설 수 있도록 해주십시오."

양규가 노전에게 간략히 말했다.

"도관원외랑이 그리해준다면 더할 나위 없습니다."

양규와 노전의 대화를 들은 통주성의 제장들은 생각을 좀 달리하게 되었다. 양규와 노전이 친분이 있으니, 노전에게 면죄부를 주려고 한다는 것까지는 예상했었다. 그러나 노전이 성공 가능성이 희박한 작전에서 거의 죽을지도 모르는 선봉에 자원하고, 양규는 그러는 것이 당연하다는 듯이 허락하리라고는 예상하지 못했다.

그러나 어찌 보면 당연했다. 노전은 거란군에 포로로 잡혔었다. 그것은 개인의 힘으로 어쩔 수 없는 일일 수도 있었다. 그러나 항복을 권유하는 사절로 통주성에 왔다는 것은 아무리 위협을 받아서 어쩔 수 없었다고 하더라도 고려의 입장에서는 역적이었다.

죽을죄를 진 것이었다. 죽을죄를 없애려면 죽든지 아니면 그만한 공을 세워서 풀어야 한다. 당연한 일이다. 양규와 노전은 서로 당연한 말들을 주고받고 있었다. 양규와 노전의 대화를 들은 채온겸은 자신도 모르게 고개가 끄덕여졌다.

양규가 제장들을 보고 두 손을 모으며 말했다.

"자, 그럼 해봅시다."

양규는 대강의 작전을 설명한 후, 단호히 말했다.

"지금부터 작전에 대한 반대는 없습니다. 작전을 어떻게 성공시킬 것인지에 대해서만 의견들을 말씀해주십시오."

노전과 승개가 가장 활발히 의견을 개진했고 나머지 통주의 제장들은 꿰다 놓은 보릿자루처럼 앉아 있었다. 특히 노전은 여러 가지 계책들을 많이 내놓았다.

잠시 후, 작전계획이 거의 완성되자 양규는 통주의 제장들에게 말했다.

"통주에 있는 군사 중에 매복할 군사 천 명을 징발할 것입니다. 아무래도 대장군께서 직접 지휘하시고 있는 통주 행군들이 제일 정예하니 그들을 데리고 가야 하겠습니다."

지금은 채온겸이 통주 행군들을 지휘하고 있으나, 이 군사들의 원래 지휘관은 통주 도령중랑장 최질이었다. 양규의 말에 최질의 안색이 벌겋게 달아올랐다. 명령이 마음에 들지 않는다는 것을 온몸으로 표현하고 있었다.

겨우 칠백 명의 병력으로 적이 지키고 있는 곽주를 공격한다는 것은 말도 안 되는 작전이다. 작전계획대로만 된다면야 성공하겠지만, 그 작전이 계획대로 되려면 초일류의 장수가 날랜 군사들을 지휘하여 기민하게 움직여야 하고, 거기에 하늘이 도와 행운들이 여러 번 겹쳐야 계획대로 될 수 있을 것이다. 더구나 지금까지는 이런 일을 해낸 예가 전혀 없었다.

최질을 보면서 양규가 엄숙히 말했다.

"중랑장은 명령을 차질 없이 수행하도록 하시오."

채온겸은 양규에게 자신이 직접 통주 행군을 이끌고 가겠다고 말했다. 통주군 천 명을 자신이 직접 며칠간 훈련시킨 데다가, 홍위위 초군들이 수행하는 작전이다. 곽주 공격이 실패할 때를 대비해 자신이 밖에서 호응해주어야 한다고 생각했다. 홍위위 대장군으로서 의무를 다해야 하는 것이다.

양규가 일동을 돌아보며 말했다.

"술시(19~21시)에 출발할 것입니다. 모두 그때까지 준비를 갖춰주십시오."

64

노전과 최충

: 경술년(1010년) 십이월 십육일 사시(10시경)

최충은 유성이 떨어지는 것을 보았다. 유성이 곽주 근처에 떨어지자, 양규가 다시 통주성으로 왔고 옥에 있던 노전을 관아로 불러들였다.

최충은 모종의 작전이 진행되고 있음을 눈치챌 수 있었다. 그러나 최충은 작전회의에 참가할 수가 없었다. 이원구는 작전회의에 참가할 수 있는 문관들을 원래 통주성의 문관들로 제한했고, 무관들은 중랑장 이상으로 했기 때문이다.

최충은 관아 밖에서 기다렸다. 작전회의가 파하고 제장들이 나오자 눈으로 노전을 찾았다. 노전이 보이자, 그의 뒤를 쫓아 움직였다. 가만히 보니 군사 몇과 무기고로 향하고 있었다. 자신의 예상이 맞는 듯했다.

무기고 앞에서 기다렸다가 밖으로 나오는 노전을 향해 읍하며 말했다.

"안녕하셨습니까?"

최충은 목종 8년(1005)에 장원으로 급제하여 소부승(小府丞)으로 임명되었다. 최충보다 삼 년 전 과거에 급제한 노전은 그때 지방관으로 나가 있었고, 최충이 서경장서기로 임명되었을 때 노전은 다시 개경으로 들어와 있었다. 둘은 동일한 지역에서 관직 생활을 한 적이 없었으므로 서로 마주칠 일이 거의 없었으나 서로의 이름만은 알고 있었다.

최충은 장원급제한 수재이며 재상의 재목으로 평가받는 인재였고, 노전은 장원으로 급제하지는 못했지만 일 처리가 날렵하여 상관들로부터 두터운 신뢰를 받는 관료였기 때문이다.

거란이 고려를 정벌하겠다는 사실을 알리자, 강조는 노전을 행영도통판관으로 최충을 행영도통수제관으로 임명했다. 그리하여 노전과 최충은 몇 달을 같이 일하며 서로를 잘 알게 되었다.

노전이 거란의 항복 사신으로 통주에 왔을 때, 노전과 최충은 서로를 보았다. 노전이 가벼운 눈인사를 했으나 최충은 그것을 외면했다.

최충은 거란의 사신으로 온 노전을 보고 갖가지 감정이 들었다. 몹시 화가 나기도 하고 안타깝기도 하고 처량하기도 하고 그러다가 자신을 돌아보니 한없이 부끄러웠다. 노전은 고려의 관료임에도 항복을 권유하는 거란의 사절이 되어서 통주성으로 왔다. 매우 굴욕적인 일이었고 절대 하지 말아야 할 일이었다.

그러나 노전의 입장에서는 어쩔 수 없는 측면도 있었다. 포로로 잡힌 것은 노전 개인으로는 어쩔 수 없는 일이었고 이렇게 사절로 오지 않는다면 죽음을 택해야 한다.

절조를 지킨다는 말은 아름다운 말이지만, 단순하게 지키려고 하면 너무 가벼운 행동일 수도 있고, 복잡하게 생각하면 생각이 끝나지 않는 어려운 것이었다.

절조를 지키기 위해 목숨을 버리면 아름답지만 가벼울 수밖에 없다. 목숨은 한번 버리면 끝나는 것이기 때문이다. 그다음은 아무것도 없다.

다음을 위하여 지금 굽힌다면 다음이 있게 된다. 그러나 다른 사람이 볼 때는 그 굽힘이 다음을 위한 굽힘인지 아니면 그저 살기 위한 것인지 알 수 없을 것이다. 어쩌면 그 자신도 알지 못하는지 모른다. 본인의 본마음은 그저 살기 위해서인데 다음을 위해서라고 스스로를 속일 수도 있기 때문이다.

최충 자신은 운 좋게도 빨리 도주하여 통주성으로 올 수 있었으나 만일 운이 없었다면 자신이 노전의 신세가 되어 있을 수도 있었다. 지금 이성과

감성이 매우 혼란스러웠다.

최충은 스물두 살에 과거에 장원 급제한 수재였다. 또한 육 척 두 치의 큰 키에 단단한 골격을 가지고 있어서 백 근짜리 활을 쏠 수 있었다. 과거에 급제한 이후에는 병서도 열심히 섭렵하였고 특히『김해병서』는 완전히 외워서 문맥이 닿지 않는 곳이 없었다.

사람들은 문무를 겸비한 최충을 재상의 재목이라고 생각하고 있었다. 최충 역시 그 사실을 잘 알고 있었고 겸손하려고 노력했으나 마음속에 은연중 자부심이 쌓이는 것은 어쩔 수 없는 것이었다.

그러나 최충의 높은 자부심은 삼수채에서 낱낱이 분해되었다. 오히려 높이 쌓인 자부심에 비례해서 깊은 자괴감만이 남게 되었다.

최충은 통주성에 들어온 이후에, 패주하여 온 군사들의 명부(名簿)를 작성하는 일을 맡았다. 며칠 전의 패전의 기억이 불쑥불쑥 떠오를 때마다 괴로웠지만 군자(君子)는 자신의 감정에 연연하는 것이 아니다. 개인의 수치는 개인의 수치일 뿐이고 개인적 감정으로 국가의 일을 보면 안 된다. 최충은 차분히 맡은 바 일에 충실하려고 노력했다.

최충은 소임을 다하며 애써 감정을 감추려고 했다. 그러나 감정을 감출 수는 있었지만, 마음속에서 괴로운 감정이 점점 커지는 것은 어쩔 도리가 없었다. 최충은 기억을 떨치려고 했으나 그러지 못했다. 아니, 어쩌면 떨치지 않으려고 했는지도 모른다. 그때 자신의 나약한 모습을 보았고 그 모습 또한 진정한 자신의 일부였다.

어떨 때는 통주성을 무작정 나가서 어딘가에 있을 거란군들을 향해 돌격하고 싶은 충동이 마음속 깊은 곳에서 강하게 몰려왔다. 그러나 분에 못 이겨 그렇게 하는 것은 바보짓에 불과하다. 최충은 이성적으로 생각하며 감정을 제어하려고 했지만 그러면 그럴수록 최충의 마음속은 점점 더 시커멓게 멍들어갔다.

그런데 그때 양규와 흥위위 초군들이 통주성으로 들어온 것이다. 양규는 듣던 대로 과단한 사람이었다. 회군하는 거란군들을 대담하게도 통주에서 막아서려고 하고 있었다. 최충의 심장이 마구 뛰면서 눈앞이 밝아왔다.

자신의 고통은 생각으로 풀 수 있는 문제가 아니었다. 생각하면 생각할수록 고통의 수렁에 빠질 뿐이었다. 머리로 풀 수 있는 유일한 길은 오직 생각하지 않는 것이었다. 그러나 잊는다고 해서 있었던 사실이 없어지지는 않는다. 자신의 고통을 해소할 길은 오직 하나였다. 바로, 나약함을 넘어설 수 있는 행동이었다.

양규가 여기서 거란군을 막는다면 자신은 다시 한번 기회를 갖게 된다. 최충은 주변 돌아가는 상황을 주도면밀하게 관찰했다.

그중에 승개 등을 비롯한 곽주 출신 군사들의 움직임이 눈에 들어왔다. 양규는 통주 근처에서 눈에 드러나는 작전 말고도 분명 모종의 어떤 작전을 기획 중이었다.

최충이 인사하자, 노전 역시 무표정한 얼굴로 살짝 고개를 숙였다. 약간의 어색함이 있는 가운데 최충이 노전에게 조심히 물었다.

"어떤…, 임무를 맡으셨습니까?"

노전은 아무 답도 하지 않았다. 최충이 간절함이 담긴 눈빛으로 다시 말했다.

"저에게도 기회가 필요합니다!"

노전과 최충의 눈이 서로 마주쳤다. 노전이 최충의 눈을 보니 눈빛이 이글거리고 있었다. 노전이 평소 아는 눈빛이 아니었다. 평소 최충의 눈빛은 영리하게 반짝였고 여유가 있었다. 어떨 때는 약간 거만한 느낌을 주기도 했다. 그런데 지금은 마치 상처 입은 짐승의 눈빛 같았다.

노전은 거란의 사절로 통주에 왔을 때 최충이 자신의 눈인사를 무시하자 당연히 그럴 만하다고 생각했다. 자신은 적에게 투항했고 그것만으로도 군법에 의하면 참수형이었다. 거기에 거란의 사신으로 왔으니 몸이 가루가 되어도 마땅한 죄를 지은 것이었다. 최충이 자신을 보고 아는 척하지 않는 것은 당연한 일이었다.

한편 다르게 생각해보면 최충은 운 좋게도 일찍 도망하여 목숨을 보전하고 거란군의 포로가 되는 화를 면했다. 그러나 고려의 군법에 의하면 최충도 참수형이었다. 군법에 의하면, 부하가 상관이 위기에 처했을 때 그를 구원하지 않으면 참수형이기 때문이었다.

노전은 허탈했다. 어차피 더럽기는 자신이나 최충이나 마찬가지였다. 자신이 운이 더 나빠 더 더럽게 보일 뿐이었다. 노전은 평소 최충을 대단한 인재로 보고 있었는데 극한 상황이 되니 최충에게서 어떤 대단함도 느껴지지 않았다. 그저 속물스러울 따름이었다.

그런데 지금 최충의 눈빛을 보니, 최충에게서 자신의 것과 비슷한 고뇌가 느껴졌다.

노전이 최충에게 짧게 말했다.

"도순검사 각하께 가보시오."

노전의 말은 짧았으나 그 말에는 최충이 원하는 것이 들어 있었다.

최충은 급히 관아로 갔다.

"도순검사 각하를 뵙기를 청하오."

안에서 허락이 떨어지자, 급히 들어가 양규를 보며 읍했다.

"행영도통 수제관 최충이옵니다."

양규가 가볍게 목례하자 최충이 양규에게 말했다.

"저는 서생이나 백 근짜리 활을 당길 수 있습니다. 어디 적당한 곳에 써주십시오."

양규가 고개를 끄덕였다. 최충은 일단 양규를 만나기는 했으나 무슨 말을 해야 할지 막막했다. 단도직입적으로 작전에 참여시켜 달라고 말하자니 자신이 좀 모자란 사람처럼 느껴졌고, 그렇다고 돌려 말하자니 어느 부분을 돌려 말해야 할지 알 수가 없었다. 그때 최충의 눈에 탁자에 펼쳐진 지도가 들어왔다.

최충은 지도에서 삼수채를 가리키며 말했다.

"적의 공격은 이곳에 집중될 것입니다."

양규가 역시 고개를 가만히 끄덕이자, 최충은 이번에는 봉황고개를 가리키며 말했다.

"거란군은 이곳에도 공격을 시도해볼 것이나, 이곳의 공격은 '동쪽에서 울리는 소리'에 가까울 것입니다."

최충은 계속해서 장기를 두듯이 거란군이 통주 쪽으로 회군할 때, 시간에 따라 변화될 전황에 대하여 설명했다. 최충의 말은 양규가 통주의 제장들에게 한 것과 별반 다르지 않았다.

다른 점이 있다면, 양규가 제장들에게 한 예측 전황 설명은 시간이 갈수록 점차 고려군이 우세를 띠는 쪽이었는데, 최충의 전황 설명은 점차 거란군이 우세해지고 있었다.

최충이 자기 생각을 거의 말한 후, 마지막으로 결론을 지었다.

"결국 우리의 이곳 방어진은 거란군에게 뚫릴 것입니다."

이원구를 비롯한 몇 사람의 표정이 일그러졌지만 어느 정도는 예상하고 있는 일이었다.

양규가 별다른 표정 변화 없이 말했다.

"최 수제관의 고견이 놀랍군요. 잘 알겠소. 최 수제관은 어디에 배치되고 싶으시오?"

최충이 고개를 가로저으며 말했다.

"제 생각에는 각하께서 이 작전만 계획하고 계신 것 같지는 않습니다. 사실 이것은 허장성세(虛張聲勢)이고 어쩔 수 없을 때만 실세(實勢)가 될 것입니다. 진짜는 안의진이나 구주 쪽 산길에 있을 것입니다. 적들이 그쪽 산길로 접어들면 우리 쪽에서 준비만 잘되어 있다면 적들에게 크나큰 피해를 줄 수 있습니다. 그리고 그 준비는 구주군들이 하고 있을 것입니다."

최충은 이렇게 말하며 양규를 보고 주위의 제장들을 한 번씩 보았다. 양규는 별 표정 변화가 없었으나 주위의 제장들은 약간 놀라는 표정을 짓고 있었다.

최충이 이어서 말했다.

"그런데 거란군들을 산길로 보내려면 여기서 펼치는 허장성세가 거란군들 눈에는 지극히 강력한 모습으로 보여야 합니다. 좋은 길을 놔두고 험한 산길을 택할 만큼 여기가 대단해 보여야 합니다. 그런데 여기에 아무리 함정을 파 놓는다고 해도 거란군에게 지극한 강력함으로 비춰질 리는 없습니다. 여기서 우리가 기다리면 거란군들은 이곳으로 올 것이고 전력을 다해 공격할 것입니다. 우리가 그들에게 상당한 피해를 입히기는 할 것이나 전력의 차이가 극심하기에 결국 이곳은 뚫릴 것입니다. 그렇다면 방법은 하나입니다. 거란군이 아예 이곳에 올 생각을 못 하게 하거나, 하더라도 금방 포기하도록 만드는 것입니다."

최충의 말에, 양규가 얼굴에 살짝 미소를 띤 채로 몹시 궁금하다는 표정으로 최충에게 물었다.

"그럼 최 수제관은 우리가 어떤 방법을 써야 거란군이 이곳에 올 생각을 못 하게 하거나, 하더라도 금방 포기하도록 만들 수 있다고 생각하시오?"

최충이 양규를 비롯한 좌중을 둘러보고 지도의 한 곳을 오른쪽 집게손가락으로 지그시 누르며 말했다.

"거란군이 여기로 오기 전에 미리 앞으로 나가서 싸워야 합니다. 앞으로 나아가 싸운다면 바로 이곳을 공격하는 것보다 더 효과적인 것은 없습니다. 바로 곽주를 공격하여 함락시켜버리는 것입니다. 저는 이곳 공격군의 선봉에 서고 싶습니다."

최충의 말을 들은 이원구가 깜짝 놀라며 최충에게 물었다.

"누가 말해주었소? 아! 도관원외랑이 말해주었겠군."

최충이 정색하며 말했다.

"제가 스스로 사세(事勢)를 판단하여 생각해낸 것이지 누구에게 들은 것이 아닙니다."

양규가 최충에게 말했다.

"최 수제관! 과연 듣던 대로 영특하군요. 그러나 선봉에 서려면 목숨을 걸어야 합니다. 결코 만만한 일이 아닙니다."

최충이 부끄러운 낯빛을 띠며 그러나 꿋꿋이 양규에게 말했다.

"저는 삼수채에서 주장(主將)을 구하지 못했으니 죄를 지었고 그 죄는 참수형에 해당됩니다. 지금 죽이시든지 아니면 죽을 수 있는 곳에 써 주십시오!"

65

곽주탈환작전 — 첫 번째

: 경술년(1010년) 십이월 십육일 술시(20시경)

노전은, 올(1010년) 오월에 거란군이 선전포고를 했을 때, 연주방어부사(延州防禦副使: 평안북도 영변)였고 양규는 연주방어사(延州防禦使)였다.

중앙의 관료를 지방관으로 내보낼 때, 군사에 대한 업무를 아는 자들은 동·서북면으로 내보냈고 모르는 자들은 일반적으로 팔목(八牧)에 보내어졌다.

노전과 양규는 성향이 비슷했으므로 칠 개월 정도를 같이 근무하는 동안에 서로 마음이 잘 통했다. 거란군의 침입이 예상됨에 따라 관료들을 재편하며, 양규는 서북면도순검사·형부낭중이 되었고 노전은 행영도통판관·도관원외랑에 임명되었던 것이다.

노전은 양규와 같이 근무하면서 양규가 뜻이 크고 행동에 과단성이 있다고 생각했는데, 과연 실전에 임해서도 크게 생각하고 머뭇거리지 않았다.

감옥을 나와서 보니, 양규는 성을 지키며 거란군이 물러갈 때까지 버티는 것이 아니라, 거란군을 아예 막아설 생각이었다. 역시 자신이 아는 양규다웠다.

이제는 노전다워질 차례였다.

노전은 승개의 바로 뒤에서 곽주성 남쪽 산을 오르고 있었다. 승개(承愷)와 최충(崔冲), 중랑장 정신용(鄭神勇), 낭장 고적여(高積餘), 별장 서긍(徐肯),

교위 박수암(朴守嵒), 향정 주연(周演)과 함께였다.

설피*(雪皮)를 너무 단단히 묶었는지 발등에 약간의 통증이 있었다. 심각하지는 않았고 견딜 만했다. 더 걷다 보면 끈이 느슨해져서 괜찮아질 것이다.

하늘에는 구름이 짙게 끼어있어서 달도 별도 없이 칠흑같이 어두웠다. 들이마시는 숨은 차가우면서 습기 때문에 약간 텁텁했다.

어두워서 지금은 앞사람의 등 정도밖에 보이지 않았다. 발 디딜 곳도 보이지 않았으나 승개는 과연 곽주 토박이답게 성큼성큼 가고 있었다. 앞장서 가다가 잠시 멈춰 발밑을 살피다가 다시금 성큼성큼 산을 올랐다.

승개의 걸음이 빨랐으나 중간중간 발밑을 살피기 위해 멈추었으므로 따라가기 어렵지 않았다. 그러나 나중에는 더는 살필 것이 없다고 판단했는지 멈추지 않고 산을 올랐다. 노전이 걸음을 빨리하여 승개의 어깨를 살짝 잡았다. 천천히 가라는 뜻이었다. 칠백여 명이 간격을 두고 거의 일렬로 어두운 산길을 행군하고 있었다. 빠르면 좋겠지만 대열이 끊기면 안 된다.

몇 시진 전, 노전 등을 선봉으로 하여 흥위위 초군과 천여 명의 통주군은 술시(19~21시)에 통주성을 나와 곽주성으로 향했다. 곽주의 거란군들이 대부분의 도로에 척후를 세워놓았을 것이므로 그들의 이목을 완전히 속인다는 것은 불가능하다고 봐야 했다. 양규는 앞에 척후도 세우지 않고 나아가게 했다.

양규의 생각은 단순했다. 속이는 것이 불가능하다면 그냥 달리는 것이다. 거란군의 매복은 없을 것이고, 있어 봤자 척후병들이다. 발각은 될지언정 당할 일은 없는 것이다.

곽주에서 십 리 정도 떨어진 곳에 이르자 드디어 거란군의 뿔나팔 소리

---

* 　설피: 눈에 미끄러지지 않게 신는 덧신.

가 울리기 시작했다. 그러나 거란 척후의 뿔나팔 소리는 요란하지 않았다. 적 출현이 아니라 마치 어떤 움직임이 있다는 정도만 곽주성에 통보하는 것 같았다.

날은 이미 어두웠고 고려군들이 아무 기치도 세우지 않은 데다가 몸에는 터럭베*(터럭뵈)를 둘러썼으므로, 거란의 척후들이 피아를 정확하게 파악할 수 없을 것이었다. 또한 전에도 여러 번 이런 일이 있었으므로 긴장감 또한 낮아졌을지도 모른다.

어쨌든 거란 척후에 대한 노출은 예상했던 바이므로 뿔나팔 소리에 아랑곳하지 않고 길을 재촉했다. 곽주에서 사오 리가량 떨어진 곳에 이르자, 최질이 이끄는 백 기의 기병들은 머물러서 적당한 곳에 매복했다.

나머지 군사들은 계속 남하하여 곽주를 지나쳐 큰 고갯길까지 나아갔다. 거기서 다시 세 부대로 나뉘어, 노전 등을 선봉으로 하는 흥위위 초군 칠백 명은 말에서 내려 곽주성이 위치한 산맥의 남쪽 지류를 타고 산을 올랐다. 나머지 두 부대는 고갯길에서 잠시 머물다가 백여 기의 기병들은 흥위위 초군들이 타고 온 말들을 몰고 다시 통주 쪽으로 향했다. 마치 돌아가는 것처럼 거란군들의 이목을 속이기 위해서였다. 남은 팔백 명의 군사들은 고갯길 동남쪽에 매복했다.

산을 오른 지 일각쯤 되자 노전의 몸에서 땀이 나려고 했다. 산이 높지는 않았지만 칠흑 같은 밤인 데다 겨울이라서 눈이 약간 쌓여 있었다. 그 때문에 평소보다 배 이상의 힘이 들었다. 추운 겨울 날씨에 땀을 내는 것은 좋지 않다. 분명 대기해야 할 시간도 있을 터인데 땀을 흘린 채 대기하다 보면 몸이 얼어버린다. 동상에 걸리기 딱 좋았고 체온이 급격하게 떨어지면 작전 수행이 불가능할 수도 있었다.

* 터럭베의 표준어는 터럭뵈로 짐승의 털로 짠 요를 말한다.

노전은 승개를 멈추게 하고 선봉대 인원에게 휴식을 취하게 하여 몸의 체온이 식기를 기다렸다. 겨울이라 몇 분을 쉬니 금방 체온이 내려갔다.

다시 어느 정도 산을 오르자, 이번에는 승개가 오른손을 들어 멈추겠다는 신호를 보냈다. 선봉에 선 여덟 명은 즉시 멈추고 밑에서 따라오는 군사들에게도 신호를 보냈다.

노전이 바짝 엎드려 있는 승개에게 다가갔다. 승개가 말없이 앞을 가리켰다. 거의 산 정상부에 다다른 듯했는데 여기에는 원래 고려군의 파수대(把守臺)가 있는 자리였다. 그렇다면 역시 거란군들 몇이 주둔하고 있을 가능성이 있었다. 만일 거란군이 주둔하고 있다면, 근처 눈 위에 사람의 발자국이나 설피 자국들이 있을 것이다.

승개는 포복한 채로 좀 더 넓은 앞쪽으로 나아가며 거란군의 흔적을 찾았다. 두 사람이 노전 옆에 와서 포복했다. 정신용과 고적여였다.

노전이 정신용과 고적여를 보며 앞을 가리켰다. 어두워서 잘 보이지 않았지만 정신용과 고적여는 노전이 무엇을 가리키는지 알 수 있었다. 선봉대 인원이 속속 올라와 포복했다.

포복하여 앞으로 나아가던 승개가 멈추는 듯했다. 승개가 멈추었다면 무언가를 발견한 것이다.

노전은 정신용과 고적여와 더불어 조심히 포복한 채로 승개 옆으로 갔다. 주위를 살피니 과연 눈 위에 발자국 같은 것들이 있었다.

정신용은 노전에게 파수대를 가리키며 손으로 원을 그렸다. 그리고 다시 자기 자신과 고적여를 가리키고 손가락으로 파수대를 가리켰다. 파수대를 포위하면 자신과 고적여가 안으로 들어가겠다는 뜻이었다.

노전은 정신용에게 잠시 대기하라고 손짓한 후, 뒤쪽의 선봉대 인원들에게 가서 바닥에 유삼과 터럭베를 깔고 서로 붙어 있게 하여 체온을 유지하도록 했다.

파수대 안에 거란군들이 있다면 분명 주기적으로 곽주성과 신호를 주고

받을 것이다. 그것을 기다렸다가 곽주성과 신호를 주고받은 직후에 거란 군들을 해치우든지, 아니면 파수대를 우회해 갈 수도 있었다.

노전은 선봉대 인원들을 대기시킨 후에, 뒤따라 올라오는 흥위위 초군 들을 기다렸다. 잠시 후, 양규가 선두에 서서 올라왔다. 노전은 양규에게 귓속말로 상황을 설명했다. 양규는 즉시 노전을 비롯한 선봉대를 다시 출 발시키고 흑낭대 군사들 몇 명에게 파수대를 포위하게 했다.

선봉대는 다시 승개를 필두로 산 능선을 따라 움직이기 시작했다. 파수 대에서 북쪽으로 향하는 길은 처음에는 내리막길이었다. 내리막이 이어지 다가 다시 오르막이 내리막보다 길게 이어졌고 다시 짧은 내리막과 오르 막이 번갈아 이어졌다. 오르막과 내리막이 있었지만 산의 정상부는 비교 적 완만했기 때문에 산을 오르는 것보다 훨씬 이동이 편했다.

이윽고, 어둡지만 않다면 곽주성이 지척에 보이는 애기봉우리에 당도했 다. 여기서 곽주성의 동북쪽 성벽까지는 이삼 리에 불과했다.

시간은 축시(1~3시)의 끝을 향하고 있었고 노전은 여기서 선봉대 인원들 을 일단 대기시켰다. 이 정도 위치에서, 뒤따르는 흥위위 초군들이 공격을 위해 대열을 정비해야 하기 때문이다.

아까의 파수대도 조용했고 곽주성 안도 쥐 죽은 듯 조용했다. 그렇다면 곽주성 안의 거란군들은 도로에서 움직인 병력에 대해 특별히 신경을 쓰 지 않고 있는 것이다. 아군이 의도한 대로 피아를 구별하지 못했을 수도 있 었고, 그게 뭐든지 간에 다시 돌아갔다고 생각할 수도 있었다. 아니면 성을 공격할 만한 고려군이 주위에 존재하지 않는다고 여기기 때문에 어떤 움 직임이든지 간에 별로 신경 쓰지 않았을 수도 있었다.

노전이 곽주성을 지키는 거란군의 지휘관이더라도 고려군이 성을 공격 할 것이라고 예상하기란 힘든 일이었다.

인시(3~5시)의 중간이 되자 흥위위 초군들이 모두 애기봉우리 근처에 당 도했다. 양규가 맨 나중에 당도하여 노전에게 귓속말로 말했다.

"파수대의 적들을 제거했소. 시간이 별로 없으니 바로 작전을 시작해야 합니다."

홍위위 초군 대열 중간중간에 서서 길잡이 역할을 하던 곽주병 두 명이 선봉대에 합류하여 선봉대는 이제 열 명이 되었다.

노전은 터럭베와 유삼을 땅에 내려놓았다. 몸을 가볍게 하려면 필요 없는 짐은 이제 모두 내려놓고 가야 한다. 노전은 선봉대 인원을 한 명씩 바라보았다. 다들 팽팽히 긴장하고 있었지만, 또한 한번 해보자는 의지들을 느낄 수 있었다.

노전은 최충과 눈이 마주쳤다. 짙은 어둠 속에서도 최충의 눈빛이 노전이 원래 알고 있던 그 눈빛으로 돌아와 있다는 것을 알 수 있었다. 최충의 눈빛이 반짝반짝 빛났다.

선봉대 열 명은 애기봉을 조심히 내려갔다. 여기서부터는 최대한 은밀해야 한다.

곽주성의 동북쪽은 산 위에 드러난 큰 바위들을 따라 성벽이 쌓여 있었다. 그 바위들을 '사인바위(舍人岩)' 혹은 '귀인바위(貴人岩)'라고 했다. 곽주에 성을 쌓을 때 서희가 그 위에 올라가 지휘를 했기 때문에 붙은 명칭이었다. 바위들을 따라 서남쪽으로 내려가면 동문이 있었고 바위들을 따라 북쪽으로 조금만 올라가면 북암문이 있었다.

승개는 바위들 사이로 접근하여 북암문 부근 성벽을 오르기를 제안했었다. 그쪽 길은 바위가 많은데다 밤에는 살짝 얼어 있을 것이기 때문에 다수가 오르기에는 제한적이었다. 그러나 곽주 사람만이 알 수 있는 길이어서 거란군이 대비하고 있지 않을 가능성이 컸다. 또한 성벽이 약간 꺾이는 곳이라 그 성벽 위에 바로 거란군이 있지 않은 한 약간의 사각지대였다.

아주 좋은 생각이었으나 한 가지 문제가 있었다. 그쪽으로 성벽을 오르면 아무리 북암문에 가깝게 붙어 오르더라도 북암문까지 적어도 수십 보를 성벽 위를 따라 이동해야 한다. 거란군들이 아예 넋을 놓고 있다면 모를까, 성벽 위를 이동할 때 거란군에 발각되지 않을 수 없는 것이다. 발각되는 것을 기정사실로 보았을 때 불시(不時)와 속도를 이용할 수밖에 없었다.

선봉대 인원들은 엉금엉금 기다시피 하여 바위들 사이를 올랐다. 노전이 오르면서 보니 과연 거란군이 이쪽을 대비하고 있지 않을 것 같았다. 바위의 표면이 얼어 매우 미끄러워서 다녀본 사람만 다니지 다녀보지 않은 사람은 엄두도 내지 못할 곳이었다.

미끄러지기를 여러 차례씩 반복하여 결국 성벽 바로 밑까지 다다르는데 성공했다. 등에 지고 왔던 사다리 부속들을 조립하여 긴 사다리를 만든 다음, 성벽 위에 조심히 걸쳤다. 노전은 심호흡을 하고 성벽 위를 주의 깊게 살피며 사다리를 올랐다.

성가퀴 사이로 성벽 위를 눈으로 훑으니 근처 성벽에 거란군은 보이지 않았다. 그러나 성벽 위에 등불이 군데군데 걸려 있는 것이 성벽 위에서 눈에 띄지 않게 움직일 방법은 없었다.

노전은 재빨리 성가퀴 사이를 넘어 성벽 위에 올라섰다. 자세를 낮춘 후, 주위의 등불들을 보았다. 몸 왼편에 삼 보 정도 되는 거리에 등불이 있었고 오른편으로는 칠팔 보 정도 되는 거리에 등불이 있었다. 주위의 등불을 없앨까 망설였다. 없애면 어둠에 몸을 숨기기에는 좋겠지만, 또한 이곳에 이상이 있음을 거란군에게 알리는 모양이 된다. 노전이 망설이고 있는데 곧이어 정신용이 올라오고 고적여가 따라 올라왔다.

"윽!"

그런데 어디에선가 바람을 가르는 소리가 들리더니 고적여가 주저앉으며 신음을 했다. 노전과 정신용은 고적여를 놔두고 본능적으로 북암문을 향해 뛰기 시작했다.

이어서 뿔나팔 소리가 요란하게 울리기 시작했다.

"뿌, 뿌, 뿌, 뿌, 뿌…."

최충이 막 사다리를 잡고 오르려고 하는데 화살 나는 소리가 들리고 미약한 비명이 들렸다. 곧이어 뿔나팔 소리가 요란하게 울리는 것이 거란군에 발각된 것이 분명했다. 최충이 급히 올라가려고 하는데 앞의 서긍 등이 걸음을 떼지 않고 있었다.

최충이 다급히 외쳤다.

"어서 성벽을 오르시오!"

최충의 외침에도 맨 앞에 선 서긍의 움직임이 없자, 최충은 사다리를 잡은 손을 놓고 활을 들어 서긍을 쏘려고 하였다.

"오르지 않으면…."

그런데 최충의 말이 끝나기 전에 서긍이 성가퀴를 올랐다. 맨 앞의 서긍이 오르자 최충의 앞에 있던 박수암과 주연도 사다리를 오르기 시작했다. 그런데 화살이 방패를 때리는 소리가 연이어서 들리면서 성벽 위에서 신음이 들렸다. 누군가 또다시 화살에 맞은 듯했다.

"올라오지 마시오!"

성벽 위에서 누군가 소리쳤는데 고적여의 목소리 같았다. 최충은 황급히 주변을 살폈다.

66

곽주탈환작전—두 번째

: **경술년**(1010년) **십이월 십칠일 인시**(4시경)

두 사람이 달리고 있었다. 노전과 정신용이었다. 걸음이 빠른 정신용이 노전보다 앞서며 철봉으로 등불을 치자, 노전이 정신용에게 급히 말했다.

"등불은 내가 제거할 테니 중랑장은 먼저 가서 북암문의 적들을 제압하시오!"

노전과 정신용이 북암문으로 달리는 동안에 화살 두어 발이 더 날아왔으나, 빠르게 움직이는 데다가 방패를 들고 있었으므로 피해는 입지 않았다. 정신용은 수 초 만에 북암문에 도착했다.

북암문은 두 명의 거란 군사가 지키고 있었다. 뿔나팔 소리가 요란하게 울리자 무기를 챙겨 들고 성벽을 보고 있는데 그때 정신용이 들이닥친 것이다.

정신용이 철봉으로 거란 군사 하나를 내려치자 거란 군사가 급히 창 자루를 들어 공격을 막았다. 하지만 막는 데만 겨우 성공했을 뿐 철봉의 위맹한 힘에 창자루가 그만 부러지고 말았다. 정신용은 수박희의 기술로 왼발을 들어 옆에 있는 또 다른 거란 군사를 걷어찼다.

북암문 앞에서 서로 치고받는 난전이 벌어졌고 정신용은 거란 군사 하나의 머리를 철봉으로 내려치는 데 성공했다.

정신용이 다른 거란 군사의 창을 잡고, 거란 군사는 정신용의 철봉을 붙잡고 실랑이를 펼치고 있을 때, 노전이 성벽 위에서 북암문으로 뛰어 내려오면서 골타로 정신용의 철봉을 잡은 거란 군사의 왼쪽 어깨를 내려쳤다.

골타를 잡은 노전의 손바닥에 묵직한 떨림이 느껴졌다. 제대로 쳤을 때 느껴지는 그런 떨림이었다. 노전의 골타를 맞은 거란 군사가, 잡고 있던 정신용의 철봉을 놓치며 무릎을 꿇자, 정신용이 철봉으로 거란 군사의 머리를 가격하여 마무리 지었다.

노전은 방패를 들고 몸을 돌리면서 다급히 말했다.

"거란군들이 몰려오고 있소!"

노전이 북암문으로 뛰어들 때쯤에 성벽 밑에 가까운 막사로부터 거란군들이 뛰어오는 소리가 들렸던 것이다.

노전과 정신용은 북암문의 홍예(虹霓)로 들어갔다. 재빨리 문의 빗장을 풀어버려야 한다. 정신용이 거란군을 막아서고 노전이 빗장을 풀려고 했다. 빗장은 상·중·하로 모두 세 개가 있었는데, 노전이 막 맨 위의 빗장을 풀자 위로부터 화살이 날아왔다.

화살이 나는 바람 소리를 듣고 정신용이 외쳤다.

"몸을 낮추시오!"

화살이 빗발치는데 다행히 위쪽 계단에서 쏘는 것이라 각도가 좋지는 않았다.

노전은 정신용의 뒤에서 몸을 낮추고 있다가 가만히 보니, 자신은 방패를 메고 있으니 몸을 조금만 세우면 중단의 빗장을 풀 수 있을 것 같았다.

노전은 몸을 약간 세우며 팔을 들어 중단의 빗장을 잡으려고 했다. 더는 화살도 날아오지 않았다. 거란군들이 북암문의 홍예로 뛰어 내려왔다. 화살만 쏘아서는 금방 어떻게 할 수 없었기 때문이다. 그 모습을 본 정신용이 방패를 앞세우고 달려 나갔다. 노전이 빗장을 풀 시간을 벌어주기 위해서였다.

정신용의 방패가 거란군들의 창에 부딪힐 때, 드디어 노전은 중단의 빗장을 손으로 잡을 수 있었다. 노전이 몸을 더 일으키며 팔과 어깨에 힘을 주어 빗장을 들어 올리려고 하는데, 등에 강한 충격이 가해졌다. 노전의 몸

중심이 앞으로 쏠렸다. 그 바람에 노전은 빗장을 놓치며 투구 부분을 문에 부딪히고 말았다.

노전이 빗장을 잡는 것을 본 거란 군사가 창을 던진 것이었다. 다행히 거란군이 던진 창이 등에 멘 방패에 부딪혔기 때문에 충격은 받았으나 부상을 입지는 않았다.

정신용이 노전에게 외쳤다.

"뒤를 조심하시오!"

정신용의 외침을 들은 노전은 본능적으로 어떤 상황인지 알아차렸다. 골타를 맹렬히 휘두르며 뒤로 돌아섰다. 다행히 노전의 골타에 공격해 오던 거란군의 창이 걸렸다.

삽시간에 난전(亂戰)이 벌어졌다. 노전과 정신용은 무기를 맹렬히 휘두르며 거란군을 상대했다. 거란군들과 싸우느라 빗장을 잡을 엄두도 낼 수 없었다. 그래도 다행인 것은 홍예가 좁기 때문에 거란군이 아무리 다수이더라도 들어올 수 있는 숫자가 제한적이었다는 점이다.

노전과 정신용은 마음이 다급했다. 그러나 치고 막기에도 바쁜 판이었다. 노전은 막고 치면서 힐끗 빗장 쪽을 보았다. 빗장이 하나라면 거란군의 무기에 맞아주며 달려들어 어찌어찌 벗겨낼 수 있을 것도 같았다. 그러나 두 개의 빗장을 벗겨내는 것은 불가능할 것이었다.

노전은 다급한 마음에 비명에 가까운 기합을 질렀다.

"으악!"

고적여는 복부에 화살을 맞았다. 곧이어 올라오던 서긍도 화살에 맞아 쓰러졌다.

고적여가 방패로 서긍과 자신을 가리고 보니, 서긍은 오른쪽 다리에 화살을 맞았는데 상처가 그리 깊어 보이진 않았다. 서긍은 금세 정신을 차리고 역시 방패로 몸을 가렸다. 드디어 박수암과 주연이 올라오자, 고적여는 최충 등을 향해 올라오지 말라고 외치며 북암문으로 달렸다. 노전이 달리면서 등불들을 꺼 놓았기 때문에 곧바로 어둠 속에 몸을 숨길 수 있었다.

북암문에 다가갈수록 병장기 부딪치는 소리와 기합 소리가 더욱 커졌다. 거의 도착했는데 갑자기 '으악' 하는 소리가 들렸다. 비명인지 기합 소리인지 알 수 없었다.

고적여는 아래로 몸을 날리며 자신의 골타로 거란 군사의 머리를 우에서 좌로 내려쳤다. 고적여 등이 연이어서 북암문 안쪽 입구에서 세 명을 쓰러뜨리자, 노전과 정신용을 압박하던 거란군의 기세가 다소 완화되었다.

노전이 그 틈에 힐끔 빗장을 보았다. 빗장을 풀려고 하면 방패와 골타를 손에서 놓아야 한다. 한 번의 기회에 목숨을 걸어야 하는 것이다. 더 이상의 외부 도움은 기대할 수 없었고 시간을 끌면 끌수록 불리해질 것이다. 지금 해결을 보아야 한다.

노전은 방패를 다시 등에 재빨리 메고 중단의 빗장으로 달려들었다. 정신용이 노전의 의도를 알아채고 철봉을 맹렬히 휘두르며 노전의 등을 막아섰다. 순식간에 거란군들의 창이 노전과 정신용에게 찔러 들어왔다. 정신용은 노전에게 찔러 들어가는 창부터 철봉으로 밀어내고 방패를 거칠게 휘둘렀다.

창 한 자루가 정신용의 왼쪽 무릎 부분으로 찔러 들어왔는데 정신용은 미처 이것까지 방어할 수가 없었다. 창에 왼쪽 무릎이 찔리자, 충격 때문에 무의식적으로 무릎을 꿇어야 했다.

정신용이 무릎을 꿇자, 노전의 등이 거란 군사들에게 드러났다. 거란 군사들의 창끝이 매섭게 노전의 등을 향해 파고들었다.

"윽!"

노전은 등에 여러 대의 창을 맞고 말았다. 방패는 그 충격에 의해 너덜너덜해졌다. 갑옷이 몸을 보호하고 있었으나 창끝이 몸에 반 치가량이나 파고들었다.

그러나 노전은 빗장을 놓치지 않았다. 인생에서 마지막으로 힘을 쓸 순간이었기 때문이었다. 노전은 기합을 내지르며 중단의 빗장을 위로 벗겨냈다.

정신용은 거란군의 창날들이 자신의 왼쪽 어깨 위를 지나는 것을 느꼈다. 그리고 그 창날이 노전을 찔렀다는 것을 분명히 알 수 있었다. 노전은 거란군의 창에 맞으면서도 빗장을 벗기기 위해 목숨을 걸었다. 그리고 창을 맞았음에도 빗장 하나를 벗겨냈다.

정신용은 창을 맞지 않은 오른쪽 다리에 힘을 주며 튕기듯이 앞으로 나아갔다. 노전의 부상이 얼마만큼 되는지도 알 수 없었고 또 다른 빗장을 벗겨낼 만한 힘이 노전에게 남아 있는지도 알 수 없었다.

그러나 자신이 목숨을 불사하고 거란군들의 창 사이로 뛰어들면 약간의 시간을 벌 수 있을 것이다. 만일 노전의 힘이 아직 남아 있다면, 그때 마지막 빗장을 벗겨낼 가능성이 있다. 정신용은 그 가능성에 모든 것을 걸었다.

최충은 올라오지 말라는 고적여의 외침을 듣고 어찌할 바를 몰랐다. 분명 적들이 화살을 쏘고 있다. 사다리를 타고 올라가면 적들의 좋은 표적이 될 것이다. 최충은 안타까운 마음으로 위를 보고 주변을 두리번거리다가, 갑자기 이런 생각이 들었다.

'어차피 이판사판이다. 아무것도 하지 못하고 산다면 또한 죽은 것이고, 성 위를 오르다가 죽으면 또한 산 것이다.'

최충은 사다리를 잡고 승개 등에게 급히 말했다.

"사다리를 오른쪽으로 옮기세!"

최충은 사다리를 오른쪽으로 몇 보 옮기게 한 후, 사다리를 성가퀴 한참 아래에 걸치게 했다. 이렇게 걸치면 성벽 위에서는 사다리가 보이지 않을 것이다. 승개 등에게 사다리를 꽉 붙잡게 한 후, 사다리를 어느 정도 오르다가 성가퀴를 두 손으로 잡고 힘을 주어 성벽 위로 크게 도약해서 뛰어올 랐다.

어김없이 바람을 가르는 화살 소리가 '쉬익' 하고 들렸다. 최충은 목을 자라처럼 움츠리고 몸을 뒤집었다. 등에는 방패를 메고 있으니 방패를 맞 는다면 요행이고 다른 곳에 맞는다면 하늘의 뜻이었다.

그런데 최충이 뛰어오른 곳은 노전이 등불을 꺼 놓은 곳이었다. 거란군 이 뛰어오르는 형체만 보고 화살을 날린 데다가 급하게 쏜 것이라 화살은 최충의 몸 위를 스치듯이 지나갔다. 최충은 성벽 위에 착지하자마자 마치 네발 달린 짐승처럼 손과 두 발을 사용해서 바닥을 박차며 달렸다.

양규는 곽주 북쪽 십 리 지점까지 왔을 때 거란군의 뿔나팔 소리를 들었 으나, 그 뒤로 곽주성 안의 거란군들이 잠잠하자 내심 기회로 여겼다. 더구 나 산 위에 있던 거란의 파수꾼마저 무리 없이 제압했으니 더할 나위 없는 호기(好機)인 셈이었다.

노전이 이끄는 선봉대가 곽주 북동쪽의 바위를 통해 성벽을 오를 때, 양 규는 흥위위 초군들과 같이 북암문에서 백오십 보 떨어진 지점에서 대기 중이었다. 이곳은 살짝 둔덕을 이루고 있어서, 날이 밝을 때도 둔덕 뒤에 몸을 감추고 있으면 성벽 위에서는 보이지 않았다.

양규는 이곳에 도착하자 사다리를 조립하게 하였다. 십여 개의 사다리 를 만들어 놓고 성안의 변화를 예의주시했다.

잠시 후, 성안에서 거란군의 뿔나팔 소리가 요란하게 울리기 시작했다. 노전 등이 성벽을 오르는 데는 성공했으나 거란군들에게 발각된 것이 틀 림없었다.

찰나의 순간이었다. 양규는 급히 흥위위 초군들에게 명했다.

"성벽으로 진격하라! 우리는 지금 곽주를 탈환할 것이다!"

그리고 화전(火箭)을 공중에 쏘아 올리게 했다. 곽주성 남쪽에서 대기하는 채온겸 등에게 보내는 신호였다.

양규는 찰나의 순간에 기다림보다는 공격을 택했다. 노전의 선봉대가 거란군에 발각된 이상, 성문을 열 가능성보다는 열지 못할 가능성이 더 크다. 그리고 시간이 지나면 지날수록 거란군들은 계속 북암문으로 몰려올 것이다.

노전의 선봉대가 성문을 열지 못한다고 가정했을 때, 그나마 지금이 여지가 있었다. 물론 지금도 쉽지는 않을 것이다. 그러나 안 한다면 모를까, 한다면 지금밖에 없었다.

곽주를 탈환한다면 거란군 본대에 보내는 무언의 전갈은 대단히 강렬할 것이다. 거란군은 퇴군로에 대해서 심각히 고민할 수밖에 없다.

사실 양규는 곽주 탈환을 계획할 때부터 선봉대의 성공 여부와 관계없이 조금의 여지가 있으면 공격하려고 마음먹고 있었다. 그리고 거란군의 파수꾼을 제거했을 때는 거의 마음을 굳혔었다. 어려운 작전이겠으나 성공하면 그 대가는 더할 나위 없이 크다. 곽주 탈환으로 거란군들이 산길로 향할 가능성은 비약적으로 높아지게 된다. 거란군들이 내륙 쪽으로만 간다면 거란의 일로군(一路軍) 정도를 소멸시키는 것은 어려운 일이 아니다. 조건만 맞는다면 더욱더 심대한 타격을 줄 수도 있다.

만일 별 피해 없이 거란군을 그대로 본국으로 돌려보낸다면, 거란은 장차 고려에 대해 무리한 요구를 하거나 그 요구가 충족되지 않으면 또다시 침공할 것이다. 돌아가는 거란군에 심대한 타격을 준다면 앞으로의 거란군의 침공을 종식할 수 있을 것이다.

거기에 따른 실패의 대가는 자신을 비롯한 흥위위 초군 칠백의 목숨이다. 무리한 도박일지도 모르지만, 실패하면 칠백 명쯤의 목숨이고, 성공하면 나라를 구한다.

양규는 생각했다.

요행을 바라는 도박은 좋은 것이 아니다.

특히 군대를 지휘하는 것은 매우 위험한 일이다.

깊이 있게 생각하고 멀리 보아야 한다.

뭐가 나올지 모르는 주사위 따위에 운을 실어서는 안 된다.

그러나 가장 소중한 것을 지키기 위해서,

남자가 인생에 단 한 번의 도박을 해야 한다면,

그렇다면 단 한 번.

내가 반드시 지키고자 하는 것을 위해서,

단 한 번, 하는 것은 부끄럽지 않으리라!

양규는 돌격 명령을 내리고 선두에 서서 달려갔다. 그리고 성벽 위로 사다리가 걸쳐지자 맨 먼저 사다리를 잡았다.

67
곽주탈환작전─세 번째

: 경술년(1010년) 십이월 십칠일 인시(4시경)

최충이 북암문에 거의 다다르니, 북암문 안쪽에서 맹렬한 전투가 벌어지고 있었다. 그리고 노전 등이 아직 성문을 열지 못했다는 것을 알 수 있었다.

최충의 눈에 성벽 안쪽 언덕에서 무수히 올라오는 횃불들이 들어왔다. 거란군들이 속속 북암문 쪽으로 몰려오고 있는 것이었다.

최충은 무수한 횃불들을 보고 절망감이 치솟아 올랐다. 이쯤 되면 이미 성문을 열 가망은 없다고 보아야 한다. 자신이 노전 등이 벌이는 싸움에 뛰어들어도 성문 개방의 가능성은 희박했다. 그러나 할 수 있는 일은 그것밖에 없었다. 최충은 용기를 내어 활을 빼어 들었다.

시위에 화살을 거는데, 오른편에서 도깨비불 같은 무언가가 하늘로 쑥 올라갔다. 최충은 처음에는 멍하니 그 불을 보고 있었다. 그러다가 정신이 번쩍 들었다. 도깨비불은 성 밖의 흥위위 초군이 쏜 불화살인 것이다!

흥위위 초군이 불화살을 날렸다면 공격한다는 뜻이었다. 최충은 북암문 위 성벽의 등불들을 보았다. 북암문 안으로 뛰어드는 대신에 재빨리 등불로 다가가 등불들을 손과 발로 쳐서 떨어뜨렸다.

그러고는 활을 들어 성안에서 북암문 쪽으로 접근하는 거란군들을 향해 화살을 쏘아 보냈다. 겨냥하지 않고, 당기고 바로 쏘았다. 맞추는 것이 목표가 아니었다. 늦추는 것이 목표였다. 과연 올라오던 거란군의 횃불들이 흩어지는 것이 보였다.

홍위위 초군이 쏜 불화살이 북쪽에서 날자, 이번에는 곽주성의 남문 밖에서 무수한 불빛들이 갑자기 켜졌다. 그리고 북과 징소리, 군사들의 함성이 요란하게 울렸다.

"둥, 둥, 둥…."

"와아! 와아! 와아!"

홍위위 초군이 날린 불화살에 호응해서, 곽주성 남문 앞쪽에 매복해 있던 통주군 백여 명이 기세를 올리는 것이었다.

그 소리에 또한 호응해서 북암문으로 달려드는 홍위위 초군도 함성을 질렀다.

"홍위위가 간다! 와! 와! 와!"

남쪽에서 횃불이 수천 개가 켜지며 북과 징 소리에 더불어 군사들의 고함이 어우러지고, 북쪽에서는 홍위위 초군들이 함성을 지르니, 성을 포위하여 공격하는 그럴듯한 모습이 꾸며졌다.

최충이 화살 열 발을 날리자, 드디어 성벽 위로 홍위위 초군들이 뛰어넘어 왔다. 최충이 급히 외쳤다.

"밑에 암문에서 교전 중입니다!"

그 말을 들은 한 사람이 곧 명했다.

"황낭장 임수림은 암문의 교전을 도우라! 나머지는 산개하여 성벽으로 다가오는 적들을 사격하라!"

제일 먼저 성벽 위로 올라온 양규였다.

정신용은 피를 뒤집어쓰고 있었다. 창에 찔리고 스치며, 무언가에 얻어맞아 몸에는 무수한 상처가 났고, 그 상처에서 난 피가 몸을 따라 흐르며 정신용이 움직일 때마다 사방으로 튀었다. 삶과 죽음, 고통 따위는 이미 어디론가 사라져버렸다. 순수한 의지만을 가지고 방패와 무기를 마구 휘두르고 있었다. 완전한 무아지경의 상태였다.

노전은 중단의 빗장을 벗겨낸 후, 거란군의 창에 어깨를 맞으며 본능적으로 몸을 밑으로 숙였다. 밑으로 숙여야 정신용 뒤에 몸을 숨길 수 있다. 이런 상황에서의 행동은 인식의 문제가 아니었다. 원초적 두려움이 사람을 본능적으로 움직이게 하는 것이다.

그러나 용사란 두려움이 없는 자가 아니다. 두려움을 극복하는 자다!

노전은 밑으로 몸을 숙이면서 하단의 빗장을 잡았다. 하단의 빗장이 눈에 들어오자 노전은 생각할 겨를도 없이 빠르게 손으로 빗장을 잡았다. 지금, 노전이 인식하는 세상에는 오직 두 가지가 있을 뿐이다. '빗장'과 '빗장을 풀고자 하는 자신의 의지'였다.

노전은 오른쪽 팔이 말을 듣지 않았지만, 기어이 빗장을 풀어내고 말았다. 그리고 목에 걸려 있는 작은 뿔나팔을 입에 대고 힘차게 불었다.

"뚜웅~~~~~."

이윽고 북암문이 열리며 흥위위 초군들이 쏟아져 들어오기 시작했다.

최충은 흥위위 초군들이 당도하자 용기백배하여, 횃불을 들고 접근하는 거란군들을 향해 자신의 백 근짜리 활을 연신 당겼다. 신명이 난다는 것은 바로 이것을 의미했다.

흥위위 초군들이 점점 많이 들어올수록 더 많은 화살이 날았다. 거란군들은 들고 있던 횃불을 모두 꺼버렸다. 그리고 더는 성벽 쪽으로 다가오려 하지 않고 간간이 화살만을 날렸다.

최충은 양규의 근처에 있었다. 거란군들이 화살을 날리자 양규가 최충에게 말했다.

"최 수제관, 이리 가까이 오시게나."

양규의 앞에는 방패수들이 양규의 몸을 가려주고 있었고, 최충은 신명이 나서 몸이 노출된 것도 신경 쓰지 않고 화살을 날릴 곳을 목이 빠져라 찾고 있었다. 최충은 양규의 말에 그제야 자신이 미쳐 날뛰고 있다는 것을 알아차렸다. 즉시 양규의 옆으로 가서 방패 벽 뒤에 서서 몸을 가렸다.

흥위위 초군들은, 처음에 사다리를 타고 성벽 위로 넘어 들어온 군사들 수십 명 외에는, 대부분 노전이 연 암문으로 들어와서 낭대별로 함성을 지르며 맡은 바 구역을 찾아 돌격해 들어갔다. 비록 성안에 진입하는 덴 성공했으나 흥위위 초군의 인원이 적으니 아직 승패를 예단할 수는 없었다.

양규는 다시 불화살을 발사하게 하였다. 불화살이 하늘을 벌겋게 수놓으니, 곽주성 남문 밖의 불빛들도 남문 쪽으로 서서히 움직이기 시작했다. 이것은 허장성세이지만 곽주의 거란군들은 고려군들이 북쪽과 남쪽에서 동시에 공격해 들어온다고 생각할 터였다. 아니 그렇게 생각하기를 바랐다.

그런데 그때 최충의 눈에 성안에 불꽃이 이는 것이 보였다. 그 불은 곧 여러 개로 늘어났다. 최충이 양규에게 큰 소리로 말했다.

"성안에 불이 일었습니다!"

성안에 불이 일자 성안 곳곳이 띄엄띄엄 시야에 들어왔다. 사람들이 우왕좌왕하고 있었다.

그 모습을 본 양규가 우렁차게 명했다.

"고취악을 연주하라! 우리도 전진한다!"

양규의 명에 흥위위 초군들이 성벽을 내려가 성안으로 전진하기 시작했다.

승개는 최충이 성벽 위로 올라설 때 화살이 나는 소리를 들었다. 분명 거란군이 최충을 향해 화살을 날렸고, 그 화살은 빗나간 것이 확실했다.

승개는 남아 있는 군사들과 같이 사다리를 왼쪽으로 옮겼다. 새로운 곳에서 불시에 올라, 사격하는 거란군의 반응속도를 조금이라도 늦춰보려는 생각이었다.

승개는 잔뜩 긴장하여 사다리를 오른 후, 성가퀴를 두 손으로 잡았다. 그런데 그때 오른편 멀리서 '쉬익' 하는 소리를 내며 무언가가 하늘로 날아올랐다. 승개가 반사적으로 고개를 돌려보니 빛나는 별 하나가 어둠을 뚫고 지상에서 하늘로 오르고 있었다.

승개는 넋을 놓고 하늘로 오르는 빛나는 별을 두 눈으로 좇았다. 성가퀴를 두 손으로 잡은 채, 별을 따라 고개를 점점 뒤로 젖히며 그 궤적을 좇는데 이상하게 가슴 속에서 묘한 전율감이 서서히 솟구쳐 올라왔다. 그 느낌이 머리에 다다르자, 승개는 비로소 정신을 퍼뜩 차렸다. 불화살이었다. 흥위위 초군의 공격 신호였다!

정신을 차린 승개는 성가퀴를 훌쩍 넘었고 다행히 거란군의 화살은 날아오지 않았다. 승개는 몸을 데굴데굴 굴려 아래로 내려갔다. 어둠 속에 충분히 몸을 감추었다는 생각이 들자 멈추어서 주변을 살폈다.

주변을 살피는데 이번에는 성의 남쪽 밖에서 수많은 불빛이 갑자기 보이더니 북과 징소리와 더불어 큰 함성이 나기 시작했다. 곧이어 북쪽에서도 함성이 들렸다.

"흥위위가 간다! 와! 와! 와!"

공격 신호에 맞추어 남과 북에서 아군의 공격이 시작되고 있는 것이었다. 승개는 노전 등이 북암문을 여는 데 성공하여 흥위위 초군의 공격이 시작되었다고 생각했다.

어쨌든 이제 자신의 일을 할 차례였다. 곽주 내의 지리는 조그마한 돌멩이 하나라도 기억할 정도다. 승개는 거란군이 없을 만한 곳으로 나아가 마을로 숨어들어 초가집들의 지붕에 불을 질렀다.

승개가 여기저기에 불을 지르는데 집 안에서 사람들이 튀어나왔다. 재빨리 몸을 숨겼는데, 불빛에 드러난 복장이며 '야단났다'라고 외치는 것이 고려인들이었다. 거리로 점점 사람들이 나오며 어찌할 바를 모르고 있었다.

이들은 분명 포로로 잡힌 고려인들이었다. 여기서 우왕좌왕하며 움직이면, 이들은 고려군과 거란군 모두의 표적이 될 것이었다.

승개가 앞으로 나서며 외쳤다.

"모두 마을 북쪽 숲으로 가서 되도록 움직이지 마시오!"

승개는 이렇게 외치고 다니며 계속 불을 질러댔다. 그런데 다수의 사람이 다시 집으로 들어가는 것이 아닌가!

승개가 불을 지르다 말고 의아해서 보니 집으로 들어 간 사람들이 다른 사람들을 업고 나왔다. 업혀 나온 사람들은 부상병들인 것 같았다.

승개가 다시 급히 외쳤다.

"모두 마을 북쪽으로 가시오!"

68

곽두탈환작전—네 번째

: 경술년(1010년) 십이월 십칠일 묘시(6시경)

곽주 주둔 거란군은 귀성군(歸聖軍) 제삼좌상병마도지휘사사 곽수영(郭守榮)이 지휘하고 있었다. 곽주성 안에 있는 거란군은 귀성군 이천과 한인 향병 삼천, 부상병 천여 명 등이었다.

귀성군은 원래 항복한 송나라 군사들로 조직된 군대였다. 그러니까 한족으로 구성된 군대였던 것이다. 한족 중에서도 무예와 용맹이 있는 자들은 예랄군이나 궁위기군(宮衛騎軍) 등으로 뽑혀 갔으므로 귀성군은 아무래도 일류라고는 할 수는 없었다.

그렇다고 이들이 사역과 수송의 일 등을 하는 향병 따위는 아니었다. 이들도 엄연한 기·보병의 체계를 갖춘 전투병들이었다.

고려의 주력군을 삼수채에서 패배시켰으므로 곽주성에 위협이 될 만한 고려군은 그 어디에도 남아 있지 않았다. 삼수채에서 곽주 사이에는 삼만 명이나 되는 고려군의 시체가 길에 널렸었고, 병장기와 각종 노획 물자가 산더미처럼 쌓였었다.

비록 흥화진과 통주성을 함락시키지 못하여 그곳에 고려의 병력이 약간 있었으나 대수롭지 않은 수준이었다. 또한 무로대에서 상당수의 병력이 그들을 견제하고 있었다. 안주를 비롯한 고려의 성들 역시 줄줄이 함락되는 중이었다. 고려의 흥화진과 통주성은 거란군이라는 거친 파도 위에 고립되어 외로이 떠 있는 작은 배들에 불과했다.

따라서 곽주를 지키기 위해 육천이나 되는 병력을 둘 필요는 없는 것이다. 병력을 육천 명이나 둔 이유는 곽주성보다는 곽주성 안에 잡아 놓은 칠천 명의 고려인 포로들 때문이었다.

곽수영을 비롯한 곽주에 주둔한 귀성군과 한인 향병들에게 이 전쟁은 이미 끝난 것이나 다름없었다.

곽수영은 기분이 묘했다. 전쟁터지만 더는 큰 위험이 없는 전쟁터였다. 더구나 천이나 짐승의 가죽으로 이루어진 막사가 아닌, 비바람을 완전히 막아주는 진짜 벽과 지붕이 있는 곳에서 며칠 동안 잠을 잤다. 그동안 원정으로 쌓인 피로가 천천히 풀리면서 마치 유람을 와 있는 것과 같은 느낌이 들었다.

곽수영은 원탐난자군의 뿔나팔 소리가 들린다는 보고를 받고 잠에서 깨어나서 남문루로 나와 있었다. 원탐난자군의 뿔나팔 신호는 적 출현이 아닌 경계신호였다고 한다.

일단 곽수영은 경계 태세를 한 단계 더 높였다. 특히 포로들의 동향을 철저히 감시하게 하였다. 곽수영에게 지금 가장 신경 쓰이는 것은 성 밖보다는 오히려 성안의 포로들이었다.

이동한 인마는 아군일 수도 있고 적군일 수도 있고 또는 이도 저도 아닐 수도 있었다. 아군이라면 본국의 일을 황제에게 급히 보고하기 위해서 이동하는 것일 터다. 만일 고려군이라면 정찰이 목적일 것이다. 통주 일대에서 고려군이 활발히 움직이고 있다는 보고가 며칠 전부터 들어오고 있었다. 통주의 고려군의 목적은 아군의 통신망을 끊는 것일 것이다. 그 활동의 하나로 낮에는 위험하므로 밤을 틈타 이곳까지 정찰을 나온 것일 수도 있었다.

이도 저도 아니라면 여진족이나 양수척(楊水尺: 각종 유랑민)의 족속들일 것이다. 이 지역에는 수초를 따라 움직이는 여진족들이나 정체를 뭐라고 딱히 정의할 수 없는 양수척의 족속들도 꽤나 있었다.

이전에도 이런 일들이 있었으므로 곽수영은 별로 신경 쓰지 않았다. 그리고 정체가 무엇인지도 굳이 확인하려 들지도 않았다. 위협이 되지 않았고 위협이 될 리도 없으니 굳이 알 필요 없다면 몰라도 되는 것이다.

어떤 움직임이든, 곽주성에 별 위협이 될 상황은 아니었고 그럴 가능성도 없었다. 그래도 곽수영은 휘하 군관들을 각 성문과 성벽으로 보내 경계 상태를 점검하게 했다. 얼마 후, 군관들의 보고에는 어떤 곳에도 특이사항이 없었다. 남·북의 파수대에서도 이상 없다는 신호가 왔다. 곽수영은 이후 반 시진을 남문루에서 더 머물렀다.

자정이 되자 이번에는 원탐난자군 두 명이 직접 남문 아래로 와서 보고했다.

"다시 북쪽으로 올라가는 인마가 있는데 아까와 같은 자들인지는 알 수 없습니다."

곽수영이 성 밖을 보니 칠흑처럼 어두웠다. 날씨가 좋은 낮 시간대라면 멀리 바다까지 보인다. 밖을 볼 수 없으니 정확히 상황을 파악하기 위해서는 따로 척후를 보내야 하겠지만 위기 상황이 아닌 이상 굳이 부산을 떨 필요는 없었다. 문제가 생기지 않는 한 일부러 만들 필요는 없는 것이다. 곽수영은 경계만 삼엄히 하고 있는 것이 낫다고 판단했다.

적막한 밤에 홀로 앉아 있으니 이 생각 저 생각이 들며 술 한잔이 생각났다. 낮에 보면 이곳의 경치는 상당히 좋은 편이었다. 성 아래는 넓은 평야가 펼쳐져 있었고 그 평야의 끝에는 광활한 바다가 있었다. 바다가 없는 거란 내륙에서는 볼 수 없는 풍광이었다.

마흔여섯의 곽수영은 원래 송나라 관리였다가 '전연의 맹' 전쟁 때 소배압에게 포로로 잡혀 다시 거란의 관리가 되었다. 그리고 이제 평생 와보리라고 생각하지도 못했던 고려에 와서 그 경치를 감상하게 되었으니 인생이라는 것이 참 파란만장했다.

이곳이 적국이 아니고 황제의 금주령만 없다면 한잔했을 것이다. 곽수영은 술을 가져오라고 명할까 하다가 관두었다. 여기서 자신이 술 한잔 마신다고 황제가 알 일이 없지만 그래도 모르는 일이었다. 눈과 귀는 어디에도 있었고 자신이 생각하는 관직 생활의 첫 번째 원칙은 '조심'이었다.

곽수영은 이런저런 생각을 하다가, 더는 아무 상황이 발생하지 않자 몸을 일으켜 성벽을 순시했다. 성벽 순시를 마치니 이미 축시(1~3시)의 중간이 되어 있었다. 사방은 여전히 어둡고 고요했다. 곽수영은 경계 태세를 원래대로 돌아가게 한 후, 다시 숙소로 가서 잠자리에 들었다.

곽수영이 다시 잠을 깬 것은 묘시(5~7시)가 되어서였다. 누가 깨우지 않아도 깰 수밖에 없었다. 밖이 뿔나팔 소리와 북소리, 징소리, 고함치는 소리 등 각종 소음으로 온통 난리였기 때문이었다.

곽수영은 정신이 번쩍 들었다. 갑옷을 입고 말고 할 겨를도 없이 칼 한 자루만 챙겨서 나오려는데, 휘하 장수 하나가 다급히 들어오더니 말했다.

"적이 남과 북에서 동시에 성을 공격 중입니다!"

곽수영은 소스라치게 놀랐다. 숙소에서 나와 남문루로 가려는데, 이미 북쪽 성벽을 넘어서 고려군들이 성 내로 진입한 듯이 보였고, 남쪽에서는 수많은 불빛이 북소리와 함성과 함께 남문으로 접근 중이었다. 곽수영은 창졸지간(倉卒之間)에 어찌할 바를 몰랐다. 그런데 남쪽의 고려군은 아직 남문에 다다르지 못했고 서쪽에서부터 접근 중이었다. 만일 지금 당장 남문으로 나간다면 접근해 오는 고려군들을 피해 동남쪽으로 달아날 수 있을 듯 보였다.

목숨이 경각에 달린 위험한 순간에, 생과 사의 갈림길은 순식간에 결정된다. 곽수영은 무엇에 이끌리듯이 말을 타고 남문으로 가서 신속히 명했다.

"문을 열라! 우리는 남쪽으로 퇴각한다!"

곽수영의 명에 문이 열리고 곽수영을 비롯한 남문 주위의 거란군들이 우르르 남문으로 나가기 시작했다. 그 모습을 본 성안의 거란군들 역시 모

　　　　　　　　　　고려거란전쟁 - 고려의 영웅들 (하)

두 남문 쪽으로 몰려갔다.

북암문에서 언덕을 타고 성안으로 진군하던 흥위위 초군들은 남문으로 거란군들이 우르르 빠져나가고 있는 것을 똑똑히 볼 수 있었다. 그 모습을 본 흥위위 군사들이 함성을 질러댔다.

"와! 와! 와!"

흥위위 초군들은 장교들로부터 병졸까지 이런 상황이 오면 무리하게 적을 쫓지 말고 기세를 강하게 올리며 약속된 위치를 확보하는 데 주력하라고 미리 명을 받았었다.

낭장 원태가 이끄는 흑낭대는 남문의 서쪽 성벽을, 낭장 유황이 이끄는 백낭대는 남문의 동쪽 성벽으로 올라 그곳을 점령하고 나머지 낭대들은 거란군들을 남문 쪽으로 몰아갔다. 마치 양떼를 우리 안에 몰아넣는 것과 같았다.

거란군들이 대부분 남문으로 몰려가자, 드디어 남문에서 병목현상이 발생하기 시작했다. 그 모습을 본 양규가 고각군들에게 북과 징을 치게 하며 명했다.

"지금이다! 총공격하라!"

남문에 몰린 거란군들을 향해 무수한 화살들이 삼 면에서 날기 시작했다. 거란군들은 화살에 맞아 죽거나 서로가 서로를 밟는 통에 압사하고 말았다.

화살이 날아가는 소리와 비명이 무수하게 계속 울려 퍼졌다. 수천 명의 거란군이 남문에 몰려 있었으나 그 누구도 돌아서서 싸울 생각을 하지 못했다. 그저 어떻게라도 남문을 통과하려고 온 힘을 집중하여 서로를 밀치며 버둥거렸고 버둥거리다가 쓰러져갔다. 마치 패신(敗神)의 광풍이 거란군 전체를 휩쓸고 있는 것 같았다.

한동안의 사격이 끝난 후, 수천 명의 시체와 부상자들이 남문 쪽에 쌓였고 살아남은 자들은 모두 성을 빠져나갔다.

양규는 청낭대를 남겨 남문 쪽을 정리하게 하고 나머지 군사들과 횃불을 훤히 켜고 거란군들을 추격했다. 흥위위 초군들이 횃불을 대낮같이 밝히고 남문을 나서자 남서쪽에 있던 최질이 이끄는 통주병 백여 명도 뒤따라 합류했다.

한편, 채온겸은 팔백여 명의 통주병들과 함께 곽주 동남쪽 고갯길에 매복해 있었다. 곽주에서 안주를 잇는 주도로였다.

흥위위 군사들이 산을 오른 후, 채온겸은 고갯길의 내리막 곳곳에 마름쇠 수천 개를 巨(거)자 모양을 여러 개 그리며 뿌려 놓았고 군데군데 거마창을 설치해 놓았다. 거란군들이 일단 내리막길로 접어들어 마름쇠를 밟으면, 달려오던 탄력 때문에 앞으로 넘어지게 된다. 따라서 마름쇠 밭에 일단 들어오면 돌아서기가 용이하지 않을 것이었다.

그리고 그 뒤로 통주병 삼백여 명으로 하여금 방패와 창을 들고 길을 막게 하여 마름쇠와 거마창을 밟고 혹은 행여나 피해 온 거란군들을 주살할 수 있도록 했다. 나머지 통주군들은 길 주변을 감싸듯이 매복시켰다. 길에 궁력(弓力)을 집중시킨 것이었다.

채온겸이 길에 도열한 군사들의 뒤에 서서 초조히 기다리는데, 묘시 (5~7시)가 되자 곽주성 쪽에서 요란한 뿔나팔 소리와 북소리에 이어 큰 함성이 들리기 시작했다. 드디어 시작된 것이었다.

채온겸은 정신을 바짝 차렸다. 계획대로 거란군들이 패주해서 이곳에 온다면 더할 나위 없겠으나, 만일 아군이 패주한다면 그들을 구원하기 위해서 움직여야 한다.

채온겸이 모든 감각을 곤두세우고 있는데 얼마 후 기병들이 전속력으로 달려오는 소리가 들렸다. 저렇게 이곳으로 마구 달려온다면 고려군일 리는 없었다.

곧이어 달려오던 말이 구슬픈 비명을 지르며 쓰러지는 소리가 들렸다.

"히이잉!"

이어서 사람의 비명이 들리고 다시 말의 비명, 또 사람의 비명…, 비명이 끊임없이 이어지고 또 이어졌다.

드디어 마름쇠의 밭을 지나온 사람의 형체가 나타났다. 가까이 있던 통주병이 창으로 그 형체를 찔렀다. 그 형체는 외마디 비명을 지르며 쓰러졌다. 점점 형체들이 늘어나기 시작했고 통주병들은 계속 창으로 그들을 찔러댔다. 거란군들은 지속적으로 통주병들이 만든 함정 속으로 들어오고 있었다.

거란군 개개인은 지금 완벽히 혼자였다. 주변에 많은 동료가 있지만 어둠으로 단절되어 있었고 마음으로 단절되어 있었다. 세상에 완벽히 홀로 존재하는 가운데, 주위에는 동료들의 비명이 가득하고 발밑은 온통 함정이었다. 마름쇠를 밟은 자들은, 내리막길인 데다가 어둠 속이라 그대로 앞으로 곤두박질쳤다. 그러면서 더 많은 마름쇠에 긁히고 찔리며 비명과 신음을 계속해서 내질렀다. 요행히 아군의 비명을 듣고 멈춘 자들도 가만히 멈춰 있을 수는 없었다. 어둠 속에서 달려오던 뒤의 사람과 부딪칠 수밖에 없었기 때문이었다. 멈추어 있던 사람도, 달려오던 사람도 충격에 대비하지 않았기 때문에, 대비했을 때보다 몇 배의 충격을 받으며 넘어지고 쓰러졌다.

정말 고통스러운 것은, 마름쇠에 찔리더라도 고통스럽기만 하지 죽지는 않는다는 점이었다. 발을 마름쇠에 찔려 넘어지면서 손에 찔리고 몸에 찔려 고통스러웠지만 죽을 정도는 아니었다. 마름쇠에 찔려 넘어져 마름쇠가 있다는 것을 알고 조심히 엉금엉금 기다 보면 어느새 뒤에 오던 동료들의 발에 짓밟혔다. 마름쇠가 없는 곳에서 밟히면 그래도 나았지만, 마름쇠가 있는 곳에서 밟히면 마름쇠가 몸 깊숙이 파고들어 왔다. 이럴 때 지르는 비명은 처절할 수밖에 없다. 하지만 그때조차도 마름쇠 길이의 한계 때문에 금세 절명하지는 않는다.

시간이 지날수록 거란군들이 지르는 비명은 더욱 커졌다. 아무것도 보이지 않는 어둠 속에서 들리는 소리만으로도 이곳이 지옥으로 변해가고 있음을 알 수 있었다.

채온겸은 바짝 긴장하고 있었으나 예상 밖으로 싱거웠다. 거란군들은 알아서 마름쇠 함정에 빠지고 있었고 알아서 자기네들끼리 엉기며 더 그럴싸한 함정을 스스로 만들고 있었다. 마름쇠 밭을 기어 나오는 거란군들에게서 전투력이라고는 조금도 찾아볼 수 없었다. 그들을 창으로 찌르는 것은 개미를 밟아 죽이는 것과 같았다.

한 이 각쯤 지났을까, 고갯길의 정상에서 횃불들이 대낮같이 어둠을 밝히기 시작했다. 분명 흥위위 초군들일 것이다. 흥위위 초군들이 저렇게 대낮같이 어둠을 밝히고 고갯길로 오고 있다면 이곳에 올 수 있는 거란군들은 모두 온 것이었다.

채온겸은 불화살을 길 가운데로 쏘아 보냈다. 채온겸이 불화살을 날리자, 곧 수백여 개의 불화살이 길 쪽으로 날아가 환하게 밝혔다. 쓰러져 있는 거란군들의 형체가 눈에 들어오기 시작했다.

채온겸은 움직이는 거란군에 대하여 침착하게 사격하기 시작했고 매복해 있던 팔백 명의 통주병들도 움직이는 거란군을 향해 화살을 쏘았다.

한참 사격을 가한 뒤, 더 이상 움직이는 거란군들이 보이지 않자, 채온겸은 부하들에게 전장을 정리하도록 지시했다. 통주병들이 사격을 멈추자, 고갯길의 정상에 있던 흥위위 초군들도 내려와서 통주병들과 같이 전장을 정리하기 시작했다.

양규는 거란군들의 목을 모두 베게 했다.

전장이 거의 정리가 되니 시간은 묘시(5~7시)의 끝을 향해 가고 있었고 날이 희뿌옇게 밝아 오고 있었다.

69
곽주탈환작전—다섯 번째
: 경술년(1010년) 십이월 십칠일 진시(8시경)

곽주성 안에는 포로로 잡힌 고려인 남녀가 칠천여 명이나 있었다. 그중에 군인과 장정이 오천 명이나 되었다. 부상병이 천여 명 있었으나 그래도 가용병력이 사천 명에 가깝게 늘어난 것이다.

뜻밖에 가용병력이 많이 늘어났고 또한 완항령에서 좌우위군의 반격으로 아군이 궤멸되지 않았다는 사실도 알게 되었다. 양규는 기쁨을 감추지 못했다. 부상병 천여 명도 치료 상태가 매우 좋아 보였다.

양규가 포로로 잡혀 있던 군사들 몇몇 사람에게 물어보니 모두 이렇게 답했다.

"거란주는 우리도 자기의 백성들이라고 자기들의 구료(救療) 군사들에게 우리 부상병들을 잘 돌봐주도록 지시했습니다."

여하간, 곽주 탈환은 생각보다 훨씬 더 많은 보상을 주었고 어려웠던 계획은 점점 더 객관적으로 실현 가능한 것으로 바뀌고 있었다.

양규는 군사들과 곽주성 안에 있던 고려인들을 모두 이끌고 통주로 향했다. 곽주성 안에는 쌀알 한 톨도 남기지 않았다. 노획한 각종 병장기를 비롯하여 쓸 만한 것들은 모두 수레에 싣고, 머리에 이고, 어깨에 지게 했다. 거란군의 목 육천 수급 역시 챙겼다. 곽주를 비워두고 모든 전력을 통주에 집중하는 것이었다.

물론 지키려고 마음먹으면 곽주를 지킬 수 없는 것은 아니었다. 양규는 제장들에게 거란군이 날이 풀리기 전에 반드시 회군할 것이라고 단정 지어 말했지만, 사실 본인 역시 앞으로의 상황을 확신하지 못하고 있었다. 상황이 너무 혼란스럽고 변수가 많으니 정확히 예측하는 것은 불가능했다. 단지, 거란주가 직접 왔으니 거란군 모두가 고려에 오래 남아 있지는 않을 것이다. 일정 부분 회군이 이루어질 것이라고 막연히 추측할 뿐이었다.

그런데 삼수채에서 패하여 고려군이 큰 타격을 입기는 했으나 완항령에서 좌우위군의 반격으로 아군은 궤멸되지 않았다. 그렇다면 비록 아군의 군대가 흩어졌으나 아직 전력을 상당히 보존하고 있는 것이다. 더구나 청천강 이북의 성들은 곽주 외에는 모두 무사하니, 이 상태라면 거란군은 고려에 오래 머무를 수가 없다.

거란군은 회군길에 곽주를 공격하지는 않을 것이다. 근 두 달간의 원정 때문에 몹시 지쳐 있을 것이고, 더는 성을 공격할 장비도 없을 것이다. 거란군은 곽주를 회피할 가능성이 더 컸다.

그러나 지금은 지키는 전쟁을 하려는 것이 아니다. 섬멸하는 작전을 하려는 것이다. 그렇다면 병력을 집중시켜야 했다.

양규는 통주로 돌아가는 길에 노전을 비롯한 선봉대를 선두에 세웠다. 통주에서 곽주로 향할 때는 성공 가능성이 희박한 어려운 출진이었다면, 곽주에서 통주로 다시 돌아가는 것은 영광스러운 개선행렬이다. 목숨을 건 선봉대는 그 선두에 설 자격이 있었다.

노전은 어깨와 등에 부상을 입었고, 고적여는 팔에 화살을 맞았고, 서긍 등도 부상을 입었다. 정신용의 부상이 제일 컸는데 다행히 깊게 찔리거나 베인 곳은 없었다. 노전과 고적여 등은 제 발로 말을 탔고 정신용만이 들것에 실려 통주로 향했다.

노전은 창에 찔린 오른쪽 어깨 부위가 팔을 들 수 없을 정도로 아팠으나 마음은 가벼웠다. 이미 삼수채에서 죽은 목숨이었으나 의미 있게 죽기 위해 한 번의 죽음을 참았다. 그리고 구차하게 살린 자신의 목숨값만큼의 일을 곽주성에서 해냈다. 앞으로 거란이 회군할 때까지 더 많은 일을 할 수 있을 것이다.

노전은 더 이상 바랄 것이 없었다.

최충은 마음이 허탈했다. 무언가 목숨을 걸 정도로 용기 있는 행동을 하면 삼수채에서의 겁쟁이 최충이 사라질 줄 알았다. 그러나 스스로의 목숨을 걸고 싸움에 임했으나, 전투가 끝난 후 자신이 바뀌었다고 느껴지지 않았다. 겁쟁이 최충은 사라지지 않은 것이다.

곽주에서의 정리가 끝나고 통주로 출발한 후에 최충의 머릿속에는 이런 생각들이 끊이지 않았다. 아무리 생각해도 답을 낼 수가 없었다. 앞으로 무엇을 해야 할지, 어떻게 해야 할지, 도통 알 수가 없었다. 최충은 골똘히 생각에 잠겼다.

양규는 선봉대의 뒤에 있다가 완항령에 가까이 오자, 앞으로 나가서 지형을 살폈다. 완항령이 어떤 지형인지는 양규도 잘 알고 있었으나 좌우위가 반격한 작전에 대해서 복기하려고 하는 것이었다.

양규가 선봉대 쪽으로 가까이 가니, 노전 등도 역시 완항령을 지나며 지세를 자세히 살펴보고 있었다.

양규가 손으로 한 곳을 가리키며 노전과 최충 등에게 의견을 구하듯이 말했다.

"내 생각에는 저곳이 좌우위군이 돌격했던 장소 같은데…."

노전이 답했다.

"예, 저곳이 틀림없이 맞는 것 같습니다. 저기서 좌우위가 돌격하지 않았다면 삼수채에서 곽주 쪽으로 도망간 고려군은 몇 사람 살지 못했을 것입니다."

양규와 노전이 한참 의견을 나누는 가운데, 들것에 실려 가던 정신용 역시 몸을 일으켜 자기 의견을 말했다.

"거란군이 회군할 때 작전은 여기서부터 펼쳐지면 좋을 듯합니다."

노전이 동의하며 말했다.

"척후를 곽주까지 배치해서 완전히 상황을 틀어쥔 다음, 실제 작전은 완항령부터 시작하는 것이 좋겠습니다."

양규가 말했다.

"우리가 적들에게 공격을 가한다면 여기부터 시작하는 것이 지형과 거리상 당연한 일입니다. 그러나 우리가 그렇게 하리라는 것을 적들도 충분히 예측할 수 있습니다."

셋은 어떻게 적의 심리를 이용할 것인가에 대해서 한참 의견을 나누었다. 때때로 실현 불가능할지도 모르지만 기발한 의견들이 많이 나왔다.

그런데 양규가 보니, 최충은 아까부터 아무 말도 하지 않고 있었다. 최충이 장원 급제한 사람이고 수재라는 것은 익히 알려진 사실이었다. 게다가 곽주 공격 전에 그가 내린 정세 판단은 정확하고 날카로웠다.

분명히 최충 역시 어떤 생각이 있을 터인데 아무 말이 없자, 양규는 최충이 지금의 논의와 다른 어떤 좋은 생각이 있나 보다, 라고 여겼다.

양규가 최충에게 물었다.

"최 수제관! 분명 족하에게 좋은 의견이 있다고 생각되오만…."

일동이 모두 최충을 보았다. 최충은 생각에 골몰해 양규의 말을 듣지 못했다. 최충이 가만히 있자 노전이 큰 목소리로 최충을 불렀다.

"최 수제관! 최 수제관!"

노전이 몇 번을 부르자, 그제야 최충이 마치 무엇에서 깨어난 표정으로 노전을 보았다.

"도순검사 각하의 말씀을 못 들었소? 여기가 완항령이니 최 수제관도 의견을 내보시오."

최충은 그제야 주변을 둘러보았다. 과연 완항령이었다. 그러나 완항령에 대해서 전혀 생각하지 않고 있었으니 거기에 대한 의견이 나올 리가 없었다. 멀뚱멀뚱 주변을 돌아볼 뿐이었다.

양규는 최충이 아까부터 골몰히 생각에 잠겨 있는 것을 보았다. 분명 전황에 대해서 생각하는 것이라고 여겼다. 그런데 지금 보니 최충은 완항령에 대해서 생각하고 있는 것이 아닌 듯했다. 그렇다면 다른 방향에서 전황을 생각하고 있을 것이다.

양규가 최충에게 물었다.

"최 수제관은 여기 말고 다른 방향을 생각하고 있었나 보군요. 어떤 쪽을 생각하고 있었소?"

최충은 어떤 방향으로도 생각하고 있지 않았기 때문에 아무 말도 할 수 없었다. 최충이 꿀 먹은 벙어리처럼 가만히 있자, 양규는 최충이 어떤 생각이 있는데 실현 불가능하거나 엉뚱한 생각인 듯하여 말하지 않는다고 생각했다.

양규가 부드럽게 다시 최충에게 말했다.

"의견은 어떤 것이라고 좋소. 쓸데없이 생각되는 의견이더라도 여러 의견이 모이면 좋은 대책이 나오는 것 아니겠소?"

최충이 그제야 주변을 두리번거리며 입을 열었다. 최충이 입을 열자 양규는 최충에게 집중했다.

"여기 완항령의 지형이 매복을 펼치기에 좋은 지형이니 거란군이 회군할 때 매복 작전을 펼치면 좋을 것 같습니다."

양규는 최충에게서 뭔가 기발한 의견이 나오리라고 기대하고 있었는데 싱겁기 이를 데 없는 소리였다. 양규가 약간 실망한 표정으로 있자 노전이 양규에게 말했다.

"최 수제관은 아마 다른 생각을 하고 있었나 봅니다."

노전의 말에 양규가 고개를 끄덕이더니 최충에게 말했다.

"앞으로 거란군은 이리로 회군해 올 것이고, 지금 우리가 같이 이 길을 가고 있으니, 지형을 직접 보면서 의견을 나눌 기회입니다. 앞으로 지형을 같이 보며 의견을 나눌 기회는 없을 터이니, 최 수제관도 집중해서 좋은 의견을 내주시오."

양규의 말에 최충이 얼굴 가득히 부끄러움을 띠며 말했다.

"제가 잠시 잡념에 빠졌습니다. 집중하도록 하겠습니다."

양규가 고개를 끄덕이며 다시 노전 등과 대화를 나누기 시작했다. 최충도 잠시 후에 그 대화에 끼어서 활발히 의견을 나누었다. 양규는 부관에게 시켜 그것을 기록하게 했다. 통주성에 가까이 갈 때까지 대화는 계속되었고 통주성이 보이는 곳에 이르러서야 대화가 마무리되었다.

최충은 한참 양규 등과 작전에 대한 대화를 나누느라 스스로의 비겁함에 대해서 생각할 겨를이 없었다. 대화를 나눌 때는 오직 한 가지 생각만 했다. '거란군을 어떻게 물리칠 것인가?'

양규는 대화가 끝난 후에 노전 등에게 말했다.

"우리는 저들보다 병력이 아주 적습니다. 적은 병력을 기책(奇策)으로 메워야 합니다. 지금부터 거란군이 물러갈 때까지는 오직 이것에 집중해주십시오. 우리가 지금 할 일은 나라를 지키는 일입니다. 자신의 모든 것을 내려놓고 이 한 가지에 집중합시다."

최충은 양규의 말 중에 '자신의 모든 것을 내려놓고'라는 대목에서 마음에 와닿는 것이 있었다.

스스로의 비겁함에 골몰해 있던 최충은, 의견을 내달라는 양규의 말에, 자신에 대해서는 일단 잊고 작전에 대해서 생각했다. 양규 등과 어울려 대화를 나눌수록 자신의 비겁함에 대해서 생각할 겨를은 없었다. 최충은 대화가 끝난 후에도 작전에 대해서 계속 생각해야 했다. 지금 급한 것은 거란군과의 전투이지, 자신의 비겁함을 돌아보는 일이 아님을 깨달았다. 자신의 모든 것을 내려놓고 나라를 지키는 데 집중해야 한다.

오시(11~1시) 끝 무렵에 곽주를 공격하러 갔던 군사들이 통주성 앞에 나타나자, 통주성의 군민들은 다가오는 곽주 공격군을 숨죽이며 지켜보고 있었다.

그때 양규가 고각군들에게 외치게 했다.

"우리가 곽주를 탈환했다!"

"우리가 곽주를 탈환했다!"

고각군들이 외치고 홍위위 초군과 통주군들 모두 무기를 높이 들고 산천을 떠나보낼 정도로 환호성을 질러댔다.

"와! 와! 와!"

그제야 통주의 군민들은 승전했다는 것을 알 수 있었다. 성벽 위의 통주의 군민들 역시 두 팔을 들고 열광적인 환호성을 질러댔다.

양규는 관아 앞에 거란군의 목 육천 급을 쏟아내게 했다. 육천 급이나 되는 거란군들의 목을 보고 통주의 군민들은 모두 놀라움과 경악을 금치 못했다. 겨우 이천도 안 되는 병력으로 세울 전공이 아니었기 때문이다.

양규가 굳이 쓸데없는 수고를 하며 통주까지 수급을 가지고 온 이유는 이것 때문이었다. 육천 급이나 되는 거란군들의 수급은 통주성 안의 군민들을 격동시키기에 충분했다.

양규는 통주의 군민들에게 말했다.

"적은 벌써 이 추운 겨울 날씨에 두 달을 넘어 원정 중이다. 적들의 체력과 사기는 바닥을 치고 있다. 얼마 후 적들은 피로에 지쳐 회군할 것이다. 우리가 이곳에 편안히 있으며 체력을 비축하여 적들을 친다면 반드시 승리할 것이다."

통주성 안에 활력이 넘치기 시작했다. 억지로 하는 것이 아니라 상하가 모두 할 수 있다는 신념으로 움직이기 시작했다.

70
서경 밖 거란 진영

: 경술년(1010년) 십이월 십육일 축시(2시경)

소배압은 남피실군이 고려군의 함정에 걸려 패한 후, 오히려 호흡을 느긋하게 가져갔다. 급하게 하려다 보니 문제가 생기고, 그 문제가 생긴 것을 다시 급하게 메우려다 보면 또 다른 문제가 생긴다. 이럴 때는 한 번 쉬어가며 상황을 면밀하게 파악해보는 것도 나쁘지 않다.

지키는 것을 잘하는 고려군이 있을 뿐, 아군을 공격하는 고려군이 있는 것도 아니니, 시간 여유 없다고 하지만 이미 승리한 전쟁에서의 뒤처리일 뿐이다. 승패가 눈앞에 놓여 있는 상태가 아니므로 여유를 갖는다고 해서 크게 문제일 건 없었다.

호흡을 느긋하게 가진 후 생각해보니, 서경의 고려군 상황이 좋지 않다고 판단한 다음에 너무 급하게 서둘렀다는 것을 깨달았다. 이미 획득한 정보를 기초로 판단했을 때, 서경성 안의 상황은 최악이었다. 그러나 막상 공격해보니 서경성의 방어를 지휘하고 있는 자들은 보통 인사들이 아니었다.

그러면 다시 상황을 설정해야 한다. 적들은 서경을 지켜낼 능력이 있다. 급하게 허물 수 있는 상황이 아니다. 시일이 좀 걸리더라도 준비를 완벽하게 해서 공격해야 한다.

소배압은 자정이 넘어서까지 생각에 골몰해 있었다. 그런데 막사 밖에서 웅성임이 일었다. 소배압은 부관을 부르려다가 직접 막사 밖으로 나왔다. 막사 앞에서 보초를 서고 있던 군사 둘이 북쪽 하늘을 보고 있다가 소배압이 나오자 황급히 자세를 바로잡았다. 소배압은 군사들의 시선을 따라 북쪽 하늘을 보았다. 길이를 가늠할 수 없는 빛줄기가 지상으로 떨어지고 있었다. 소배압은 잠시 뒤 그것이 유성이라는 사실을 깨달았다.

소배압은 계속 토산을 쌓게 하고, 나무를 베어 공성기구들을 만들고, 서경의 주요 교통로의 길목에 목책과 진지를 건설하게 했다. 서경을 외부로부터 완전히 포위하는 것이었다.

그리고 각종 포를 계속 만들게 했다. 서경성은 평지성이라 포 사격을 계속하면 결국 성벽의 일정 부분은 무너질 것이다.

소배압은 비포(飛砲)가 일정 수량 만들어지면 시험적으로 포격을 하게 했다. 서경의 고려군도 발 빠르게 맞대응하니, 서로 간의 치열한 포격전이 벌어졌다. 한참의 포격전이 행해진 뒤, 소배압은 비포를 뒤로 물리게 했다. 과연 서경성 안의 인사들은 꽤나 기민했다. 저들을 굴복시키려면 압도적인 힘이 필요할 듯했다.

소배압은 하루를 이렇게 보내고 그다음 날 역시 아침부터 작업에 박차를 가하게 했다. 성벽에서 오백 보 이상 떨어진 곳에 높은 누대(樓臺)를 세워서 성의 안쪽을 관찰하게 하였는데, 성안을 모두 볼 수는 없었지만, 그쪽 역시 분주한 것 같았다.

오시(11~13시)가 되어 소배압이 서경의 남쪽 성벽을 순시하던 중 군사들과 같이 점심을 먹으려고 하는데 누군가 부리나케 말을 달려 소배압 쪽으로 다가왔다. 후덕한 몸집의 행군도감 야율팔가였다.

야율팔가가 헐레벌떡 달려오자, 소배압은 무슨 일이 발생했음을 직감할 수 있었다. 그러나 헐레벌떡 뛰어올 정도의 일이 무엇인지는 도통 감이 잡히질 않았다. 야율팔가는 가까이 와서 누가 들을세라 소배압의 귓전에 대고 조심스럽게 말했다.

"곽주가 고려군에 의해 함락되었습니다."

소배압의 눈동자가 커졌다. 놀라움과 당황보다는 몹시 의아스럽다는 표정이었다. 그럴 리가 없다.

야율팔가가 다시 말했다.

"지금 좌부도통이 어영도통소로 달려갔으니 곧 폐하께서 부르실 것입니다."

소배압이 매우 당황하며 야율팔가에게 물었다.

"도대체 어떻게 함락되었다는 것인가?"

"그것을 잘 알 수가 없습니다. 곽주 근처의 원탐난자군이 오늘 새벽에 안주로 달려와 곽주가 함락당했다고 알렸다 합니다. 원탐난자군에 의하면 적들의 공격은 순식간에 이루어졌고 곽주의 함락 역시 순식간이었다고 합니다. 적의 병력은 수만에 달했으며 성을 사방에서 공격했는데 어둠 속에서 멀리서 관찰한 것이라 정확히 적들이 어떻게 공격했는지는 모른다고 합니다."

소배압이 고개를 젖히며 크게 얼굴을 찡그린 후, 야율팔가에게 말했다.

"상황을 정확히 모른다는 것은, 곽주에서 안주로 도망해 온 아군들이 없다는 것인가?"

"그것은 아직 파악되지 않고 있습니다."

소배압은 일단 급히 행영도통소로 향했다. 대강 상황을 정리한 뒤에 어영도통소로 갈 생각이었다.

곽주 함락으로 상황이 크게 변한 것은 아니었고 지금 당장 위험에 빠지는 것도 아니다. 문제는, 곽주 함락이 아니라 곽주를 함락시킨 고려군이었다.

'수만이라니!'

도대체 믿을 수 없는 숫자였다. 분명 삼수채에서 고려군의 주력은 패했는데 어디서 수만이나 되는 고려군들이 다시 나타났단 말인가?

사실 더 큰 문제는 다른 측면에 있었다. 강조가 죽고 고려군의 수뇌부

상당수가 사로잡힌 상태에서도 고려군이 일관된 지휘체계로 움직인다는 것이 가장 큰 문제였다. 성을 공격할 정도로 일관된 지휘체계를 가진 수만 명의 고려군이라면 고려 영토 깊숙이 들어와 있는 지금 크나큰 위협이었다.

소배압이 행영도통소에 도착하자마자, 벌써 야율융서가 보낸 전령이 와서 어영도통소로 오라는 명령을 전했다. 소배압은 급히 어영도통소가 설치된 서경의 서쪽 절로 향하였다.

어영도통소에 도착하니 대부분의 고위 관료들이 모여 있었다. 소배압이 들어가자, 안에 있던 모든 사람이 하던 말을 멈추고 소배압을 보았다. 소배압은 어영도통소 안의 공기가 무겁기 이를 데 없다고 느꼈다.

소배압은 곽주가 함락된 것이 꼭 자신의 잘못이라고 할 수는 없으나 도통으로서의 책임을 느끼지 않을 수 없었다.

한덕양이 소배압에게 말했다.

"도통도 소식을 들었지요?"

한덕양은 얼마 전부터 앓고 있는 말질(末疾)이 다소 깊어졌는지 목소리가 약간 어눌했다.

"곽주가 고려군에 의해 함락되었다는 소식을 들었습니다만 얼마나 정확한 정보인지는 아직 파악하지 못하고 있습니다."

한덕양이 소배압에게 다시 말했다.

"원탐난자군이 어둡고 창졸간이라 정확히 보지는 못했으나, 곽주가 고려군들에게 함락된 것은 확실한 것 같습니다. 고려군의 공격이 끝나자 날이 밝아 왔고 곽주의 성벽에는 고려군이 그득했다고 합니다."

곽주가 함락당했다는 것은 예상할 수 없었던 너무나 의외의 상황이었으므로 대소신료 중에 선뜻 나서서 말하는 사람이 없었다.

한동안의 침묵을 깨고 야율융서가 말했다.

"의외의 사건이라 생각할 시간이 필요할 것이요. 날씨도 차고 하니 따뜻한 차를 한 잔씩 하면서 생각해봅시다."

잠시 후 시종들이 차를 끓여 내왔다. 차를 기다리고 차를 따르고 하는 동안, 소배압은 마음을 어느 정도 차분히 가라앉히고 생각을 가다듬었다.

시종들이 차를 따르자, 야율융서가 향기를 음미하며 말했다.

"역시 고려의 차는 향이 좋군. 뇌원(腦原)이라는 차의 이름처럼 머리를 맑게 하지 않소?"

신하들이 모두 지당하다고 맞장구를 쳤다. 소배압이 생각해보니, 원래대로 서경을 공격하고 있자니 뒤가 심하게 불안했다. 넓게 포진해 서경을 공격하다가 수만의 고려군들이 갑자기 뒤를 친다면 낭패를 넘어서 필패할 것이다. 재앙 같은 일이었다.

군대를 둘로 나누어, 하나는 서경을 계속 공격하게 하고 다른 하나를 북상시켜 곽주를 함락시킨 고려군을 견제하게 하는 방법도 있으나 이 방법을 쓰면 전력이 분산된다.

전력을 모아도 서경성을 점령하기 쉽지 않은데 전력을 분산시킨다면 더욱 쉽지 않을 것이다. 또한 곽주를 탈환한 고려군들은 성을 공격하여 함락시킬 정도의 전력이다. 북쪽으로 병력을 잘못 보냈다가 고려군에 패하는 일이 발생할 수도 있었다.

또한 문제는 남쪽에서도 발생할 수 있었다. 고려는 생각보다 훨씬 저력이 있었다. 시간만 있다면 고려 조정이 전국적인 동원령을 내려 몇만의 병력을 모을 수도 있을 것이다.

서경을 그때까지 함락시키지 못한다면, 서경이라는 거대한 가시를 품에 안고 남과 북에서 적을 맞게 되는 것이다.

더구나 한 달 정도 뒤면 날이 따뜻해져서 강물이 녹을 것이다. 그러면 이곳 고려에서 고립되게 된다. 전력을 분산시키고 시간을 끄는 것은 가장 좋지 않은 선택이었다.

가장 안전한 선택은 역시 회군하는 것이다. 전군이 회군하면 아무리 고려군이 북쪽 길을 막아서고 있다고 하더라도 헤쳐나갈 충분한 역량이 될 것이다.

이것이 가장 안전한 방법이지만 이 방법에도 문제가 있었다. 이 전쟁은 거란의 전 역량을 동원한 황제의 친정이다. 이런 식으로 철수하게 되면 모양새가 좋지 않아 주변 나라들에도 안 좋은 영향을 줄 것이다.

송나라는 더는 세폐를 보내지 않을 수도 있었고 잠잠하던 조복(阻卜)들은 반드시 반란을 일으킬 것이다. 여진(女眞) 역시 준동할 것이고 거의 명맥을 끊어 놓은 발해의 부흥 세력도 어느 틈에 어디에선가 다시 부상할 것이다.

지금 철수하는 편이 가장 안전하지만 그만큼 후유증이 클 터였다. 지금까지 수행한 전쟁 중 가장 쉬운 전쟁이 될 줄 알았는데 점점 쉽지 않은 전쟁이 되어가고 있었다.

모두 차를 마시고 있는데, 나서서 말하는 사람이 아무도 없었다. 그만큼 모호한 상황인 것이다. 이런 상황에서, 나서도 무리 없는 사람은 역시 한덕양이었다.

"폐하, 소신이 말씀을 아뢰겠습니다."

야율융서가 유리로 된 찻잔을 조심히 한 손에 들고 고개를 끄덕이며 말했다.

"그리하십시오."

야율융서는 차를 마시며 유리잔을 감상하듯이 보며 말했는데 이 유리잔은 대식국(大食國: 아라비아)에서 조공한 것으로 야율융서가 매우 아끼는 물건이었다.

한덕양은 평소 중후하고 몸가짐이 무거웠다. 상황이 좋지 않은 지금도 여전히 중후한 언행을 유지하고 있었으나 상황이 상황이니만큼 돌려 말하지 않았다.

"여기 서경 근처에 오래 머무르면 지금이 위험하고, 바로 본국으로 물러나면 나중이 위험하게 됩니다."

한덕양이 이렇게 말하고 그 이유를 쭉 설명했는데 소배압의 생각과 기본적으로 비슷했다. 단지 한덕양은 두 가지 경우를 나누어 설명했지만, 방점은 분명 후퇴에 찍혀 있었다. 물론 이것이 한덕양의 진짜 속뜻인지는 알수 없었다. 분명 황제는 이대로 후퇴하는 것을 수치스럽게 여길 것이다.

삼수채에서 고려군을 패퇴시켜 큰 전공을 세웠다고 생각했는데 고려군의 반격에 점점 전공이라고 할 것이 없어지고 있었다. 이대로 후퇴한다면 위신에 큰 손상을 입게 될 것이다. 황태후가 승하한 후에 실시한 황제의 첫 친정이다. 황태후의 그늘에서 벗어나기는커녕 더욱더 황태후의 그늘에 갇히게 될지도 모른다.

지금 황제가 가장 싫어하는 단어는 '후퇴'일 터다. 한덕양은 자신이 먼저 후퇴에 찬성하는 것처럼 보이게 만들어 대소신료들의 논의를 유도하는지도 몰랐다. 한덕양이 황제가 가장 싫어하는 단어를 입에 담았으니, 그다음에 말하는 자는 부담을 훨씬 덜 느낄 것이기 때문이었다.

어쨌든 한덕양이 먼저 의견을 밝히자, 드디어 논의들이 이어지기 시작했다. 장검이 한덕양의 의견에 찬성하며 말했다.

"병법에 이르기를, 군사를 쓰는 것에는 모험이 없어야 한다고 했습니다. 지금 군사를 돌리면 나중에 문제가 생길 수 있지만, 그것은 그때 처리할 문제이지 지금 처리할 문제는 아닙니다. 지금 처리할 문제는 가장 안전한 방법으로 회군하는 것입니다."

장검은 역시 평소 조심스러운 성격과 행동대로 안정적인 방법에 찬성하고 나섰다. 북원낭군 야율세량 역시 이 의견에 찬성하고 몇몇 신하들 역시 찬성했다. 의견을 말하지 않은 다른 신하들의 다수도 사실은 이 의견에 동조하고 있을 가능성이 컸다. 당장 위험을 무릅쓸 필요는 없는 것이다.

누군가 큰 목소리로 말했다.

"상황을 꼭 그렇게 나쁘게 볼 것만도 아닙니다."

소배압이 보니 소합탁이었다. 소합탁의 말에 귀를 기울였다. 소합탁이 저렇게 큰 목소리를 냈다면 그것은 황제의 의중일 것이다.

"곽주가 함락당했다고 하나 적의 병력 규모는 정확히 모릅니다. 모두들 수만을 예상하고 있으나, 제 생각에는 그보다 훨씬 적을 것입니다. 지리를 잘 아는 저들은 몰래 곽주성에 잠입하여 곽주성 안에 있는 고려인 포로들과 호응했을 가능성이 큽니다. 그 때문에 곽주가 그토록 신속히 함락당한 것입니다. 저들의 병력 규모가 커서 곽주를 함락시킨 것이 아니라 우리의 방심을 찌른 것뿐입니다. 설사 적의 규모가 수만이라고 하더라도 그중에 정예병은 손으로 꼽을 정도일 것입니다. 그러니 지금은 호들갑 떨 때가 아니라, 원래 우리가 하려던 대로 하면 되는 것입니다."

소배압이 들어보니 일리는 있었으나 너무 안이했다. 판단이 맞으면 상관이 없지만 틀리면 재앙과 같은 결과가 발생할 수도 있다.

그러나 저 의견이 황제의 의견이라면 매우 난처하다. 지금 가장 좋은 것은 황제에게 퇴각의 필요성을 납득시켜서 안전하게 회군하는 것이다. 신하 대다수가 원하는 것이고, 또한 가장 안전한 방법이다. 그러나 황제가 소합탁의 말처럼 생각하고 있다면 문제가 생긴다. 용의 비늘을 거스르지 않고 황제를 설득해야 한다.

소배압이 이렇게 생각하고 있는데, 소합탁이 말문을 열자 다른 신하들은 말문을 닫았다. 소합탁이 저렇게 강하게 주장한다면 그것은 황제의 의중이라는 것을 다른 신하들도 잘 알고 있었다.

지금 용의 비늘을 대놓고 거스를 수 있는 사람은 한덕양뿐이다. 그러나 한덕양은 그렇게 하지 않을 것이다. 한덕양의 성향상 공개된 자리에서 황제를 거스르기보다는, 나중에 황제와 단둘이 만나서 자신의 뜻을 밝힐 것이다.

한덕양이 아니라면 야율실로가 있다. 야율실로가 말하면 황제도 다시 생각할 것이다. 황제는 야율실로에게 무슨 말이든지 했다. 자신의 속마음까지도 다 털어놓았다. 황제와 야율실로는 진정으로 각별한 사이였다. 그러나 야율실로는 황제의 신하라기보다는 친구에 가까웠다. 야율실로는 황제의 의중을 헤아리고는 친구에게 맞추어주듯 황제의 마음을 맞추어주었다. 야율실로가 스스로의 의견을 강하게 내는 경우는 거의 없었다.

소배압이 분위기를 살피고 있는데 누군가 나서며 큰 목소리로 말했다.

"적들의 수도인 개경으로 진격합시다!"

소배압이 놀라서 보니 선봉도통 야율분노였다. 야율분노의 말에 모든 신하가 대경실색하는데, 소배압은 재빨리 황제와 한덕양, 야율실로의 표정을 살폈다. 그들의 표정에는 별다른 변화가 없었다.

야율분노가 계속 말했다.

"태조께서 나라를 세우실 때는 지금보다 비교할 수 없을 정도로 어려우셨습니다. 동서남북의 강적들이 창궐했으며 어떤 적도 만만하게 볼 수 없었습니다. 그 어려운 상황 속에서도 태조께서는 하루에 오백 리를 진군하셔서 발해를 점령하여 제국의 기틀을 만드셨습니다. 우리는 지금 태조 덕에 매우 편안한 삶을 영위하고 있습니다. 대제국으로 성장한 우리가 겨우 고려 따위에 막혀서 우왕좌왕한다면 지하에 계신 태조의 마음이 어떠하시겠습니까?"

이렇게 말하고 야율분노는 좌중을 돌아본 후, 다시 말을 이어나갔다.

"태조께서는 발해를 병합한 다음에도 겸손한 마음으로 고려에 사신을 보내고 선물을 보내셨습니다. 그러나 방자하기 이를 데 없는 고려는 우리의 사신들을 모두 귀양 보내고 낙타는 모두 굶겨 죽였습니다. 그리고 더 나아가 우리를 공격하려고 했습니다. 지금은 도망할 때가 아니라 그때의 치욕을 씻을 때입니다."

야율분노의 말은 사람을 격동시키는 것이었는데 이 말에 가장 크게 격동할 사람은 당연히 황제였다. 소배압이 황제를 살짝 곁눈질로 보니 황제는 미미하게 고개를 끄덕이고 있었다.

행군좌부도통 유신행이 말했다.

"아직 상황이 정확히 판가름 난 것이 아닙니다. 정확한 상황을 모르는데 급격히 움직이는 것은 좋지 않습니다. 우선 하던 대로 계속 서경을 공격하고, 북쪽으로 척후를 보내서 고려군의 실상을 정확히 파악한 다음 결정해도 늦지 않습니다."

유신행의 의견이 가장 무난한 것이었다. 그러나 유신행의 의견대로 하면 전공이라는 측면에서 볼 때는 서경 공략에 모든 것이 달려 있었다. 서경을 공략하는 데 성공하면 그나마 전공을 세우게 되지만, 그것에 실패하면 퇴각해야 하고 볼품없는 모습만 남을 수도 있었다.

유신행의 의견은 바로 회군하자는 것은 아니었으나 회군하자는 의견과 일맥상통하는 면이 있었다. 이 의견에 대다수가 찬성하고 나섰고 장검 역시 바로 회군하는 것이 가장 좋은 방법이지만 차선책으로 좋은 방법이라고 지지하고 나섰다.

장검이 말했다.

"장수가 하는 싸움이라면 요행을 바라는 작전도 쓸 수 있지만, 폐하의 친정이니만큼 무리한 작전은 쓸 수 없습니다. 애초 목적이 강조의 죄를 묻는 것이었습니다. 그렇다면 고려의 주력을 패배시키고 강조를 붙잡아 처형했으므로 이미 목적을 달성한 것입니다. 강조의 목을 높이 걸고 회군하여 반역자의 말로를 보여준다면 주변 국가들에 대한 우리 요나라의 권위는 더욱 높아질 것입니다. 그리고 난신적자(亂臣賊子)를 제압하는 폐하의 고매한 뜻이 만방에 펼쳐짐을 알리게 될 것입니다."

소배압이 장검의 말을 들어보니 대단히 일리가 있었다. 역시 '허름한 옷 속의 보석' 장검이었다. 이 정도의 말이라면 혹시 황제를 설득할 수 있을 것도 같았다.

야율분노가 다시 '개경 공격'을 주장했으나 귀담아듣는 사람은 거의 없었다. 대부분의 대소신료는 장검의 말이 옳다고 여겼고, 황제가 장검의 의견대로 따라주기를 기대하고 있었다.

잠자코 있던 야율요질이 야율분노의 말에 찬성하고 나섰으나 대답 없는 메아리일 뿐이었다. 야율요질은 고려에 대해서 강경파였고 그런 점을 다른 신하들은 부담스럽게 여기고 있었다.

다수의 신하가 고려를 군사력보다는 외교력으로 다루어야 한다고 보았고, 군사를 쓰더라도 제한적인 범위 내에서 쓰는 것이 바람직하다고 생각하고 있었다. 거란과 고려 사이에는 잡다한 부족들이 폭넓게 분포하고 있었으므로 그들을 통하여 고려를 견제하는 것이 최선책이라고 본 것이다.

고려에 변란이 발생하여 그 죄를 묻기 위하여 침범하였지만, 군사 행동은 신속히 끝내야 한다고 보고 있었다. 그리고 과연 고려는 그렇게 호락호락하지 않았다.

이마는 넓고 좁은 하관에 눈매가 매서워 보이는 사람이 나서며 말했다. 북원낭군 야율세량이었다.

"지금 상황은 예상치 못한 방향으로 흘러가고 있습니다. 회군하는 것이 가장 안전한 선택일 것입니다. 고려 왕이 항복한다는 표문을 보냈으니 항복을 받아주며 고려의 대신(大臣)을 이곳으로 오도록 하여 항복하는 예를 행하도록 명하는 것입니다. 우리도 애로사항이 있지만 고려는 더 큰 애로사항이 있을 것입니다. 우리가 힘으로 계속 몰아붙이지 않는다면 고려는 절대로 전쟁을 지속하기를 바라지 않을 것입니다. 더구나 고려 왕은 정변으로 등극한 자입니다. 정권의 기반이 취약할 수밖에 없습니다. 전쟁이 지속되면 왕좌가 심히 불안해질 것이니, 어떻게든 전쟁을 끝내고 싶어 할 것입니다. 따라서 고려 왕은 고려의 대신을 보내라는 우리의 명을 반드시 따를 것입니다. 그다음, 서경에는 너희 왕이 죄를 인정하고 항복하였으니 공격을 멈춘다고 알리는 것입니다. 고려의 대신이 올 때까지 군사들을 쉬게 한 후, 고려의 대신이 오면 여기서 항복의 예를 행하게 한 후, 그를 앞세워 회군하는 것입니다. 그렇게 하면 회군로의 안전을 확보할 수 있으면서 명분도 충족될 것입니다. 만일 우리가 회군한 뒤에 고려가 다른 마음을 품는다면, 당나라가 고구려에 했던 것처럼 그때 다시 주변 세력을 규합하여 정벌하면 고려는 내부에서부터 변란이 일어나게 될 것입니다. 그렇게 되면 그때, 고려를 완전히 취할 수 있습니다."

이제 사십을 갓 넘긴 야율세량은 재주가 민첩한 사람이었다. 대부분의 식자(識者)가 유학을 공부할 때 거란의 역사를 연구하여 그것에 아주 밝았다. 거란족과 한족은 다른 환경에서 발전했으므로 거란의 역사를 아는 것이 한족의 역사를 아는 것만큼 중요하다고 여겼기 때문이었다.

특히 야율세량은 한덕양이 점찍은 자신의 후계자였다. 한덕양은 야율융서에게 자신의 뒤를 이어서 야율세량에게 정권을 맡기도록 당부해 두었었다. 한덕양은 인재를 알아보고 천거하는 것을 자신의 제일 큰 소임으로 여겼고, 그 인재 중에서 으뜸으로 여기는 사람이 야율세량이었던 것이다.

야율세량의 계책은 매우 조리 있었고 상황을 완벽히 파악한 것이었다. 소배압은 야율세량의 말에 절로 고개가 끄덕여졌다.

야율세량이 완전한 계책을 내어놓자, 대다수의 신하가 고개를 끄덕이며 찬성의 말들을 쏟아내었다. 한덕양 역시 긴 수염을 쓰다듬으며 흐뭇한 표정을 지었다. 이쯤 되면 대신들의 의견은 모두 모인 것이나 다름없었다. 황제가 수락하면 끝나는 것이었다.

그런데 문제는 황제의 의중이었다. 소배압이 황제를 보니 분명 회군하자는 의견을 마뜩잖게 생각하고 있는 듯했다. 지금까지 황제의 태도를 보았을 때 적어도 '전연의 맹' 정도의 성과를 바라고 있는 것 같았다.

그렇다면 황제는 첫 친정을 이렇게 마무리하고 싶지 않을 공산이 컸다. 소배압이 이렇게 생각하고 있는데, 야율융서와 소배압의 눈이 마주쳤다.

야율융서가 소배압에게 말했다.

"이 전쟁의 지휘관은 도통이요. 도통의 의견이 가장 중요하지 않겠소. 도통이 말해보시오."

황제와 대신들의 의견이 갈리는 시점이었다. 소배압의 의견이 지금의 상황에서 균형추가 될 것이다. 황제의 의중에 맞는 말을 하면 황제는 자신의 뜻을 밝히고 소배압에게 힘을 실어주고 그것을 실현할 것이다. 소배압이 대신들과 뜻이 같다면 아무리 황제라고 하더라도 자신의 의견을 고집할 수는 없을 것이다.

황제가 물었으니 대답해야 한다. 그러나 소배압은 어떻게 할 것인지 아직 확실히 마음을 정하지 않은 상태였다. 마음을 확실히 정하지 않은 채로 소배압은 좌중을 보며 천천히 입을 열었다. 소배압 자신도 자신이 어떤 말을 하게 될지 몰랐다.

"개경으로 직공하면 우리를 막을 고려군은 없을 것입니다. 개경으로 갔다가 회군해도 늦지 않을 것입니다."

소배압의 말에 야율융서는 크게 격앙된 표정으로 의자의 팔걸이를 치며 말했다.

"내 뜻이 도통과 같구려. 좋소! 개경으로 가봅시다."

몇몇이 간언하려고 했으나 야율융서와 군 지휘관인 도통의 의견이 일치한 데다가 야율융서의 뜻이 워낙 강경했다.

거기에 대승상 한덕양이 말했다.

"폐하의 뜻이 그러하시다면 하는 것입니다. 모두 폐하의 뜻을 실현시키도록 하시오!"

그리고 그 자리에서 명령이 내려졌다.

"영채와 공성기구 등을 모두 불태우고 개경으로 향한다!"

제6장 회오리바람

71

신녀와 조원의 대화

: 경술년(1010년) 십이월 십칠일 유시(18시경)

열이렛날 오후에 어찌 된 영문인지 거란군이 남쪽으로 물러갔지만, 서경은 여전히 비상 상태를 유지하고 있었다.

거란군들이 순차적으로 물러나자 고열이 상기된 표정으로 조원에게 말했다.

"저에게 기병으로 일 오(伍: 오십 명) 정도를 주시면 나가서 북적들의 뒤를 치겠습니다!"

조원이 고개를 끄덕이자, 고열이 비장한 표정으로 말했다.

"기병들은 제가 직접 고르겠습니다."

대도수의 죽음을 목격한 후, 고열은 비분강개한 감정에 젖어 있었다.

고열은 평소 발해인보다는 주몽의 후예란 사실에 더 큰 자부심을 느꼈다. 발해가 멸망한 후 수십 년이 지난 후에 태어난 데다가 한 살 때부터 고려에서 살았다. 고열이 발해인이라는 정체성을 별로 갖지 않는 것은 어쩌면 당연한 일이었다. 할아버지와 아버지는 대 씨 집안을 극진히 챙겼으나 할아버지와 아버지가 사망한 후에는 고열은 굳이 대 씨 집안에 찾아가지 않았다. 고열은 자신과 대 씨 집안이 큰 상관이 있다고 생각하지 않았다.

그런데 막상 대도수 등이 죽는 장면을 눈앞에서 보자, 자신도 모르게 마음속에서 비분강개한 마음이 솟구쳐 주체할 수 없을 지경이 되었다. 마치 형제들이 도륙당하는 것을 지켜보는 것처럼 마음이 찢어지는 것 같았다.

고열의 눈이 벌겋게 충혈되었다. 그는 거란군을 모조리 쓸어버려 대도수와 신호위 군사들의 원수를 갚고 싶었다. 마음 같아서는 그대로 뛰쳐나가고 싶었다.

평소 대 씨 집안을 비롯해 발해 출신 사람들과 별다른 관계를 맺지도 않았고 자신을 발해인이라고 생각하지도 않는 고열이었다. 이런 감정은 평소의 마음과는 전혀 다른 것이었다. 정말 이상한 일이었다.

조원은 대도수가 죽은 후, 고열의 태도를 보고 고열이 대단히 비분강개하고 있음을 알았다. 조원은 고열이 기병들을 직접 고르겠다는 말에 어깨를 으쓱하며 말했다.

"겨우 일 오(伍)로 무엇을 하겠소? 이왕 원수를 갚으려면 쓸어버려야 하지 않겠소? 나가려면 더 나갑시다!"

조원은 고열에게 이렇게 말한 후, 강민첨을 보며 말했다.

"북적들이 분명 서경 근처에 일정 수의 군사들을 주둔시킬 것 같습니다. 부병마사님은 어떻게 생각하십니까?"

강민첨이 고개를 끄덕이며 말했다.

"부상자도 있고 서경도 견제하여야 하니, 서경 남쪽 어디쯤 수천의 군사를 남겨두고 갈 것 같습니다."

조원이 고개를 끄덕이며 고열에게 말했다.

"우리는 지금부터 그들을 쓸어버릴 계책을 세울 것이니, 고 교위가 가장 어려운 임무를 맡으시오."

고열이 놀라서 조원을 보는데, 강민첨이 우려 섞인 목소리로 조원에게 말했다.

"작전은 세울 수 있으나 정말 어려운 작전이 될 것입니다. 목숨 정도는 걸어야 하고 자칫 실패할 수도 있습니다."

고열이 강민첨을 보며 강하게 말했다.

"무슨 임무건 맡겨 주십시오! 누군가 죽는다면 제가 선봉에 서서 먼저 죽겠습니다!"

다음 날 오전, 조원은 강민첨과 더불어 신사를 찾았다. 신녀에게 다시 부탁할 것이 있어서였다. 신사에 도착하여 신녀를 만나기를 청하고 잠시 기다리자 통통하게 생긴 무녀 하나가 나와서 말했다.

"신녀님께서 병마사님 혼자만 신당으로 드시랍니다. 그래야 만나드리겠다고 하십니다."

무녀의 말에 조원이 강민첨을 보며 말했다.

"어려운 상황을 같이 헤쳐 나간 동지끼리 왜 이렇게 박하게 구는 걸까요?"

조원의 말을 들은 무녀가 조원을 쏘아보았다. 강민첨은 역시 그저 웃었다.

"허! 허! 허!"

조원이 헛웃음을 웃는 강민첨을 보며 말했다.

"부병마사님은 여기서 화기(火氣)나 내보내고 계십시오. 화는 제가 쌓고 오죠."

무녀가 신당 안으로 조원을 안내하면서 주의를 주며 말했다.

"지금 가시는 곳은 본전(本殿)입니다. 신물(神物)이 모셔져 있으니 경건한 자세를 유지해주십시오."

조원이 뚱한 표정을 지으며 말했다.

"신물이라면 신녀님이 나에게 준 '창' 같은 것을 말하는 것이 아니요? 날을 좀 갈아야 쓰겠던데, 그걸 들고 전투하러 나갔다가는 음…."

무녀가 걸음을 멈추고 안색이 확 변하더니 몸을 부르르 떨었다. 조원의 말은 모욕을 넘어선 신성모독이었다. 무녀는 화가 치밀어 몸을 떨다가 조원을 확 쏘아보았다.

조원은 무녀가 갑자기 쏘아보자 약간 흠칫했다가 이내 표정을 바꾸어 싱글거리며 무녀를 보았다. 그러다가 갑자기 표정을 엄숙히 바꾸더니 낮고 무거운 음색으로 무녀에게 말했다.

"나는 동명왕의 화신이다. 어찌 무엄하게 그런 눈빛으로 보는가?"

조원의 눈빛에, 무녀도 지지 않고 마주 보는데 잠시 시간이 지나자 무녀의 심장이 조금씩 쿵쾅거리기 시작했다. 무녀가 모시는 신은 동명왕신이고 어쨌든 조원은 그 '동명왕신의 화신'이었다.

조원은 무녀의 눈빛이 흔들리는 것을 눈치채고, 눈을 가늘게 치켜뜨며 무녀에게 말했다.

"그대가 이토록 무엄하니 내가 그대에게 벌을 내릴 것이다."

조원은 이렇게 말하며 무녀에게 한 걸음씩, 한 걸음씩 천천히 다가갔다. 무녀가 어찌할 바를 모르고 주춤대는데, 조원이 무녀 앞으로 바짝 다가서서 허리를 숙이더니 무녀의 귀에 대고 말했다.

"지금은 다른 일이 급하여 시간이 없으니 벌은 다음에 내려주마! 동명왕신을 경건히 모신다면 특별히 용서해줄 수도 있다."

조원은 이렇게 말하고 몸을 세운 후, 거만한 표정과 몸짓으로 무녀에게 말했다.

"안내하거라!"

풀이 죽은 무녀가 말없이 앞장을 서자, 조원은 거드름을 피우며 그 뒤를 따랐다.

본전은 배례전(拜禮展) 뒤쪽, 계단을 수십 개 올라야 하는 곳에 있었다. 본전 앞에 이르자 안에서 청아한 피리 소리가 은은하게 들렸다. 무녀가 공손히 문을 열며 말했다.

"안으로 드시지요."

조원이 안으로 들어서며 무녀를 향해 살짝 미소 지으며 손을 흔들었다. 무녀가 시선을 왼쪽 아래로 돌리며 조원을 외면하는 듯하자 조원은 재차 손을 흔들었다. 무녀의 표정이 샐쭉해졌다.

본전 문이 열리자 다시 옅은 청색의 비단발이 나왔는데, 문을 열 때 바람이 일어 얇은 비단이 파르르 떨렸다. 피리 소리는 마치 그 비단에서 흘러나오고 있는 것 같았다. 조원이 신기하게 생각하며 혼잣말을 했다.

"허, 비단이 풍월을 읊는군!"

본전 안에 들어서니 정면에 제단이 보였다. 제단 위에 붉은 전포를 입고 머리 위에는 커다란 금관을 쓰고 손에는 활과 화살을 든 사람의 그림이 걸려 있었다. 좀 말이 되지 않는 행색이었으나 동명왕이었다. 그 옆에는 동명왕의 신하들과 동명왕의 오룡거 등이 묘사된 그림이 동명왕을 호위하듯이 주변을 감싸고 있었다.

신녀는 제단 정면에서 오른편에 의자를 두고 앉아서 피리를 불고 있었다. 몸매를 따라 흐르는 폭이 좁은 흰색 옷을 입고 있었는데 피리 소리와 어울려 청아하기 이를 데 없었다.

조원은 신녀를 보고 가볍게 목례한 후에 말했다.

"피로는 좀 푸셨습니까?"

조원의 말에 신녀는 피리 불기를 그쳤으나 아무런 대꾸도 하지 않았다. 조원은 성큼성큼 다가가 의자를 끌어다가 신녀 바로 앞에 앉으며 말했다.

"부탁할 것이 있어서 왔습니다."

신녀가 잠시 뜸을 들인 후에 퉁명스럽게 말했다.

"부탁이라니요. 당신은 저번에 우리를 모두 베어 죽이려고 하셨습니다. 이번에는 또 어떻게 하시려고 그러십니까?"

조원이 난감한 표정을 지으며 말했다.

"저번에 무례한 행동을 했지만, 저는 절대 사람을 죽이려는 생각을 하지 않았습니다. 혹 수하들이 진짜로 그러려고 하면 바로 말릴 생각이었습니다."

조원은 입에 침도 바르지 않고 거짓말을 하고 있었다. 조원은 무대 위와 무대 아래가 완전히 다른 사람이었다. 무대 아래로 내려서면 솔직해지고 가리지 않고 행동하나, 무대 위로 올라서면 일을 실현시키기 위해서 영혼이라도 팔 자세가 되어 있는 사람이었다.

지금은 일을 실현시켜야 할 때다. 조원은 간곡히 다시 말했다.

"저는 제 모든 것을 걸고 고려를 지키고, 서경을 지키고, 서경의 사람들을 지키려고 합니다. 그들을 지키기 위해선 당신의 도움이 필요합니다. 제가 비록 당신에게 무례한 행동을 했지만, 고려와 서경을 위해서 저를 좀 도와주십시오."

신녀는 아무 말 없이 시선을 먼 곳에 두고 있었다. 조원이 다시 정중한 태도로, 그러나 단어 하나하나에 힘주어 다시 부탁했다.

"염치없는 부탁이지만, 고려를 지키기 위해서 저를 좀 도와주십시오."

신녀가 마치 처음 말을 하는 사람처럼 입술을 떨면서 천천히 입을 뗐다.

"혹시 능환(能奐)이란 이름을 들어보셨는지요?"

"능환이라…?"

조원이 잘 모르겠다는 듯이 고개를 갸우뚱하자, 신녀가 다시 말했다.

"능환은 견훤의 모사였습니다. 이찬(伊飡) 벼슬을 했지요. 신검이 자신의 아버지 견훤을 폐위시키고 금산사에 가두었을 때 능환은 신검의 편에 섰습니다."

신녀의 설명을 들은 조원이 그제야 고개를 끄덕이며 말했다.

"아! 능환이라면…."

조원은 말을 하다가 느껴지는 바가 있어 멈췄다. 원래는 '신검을 획책해 견훤을 폐위시킨 죄로 태조께 죽임을 당하지 않았습니까?'라고 말하려고 했었다.

신녀가 여전히 먼 곳을 바라보며 말했다.

"능환이 죄가 있다면 있겠지만, 죄가 크다면 신검이 더 크겠지요. 더구나 능환은 그저 이찬 벼슬의 모사에 지나지 않았습니다. 신검 쪽에 가담한 많은 벼슬아치 중의 하나였을 뿐이었습니다. 그런데 왕건은 '일리천 전투'*에서 승리한 후, 항복한 모든 후백제인을 용서했지만 유독 능환만 책임을 물어서 그를 주살하였지요."

신녀는 왕건을 태조라는 존칭으로 부르지 않고 '왕건'이라는 이름으로 불렀다. 신녀의 말투에서 신녀가 고려 왕조에 호의적이지 않다는 것을 읽을 수 있었다. 신녀가 계속 말을 이어나갔다.

"왕건은 모두를 살려주는 대신에 희생양을 찾았겠지요. 죽이면 만인에게 위협은 되지만, 통합에 지장을 주지 않을 인물로…."

신녀는 여기까지 말하고 길게 한숨을 쉬었다.

"그 능환이 저의 증조부입니다."

조원은 신녀가 능환의 자손이라는 것을 능환의 얘기를 꺼냈을 때 대강 짐작하고 있었다.

고려가 후백제와 신라를 멸하고 나라를 건국한 지 육십여 년밖에 되지 않았으므로 신녀와 같은 사연을 가진 사람들이 적지 않았다. 또한 그 자손들 중에는 아직 원한을 잊지 않고 있는 자들이 있었다.

조원은 재빨리 머리를 굴려보았다. 신녀는 부정적인 태도를 보였지만, 이렇게 자신의 사연을 길게 말하는 것으로 미루어보면 긍정적인 여지도 꽤 있어 보였다.

일단 신녀의 말에 맞장구를 치기로 했다.

"태조께서 능 이찬을 돌아가시게 한 것은 정말 잘못한 일입니다. 그러나 아마 태조의 뜻이 아니었을 것입니다. 밑에 부하들이 한 일일 것입니다."

조원이 이렇게 말하며 주저리주저리 신하들이 얼마나 왕명과 다르게 행동하는지 설명하는데, 신녀가 갑자기 고개를 돌리더니 조원을 매섭게 쏘

---

* 일리천 전투 : 936년, 고려의 '왕건'과 후백제의 '신검'이 지금의 경상북도 구미시 일대에서 맞붙은 전투로 후삼국시대를 종결짓게 된다.

아보았다. 조원이 흠칫 놀라서 말을 멈췄다. 잠시 침묵이 흐른 후, 조원이 다시 무슨 말을 하려는데 신녀가 먼저 앙칼지게 조원에게 쏘아붙였다.

"그래서, 당신은 왕건이 우리 증조부의 죽음에 책임이 없다는 것입니까?"

조원은 난감했다. 마음 같아서는 신녀의 환심을 사기 위해 신녀의 말에 적극적으로 맞장구치며 왕건을 마구 욕하고 싶었지만, 다른 사람도 아닌 고려를 건국한 태조다. 고려의 녹을 먹는 관리의 신분으로 태조를 욕할 수는 없는 일이었다. 조원이 가만히 생각해보니, 신녀에게 고려 왕조 운운하는 것은 신녀를 설득하는 데 도움이 되기는커녕 오히려 손해 보는 일이었다. 슬며시 말머리를 돌렸다.

"당신은 서경에서 가장 존경받는 신녀입니다. 지금까지 많은 서경민에게 위안을 주었고 그들의 병을 치료해주었습니다. 또한 당신이 없었으면 절대 서경을 지켜내지 못했을 것이고 서경민들은 모두 도륙당했을 것입니다. 그 자애로운 마음으로 다시 한번 서경민들을 위해 힘을 보태주십시오. 그들에게는 지금 당신의 도움이 절실합니다."

신녀가 조원의 말에 콧방귀를 뀌면서 말했다.

"흥! 증조부가 돌아가신 후, 증조모와 그의 일족들은 고향에서 내쫓겨 갖은 고생을 하며 이곳 서경까지 왔소. 그런 증조모가 돌아가시면서 한 유언은, 기도를 해서라도 고려를 멸하란 것이었소. 우리는 육십여 년간 이 말을 가슴에 품고 살아왔소. 거란군이 몰려와 고려를 멸할 절호의 기회가 왔는데, 당신 때문에 그 기회를 놓치고 말았소!"

신녀는 이렇게 말하면서 소맷자락을 흔들었다. 신녀가 소맷자락을 흔들자 갑자기 본전의 문이 꽝 닫혔다. 신녀는 조원을 쏘아보며 이렇게 말했다.

"당신은 이곳에 갇혔습니다. 당신 때문에 우리는 고려를 멸할 기회를 놓쳤으니, 그것을 목숨으로 보상해야 할 것이오. 왕건이 우리의 증조부님에게 했던 것처럼 우리는 당신을 주살하여 증조부님의 원혼을 위로할 거요."

신녀는 이렇게 말하며 조원을 더욱 매섭게 쏘아보았다. 조원 역시 신녀를 바라보고 있었다. 그런데 신녀가 보니 조원의 눈빛이 이상했다. 신녀는 이렇게 조원을 함정에 빠트리고 죽이겠다고 위협하면 조원의 눈빛은 분노의 불을 뿜거나 두려움에 사로잡힌 눈빛을 보낼 것이라고 생각했다.

또한 자신과 조원의 거리는 겨우 이삼 보 남짓하다. 조원이 자신을 인질로 삼고자 달려들 것이라고 예상했다.

그러나 달려들지도 않을뿐더러, 조원의 눈빛은 매우 평안했다. 어떠한 분노도 두려움도 읽을 수 없었다. 조원의 예상치 못한 평온한 눈빛을 마주한 신녀가 오히려 약간 떨리는 음성으로 조원에게 물었다.

"그대는 두렵지 않소?"

조원이 신녀의 말에 피식 웃으면서 말했다.

"나는 지병(持病)을 가지고 있소. 아마 오래 살지 못할 것이오. 더구나 지금 우리 고려는 수십만의 거란군에게 침략당하여 유린되고 있소. 나는 고려를 지키기 위해서 최선을 다해야 하고 소수의 병력으로 적의 대군을 상대해야 하오. 그러다 보면 삶과 죽음이 서로 그리 멀리 있지 않겠지요. 병마(病魔)가 나를 죽이기 전에 거란군의 손에 조금 일찍 죽는 것뿐이지요. 그리고 지금 그대들이 나를 죽인다면 나는 조금 더 빨리 죽는 것뿐이오. 일찍 삶의 짐을 내려놓고 아주 홀가분해지겠지요."

조원은 이렇게 말하며 껄껄 웃으며 칼을 뽑아 들었다.

"그러나 삶의 짐을 내려놓기 전에 최선을 다해야 하겠지요. 오시오! 당신들이 나를 죽일 실력이 되는지 어디 봅시다. 그리 호락호락하지는 않을 것이오."

신녀의 표정이 몹시 어두워지며 조원에게 물었다.

"그대는 무슨 지병을 가지고 있소?"

조원은 아무런 대답을 하지 않았다. 잠시 침묵이 흐른 후, 신녀가 다시 말했다.

"거란군이 서경의 포위를 풀었으나 북쪽으로 돌아간 것이 아니라 남쪽으로 갔습니다. 전쟁은 계속되고 있고 서경은 여전히 위태롭습니다. 당신은 당신의 목숨을 바칠 정도로 고려를 사랑하는 것입니까?"

조원이 웃으며 말했다.

"고려를 그만큼 사랑하는지는 모르겠소. 그러나 우리가 고려를 지키려는 의지는 반드시 실현되어야 합니다. 남아는 스스로의 의지를 지킬 뿐이오."

조원은 칼을 빼어 들고 본전 중간에 위풍당당하게 우뚝 서 있었다. 신녀가 조원을 보니, 조원의 모습은 어제 을밀대에서의 바로 그 모습이었다. 신녀는 몸과 마음이 파르르 떨렸다.

조원은 신녀가 갑자기 자신을 죽이겠다고 하자 마음속으로 황당하기 이를 데 없었다. 마음이라는 것이 아침에도 바뀌고 저녁에도 바뀌는 것이라지만 이건 정도가 지나쳤다. 물론 선조의 원한이 있다고는 하지만, 그렇게 원한이 깊다면 처음부터 돕지 말았어야 할 것 아닌가! 아니면 돕더라도 도와주는 척 정도만 하면 되는데, 조원이 보기에는 신녀는 자신의 최선을 다했다. 기껏 잘 도와주다가 갑자기 손바닥을 뒤집듯이 마음을 정반대로 확 뒤집어버리니 거의 미친 짓에 가까웠다.

조원은 황당했다. 그러나 가만히 살펴보니 신녀는 말만 거셌을 뿐 행동은 치밀하지 않았다. 조원과 신녀의 거리는 겨우 이삼 보에 불과했다. 마음만 먹으면 신녀를 인질로 삼거나 해하는 것은 신녀가 마음을 뒤집는 것보다도 쉬운 일이었다.

또한 신사의 남자들이라 봤자 뻔했다. 그런 사람들이라면 백 명이 몰려오더라도 별로 무서워할 것이 못 되었다. 그리고 밖에는 강민첨이 있었다. 돌발 상황이 오면 적절히 대처를 잘할 것이다.

조원과 신녀는 이런 상태로 잠시 서로를 응시하고 있었다. 잠시 후, 신녀가 시선을 아래로 내려뜨리면서 다시금 소매를 흔들었다. 신녀가 소매를 흔들자 다시 본전의 문이 열렸다. 본전의 문이 열리자 조원은 의아했다.

'조금 전에는 죽이겠다고 하더니, 어찌 갑자기 또다시 표변하는 것인가?'

조원은 신녀를 물끄러미 바라보다가 성큼성큼 다가갔다. 신녀는 조원이 다가오자 약간 놀라는 듯 몸을 움찔했지만 피하려고 하지는 않았다.

조원은 신녀의 코앞까지 다가가서 신녀의 양어깨를 꽉 움켜쥐었다. 그런 다음, 신녀의 눈을 빤히 들여다보았다. 마치 신녀의 눈을 통해서 신녀의 마음을 읽으려는 것처럼….

신녀 역시 고개를 들어 조원의 눈을 바라보았다. 서로가 서로의 눈을 바라본 지 얼마나 흘렀을까? 조원이 신녀의 어깨를 잡은 손을 풀면서 조용하고 부드러운 목소리로 그러나 약간 명령조가 섞인 말투로 말했다.

"우리는 상황이 갖추어지면 오늘 밤 거란군을 치기 위해 성을 나갈 것이요. 당신은 굿을 해서 동명왕의 바람을 불러주길 바라오. 우리는 그 바람을 탈 것이요."

신녀는 눈을 돌린 채 아무 말도 하지 않았다. 조원은 채근하지 않고 주위를 돌아보았다.

"여기가 이렇게 생겼군."

한참을 둘러보다 그림에 시선을 멈추고 말했다.

"오룡거는 잘 그렸는데 동명왕은 좀…."

조원과 신녀의 거리는 겨우 한 자 남짓했고 여전히 그 거리를 유지하고 있었다. 조원이 신녀를 내려다보며 다시 말했다.

"개인적인 부탁이 한 가지 있소."

신녀는 역시 말이 없었다. 말은 없었으나 몸을 움직여 조원과의 거리를 벌리려고 하지 않았다. 서로의 체취를 느낄 수 있는 한 자 남짓한 거리에서 계속 서 있었다.

"오늘 밤은 정말 위험할 텐데, 점을 쳐서 길흉을 알고 싶소."

신녀가 눈을 들어 조원을 보았다. 신녀의 눈에는 어떤 안타까움과 갈망이 있었다. 신녀는 조원을 잠시 바라보다가 천천히 입술을 움직였다.

"오늘 성 밖으로 나가시면 길보다는 흉이 많을 것입니다."

신녀의 말에 조원은 고개를 가로저었다.

"성 밖을 나가는 것에 대한 길흉이 아니라, 다른 것에 관한 것이오."

신녀가 의아한 눈빛으로 조원을 보았다. 지금 길흉을 논한다면 성 밖으로 나가는 일 이외에 무엇이 있겠는가?

조원이 신녀를 마주 보며 다시 말했다.

"성 밖을 나가기 전에 어떤 여인을 한번 안아보고 싶소. 그것에 대한 길흉을 말하는 것이요. 길합니까? 흉합니까?"

조원의 말에 신녀는 몸을 살짝 떨었다. 조원은 신녀에게 한 발 더 다가가 신녀의 몸을 꽉 안았다. 신녀는 남자 품에 안기는 것이 처음이었다. 심장이 덜컹 내려앉으면서 마치 몸이 쇠사슬로 꽉 감긴 것 같아 절대로 빠져나갈 수 없을 것만 같았다. 조원은 신녀를 안고 몇 마디 말을 속삭였다. 한참을 안고 있다가 조원은 팔의 포옹을 풀었다.

조원과 신녀는 서로의 입김을 느끼며 몇 마디 말들을 주고받았다.

"무사히, 돌아오세요."

조원이 미소를 머금고 그러나 약간 건성으로 대답했다.

"그러리다."

신녀는 눈에 빛을 내며 조원에게 말했다.

"꼭 무사히 돌아오셔야 해요. 이게 제 첫 번째 소원이에요!"

조원이 신녀를 향해 사랑스러운 미소를 보내며 말했다.

"이제 할 일을 하러 가리다."

조원은 돌아서서 신당의 본전을 나왔다.

제6장 회오리바람　　　　　　　　　　　　　　　121

조원이 본전을 나가자마자, 누군가 들어오며 신녀에게 입술을 삐죽거리며 말했다.

"주살하겠다는 쓸데없는 말은 왜 하노. 쯔쯔쯔."

정심이었다. 신녀는 어깨를 내려뜨리며 허탈한 표정을 지었지만, 마음속에는 행복감이 가득했다.

신녀는 많은 사람을 상대해보았다. 그 사람들은 모두 문제가 있어서 혹은 문제가 있다고 생각해서 굿을 하거나 점을 보러 온 사람들이었다. 그런 사람들을 상대할 때 위기감 조성만큼 좋은 것이 없었다. 신녀는 조원을 상대할 때 자기도 모르게 그런 행동양식이 나왔던 것이다.

신녀는 스스로 '미친년'이라고 자책했지만 어쨌든 결과는 최상이었다.

강민첨이 밖에서 기다리고 있다가 신사를 나오는 조원을 보고 물었다.

"일은 잘됐습니까?"

조원이 크게 한숨을 쉬며 말했다.

"몸과 마음을 좀······."

조원은 어느 때부터인가 신녀가 자신에게 관심이 있다는 것을 느낌으로 알아챘다. 그리고 이번에 신녀의 관심을 이용해서 일을 처리한 것이다. 조원은 신녀에게 특별한 마음을 품고 있지 않았다. 아니, 그럴 여력이 없었다. 그런데 막상 신녀를 안고 밀어를 속삭이니 조원 역시 싱숭생숭해졌다.

72
신녀의 회상

: **경술년**(1010년) **십이월 십팔일 진시**(8시경)

신녀는 오 년 전, 미복(微服)을 입고 중흥사에 놀러 갔다가 공부하고 있는 조원을 보았다. 조원은 육 척의 장신이므로 사람들 사이에서도 눈에 띄는 외모였다.

신녀는 중흥사 탑을 매우 좋아하여 종종 중흥사에 갔다. 그러다 보니 자연스레 조원을 보는 일도 잦았다. 눈에 띄는 외모의 조원을 자주 보니 관심이 생길 수밖에 없었다.

또한 조원은 서경에서 명망 있는 집안의 자제였고 어릴 때부터 수재로 알려져 있었다. 여자들이 관심을 가질 만한 남자였다.

신녀의 삶은 박제화되어 있었다. 일곱 살에 신녀로 발탁되어 신녀로서 교육받았다. 여러 가지 교육을 받았으나 가장 중요한 것은 감정 조절 능력이었다. 감정을 절제하고 드러내지 않는 것을 익히는 것은 접신보다도 훨씬 더 중요한 일이었다. 스스로의 감정을 절제해야 다른 사람의 마음을 잘볼 수 있는 법이다.

신녀는 평소 자신의 역할을 잘 수행했지만, 마음속에는 여느 여인들처럼 소녀의 감수성이 남아 있었다. 신녀이기 때문에 그것을 꽁꽁 숨기고 있을 따름이었다. 평소 스스로를 엄히 단속해 위엄 있는 모습을 잃지 않으려고 노력했다.

그러나 이렇게 미복으로 놀러 다닐 때는 단속되어 있던 마음속의 감수성을 마음 가는 대로 풀어 놓았다. 이 순간만큼은 소녀의 마음으로 돌아가서 마음껏 삶을 즐겼다. 아름다운 경치를 보고 즐거워하고, 때때로 느껴지는 상념으로 마음을 적셨다. 그런 소녀의 마음으로 서경의 이곳저곳을 놀러 다녔다. 이것이 신녀의 유일한 긴장 해소법이었다.

신녀는 중흥사에 갈 때마다 조원을 보게 되면서 조금씩 야릇한 상상을 하기 시작했다. 나중에는 신녀가 가는 곳은 딱 한군데로 정해졌다. 바로 중흥사였다. 중흥사로 가기로 결정한 것도 아닌데 신사를 나서면 어느새 발길이 중흥사로 향하고 있었다.

늘 같이 다니는 '정심'이라는 무녀가 이상하게 생각하다가 결국 신녀의 마음을 눈치챘다. 정심은 신녀의 모친이었다.

그러나 정심은 딸인 신녀에게 핀잔은 주었어도 말리지는 않았다. 신녀의 삶은 다른 사람들의 고통을 듣고 느끼는 삶이었다. 자신의 고통도 힘든 판에 늘 다른 사람의 고통을 느낀다는 것은 보통 괴로운 일이 아니었다. 이런 외출이 신녀의 유일한 낙인데다가, 젊은 여자가 잘생긴 남자를 보고 연정을 품는 것은 자연스러운 일이었고, 신녀가 도를 넘어서지 않으리라는 것을 잘 알고 있었기 때문이었다.

멀리서 보고 상상하며 즐기는 것 정도는 도를 넘지만 않는다면 아주 괜찮은 것이었다. 어차피 신녀와 조원은 서로 다른 세계에 사는 사람들이었다. 신녀가 아무리 조원을 마음에 두고 있다고 하더라도 만날 수 없는 사이였고 이루어질 수 없는 사이였다. 한계를 잘 알기 때문에 오히려 얽매이지 않고 좋아할 수 있었다.

조원은 언젠가 신녀가 볼 수 없는 곳으로 사라질 것이고 그러면 신녀의 사랑도 끝날 것이었다. 그전까지 최대한 마음속에 일어나는 감정을 즐기면 되었다.

신녀는 중흥사에 갈 때마다 행복감에 빠져들었고 중흥사에 갈 것이라는 생각만으로 행복해졌다. 매일 밤 조원을 생각하다가 급기야 하루 종일 머릿속에서 조원에 대한 생각이 떠나질 않았다.

그러나 신녀는 또 한 가지 사실을 잘 알고 있었다. 자신이 좋아하는 조원은 자신의 상상 속에 있는 사람이란 것을, 실제의 조원과는 다른 사람이라는 것을.

무수히 많은 사람이 복을 빌고 흉함을 피하려고 신사를 방문한다. 신녀는 많은 사람을 만나보았다. 그중에는 관직이 높은 사람도 있었고 부유한 사람도 있었으며 풍채가 좋은 사람도 있었다. 그러나 사람들은 한결같이 나약한 존재들이었다. 욕망과 알 수 없는 미래에 대한 두려움에 떠는 존재들이었다.

조원도 그들과 크게 다르지 않을 것이다. 자신이 꿈꾸는 조원은 자신의 상상 속에 있다. 실재와는 다른 것이다. 신녀는 감성적으로나 이성적으로나 성숙한 사람이었다.

삼 년 전 여름에 과거 시험이 있었고 그 뒤로 조원은 중흥사에서 보이지 않았다. 신녀는 얼마 후에 조원이 장원급제했음을 알게 되었다. 서경성 곳곳에 조원의 장원급제를 축하하는 큰 깃발이 걸렸고 떠들썩하게 사람들의 입에서 오르내렸기 때문이다. 장원급제는 본인에게 명예로운 일이기도 하지만 장원급제자를 배출한 지역을 명예롭게 하는 일이기도 했다.

조원이 장원급제해서 나흘간 서경 시내를 행차할 때, 신녀도 그 행차를 구경했다. 조원은 남색 도포를 입고 물소 뿔로 장식된 띠를 허리에 둘렀으며 머리에는 꽃을 꼽고 일산(日傘)을 쓰고 있었다. 대단히 영예로운 모습이었다.

지금 조원의 모습이 자신이 보는 마지막 모습일 수도 있었다. 물론 조원이 서경의 관리로 부임한다면 볼 수도 있겠으나 조원이 중흥사에서 공부할 때와는 같지 않을 것이다. 이제 그를 마음속에서 떠나보낼 때다.

신녀는 조원을 보면서 나직이 말했다.

"잘 가세요. 지금까지 내 마음속 정인(情人)!"

이렇게 말하고 신녀는 혼자 피식 웃었다. 혼자 좋아하고 혼자 떠나보내다니, 저 사람은 나를 모르고 내 감정은 더욱 모를 텐데….

지난밤에 조원이 신사에 찾아왔을 때 신녀는 조원의 이름을 듣고 소스라치게 놀랐다. 꿈인지 생시인지 모르게 조원의 일행을 맞았다.

조원 등이 자신들을 죽일 듯이 밀어붙일 때, 두려움보다는 오히려 온몸에 짜릿한 전율이 일었다.

사실 강민첨이 주도한 것이지만 신녀의 눈과 마음에는 오직 조원만이 있었다. 조원이 자신을 계속 그렇게 핍박해줬으면 했다. 영원히 그 순간이 끝나지 않았으면 했다. 조원과 대화하고 있다는 것이 기쁜 것인지, 조원이 자기를 핍박해주는 것이 기쁜 것인지 알지 못했다. 그 순간 만일 객관적으로 자신을 볼 수 있었다면, 아마 '미친년'이라고 했을 것이다.

마음속은 녹아내리면서도 겉으로는 위엄 있게 보이는 행동을 자신도 모르게 하고 있었다. 마치 자신이 두 명으로 분리된 것만 같았다. 안과 밖이 완전히 다른 사람이었다.

조원은 어떤 일을 하려고 하고 있었고 그 일에 자신의 도움을 필요로 했다. 신녀는 커다란 기쁨에 마음이 매우 떨렸다.

조원과 자신이 드디어 한 곳을 함께 볼 수 있게 된 것이다.

굿이 끝나고 신녀는 을밀대 위에서 조원과 계속 함께 있었다. 과연 실제의 조원은 자기가 상상했던 사람이 아니었다. 부드럽게 사랑의 밀어를 속삭이는 유형의 사람도 아닌 것 같았고, 함께 있으면 마냥 즐겁게 만들어주는 사람도 아닌 것 같았다. 그리고 사람 사이의 관계에 능란하지도 않은 것 같았다. 약간은 멍청하고 경우가 없는 듯도 보였다. 다소 실망스럽고 낯설었다.

그러나 을밀대에 있는 동안, 점점 조원의 진짜 모습을 느끼게 되었다. 조원은 오직 한 가지만 생각하고, 행하고 있었다. 바로 서경을 지켜내는 것!

을밀대에 같이 있겠다고 했으나 전투를 직접 본다는 것은 소름 끼치는 일이었다. 함성과 비명이 천지에 가득했고 사람의 살을 비롯해 각종 물건 타는 연기가 매캐하게 콧속까지 스며들었다. 보고 싶지 않고, 느끼고 싶지 않은, 오감을 자극하는 지옥 같은 광경들이었다.

신녀는 위엄 있게 앉아서 아무렇지도 않은 척하고 있었으나 보는 것 자체가 고통이었고 또한 두려움이었다. 그렇게 많은 사람이 모여 있는 것을 보는 것은 처음이었고, 그렇게 많은 사람이 함성을 지르며 적이 되어 달려드는 것을 보는 것이 처음이었다.

신녀는 무섭고 두려웠다. 전투에 오로지 집중하는 조원은 자신에게는 눈길 한 번 주지 않았다. 눈길을 주더라도 그저 스쳐 지나가는 것이었다.

오시(11~13시) 무렵 거란군의 총공격이 시작되었다. 번쩍이는 창칼의 은빛 기운이 천지를 가득히 덮으며 그 기운이 넘실대듯이 성으로 밀고 들어오고 있었다. 그 커다란 기운은 성벽 따위는 바로 넘어버릴 것만 같았다.

신녀는 자신도 모르게 다리가 떨렸다. 다리가 떨리고 심장이 쿵쾅거리고 온몸에 힘이 들어가고 주먹이 꽉 쥐어졌다.

거란군의 총공격이 시작되자, 조원은 의자에서 몸을 일으켰다. 신녀는 조원의 뒷모습을 보았다. 그 뒷모습이 이상하리만큼 커 보였다. 마치 밀려오는 파도를 모두 막아 자신을 안전하게 지켜줄 것만 같았다.

조원은 돌아서서 주위 사람들에게 준엄하게 말했다.

"모두 무기를 가까이 두고 대기하시오. 전황이 급해지면 우리가 마지막 예비대가 될 것이요."

조원은 명령을 내린 다음 신녀를 보았다. 이번에는 스쳐 지나가는 눈빛이 아닌 바라보는 눈빛이었다. 신녀를 보더니, 싱긋 웃어 보였다. 그 미소는 마치 신녀의 마음을 알고 이렇게 말하는 것 같았다.

'내가 있으니 염려하지 마오.'

거란군이 천지가 떠나갈 듯이 함성을 지르며 총공격을 해오자, 신녀는 조원만 보았다. 지금까지는 조원만 신경 쓰면서도 안 그런 척했다면 이제는 눈을 떼지 못하고 있었다. 조원의 일거수일투족을 눈으로 좇고 귀로 들었다. 천지에 가득한 것 중에 보이는 것은 조원뿐이었고 들리는 것은 오직 조원의 목소리뿐이었다.

신녀는 이 두렵고 무서운 상황에서 오직 조원만을 의지하고 있었다. 얼마의 시간이 지났는지 신녀는 의식하지 못하고 있었다. 여전히 조원을 보고 있는데, 어렴풋이 함성이 들리는 것 같았다.

조원이 어깨를 으쓱하고 있었는데, 조원의 몸에서 팽팽하던 긴장감이 점차 사라지고 있었다. 신녀 역시 조원의 긴장감이 풀리고 있다는 것을 느끼자 자신도 의식할 새 없이 긴장이 풀려왔다.

주변 사람들이 열심히 함성을 지르고 있다는 것이 그제야 확실히 느껴졌다. 조원이 뒤돌아서는 순간 자신과 눈이 마주쳤다. 아니 눈이 마주쳤다는 생각도 없었다. 그저 뒤돌아선 조원의 앞모습을 보고 있을 뿐이었다.

조원이 자신을 보고 쿵쾅쿵쾅 걸어오고 있었다. 신녀는 그 모습을 보고 가슴이 내려앉는 것 같았다. 가까이 다가와서 자신을 와락 안아주며 토닥여줄 것만 같았다.

이렇게 말하면서,

'많이 무서웠소? 이젠 괜찮소.'

그러나 그런 기대를 조원은 무참히 깨버렸다.

"우와, 신녀님! 역시 배포가 대단하십니다."

조원은 신녀 앞에 와서 엄지손가락을 세우며 쾌활히 이렇게 말했다. 신녀는 그 순간 정신이 퍼뜩 들었다. 자신이 지금까지 계속 조원만 봐왔고 조원이 뒤돌아선 후에도 계속 조원만 보고 있었다는 것을….

조원은 전투를 지휘할 때는 몰랐겠지만 뒤돌아선 후에는 당연히 신녀의 시선을 느꼈을 것이다. 아니 전투를 지휘할 때도 명령을 내리려고 중간중간 뒤를 돌아보았으니 전투 내내 신녀가 자신만을 보고 있다는 것을 알았을 것이다.

신녀는 부끄러움에 얼굴이 확 달아올랐다. 조원의 말에 아무 대꾸도 안하고 고개를 팽 돌렸다. 조원이 허리를 살짝 굽히더니 해맑은 미소를 지으며 신녀에게 속삭이듯이 말했다.

"수고하셨습니다. 이제 내려가서 좀 쉬십시오."

신녀는 입을 앙다물면서 아무 대꾸도 하지 않았다. 조원의 말은 마치 그냥 휴식을 취하라는 말 같았지만 신녀의 두려움을 알아보는 것 같았다.

신녀는 마음속으로 굳게 다짐했다.

'절대 내려가지 않을 거야!'

조원은 신녀에게 이렇게 말한 후, 을밀대를 내려가 성벽을 순시했다. 신녀는 그 모습을 눈으로 좇고 있었다. 조원이 사람들을 돌보는 모습을 보자, 신녀는 맹렬한 질투심을 느꼈다. 마치 세상에 홀로 남겨진 기분이었다.

오후에는 조원은 수시로 신녀에게 눈길을 주었다. 신녀의 상태가 괜찮은지 지속적으로 파악하는 것 같았다. 신녀는 조원의 눈길을 애써 외면했다.

신녀는 다른 사람의 두려움을 보고 듣고 느끼는 존재이지 자신의 두려움을 보여주는 존재가 아니다. 두려움의 감정을 누군가에게 들켰다는 것이 매우 어색했고 심지어 겁까지 났다. 신녀는 그런 감정을 들키면 안 되는 존재인 것이다.

그러나 신녀는 자신도 모르게 점차 조원의 눈길 속에 머물고 있었다. 조원의 눈길이 두려움에 떠는 신녀의 마음을 잡아주고 있었기 때문이었다. 신녀의 마음속에는 이상야릇하고도 묘한 행복감이 밀려왔다. 이제 상상속의 조원이 아니라 진짜 모습의 조원이 깊숙이 들어오고 있었다.

신녀가 조원을 동명왕신의 화신으로 지목한 것은 어떤 대단한 의도 때문이 아니었다. 자신이 동명왕신의 신녀이니 좀 더 조원과 동질감을 느끼기 위해 조원을 동명왕신의 화신으로 지목했을 따름이다.

여하간, 신녀가 조원을 동명왕신의 화신으로 지목하는 바람에 대부분의 서경민이 그것을 믿게 되었고 그들을 단결시키는 데 큰 도움이 된 것은 사실이었다.

조원은 자신을 도와주면 소원을 들어주겠다고 했다. 조원이 서경성 밖의 거란군을 치기 위해 나갔다가 돌아오면 신녀는 '조원이 신사에 영원히 머무는 것이 소원'이라고 말할 것이다. 조원은 반드시 약속을 지킬 것이다.

또한 많은 사람이 조원을 동명왕의 화신이라고 생각하기 때문에 조원이 여자만 있는 신사에 머물더라도 자연스러운 일이었다.

신녀는 조원의 멀어져 가는 뒷모습을 보면서 마음속으로는 계속 기도했다.

"신이시여, 제 정인(情人)이 무사할 수 있도록 강령해주십시오!"

신녀에게 조원은 이제 상상 속에서 사랑하는 사람이 아닌 진짜 정인이었다. 오늘 조원이 무사히 돌아오기만 하면….

이제 그는 신녀의 것이었다.

73
서경 신사의 회오리바람
: 경술년 십이월 십구일 해시(22시경)

조원이 말했다.

"예전의 겨울은 지금보다 훨씬 더 추웠다고 합니다. 물론 지금의 겨울날도 결코 따뜻하지는 않지요. 눈보라와 차가운 북풍을 막아주는 두꺼운 흙벽과 지붕에 의지해 있는 우리도 추운데, 밖의 북적들은 더욱 추울 것입니다."

강민첨이 말했다.

"그러나 저들의 천막도 가죽으로 만들어서인지 굉장히 따뜻하다고 합니다. 오히려 우리의 일반 가옥보다도 따뜻할 정도라고 하더군요."

조원이 인상을 쓰며 말했다.

"거기다가 불을 지르면 더욱 따뜻하겠지요."

강민첨이 무거운 표정으로 말했다.

"고 교위가 군사들을 이끌고 한 시진 전에 나갔으니 이제 우리도 움직일 시간입니다."

관아 앞에서 신녀가 다시 굿을 하기 시작했다. 원래 동명왕신은 영험하기로 이름이 높았고 신녀의 점괘대로 서경이 지켜졌으므로 사람들은 동명왕신에 대하여 절대적인 믿음을 가지게 되었다. 서경민들은 거란군이 하루만 공격하고 물러난 것도 동명왕신의 힘이라고 생각했다.

신녀가 부채춤을 한참 추었다. 날은 이미 어두워지고 있었고 바람이 슬슬 불기 시작했다.

때는 겨울이라 원래 북풍이 불 시기였다. 또한 서경의 북쪽은 산이다. 밤이면 당연히 산 정상에서 산 아래로 산풍이 자주 분다. 북풍과 산풍의 방향이 일치하는 시기인 것이다. 겨울밤에 부는 북풍은 서경에서는 당연한 일이었다.

바람이 서서히 불기 시작하자, 신녀가 신내림을 받고 외쳤다.

"나는 동명왕이다! 나의 땅에 들어와 나의 후손들을 죽인 자들아! 내가 너희에게 신의 회오리바람을 보내노니, 너희들은 모두 죽어 넘어갈 것이다!"

신녀의 말을 듣고 조원이 외쳤다.

"동명왕의 신사에서 바람이 불고 있다! 동명왕께서 우리에게 회오리바람을 보내주셨다. 이것은 신의 회오리바람이다. 우리는 동명왕의 선풍(旋風)을 따라간다. 이것은 동명왕의 명이다!"

애수의 군사들이 소리 높여 외쳤다.

"동명왕! 동명왕! 동명왕!"

애수의 군사들이 목청껏 외치자, 다른 군사들도 외치기 시작했다.

"동명왕! 동명왕! 동명왕!"

상하가 하나가 되어 모두 '동명왕'을 외쳐댔다. 마치 신들린 듯한 외침이 계속 이어진 후, 조원이 창을 높이 들었다. 군사들이 조원에게 집중하기 시작했다.

"우리는 동명왕의 바람을 따른다. 진군하라!"

조원의 명에 군사들이 움직이기 시작하자, 옆에 있던 강민첨이 염려스러운 목소리로 조원에게 말했다.

"신녀가 잘해주고 있군요. 군사들이 굳게 믿은 것 같습니다. 고열만 잘해주면 되는데 너무 무리하지는 마십시오."

강민첨과 조원 등은 세심하게 작전을 짰지만 아무리 세심하게 작전을 세우더라도 이 작전은 위험했다. 고려군은 야전에서는 계속 거란군에 지고 있었다.

조원이 염려하는 강민첨을 보며 인상을 찌푸린 채 약간 웃는 듯한 익살스러운 표정을 지었다. 그러더니 두 팔을 높이 들고 손가락을 쫙 폈다. 손가락을 흔들며 마치 손가락 사이로 들어 온 바람을 느끼는 것처럼 말했다.

"진장님! 진짜 동명왕의 선풍이 불고 있습니다. 우와!"

조원은 강민첨의 목소리에서 염려하는 마음을 느끼고는 익살스러우면서도 쾌활하게 말했던 것이다. 강민첨이 그런 조원에게 애정 어린 미소를 보내며 말했다.

"조심하시오."

조원이 강민첨에게 오른손을 가슴에 대는 군례를 했다. 강민첨이 떠나는 조원의 등 뒤에 대고 말했다.

"오늘 밤 우리 한잔하며 호형호제합시다."

조원이 뒤를 돌아 강민첨을 보며 치기 어린 표정으로 가지런한 이를 드러내며 씨익 웃으며 말했다.

"형님, 며칠 전 어느 순간부터 우리는 형제였습니다!"

마치 자기가 이겼다는 듯한 의기양양한 표정이었다. 조원의 말과 표정에 강민첨이 웃음을 터트렸다.

지난 오 일간 최악의 순간들을 이겨내며 서로 호흡을 맞춰 서경을 지켜냈다. 함께한 지 며칠 안 되었지만, 이 둘은 요철처럼 잘 맞았다. 마치 연분(緣分)과도 같았다. 어느 순간부터는 형제보다도 더 진한 마음의 교감을 나누고 있었다.

조원의 표정이 치기에서 미소로 바뀌었다. 마치 달관한 미소와도 같고 생과 사를 초월한 듯한 마음에서 나오는 미소 같기도 했다.

강민첨은 조원의 미소를 보며 마음이 아려왔다. 마음 같아서는 당장 조원과 같이 나서고 싶었다. 그러나 자신의 역할이 전략과 전술을 짜는 역이지, 행동하는 무장의 역이 아님을 잘 알고 있었다. 또한 일이 잘못되었을 때, 누군가 남아서 서경을 책임질 사람이 필요했다.

그런 강민첨의 마음을 알아챘는지 조원이 길게 읍하며 말했다.

"제가 만일 돌아오지 못한다면 서경을 잘 부탁드립니다."

강민첨 역시 조원에게 길게 읍했다.

남아서 성을 지키기로 했던 방휴가 군사들이 떠나는 모습을 보며 강민첨에게 말했다.

"오늘 제가 저들과 함께 동명왕의 바람이 되지 못한다면 저에게는 평생 후회로 남을 것 같습니다."

방휴는 이렇게 말하며 강민첨에게 목례했다. 허락을 구하는 행동이었다.

강민첨이 그런 방휴를 물끄러미 바라보았다. 방휴는 입을 꽉 다물고 있었고 꽉 다문 입 때문에 볼에 있는 살집이 더 커 보였다. 결연한 표정이었다. 강민첨이 이해한다는 표정으로 고개를 살짝 끄덕였다. 방휴는 공격군에 합류했다.

조원은 많은 병력을 동원하여 야습을 감행하고 싶었지만 작전 자체를 반대하는 장수들도 많았고 강민첨 역시 많은 병력을 동원하는 것에는 반대했다. 강민첨이 제안한 병력은 이백 명 정도였다. 이백 명 정도면 적에게 꽤 타격을 줄 수 있고, 아군의 병력이 너무 많으면 진퇴를 기민하게 하기가 수월치 않다는 것이 이유였다.

또한 강민첨이 드러내놓고 말하지 않았지만, 만일 작전이 실패하더라도 이백 명 정도의 병력을 잃는 선이라면 서경을 지키는 데 크게 무리가 없을 것이라는 판단도 있었다.

척후에 의하면 거란군들은 서경 남쪽의 운봉역(雲峯驛)에 주둔하고 있다고 한다. 조원은 가려 뽑은 이백 명의 군사들을 이끌고 해시(21~23시)쯤에 서문인 보통문을 나가 성벽과 보통강 사이를 따라 서쪽으로 움직였다. 모두 말을 타지 않고 도보로 이동했는데, 소음을 내지 않고 은밀히 움직이는 것이 관건이었기 때문이다. 계속 서쪽으로 나아가다가 보통강과 대동강이 만나는 양명포(楊命浦)에서 방향을 남쪽으로 꺾었다. 최대한 크게 서쪽으로 우회하였는데 거란군들이 눈치채지 못하게 하려는 의도였다.

되도록 천천히 움직여 서쪽으로부터 운봉역 근처에 당도했을 때는 이미 인시(3~5시)의 끝 무렵이었다. 거의 기어가다시피 나아가 운봉역에서 일리 정도 거리에 이르자, 선발대로 떠났던 고열과 합류했다.

고열이 목소리를 낮춰 조원에게 말했다.

"적들이 우리가 이쪽에서 나타날지는 예상 못 하고 있습니다. 삼십 보 안으로 접근하면 제가 선두에 서서 적진 안으로 뛰어들겠습니다."

조원은 즉시 군사들에게 명을 내려 미리 준비해 온 흰색 천을 투구 위에 길게 매달게 했다. 어둠 속에서 피아를 구별해줄 물건이었다.

고열을 선두로, 모든 군사가 운봉역까지 네 발로 엉금엉금 기어서 움직였다. 그러다가 갑자기 고열이 몸을 일으키며 운봉역의 거란 진중으로 달렸다. 나머지 군사들도 고열을 따라 달려 나갔다.

갑자기 등장한 고려군들을 보고 보초를 서던 거란 군사 둘이 소리치기 시작했다. 고열은 달려가면서 왼손에는 활을 들고 오른손으로는 화살 두 대를 뽑아 들어 속사(速射)로 거란 군사 둘을 거의 동시에 처리했다. 그러고 나서 거란 진중으로 뛰어들었다.

조원도 거란 진중으로 뛰어들었다. 막사에서 급히 나오는 거란 군사가 보였다. 조원은 골타를 휘둘러 거란 군사의 머리 부분을 가격하며 외쳤다.

"우리가 바로 선풍이다!"

조원의 얼굴에 거란 군사의 뜨끈한 피와 뇌수가 확 끼쳤다. 어두운 가운데 거란 진중에서 한바탕 난전이 벌어섰고 고려군들이 지른 불로 거란군들의 천막들이 불타오르기 시작했다. 고려군들은 투구 끝에 흰색이 보이지 않으면 가리지 않고 베고 내리쳤다. 자다가 갑자기 습격당한 거란군들은 갑옷과 투구를 차려입지 못한 자들이 대부분이었다.

한참을 싸운 후, 고열이 가쁜 숨을 몰아쉬며 여전히 골타를 마구 휘두르고 있는데 더 이상 내리칠 거란 군사들이 보이지 않았다. 고열은 거란 진중으로 더 깊숙이 들어가려고 했다. 그때 징소리와 더불어 '송악산'이라고 외치는 소리가 들렸다. 이것은 미리 정해 놓은 퇴각 신호였다.

조원은 거란군 하나를 해치운 후, 전투에 가담하지 않고 고각군들과 더불어 전황을 예리하게 살피고 있었다. 기습을 감행한 지 일각 정도의 시간이 흐르고 있었고 거란군 전체 진영이 왁자지껄해지고 있었다. 여기에 주둔한 거란군은 최소한 수천이 될 것이고 그들이 모두 몰려나온다면 감당할 수 없을 것이었다. 조원은 후퇴할 시기라는 것을 직감으로 느꼈다. 조원이 힘주어 외쳤다.

"송악산!"

조원이 외치자 조원을 따르던 고각군들이 요란히 징을 쳐대며 역시 외쳤다.

"송악산! 송악산! 송악산!⋯."

조원을 비롯한 고려군들이 서경 쪽으로 달리기 시작했다. 고열은 맨 후방에서 움직였다. 거란군들은 고려군의 습격에 몹시 당황했지만, 어느새 정신을 차리고 추격해왔다.

거란군들이 따라붙자 고열은 화살을 쏘고 창을 들어 싸웠다. 활과 창, 골타, 도, 네 가지 무기를 휴대했는데 상황에 따라 무기들을 능수능란하게 뽑아 쓰기를 반복했다. 마치 팔이 여덟 개쯤 달린 사람 같았다.

고열은 혈전을 치르며 팔에 화살을 맞고 거란군의 창과 둔기에 여기저기 부상을 입었다. 그러나 거란군들 역시 도보로 추격했고 인원이 얼마 되지 않았기에 곧 떨쳐버릴 수 있었다.

그러나 대동강 변에 거의 다다르자, 뒤쪽에서 말발굽 소리가 요란하게 들렸다. 고열이 흘끔 돌아보니 달려오는 기병들의 모습이 어스름하게 보였다.

'저들이 아군을 덮치면 피해가 막심하리라!'

고열은 멈추어서 도(刀)를 넣고 활과 화살을 동시에 꺼내 들었다. 달려오는 거란 기병들과 전투를 벌여 아군이 퇴각할 시간을 벌 참이었다. 고열이 멈추어 서자 홍협과 방휴도 멈추어 섰고 조원 역시 멈추어 섰다.

보병으로 기병들이 달려오는 기세를 막기란 매우 어려운 일이었다. 모두 몹시 긴장된 마음으로 다가오는 거란 기병들을 향해 화살을 날렸다. 몇 기가 되는지는 알 수 없었으나 수백 근의 무게를 실은 말발굽 소리는 세차게 지축을 때려댔고, 그 소리와 기세는 또한 그것을 상대해야 하는 사람들의 가슴을 울렁이게 했다.

고열은 화살을 모두 날린 후 창을 빼어 들었다. 거란 기병들은 삼십 보 안까지 접근했고 그대로 충격할 심산인 듯했다. 가만히 서서 충격량을 받으면 끝이다. 가슴이 떨리며 두려움 비슷한 감정이 밀려왔다. 그러나 지금은 싸울 때이다.

"이얍!"

고열이 두려움을 이기려는 기합을 크게 내지르며 앞으로 한 발 내딛는데, 커다란 무엇들이 '쉬익' 하는 소리를 내며 머리 위를 스쳐 지나갔다. 다가오던 거란 기병들의 기세와 속도가 눈에 띄게 느려지는 것이 느껴졌다.

"송악산! 송악산! 송악산!···."

조원의 목소리였다. 고열은 지체하지 않고 돌아서서 서경 쪽으로 달렸다. 서경의 성벽 위에서 커다란 검은 새 같은 것들이 계속 날아오고 있었다. 고열우 서경 쪽으로 뛰며 고개를 돌려 흘끗 뒤를 보았다. 그 큰 새들은 뒤따라오던 거란 기병들에게 맹렬하게 돌진하여 그들을 세상에서 지우고 있었다.

고열이 조원 옆으로 달려가자 조원이 숨을 헉헉대며 감탄한 듯이 고열에게 말했다.

"고 교위는 팔이 여덟 개는 달린 듯하이…, 콜록, 콜록."

조원은 한참을 뛰어서인지 약간 기침을 했다. 서경의 성벽 위에서는 계속 커다란 화살이 날고 있었는데 조원이 역시 감탄하며 말했다.

"와, 진짜 천 보가 날아가겠는데!"

고열이 성벽 가까이 가서 보니 성벽 위에서 누군가가 손을 흔들고 있었다. 바로 박원작이었다. 고열은 오른손을 가슴에 대고 박원작에게 군례를 했다.

제7장 개경에서

74
나평으로 향하는 지채문
: **경술년**(1010년) **십이월 십삼일 사시**(10시경)

지채문은 눈에 보이는 길로 무작정 달리고 있었다. 달리면서 뒤를 흘끔 흘끔 돌아보았다. 좀 전에 활을 쏘아, 뒤쫓던 거란군 세 명을 거꾸러트린 다음부터 더는 따라붙는 거란군들은 없었다.

지채문은 미친 듯이 달렸다. 추운 겨울날임에도 온몸에 땀이 비 오듯이 흘렀고 곧 머리가 무겁다는 것을 깨달았다. 지채문은 손을 머리로 가져갔다. 손에 투구가 잡혔고 턱 밑에 투구 끈을 풀고 투구를 벗어 던져버렸다.

이 투구는 할아버지의 유품으로 지채문이 군 생활을 시작했을 때부터 써온 것이었다. 몇 번의 보수를 거치며 처음 모양보다는 많이 달라졌지만, 지채문은 전장(戰場)에서 언제나 이 투구를 쓰고는 자신의 목처럼 아꼈다.

지금, 그 아끼던 투구를 던져버린 것이다. 투구를 목처럼 아꼈지만 결국 목은 아닌 것이다. 투구를 벗어버리니, 투구 하나가 몸에서 덜어졌을 뿐인데도 그렇게 몸이 가벼울 수 없었다. 갑옷 역시 벗어버리고 싶었으나 그럴 시간이 없었다.

지채문은 정신없이 계속 언덕을 올랐다. 숨이 가빠 가슴이 터질 것만 같았지만 멈출 수는 없었다. 계곡 사이를 오르다가 정상 부분에 다다르자, 잠 깐 멈추어서 나무 뒤에 몸을 숨기고 뒤를 보았다. 다행히 따라 오는 거란군은 없었다.

그래도 쉴 수는 없었다. 속도를 조금 낮추어서 계속 뛰었다. 속도를 낮추면서 지채문은 갑옷을 벗어버리려고 했다. 갑옷은 도망가는 데 전혀 쓸모

없는 물건이다.

지채문은 먼저 오른쪽 어깨에서 왼쪽 허리춤까지 가로질러 맨 화살집의 가죽끈을 풀어서 왼손에 들었다. 그다음, 허리에 매어진 전대(戰帶)를 풀어 활집과 도(刀) 역시 왼손에 들었다. 왼손에 활과 화살집, 도(刀)를 모두 들고, 오른손으로만 갑옷 위에 입은 전복을 고정시킨 끈과 단추들을 풀어내려고 했다.

그러나 뛰고 있는 데다가 손에 가죽 장갑까지 끼고 있는 터라 도무지 한 손만으로는 풀 수가 없었다. 뛰면서 전복과 갑옷을 모두 벗으려면 왼손에 든 무기를 모두 버려야 할 듯했다.

그러나 무기를 버릴 수는 없었다. 지채문은 다시 뒤를 돌아보았다. 여전히 뒤쫓는 거란군은 없었다. 지채문은 앞쪽을 살폈다. 오른쪽으로 몇십 보 앞에 큰 아름드리가 보였다. 지채문은 그 나무 뒤에 몸을 감추고 전복과 갑옷을 벗기로 결정했다.

곧 나무 근처에 도달한 지채문은 길에서 보이지 않도록 나무 뒤로 몸을 숨겼다. 왼손에 든 무기들을 땅바닥에 내려놓은 다음, 장갑을 벗고 전복 앞섶의 단추를 급히 풀기 시작했다. 맨 위의 단추 하나를 풀고 두 번째 것을 풀려고 하는데 길 쪽에서 인마의 기척이 느껴졌다. 지채문은 움직임을 멈추고 나무 뒤에 딱 붙었다.

나타난 인마들은 당연히 거란군일 것이다. 다행히 아직 거리가 있는 데다가 급하게 오지는 않고 있었다. 거란군들에게 발각되지만 않는다면 갑옷을 벗어버릴 시간은 충분했다. 지채문은 나무 폭 너머로 몸이 넘어가지 않도록 손만 움직여 조심스레 단추를 풀어서 전복을 벗었다. 그리고 갑옷을 위로 밀어내 벗으려고 고개를 숙이자 하얀 땅바닥이 눈에 들어왔다. 길에는 눈이 살짝 덮여 있었고 자신의 발자국들이 꽤 선명히 찍혀 있었다.

지채문은 몹시 당황했다. 천천히 오던 거란 기병들이 갑자기 속도를 내기 시작했다. 거란 기병들은 지채문의 발자국을 천천히 따라오다가 큰 나무 근처에서 발자국이 끊어진 것을 본 것이다.

지채문이 급히 갑옷을 벗어 버리려고 하는데 비갑(臂甲: 팔 갑옷) 때문인지 마음이 급해서인지 시간이 평소보다 한참 걸리는 것 같았다. 거란 기병들은 점점 다가오고 있었고, 만일 거란군들이 더 속도를 낸다면 갑옷을 벗는 것과 동시에, 혹은 그보다 더 빨리 도착할 터였다.

갑옷을 벗는 수초의 시간이 그렇게 길게 느껴질 수 없었다. 마음이 급하니 손이 황망한데, 다행히 거란 기병들은 나무에서 오십 여보 떨어진 곳에 이르자 말에서 내려 말을 오른쪽에 세우고 천천히 걸어오기 시작했다. 지채문의 급작스러운 공격에 대비해 말을 방패로 삼은 것이었다.

지채문에게는 천만다행한 일이었다. 갑옷을 드디어 벗어버리고 전대를 다시 차고 화살집 끈을 어깨에 걸었다.

무기를 패용하자 자신감을 비로소 되찾았다. 지채문은 지체하지 않고 바로 움직였다. 거란군들이 따라붙은 이상 전투 없이 도망칠 수는 없었다.

이쪽 숲속에서 전투를 벌일 수도 있지만, 싸우더라도 후퇴하면서 싸워야 한다.

지채문은 나무 뒤에서 나와서 반대편으로 달렸다. 반대편까지는 백 보가량 되었다. 그런데 거란군을 눈으로 직접 보는 순간, 갑자기 원래의 계획을 순식간에 바꾸어 거란군들 쪽으로 바로 달려들었다.

도보로 기병의 추격을 벗어나는 것은 불가능한 일이었다. 언젠가는 따라 잡히게 되어 있었다. 지채문은 거란 기병들을 눈으로 직접 보는 순간, 그 사실을 여실히 깨달았다.

겨울이라 몸을 숨길 만한 장소도 별로 없었고 가지고 있는 휴대 식량도 없었다. 적당히 견제하며 도망치다 보면 체력은 점차 고갈될 것이고, 먹지 못하니 결국 기운이 쇠해 거란군들에게 잡힐 것이다.

그전에 추격하는 거란군을 모두 처리할 수 있거나 추격을 따돌릴 수 있다면 좋겠지만, 거란군들은 적당한 거리를 두고 따라오며 그럴 기회를 주지 않을 것이다. 그리고 천천히 체력이 빠지기를 기다릴 것이다. 마치 노루를 사냥하는 것과 같았다.

차라리 체력이 남아 있는 지금, 승부를 보는 것이 나을 것이다. 지채문은 짧은 순간 번개같이 판단하고 과감히 거란군들을 향해 달려들었다.

지채문이 선두의 거란군에게 화살을 날렸다. 그는 재빨리 몸을 비틀었지만 지채문이 노린 것은 아랫배 쪽이었다.

지채문은 화살을 날린 후, 약간 갈 지(之) 자를 그리며 달려들었다. 이렇게 뛰면 더 늦게 목표점에 도달하겠지만 거란군들이 화살의 타점을 쉽게 잡지 못하게 하려는 의도였다. 지채문은 몸을 좌우로 움직이며 활을 활집에 넣고 도(刀)를 빼어 들었다.

거란군들은 지채문이 갑자기 달려들 줄은 전혀 예상하지 못했으므로 미처 화살을 날리지 못했다. 지채문이 도(刀)를 빼어 들고 달려들자 거란군들 역시 단병기를 빼어 들고 맞섰다.

지채문은 앞선 거란군과 도(刀)를 낼 정도의 거리에 이르자, 득달같이 거란군의 얼굴을 찔러 들어갔다.

지채문이 빠르게 찌르자, 거란 군사는 자신의 도(刀)로 지채문의 도(刀)를 밀어내려고 했지만 지채문이 노린 것은 얼굴이 아니었다. 오른발로 거란 군사의 낭심을 강하게 걸어찼다.

"윽!"

지채문에게 낭심을 걸어차인 거란 군사가 비명을 지르며 쓰러지자, 지채문은 쓰러진 군사의 말 뒤로 몸을 숨겼다. 이에 말들은 마치 도시나 마을의 벽 같은 존재가 되었고, 그 벽들 사이에서 지채문과 거란군 간의 치고 쫓고 숨는 백병전이 펼쳐졌다.

지채문은 거란 군사들을 도(刀)로 치고, 다리로 치고 밀고 걸어 넘어뜨리며 말들 사이를 오갔다. 지채문의 도(刀)는 베는 것이 아니라 치는 몽둥이에 가까웠다. 갑옷을 입은 상대를 도(刀)로 베는 것은 간지럽히는 것과 같은 것이다. 갑옷의 빈 곳을 공격할 때가 아니라면 몽둥이처럼 휘둘러야 한다.

지채문은 강력한 힘으로 도(刀)를 내리치면서 다리로는 수박(手搏)의 기술을 절묘하게 사용하여 거란군들을 넘어뜨렸다. 피를 뒤집어쓴 채로 계속 움직였다. 혼자 여럿을 상대하려면 빠르기로 적음을 극복해야 한다.

무달 지채문은 지금은 무달이 아니라 야차(夜叉)에 가까웠다. 몸통의 갑옷은 벗어버렸지만, 팔뚝과 손목을 보호하는 비갑(臂甲)은 풀지 못했다. 또한 무릎까지 오는 긴 장화를 착용하고 있었는데 역시 갑옷의 부속구(附屬具) 중의 하나였다. 몸통을 가리는 갑옷을 입지 않고 비갑과 장화만을 착용한 채 싸우는 모습은 상당히 기이했다.

그러나 기이해 보이는 겉모습과 달리 지채문이 실제로 움직이는 모습은 무서웠다. 마치 세상과 이질적인 존재 같았다. 지채문은 숨이 턱까지 찼지만 멈추지 않고 계속 움직였다. 몇 명을 때리고 넘어뜨렸는지 알 수 없었다.

말들은 처음에는 제자리에 가만히 있었지만, 지채문과 거란군들이 자신들 사이에서 백병전을 벌이며 휘두른 무기들이 피부를 스치자 달아나기 시작했다.

말들은 모두 달아났다. 길 위에는 계속 몸을 움직이는 지채문과 쓰러진 여덟 명의 거란 군사들만 남았다. 지채문은 거란군들이 모두 죽은 것을 확인하고서 그들의 겉옷을 벗겨내어 자신의 몸에 몇 겹으로 둘렀다. 그리고 화살을 챙기고 식량을 찾았는데 아쉽게도 식량은 없었다. 식량은 말에 실려 있었을 것이다.

일을 급히 마무리하고 전장을 이탈하려다가 다시 돌아와 도(刀)로 거란군들의 한쪽 귀를 잘라내어 주머니에 담았다.

지채문은 도보로 계속 이동했다. 말을 한 마리라도 획득했다면 더할 나위 없이 좋았겠지만 말은 모두 달아나버렸다. 믿을 건 두 다리뿐이었다.

길을 따라 계속 동쪽으로 부지런히 나아갔다. 쌓인 눈 때문에 흔적이 남겠지만 지금 흔적을 지우고 할 시간은 없었다. 한시바삐 움직여 조금이라도 더 멀리 가야 한다.

어둠이 오면 몸을 가릴 수 있으므로 어둠이 빨리 오면 좋겠지만 그 많은 일을 겪고도 해는 이제 중천에 걸쳐 있었다. 해가 지려면 아직 두 시진 정도는 더 있어야 했다.

지채문은 슬슬 허기가 지기 시작했다. 여기서 동쪽으로 사오십 리가량을 가면 나평(蘿坪: 평양시 강동군 삼등면)이 나온다. 그곳에 아직 사람들이 마을을 떠나지 않고 있다면 필요한 물자를 구할 수 있을 것이다. 지채문은 부지런히 움직였다.

해가 어둑어둑해질 무렵이 되자, 지채문은 나평이 보이는 곳에 도착했다. 두 강이 모이는 곳에 자리 잡은 나평은 이제 불과 오 리 앞이었다. 지금의 지채문에게 어둠은 하늘에서 내리는 선물과 같았다. 어둠이 몸을 가려줄 것이다. 또한 나평에 펼쳐져 있는 민가들을 보니 적잖은 안도감이 느껴졌다.

나평이 보이자 걸음을 더욱 빨리했다. 그러나 마을에 들어서는데 전혀 인기척이 느껴지지 않았다. 지채문이 집들 사이를 오가며 조심히 살펴보는데 안에 등불이 켜져 있거나 굴뚝에 연기가 나는 집이 전혀 보이지 않았다. 난리통에 주민들이 서경으로 들어갔거나 깊은 산중으로 숨었을 수도 있었다.

지채문은 아무 집이나 들어가서 발 뻗고 쉬고 싶었지만 서경에서 이 정도 떨어진 거리라면 조만간 거란군이 들이닥칠 것이다. 또한 자신이 오다가 십여 명에 달하는 거란군을 죽였으므로 그 사실을 거란군들이 알게 되면 더욱 집요하게 자신을 추격할 것이다.

계속된 전투와 수십 리를 도보로 걸었기 때문에 체력이 매우 고갈되어 있었으나 몸을 숨길 수 있는 밤에 이동하고 낮에 쉬는 것이 더 안전한 선택이었다.

그런데 문제는 식량이었다. 개경으로 가는 길 곳곳에 마을이 있고 역참이 있지만 그곳들에는 여기 나평처럼 사람들이 남아 있지 않을 가능성이 컸다.

하루 이틀도 아니고 거란군을 피하여 가다가 보면 개경까지 며칠이 걸릴지 알 수 없다. 추운 겨울에 계속 굶고 버틸 수는 없는 것이다.

지채문은 마을에 있는 집들을 구석구석 돌아다니며 눈에 불을 켜고 식량을 찾았다. 그러나 낟알 하나도 찾을 수 없었다.

이제 해가 완전히 저무는데, 식량을 찾아 헤매던 지채문의 눈에 불빛 하나가 들어왔다. 더할 나위 없는 반가움에 불빛을 따라갔다. 초가집이 하나 있었다. 지채문은 그 앞에 발길을 멈췄다.

엄(ㄱ) 자 모양의 초가집 지붕 위에는 눈이 살포시 쌓여 있었고 마당에는 눈이 모두 치워져 있었다. 마을 전체가 남향이었고 이 집도 남향이었지만 장독대가 빛이 가장 잘 드는 마당 동편에 충충이 세워져 있었다.

장독대가 정갈하게 정리된 것을 보면서 지채문은 문득 여기서 그리 멀지 않은 봉주(鳳州: 황해도 봉산군)의 고향집을 떠올렸다. 돌아가신 어머니가 생각났다.

지채문이 조심히 안을 들여다보니 웬 노파가 움직이고 있었다. 땔감을 나르는 것으로 보아 밥을 짓거나 군불을 때려는 것 같았다.

지채문은 잠시 가만히 살펴보았다. 그런데 노파 외에 사람은 아무도 없는 것 같았다. 지채문은 노파가 놀라지 않도록 집 마당 밖에서 거리를 둔 채로 노파를 불렀다.

"여보시오! 여보시오!"

노파는 흠칫 놀란 듯 밖을 내다보았다. 노파가 밖을 보자, 지채문이 천천히 몸을 드러내며 말했다.

"나는 천우위 중랑장 지채문이라고 하오."

75
나평의 노파

: **경술년**(1010년) **십이월 십삼일 유시**(18시경)

노파가 몸을 사리며 지채문을 아래위로 훑어보았다. 노파가 아무 말 없이 이상한 눈빛으로 계속 보고만 있자, 지채문은 그제야 깨달았다.

천우위가 성상의 호위와 의장을 책임지는 부대라는 것은 고려인이라면 모르는 사람이 없었다. 그러나 죽은 거란군의 전포를 여러 겹 겹쳐 입은 지채문의 지금 차림새는 거지꼴이었다. 거지꼴을 해서 천우위의 중랑장이라고 하니 우스운 일이었다.

지채문이 머쓱한 표정으로 변명하듯이 노파에게 말했다.

"오다가 거란군과 전투를 치르느라…."

노파가 툭 던지듯이 말했다.

"무엇을 원하시오?"

지채문이 공손한 말투로 말했다.

"저는 지금 시급히 개경으로 가야 합니다. 식량과 말이 필요합니다."

노파가 고개를 저으며 말했다.

"보시다시피 말은 있을 리가 없고, 식량 역시 나 혼자 겨울을 나기에도 벅찰 판이오. 거기에 난리통이니 여름에 보리를 수확할 수나 있을지 모른다오. 한 끼 식사 정도를 대접할 수는 있지만 그 이상은 무리요."

지채문이 간곡히 다시 말했다.

"저의 본가는 여기서 멀지 않은 봉주입니다. 전쟁이 끝나면 이자를 쳐서 돌려 드릴 터이니 식량을 조금만 꾸어주십시오."

노파가 당치도 않다는 표정을 지으며 말했다.

"전쟁이 언제 끝이 날지, 그때까지 누가 살아남을지 어떻게 알겠소!"

노파는 고려군의 패전 상황을 잘 알지 못할 것이지만 노파의 말은 당연한 것이었다. 더구나 거지꼴로 나타나서 천우위 중랑장이라고 하면서 식량을 요구하니, 내놓는 것이 오히려 이상할 판이다.

지채문은 마음이 급했다. 그러나 노파가 주지 않겠는데 채근하는 것은 체면에 맞지 않는 행동이었다. 그렇다고 노파의 식량을 강제로 빼앗는 것은 지채문의 자존심이 허락할 일이 아니었다.

지채문은 잠시 가만히 있다가 노파에게 허리를 숙이며 말했다.

"그럼 죄송하지만 한 끼라도 신세 지겠습니다. 신세 진 것은 추후에 반드시 갚도록 하겠습니다."

노파가 지채문에게 마루에 앉으라고 권했다. 지채문이 우려 섞인 얼굴로 말했다.

"조만간 이 마을에 거란군이 들이닥칠 것입니다. 마을 사람들은 어느 곳으로 피신했습니까?"

노파는 아무 대답을 하지 않았다. 지채문은 노파가 마을 사람들을 보호하려고 한다는 것을 알고 더는 묻지 않았다.

"저는 마을 밖에서 동태를 살피고 있겠습니다."

지채문의 말에 노파가 한심하다는 듯 말했다.

"거란군이 오면 당신 혼자 싸우기라도 할 작정이오? 여기는 앞이 탁 터진 곳이라 누가 나타나면 금방 알 수 있으니 앉아서 쉬도록 하오."

들어보니 일리 있는 말이었다. 지채문은 마루 한편에 걸터앉았다. 노파는 부엌에 들어가서 밥을 짓고 무언가를 끓였다.

지채문은 혹시나 있을 거란군의 접근에 대비해서 바깥을 유심히 살폈다. 날이 어두워지고 있었지만 대체로 사물의 윤곽을 구별할 수 있었다.

산맥이 마치 거대한 성벽처럼 굽이굽이 빼곡하게 마을 주위를 둘러싸고 있었고, 그 산들 사이로 강물이 흘러 사람들이 농사지을 만한 땅을 만들고 있는 지형이었다. 한적하고 평화로웠으며 바람소리와 물소리만 들리니 적막하기도 하였다. 강물을 품은 들이 꽤 널찍하며, 사방의 산에는 나무가 많아 땔감 걱정이 없고 또한 산짐승들이 풍부할 것이니, 호환(虎患)만 아니라면 살기에 좋아 보이는 동네였다.

긴장이 서서히 풀려오자 지채문은 오전의 패배가 떠올라 심히 울컥해졌다. 생전 처음 겪은 대패였다. 아무것도 못 하고 무기력하게 눈앞에서 동북 기군들이 몰살되는 것을 지켜볼 수밖에 없었다. 마음속에 부끄러움과 더불어 갖가지 감정들이 휘몰아쳐 왔다. 자신도 모르게 눈시울이 붉어졌다.

그러나 소용돌이치는 감정과 달리 피곤한 육신은 어쩔 수 없었다. 가만히 앉아 있으려니 다리에 긴장이 풀리며 추운 와중에도 졸음이 밀려왔다. 자신도 모르게 꾸벅꾸벅 조는데, 잠깐 잠들었다가는 얼굴을 때리는 찬바람에 이내 깨어나기를 반복했다.

그런 중에 노파가 부엌에서 나와서 말했다.

"한데서 잠들면 몸이 상하겠소. 밥도 거의 다 되어가니 여기 부엌에 들어와 있으시오."

노파는 지채문이 코를 고는 소리를 들은 모양이었다. 지채문이 감사의 말을 하며 사양했다.

"밥하시는 수고를 끼쳐드렸는데 어찌 안에 들어가 또 폐를 끼치겠습니까! 저는 이곳에 있다가 곧 떠나겠습니다."

노파가 재차 권했지만 지채문은 역시 사양했다. 지채문이 계속 사양하자 노파가 말했다.

"이제 밥도 다 되어가고 국도 끓었소. 밖에서 먹으면 금방 식을 테니 안으로 들어와서 자시도록 하시오."

노파의 거듭 권하는 말에 지채문은 부엌으로 들어갔다. 아궁이에 불이 빨갛게 피어오르고 있었고, 솥에서는 뜨거운 하얀 김이 뚜껑 가장자리를 따라 솟아오르고 있었다. 종일 추운 곳에 있다가 갑작스레 따뜻한 습기가 가득 찬 곳에 들어선 탓인지 지채문은 약간 현기증을 느꼈다.

부엌 중앙에는 거적을 위에 깐 작은 평상이 있었고, 그 위에 거칠게 만든 네모난 밥상이 있었다. 노파는 지채문에게 평상에 앉으라고 권했다.

지채문이 자리에 앉자 노파는 나무 그릇을 들고 밖으로 나갔다. 잠시 후, 다시 부엌으로 들어와서 들고 갔던 나무 그릇을 밥상에 내려놓았다. 지채문이 그릇 안을 보니 장에 버무려진 가지장아찌가 있었다.

곧 노파는 김이 무럭무럭 올라오는 뜨거운 밥을 바가지만 한 커다란 그릇에 퍼서 밥상 위에 올려놓았다. 커다란 나무 국그릇에는 국을 가득 담아 올려놓았다.

"차린 건 없지만 뜨끈할 때 어서 자시오."

"감사히 먹겠습니다."

노파는 지채문이 먹는 동안 물 한 그릇을 떠 와 밥상 위에 올려놓았다.

지채문은 뜨끈한 밥을 한 숟갈 떠서 입속으로 밀어 넣었다. 그 맛과 따뜻함이란 무엇과도 비길 수 없었다. 비록 기장과 피와 콩으로 지은 거친 밥이었으나 지금은 제사 때 먹는 하얀 쌀밥과도 비교할 수 없었다. 지채문은 손을 바삐 움직여 밥과 구수한 시래기국과 가지장아찌를 먹었다. 가지장아찌는 무르지 않고 짭짤하고 아삭한 것이 반찬으로 아주 그만이었다.

노파는 처음 지채문을 보았을 때 도적이라고 생각했다. 지채문은 스스로를 거지와 같은 차림새라고 생각했지만, 노파가 보기에는 지채문이 무기를 패용하고 있었으므로 거지보다는 도적에 훨씬 가까웠을 터다. 거기에 키가 육 척을 훨씬 넘는 장대한 몸집이었으니 위압감을 느끼는 게 당연했다.

지채문이 도적이라면 무슨 짓을 할지 몰랐지만 이제 칠십이 다 된 노파는 평소 생사 따위에 별로 연연해하지 않았다.

고려 태조가 서경을 세운 뒤, 나라에서는 서경 근처 사람이 살 만한 곳이면 그 어디든 마을을 만들려고 했다. 그래서 수시로 사민정책(徙民政策)을 실시했다. 이주하면 토지를 무상으로 나누어주고 종자까지 지원해주었다.

진도(珍島: 전라남도 진도군)의 닥나무섬 출신인 노파는 갓 스무 살에 남편을 따라 먼 이곳까지 들어와 살기 시작했다. 땅이 메마른 편이라 벼가 잘 자라지는 않았지만, 밭농사는 그럭저럭 되었다. 이곳엔 노파의 고향과 같이 닥나무가 많이 있었으므로 마을 사람들은 종이를 만들어 팔았다. 마을에서 종이는 꽤 중요한 수입원이었다.

노파는 세금을 거의 낼 필요가 없었다. 남편은 서경의 행군(行軍: 주진군의 정예병)이었고, 행군은 세금이 감면되었기 때문이었다. 노파는 부지런히 일했다. 덕분에 먹을거리, 입을거리 걱정 없이 꽤 윤택하게 살 수 있었다.

그러나 불행은 다른 곳에서 왔다. 어느 정도 자리를 잡고 살 만해지자 남편이 서른을 갓 넘긴 시점에 갑작스럽게 세상을 떠났기 때문이다. 남편은 군에서 능력을 인정받아 항정(行正)이 되었고 언젠가 자리가 나면 대정(隊正)이 될 참이었다. 대정은 평민에게는 마치 하늘 위에 떠 있는 별 같은 자리였다. 전공을 세우지 않는 한, 평민이 오를 수 있는 실질적으로 가장 높은 자리였다. 또한 대정이 되면 향직으로는 호장과 부호장 급이었고 자식들은 과거에 응시하거나 국자감에 입학할 수도 있었다. 본인의 자식들이 능력만 된다면 중앙관직으로 진출하는 것도 가능한 것이다.

남편이 번*(番)을 설 차례가 되거나 급박한 소집 명령에 따라 서경으로 향할 때는, 남편에 대한 걱정과 더불어 떨어져 있어야 하는 현실에 서운한

* 　번(番): 교대로 소집되어 군무에 임하는 일.

감정이 매우 앞섰다.

그러나 군복을 입고 무장한 남편의 모습은 그렇게 멋있을 수가 없었다. 남편은 자신이 세상에서 기대어 살 수 있는 믿음직한 남자였다.

대정의 안사람을 꿈꾸고 남편만 믿고 살아가던 노파에게 남편의 급작스러운 죽음은 하늘이 무너지는 것 같은 충격과 고통을 안겨주었다. 남편을 따라 죽고 싶은 심정이었다.

그러나 다행히도 남편은 두 아들을 남겨 놓고 갔다. 노파는 남편을 잃은 큰 슬픔을 두 아들을 보며 견뎌내었고 삶을 지속시킬 수 있었다. 하지만 운명은 노파의 편이 아니었다. 두 아들 역시 노파보다 먼저 죽고 말았다. 큰 아들은 남편을 닮아 기골이 좋아서 서경 행군(行軍)이 되었는데 십칠 년 전 종군(從軍) 중에 사고로 죽었고, 작은아들은 십 년 전에 병으로 죽었다.

그사이 태어났던 어린 손주들도 모두 이른 나이에 유명(幽明)을 달리했고, 아들과 손주들이 죽자 며느리들과의 관계도 끊기게 되었다. 그리하여 찾아올 사람 하나 없는 집에서 홀로 살고 있었던 터다. 노파는 스스로를 박복한 년이라 칭하곤 했다.

통주 삼수채에서 고려군이 패했다는 소식이 마을에 전해지자, 수백 명의 마을 사람이 동쪽의 산속 깊숙이 들어갔다. 그러나 노파는 집을 떠나고 싶지 않았다. 집안 곳곳에 남편과 자식들의 추억이 묻어 있었기 때문이다. 노파는 그 추억 속에서 살고 있었다.

집안 모든 장소와 물건들은 이승 세계의 노파와 저승의 남편과 아들들을 연결해주는 통로였다. 집을 떠나면 마치 남편과 아들들을 떠나는 것만 같았고 삶을 지탱해주는 추억들을 더 이상 떠올리지 못할 것 같았다. 이런 연유로, 모든 마을 사람이 안전한 곳으로 떠나갔는데도 노파 홀로 마을에 남았던 것이다.

노파는 지채문의 차림새를 보고 도적일 가능성이 크다고 생각했으나 별로 두렵지 않았다. 이제 노파가 두려워할 것은 아무것도 없었다.

지채문의 행동거지는 확실히 도적 같지는 않았다. 예의가 있었고 자존감이 높아 보였다. 지채문이 정말 천우위 소속의 중랑장인지는 모르겠으나, 아마 거란군과 전투 중 패하여 고향으로 돌아가려고 하는 신분이 좀 있는 패잔병 중 하나일 것이라고 생각했다.

노파는 아들뻘 되는 지채문이 자기가 해준 밥을 우걱우걱 맛있게 먹는 모습을 보면서 만감이 교차했다.

지채문이 밥을 먹고 있는 그 자리는 남편과 아들들이 밥을 먹었던 자리다. 지채문의 모습에 남편과 아들들의 형상이 겹치면서 노파의 눈에 작고 투명한 물방울들이 맺혔다.

노파는 눈물을 슬며시 닦아낸 후, 아궁이로 가서 밥솥을 들고 와서는 평상 위에 놓으며 말했다.

"부족하면 여기 더 있으니 양껏 드시오."

노파의 친절한 말에, 밥을 한가득 입에 물고 있던 지채문은 말을 제대로 하지 못하고 머리만 조아렸다.

노파는 다른 마른 솥을 아궁이에 걸고 기장과 피 두 되를 넣고 볶기 시작했다. 곧 기장과 피가 익으면서 '탁탁' 튀었고 고소한 냄새와 연기를 뿜어대기 시작했다. 지채문이 밥을 다 먹을 시점이 되자, 볶은 기장과 피에서 고소한 냄새가 한 가득 뿜어져 나와 부엌을 가득 채웠다.

지채문이 밥을 다 먹은 후 물을 들이켜고 일어서며 노파에게 길게 읍하며 말했다.

"큰 신세를 졌습니다."

노파가 손을 내저었다. 지채문이 심각한 표정으로 노파를 보며 말했다.

"이곳에 오늘 내일로 반드시 거란군이 올 것입니다. 마을 사람이 피신한 곳으로 가시든지, 아니면 이곳에 계시더라도 잘 숨어 계셔야 합니다."

노파가 고개를 저으며 말했다.

"이 다 죽어가는 노인네를 거란군들이 어찌하겠소."

노파는 이렇게 말한 후, 볶은 기장과 피를 자루에 담아 지채문에게 건넸다.

"기장과 피, 두 되를 볶았으니 아껴 먹는다면 며칠 먹을 수 있을 게요."

지채문이 약간 놀라며 얼떨떨하게 자루를 받아 들고 노파를 바라보는데 노파는 시렁 위에서 뭔가를 다시 꺼냈다. 지채문이 보니 길이가 반 자가 조금 안 되어 보이는 말린 물고기 몇 마리였다. 여기서 바다까지는 거리가 상당하므로 아마 민물고기를 말린 것일 것이다. 노파는 지채문이 들고 있는 자루에 말린 물고기를 넣었다.

볶은 곡식과 말린 생선은 먼 길을 떠날 때 필수적으로 챙기는 비상식량이었고 또한 전투식량이었다. 노파의 행동은 마치 먼 길을 떠나는 아들을 챙겨주는 어머니와 같았다.

지채문은 노파를 보았다. 여러 말이 필요 없었다. 이 전장에서 살아남는다면 다시 이곳으로 돌아와 노파에게 진 신세를 톡톡히 갚을 것이다.

지채문은 다시 한번 노파에게 감사를 표하며 당부하듯이 말했다.

"이곳에 거란군이 곧 나타날 것입니다. 그런데 그들이 거란의 중앙군이라면 어르신께서 안전하실 수도 있습니다. 그러나 그들이 중앙군이 아니라면 약탈자와 살인자들에 가까울 것입니다. 사람의 목숨 따위는 조금도 개의치 않을 것입니다. 꼭 적당한 곳에 몸을 숨기고 계십시오."

지채문은 노파에게 간곡히 당부하며 인사를 한 후 서둘러 길을 떠났다. 노파는 사립문에 서서 지채문이 떠나가는 모습을 오랫동안 지켜보았다.

지채문은 부지런히 걸음을 재촉했다. 여기서 개경까지는 근 오백 리 길이었다. 부지런히 걸어가면 오 일이면 갈 수 있지만, 겨울인 데다가 중간에 휴식처를 찾다 보면 시간이 더 걸릴 것이다.

지채문이 마을을 벗어나 얼어붙은 강을 건너 남쪽으로 가려는데 마을의 북서쪽 길에서 인마의 소음 같은 것이 어렴풋이 들렸다. 즉시 멈추어서 땅에 귀를 대었다. 과연 말발굽 소리가 들리며 점점 마을 쪽으로 다가가고 있었다. 날은 어두워졌고 하늘에는 구름이 끼어 마을이 잘 보이지 않았지만, 지채문은 마을 쪽을 심각하게 바라보았다.

노파는 지채문이 떠난 뒤 그릇을 정리하고 설거지를 했다. 지채문이 깨끗이 비웠기 때문에 설거지는 수월했다. 눈을 퍼 와서 솥에 넣고 녹인 다음, 솥을 닦고 정리하는데 마음속에 있던 깊은 외로움이 밀려들었다.

또다시 이 집에 혼자만 남은 것이다. 자신도 모르게 커다란 물방울들이 눈에서 줄줄 흘러내렸다. 노파는 눈물을 닦아내며 살림을 정리하고 군불을 때는 등 집안일을 계속했다.

우울할 때는 자꾸 움직여서 몸을 수고롭게 하는 것이 좋다. 가만히 있으면 우울한 감정에 집중하게 되고 그러면 더 큰 정신적 고통이 찾아온다. 몸이 수고로워야 정신이 분산되고 그러다 보면 우울한 감정이 잦아들게 되는 것이다. 노파가 피붙이들을 하나하나 먼저 떠나보내며 터득한 우울증을 극복하는 방법이었다.

노파가 한참 일을 하고 있는데 집 밖에서 사람의 목소리와 말 울음소리가 들렸다. 그러나 노파는 슬픈 감정에 젖어 있었기에 밖에서 들리는 소리에 신경 쓰지 못했다. 가슴 속에서 올라오는 슬픔을 잊기 위해서 온통 일에 집중했다.

노파가 자기 자신에게서 깨어난 것은 누군가 부엌문을 거칠게 열어젖혔을 때였다.

"꽝!"

노파는 문을 여는 소리가 들리자 무심결에 고개를 들고 문 쪽을 보았다. 몸에 짐승의 가죽을 두른 한 사내가 알아들을 수 없는 언어로 무어라고 소리를 지르며 들어오고 있었다. 마치 화가 난 사람처럼 노파에게 다가오더니 노파의 머리채를 움켜쥐었다.

"억!"

노파는 고통에 찬 비명을 질렀고 사내는 아랑곳하지 않고 노파의 머리채를 잡고 노파를 질질 끌고 밖으로 나갔다. 머리채를 잡힌 노파는 아프기도 했으나 당황스러움이 더욱 컸다. 아닌 밤중에 홍두깨 같은 일이었다.

사내는 노파를 질질 끌고 나와서 집 마당에 팽개쳤다. 그리고 쓰러진 노파를 채찍을 들어 후려쳤다.

"으악!"

노파가 구슬픈 비명을 질렀다. 쓰러져서 신음하고 있는데 누군가 노파에게 다가와서 말했다.

"마을 사람들은 모두 어디 갔는가?"

여진인의 억양이 섞인 고려 말이었다. 노파는 그제야 고개를 들어 주위를 보았다. 털가죽 옷을 입은 대여섯 명의 남자들이 횃불을 들고 노파의 주위에 서 있었다.

서북면에는 꽤 많은 여진인이 살고 있었으므로 노파도 약간의 여진어 단어들을 알고 있었다. 어느 정도 정신을 차리자 그들의 말과 억양에서 여진인이라는 것을 곧 알 수 있었다.

노파가 아무 대답을 하지 않자 다시 한번 등에 채찍이 떨어졌다.

"아악!"

노파는 비명을 지르며 몸을 웅크렸다. 몸을 잔뜩 웅크리고 있었는데 다행히 더 이상 채찍이 날아오지는 않았다. 여진어로 뭐라고 떠드는 소리가 잠시 들렸다.

노파는 엎어져서 신음하며 그제야 지채문의 말이 생각이 났다. 여기 나타나는 거란군들이 중앙군이 아니라면 약탈자와 살인자들에 가까울 것이라는….

여진인들은 자기들끼리 갑론을박을 했다. 조금 전에 고려 말을 했던 여진인이 다시 노파에게 말했다.

"방에 불을 때고 밥을 많이 하라! 열심히 일하면 살려줄 것이다."

노파는 그 말을 듣고 몸을 일으키려고 했다. 늘 '빨리 죽어야지'를 입에 달고 살았으나 막상 죽을 위기에 처하자 살아야겠다는 생각부터 들었다. 여진인들이 시키는 대로 불을 때고 밥을 할 작정이었다. 시키는 대로 하면 일단 죽이지는 않을 것이다.

노파가 몸을 일으키려고 다리에 힘을 주는데, 왼쪽 다리에 도통 힘이 들어가지 않았다. 일어나려고 하다가 다시 주저앉고 말았다. 아까 머리채를 잡혀서 마당에 내동댕이쳐질 때 다리가 어떻게 된 모양이었다.

일어나려고 버둥대다가 도무지 되질 않자 마루를 보고 기어가기 시작했다. 마루나 마루의 기둥을 붙잡으면 어떻게든 일어설 수 있을 것 같았다.

노파가 마루를 향해 기어가는데, 여진인 하나가 노파에게로 다가왔다. 노파가 다가오는 여진인을 보니 어두운 와중에서도 매우 어린 자임을 알 수 있었다. 그의 표정이 근심 어린 것이 노파를 도와주려는 것 같았다.

그런데 채찍으로 때린 자가 그 어린 사람을 제지했다. 그러더니 노파를 향하여 침을 뱉으며 다른 자들에게 말하는데, 노파는 한 단어를 알아들을 수 있었다.

"에이기사!"

고려 말로 '가능하지 않다'라는 뜻이었다. 뭐가 가능하지 않다고 말하는지는 몰랐으나 노파는 필사적으로 일어서려고 했다. 일어서야 살 수 있을 것 같았다.

여진인들이 떠드는 동안, 노파는 마루까지 기어갈 수 있었고 두 팔에 잔뜩 힘을 주어 마루를 짚고 겨우 몸을 일으킬 수 있었다. 그리고 일단 마루에 걸터앉는 데 성공했다. 마루에 걸터앉아 한 호흡을 쉰 뒤에 일어서서 부엌으로 가려고 했다.

그런데 거기까지였다. 아무리 일어서려고 해도 왼쪽 다리가 너무 아팠고 오른쪽 다리로만 힘을 지탱하기에는 역부족이었다.

노파가 용을 쓰고 있는데 고려 말을 하는 여진인과 채찍으로 자신을 후려친 여진인이 다가왔다. 노파는 공포심에 떨리는 목소리로 말했다.

"곧, 밥을 해드리겠소!"

고려 말을 하는 여진인이 노파와 노파의 다리를 번갈아 보며 말했다.

"나머지 마을 사람들은 어디 있나? 말하면 살려줄 것이다."

노파가 머뭇거리자 바로 채찍이 날아왔다. 채찍은 노파의 왼쪽 둔부를 향했다. 채찍을 맞은 노파가 비명을 크게 지르며 몸을 웅크렸다.

"으악!"

잠시 뜸을 들인 후, 여진인이 다시 한번 질문했다.

"어디 있나?"

노파는 온몸을 부들부들 떨며 고개를 들어 질문한 여진인을 올려 보았다. 노파의 눈에는 아까와 다르게 독기가 가득했다.

"이런 짐승만도 못한 놈들! 네놈들은 애비애미도 없더냐? 차라리 어서 죽여라!"

채찍을 든 여진인이 노파의 표독스러운 반응에 매우 성을 내며 채찍을 어깨 너머로 높이 들었다. 그 모습을 보며 노파는 몸에 잔뜩 힘을 주었다.

노파는 생각했다. 박복한 년이 이제는 맞아 죽게 된 것이다. 죽는 것은 무섭지 않았으나 맞는 것은 무서웠다. 그러나 어쩔 수 없었다. 자신이 마을 사람들이 숨은 곳을 말하면 이들의 행태로 보건대 무슨 짓을 할지 몰랐다.

자신은 반백 년 가까이 이 마을에서 살았다. 마을 사람들과는 다툼도 있었지만 친형제와 같은 사람들이었다. 내가 살자고 마을 사람들을 팔 수는 없었다. 더구나 마을 사람들이 있는 곳을 알려준다고 해서 이들이 자신을 살려줄 것 같지도 않았다. 노파는 체념했다.

채찍이 크게 원을 그리자, 노파는 두 눈을 꼭 감았다.

76
나평에서

: 경술년(1010년) 십이월 십삼일 술시(20시경)

목사(木史)는 십육 세의 나이에 여진국 사람이었다. 여진국은 압록강 중류에서 북쪽 지역을 관리하는 나라였다.

목사는 두목(頭目)이 늙은 고려 여인의 머리채를 붙잡아 내동댕이치며 마구 대하는 것을 보고 매우 놀라고 꺼림칙했다. 두목은 평소 욕심은 많은 사람이었으나 노인을 마구 대할 정도로 성정이 모진 사람은 아니었다.

두목은 자신의 거친 행동을 보고 놀라는 목사에게 가르치듯이 말했다.

"험하게 대해야 말을 들어!"

내동댕이쳐진 늙은 고려 여인은 다리를 다친 듯했다. 일어서지 못하여 얼어붙은 땅바닥을 기어가는데 썩 유쾌한 장면은 아니었다.

목사는 자기도 모르게 나서서 부축하려고 했다. 목사가 고려 여인 쪽으로 다가가자 두목이 제지하며 말했다.

"넌 나서지 마! 이런데 나오면 독하게 굴어야 한몫 챙길 수 있어. 약한 마음으로는 아무것도 못 얻는다구!"

목사는 무리 중에 가장 어리고 서열이 아래였다. 두목의 말에 반박할 만한 위치가 아니었다. 목사가 어쩔 수 없이 엉거주춤 서 있는데 노파는 얼어붙은 땅바닥을 기어서 마루까지 가 걸터앉았다.

두목은 고려 말을 잘 아는 부하를 시켜 고려 여인에게 묻다가 대답을 하지 않자 채찍으로 내려쳤다. 고려 여인이 구슬픈 비명을 내질렀다.

커다란 중년의 사내가 다쳐서 일어서지도 못하는 어머니나 할머니뻘인 여인을 심하게 때리는 것은 매우 잔인한 짓이었다.

두목이 신음하는 고려 여인에게 다시 한번 묻자, 고려 여인은 고개를 들고 악에 바친 소리를 질렀다. 목사는 늙은 고려 여인이 한 말이 무슨 뜻인지 잘 몰랐지만 나쁜 말이라는 것은 느낌으로 알 수 있었다.

두목이 크게 화를 내며 채찍을 더 높이 들었다. 온 힘이 들어간 저 채찍에 맞는다면 고려 여인은 더 큰 비명을 지를 것이다. 목사는 그 소리를 듣고 싶지 않았다.

그런데 다행히도 비명은 들리지 않았다. 두목이 채찍을 든 채로 내려치지 않았기 때문이었다. 목사는 의아하게 두목의 뒷모습을 쳐다보았다. 두목의 뒷모습과 더불어 늙은 여인이 매를 견디기 위하여 잔뜩 웅크리고 있는 불쌍한 모습이 눈에 들어왔다.

그런데 두목이 갑자기 무릎을 꿇고 몸을 앞으로 웅크렸다. 목사가 뒤에서 보기에는 노파에게 무릎을 꿇고 절하는 것처럼 보였다. 갑자기 죄책감이 들어 늙은 여인에게 빌기라도 하려는 것일까?

목사가 의아해하고 있는데 무리 중 누군가 당황하여 큰 소리로 외쳤다.

"적의 화살이다!"

외치는 소리에 목사뿐만이 아니라 모두 황급히 횃불을 던져버리고 몸을 낮췄다. 그 와중에 화살이 두어 발 더 날아왔고 그만큼 비명이 들렸다. 그런데 누가 화살에 맞았는지는 알 수 없었다. 아니, 알려고 할 겨를도 없었다.

목사는 배를 납작 땅바닥에 붙인 채로 가만히 있었다. 그러다가 자신도 모르게 천천히 엉금엉금 기어서 노파 곁으로 다가갔다. 목사의 본능은, 노파 곁이 지금 가장 안전한 곳이라고 판단했다. 목사는 노파 곁으로 와서 몸을 숙인 채 기둥을 단단히 붙잡았다. 지금 기둥을 붙잡는다는 것은 아무 의미 없는 행동이지만 사람은 위기가 오면 본능적으로 무엇을 잡고 싶어진다.

노파는 여진인 하나가 자신의 곁에 온 것을 느끼자, 거리낌에 그에게서 멀리 떨어지려고 했다. 두 팔에 힘을 주어 옆으로 조금씩 이동하는데 여진인의 숨소리와 심장 소리가 느껴졌다. 숨소리는 대단히 거칠었으며 심장은 매우 빠르게 뛰고 있었다. 노파는 이 여진인이 두려움에 떨고 있다는 것을 알 수 있었다. 노파는 곁에 다가온 여진인의 두려움을 느끼자, 더 이상 이동하지 않았다. 자신이 두려운 것처럼 이 사람도 두려움에 떨고 있었다. 노파는 오히려 연민의 정을 느꼈다.

목사는 노파의 옆에 붙어 앉았다. 노파의 숨소리와 기척이 느껴졌다. 왠지 적잖이 안심되었고 주변을 관찰할 여유도 생겼다.

동료들이 횃불을 집어 던져서 땅바닥 군데군데는 밝았으나 하늘에 온통 구름이 끼어 나머지는 어두웠다. 주변은 조용했고 아무런 인기척이 없었다.

잠시 숨 막히는 침묵이 흘렀다. 그때, 누군가가 갑작스럽게 움직이기 시작했다. 목사는 누가 움직이는지 알 수 없었으나 한 가지는 분명했다. 동료 중에 누군가가 말을 세워 둔 곳으로 빠르게 움직이고 있었다. 말을 타고 여기를 벗어나려고 시도하는 것이다.

목사의 느낌에 움직이던 사람이 말이 있는 곳에 거의 다다랐다 싶을 때쯤 비명이 울려 퍼졌다. 목사는 몸을 더욱 낮추었다.

자신들을 공격하는 적이 말을 세워 둔 곳에 있는 듯했다. 그곳을 적들이 장악하면 사실상 갇히게 된다. 적들은 매우 경험이 많은 자들 같았다. 어둠 속에서 기회를 노려 빠르고 강하게 기습하였고 곧 어둠 속에 숨어버렸다.

무거운 적막이 계속 이어지고 있었다. 적들은 분명히 말 있는 곳 근처 어딘가에 있을 것이다. 적들이 몇인지는 모르지만 그렇게 수가 많은 것 같지는 않았다. 우리 편은 모두 다섯쯤이 남은 것 같으니 한번 싸워볼 만하지만, 적들은 어둠 속에 철저히 몸을 숨기고 있다. 몸을 움직이면 위치를 드러내게 될 것이고 적들이 바로 공격해 올 것이다.

목사는 그저 몸을 부르르 떨고 있을 뿐 어떤 움직임도 취할 수 없었다. 두목이 죽었지만 위에 사람들이 알아서 처리해주기를 바랐다.

잠시 후, 또다시 비명이 울려 퍼졌다. 그 소리가 적의 것인지, 아군의 것인지는 알 수 없었다. 목사의 등에 식은땀이 흘렀다.

또다시 무거운 적막이 흘렀다. 땅바닥에 버려진 횃불에서 나온 불빛도 점점 잦아들고 있었다. 목사의 눈에는 불빛이 작아지는 게 아니라 어둠이 커지는 것으로 보였다. 어둠이 점점 커지며 불빛들을 잡아먹고 있었다. 그러나 문 열린 부엌에서 나오는 불빛만은 여전했다.

목사가 숨을 죽이며 있는데, 또 한 번 비명이 울려 퍼졌다. 어둠과 적막을 뚫는 높은 음색의 외침이 귓전을 날카롭게 때렸다.

목사는 이번에는 비명의 주인공이 누군지 알 수 있었다. 그 소리의 주인공은 바로 위의 선배였다. 그의 목소리는 다른 사람과 확연히 구별되게 상당히 높은 음색이었기 때문이다.

비명의 주인공이 누군지 알게 되자, 목사의 심장은 더욱더 빠르게 쿵쾅거렸다. 심장이 금방이라도 몸 밖으로 튀어나올 것만 같았다. 심장 뛰는 소리가 얼마나 큰지 근처의 누구라도 알아차릴 수 있는 수준이었다.

목사는 자신의 심장이 비정상적으로 쿵쾅거리는 것을 알고 의식적으로 막아보려고 했으나 도무지 소용이 없었다. 바로 위 선배의 비명으로 견주어볼 때 동료들 하나하나가 죽어가고 있는 게 틀림없었다. 조금 있으면 자신의 차례가 올 것이다.

그렇다고 움직일 수도 없었다. 움직이면 바로 죽게 될 것이다. 가만히 있으면 언젠가 자기 차례가 올 테지만, 움직이면 지금 바로 자기 차례인 것이다!

목사는 올무에 걸린 들짐승과 같았다. 가만히 있어도 죽고 움직이면 더빨리 죽는다. 어차피 죽는다. 목사는 무기력했다.

심장은 비정상적으로 쿵쾅댔고 온몸이 사시나무 떨리듯이 떨렸다. 죽어야 이 떨림이 멈출 것 같았다.

그런데 그때 어떤 손이 목사의 왼쪽 어깨를 잡았다. 목사는 불에 덴 것처럼 흠칫 놀랐다. 다행히 그 손은 노파 쪽에서 온 것이었고 목사는 그 사실을 직감할 수 있었다.

목사는 고개를 살짝 들어 노파를 바라보았다. 어두워서 노파의 눈빛을 똑똑히 볼 수는 없었지만, 노파 역시 자신을 보고 있다는 것을 알 수 있었다.

노파가 목사의 어깨를 자기 쪽으로 잡아당겼다. 목사는 노파가 자신의 어깨를 끌어당기는 이유를 몰랐으나 노파에게 이끌리듯이 몸을 움직였다. 노파가 이끄는 대로 몸을 움직이자, 목사의 몸은 노파의 두 다리와 마루 사이로 들어가게 되었다. 목사가 다리 사이에 들어오자, 노파는 치마를 더 넓게 펴서 목사의 몸을 가렸다.

얼마간 몇 번의 비명이 더 들렸다. 땅바닥에 던져진 횃불들은 이미 다 타서 꺼져버렸고 부엌의 등불은 아직도 비슷한 밝기를 유지하는데, 어둠 속에서 한 남자의 목소리가 들렸다.

"그자를 보호하고 있는 겁니까? 인질로 잡힌 겁니까?"

지채문은 여진인들을 모두 처리하고 나서 노파 치마 밑에 여진인 하나가 있는 것을 보고 의아했다.

지채문은 노파의 집 밖에서 여진인들의 수를 정확히 파악한 뒤, 여진인 하나가 노파를 심하게 때리려 할 때부터 수를 쓰기 시작했다.

여진인들이 지채문이 날린 화살에 횃불을 던져버리고 어둠 속에 숨었지만, 지채문은 그들의 위치를 모두 파악하고 있었다. 어둠을 이용하여 그들을 한 명씩 제거했다.

노파가 지채문에게 애원하듯이 말했다.

"사람은 이미 충분히 죽였으니 이 사람은 살려주시오!"

"이 사람이 살아 돌아가면 행적이 누설될 것입니다."

"난 이미 다리를 다쳐 살기를 바라지 않소. 중랑장께서는 말이 있으니 말을 타고 개경으로 가시오."

지채문이 가만히 다가와 칼끝으로 목사의 엉덩이를 찌르며 여진어로 말했다.

"거기서 나오라!"

지채문의 말에 목사가 기어 나와 엉거주춤한 자세로 섰다. 지채문이 노파에게 물었다.

"어느 쪽 다리요?"

노파가 왼쪽 다리라고 답하자, 지채문은 노파의 왼쪽 다리를 살폈다. 다행히 부러진 것이 아니라 발목뼈가 약간 어긋난 것이었다.

지채문이 노파에게 말했다.

"부러진 것이 아니고 발목뼈가 약간 어긋난 것입니다."

지채문은 이렇게 말하고 노파의 발목뼈를 맞췄다. 노파가 낮게 신음했다. 그런 다음, 지채문은 목사와 노파를 번갈아 보았다.

노파가 지채문에게 다시 간곡히 말했다.

"저 사람을 그냥 보내주시오."

지채문이 목사에게 다시 여진어로 말했다.

"너는 무기를 들고 대항할 수 있다."

지채문은 목사를 제거하고 싶었으나 노파가 살려주기를 청하므로 그대로 손을 쓰기에는 껄끄러웠다. 그래서 목사로 하여금 칼을 뽑게 만들고 그 기회에 목사를 제거할 요량이었다.

노파는 지채문이 목사에게 여진어로 말한 뜻이 무엇인지 몰랐다. 그러나 목사가 부들부들 떨며 왼쪽 허리춤의 칼을 잡으려고 하고 지채문 역시 자세를 취하는 것이 심상치 않음을 알았다. 노파는 즉시 지채문과 목사 사이를 가로막았다.

노파는 언성을 높이며 지채문에게 말했다.

"그대는 얼른 말을 타고 떠나도록 하시오!"

지채문은 약간 당황하다가 노파에게 말했다.

"얼마 후면 북적들이 또 올 것이오! 이곳에 있으면 화를 당할 것입니다. 마을 사람들이 피신한 곳으로 모셔 드리겠소이다."

노파가 가만히 있다가 목사를 한번 돌아본 후 지채문에게 말했다.

"이 사람을 살려주시오. 그러면 하자는 대로 하리라."

지채문은 약간 황당하기도 하고 짜증이 나기도 했다. 위험을 무릅쓰고 물에 빠진 사람 건져 놓으니 보따리를 내놓으라는 것도 모자라 젖은 보따리를 말려 내놓으라는 격이었다. 노파는 전혀 상황을 파악하지 못하고 지채문에게 무리한 요구를 하고 있었다.

짜증 난 지채문이 언성을 높였다.

"이 사람들은 당신에게 해를 가하고 죽이려고 했습니다! 전혀 연민을 느낄 필요가 없소이다."

노파가 목사를 찬찬히 보며 말했다.

"이 사람은 어린 사람이오. 그리고 아까 나를 도우려고 했소. 또한 분명 제 어미가 살아 있을 것이니, 그 어미의 품에 돌려보내는 것이 마땅하오!"

노파의 말을 듣고 지채문이 잔뜩 짜증 섞인 목소리로 목사에게 여진어로 말했다.

"네 어미가 살아 있는가?"

지채문의 뜻밖의 물음에 목사가 어리둥절한 표정으로 가만히 있자, 지채문이 그 새를 참지 못하고 다시 물었다.

"네 어미가 살아 있느냐?"

목사가 머뭇거리며 대답했다.

"네에."

"젠장!"

지채문은 목사를 먼저 서쪽으로 걸어가게 했다. 그런 뒤, 노파와 더불어 식량과 필요한 물품들을 급히 챙겨 말에 실었다. 또한 여진족의 시체 일곱 구를 발견하기 힘든 곳에 적당히 숨기고 무기들을 노획했다.

그러고 나서 노파를 말에 태운 후 여덟 필의 말을 이끌고 노파의 안내에 따라 나평의 동쪽 산림으로 들어갔다. 길은 마을 뒤편에서 시작되었는데, 길 입구가 교묘히 가려져 있어서 동네 사람이 아니라면 모르고 지나칠 수밖에 없을 정도였다. 자세히 수색하지 않는다면 찾기 쉽지 않을 터였다.

산림으로 가는 길은 처음에는 강을 따라가다가 산 능선으로 이어졌는데 생각보다 험하지는 않았다. 그다음 날, 날이 밝아 올 때쯤에는 마을 사람들의 은신처에 도착할 수 있었다. 마을 사람들은 전부 노인과 부녀와 아이들이었다. 지채문과 노파가 은신처에 나타나자 동요하는 빛이 역력했다.

지채문은 자신이 천우위의 중랑장이란 신분을 밝혔다. 마을의 남자 노인 중에는 명성이 자자한 지채문의 이름을 아는 사람이 있었다. 그러나 처음에는 전혀 믿지 않다가 지채문의 무공을 충분히 본 노파가 옆에서 말을 거들자, 그제야 마을 사람들은 지채문의 신분을 믿었다.

지채문은 노파를 데려다주고 바로 떠나려고 하였으나 선뜻 나설 수가 없었다. 여진인 하나를 살려 보냈으므로 거란군이건 여진인들이건 다시 와서 나평을 샅샅이 수색할 것이다. 그들이 이쪽으로 오는 길을 발견한다면 여기 나평 사람들은 모두 죽은 목숨이다. 지채문은 망설였다.

그런데 나평 사람들은 모두 지채문을 보고 있었다. 위기의 순간에 믿고 의지할 수 있는 사람이 나타난 것이다. 지채문은 그 눈길들을 느끼면서 생각했다.

여기에 잠시 머문 후 개경으로 가더라도 크게 지장이 있지는 않을 것이고, 만일 거란군들이 길을 찾아 몰려온다면 그들과 전투를 벌이는 것도 의미 있는 일이다.

만일 지채문이 서경 근처에서 패하는 경험을 하지 않았다면, 대의가 중요하다고 생각하여 마을 사람들을 두고 개경으로 향했을 것이다. 그런데 패전으로 인하여 지채문은 스스로의 크기가 별로 크지 않다고 느끼고 있었다. 자신의 힘으로 나라를 구할 수 있다고 생각했었으나 실제 자신의 역량은 보잘것없었지 않은가. 개경으로 가 힘을 보탠다고 해서 판세를 가르는 데 결정적인 역할을 할 것 같지는 않았다. 그런데 여기 사람들에게는 자신의 존재가 절대적이었다.

지채문은 마을 사람들이 여기 머무르는 것보다는 조금 더 동쪽으로 이동하는 것이 안전할 거라고 생각했다. 그러나 모두 노약자들이라 지속적인 이동은 쉽지 않을 것 같았다.

지채문은 일단 잠을 잘 수 있는 천막 하나를 청했다. 한 시진 정도 잠을 자고 난 후, 말 두 필에 숙영에 필요한 물품들을 실은 후, 마을 사람들을 모아 놓고 말했다.

"이곳으로 들어오는 길은 하나뿐이니, 북적들이 이곳으로 오려 한다면 내가 중간에서 막을 것이요. 여기서는 한 명이 천 명을 상대할 수 있는 지형이니 크게 염려할 것이 없소이다. 당신들은 길에서 보이지 않게 단단히 숨어들 계시오."

지채문의 호언장담에 마을 사람들은 반신반의했으나 다른 방법이 있는 것도 아니었다. 단지 노파만 지채문을 철석같이 믿었다.

지채문은 길을 되짚어 나평 근처까지 와서 시계가 좋은 언덕에 자리 잡았다. 마을 사람들에게 호언장담하고 왔지만, 실제로 거란군들이 몰려온다면 어려운 싸움이 될 것이다.

지채문은 어찌 되었든 자신의 모든 것을 걸고 마을 사람들을 보호하기로 마음먹었다. 이번에는 마음속에 부끄러움을 남기지 않을 것이다. 지채문은 근처의 나무를 잘라내서 질려를 만들고 이것을 길에 연속하여 늘어놓았다.

그다음 날 정오쯤 되었을 때, 과연 수십 명의 거란군이 나평에 나타났다. 지채문이 숨어서 지켜보는 것을 알 리 없는 거란군은 마을에 들어와서 머물렀다. 저들이 자신의 존재를 인식하고 있는지는 확신할 수 없었다. 그러나 여진족 한 명을 살려주었으니 어찌 되었건 나평에서 여진족들이 살해당한 것을 알 것이고 나평을 샅샅이 수색할 것이다. 이곳으로 오는 길은 잘 숨겨져 있었지만, 시간이 지나면 결국 발각될 가능성이 있었다. 지채문은 마음의 대비를 단단히 했다.

이들은 나평을 수색했고 결국 지채문이 숨긴 시신 일곱 구를 발견해내었다. 지채문은 이들이 나평에 머무를 것이라고 생각했지만, 다행히 그들은 시체만 찾아낸 후 남쪽 길로 내려갔다.

그렇다면 이들은 자신을 찾는 자들이 아닐 가능성이 컸다. 단지 약탈을 위해 나평을 수색했다가 우연히 시신을 발견했을 수도 있다. 자신이 죽인 여진족과 다른 계통의 부대일 수 있다. 그렇다면 이들의 목적은 약탈일 것이고, 약탈자들의 우선순위는 도로다. 도로를 따라 달려, 미처 피하지 못한 사람들이 있는 마을들을 습격하여 사람과 물자를 약탈하려 할 것이었다.

지채문은 일단 안도의 숨을 내쉬었다. 늦게 발각될수록 살 확률이 커진다.

그러나 지채문의 짐작은 빗나갔다. 이들은 실제로 지채문을 찾는 여진국의 여진족 부대였다. 목사는 지채문이 자신을 풀어주자 서쪽의 본대로 향했는데, 가다가 생각해보니 사실대로 보고할 수는 없는 일이었다.

고려군 한 사람에게 부대원이 모두 죽고, 그자가 자신을 살려주었다고 보고하면 부족 사람들은 자신을 매우 멸시할 것이다. 그리고 그 멸시는 평생 갈 것이었다.

목사는 이렇게 보고했다.

"부대원들과 삼 면이 물 사이에 끼인 마을 안에서 잠을 청하고 있었는데, 갑자기 수를 알 수 없는 고려군들의 습격이 있었고, 자신은 겨우 도망 쳤으나 나머지 부대원들은 어떻게 됐는지 모르겠습니다."

여진국 왕 수지니(殊只你)는 급히 수십 명의 추격대를 목사와 같이 보냈 고 여진족 추격대는 목사 등을 습격한 고려 군사들이 남쪽으로 향했을 것 이라고 여기고 가는 것이었다.

지채문은 나타난 거란군들이 남쪽으로 향하자 안도했으나 긴장의 끈을 놓을 수는 없었다. 강조가 패하고 자신도 패했다. 이제 고려에 거란군을 막 아낼 군대는 없는 것과 다름없었다.

서경도 조만간 함락당할 가능성이 컸으며 서경이 함락당하든 당하지 않든 거란군의 기병대는 거칠 것 없이 사방을 횡행하며 약탈을 일삼을 것 이다.

지채문의 예상대로 이날 오후에 다시 몇십 명 단위의 거란군들이 나타 나서 이번에는 북으로 향했다. 그다음 날에도 거란 기병들이 십여 기가 나 타났는데, 이들은 나평에서 머물렀다. 집을 두세 채 잡고 강에서 얼음을 잘 라 오고 산에서 나무를 해와 아궁이에 불을 땠다. 이곳에 주둔할 요량인 것 같았다. 이들이 마을에 주둔해서 마을 곳곳을 살펴본다면 머잖아 결국 이 쪽 길을 발견할 것이다.

지채문은 이들이 길을 발견해서 진입하는 것을 기정사실로 한 후 전술 을 짰다. 만일 이 열 명만이 이곳에 진입한다면 길의 초입에서부터 이들을 상대하는 것보다 한참을 들어오게 한 뒤에 상대하는 것이 나았다. 모두 제 거하여 흔적을 지워버리는 것이다.

지채문이 노숙하며 계속 관찰하고 있는데 거란의 기병들은 꾸준히 길을 오갔다.

그날 밤 유성(流星) 하나가 하늘을 낮게 날더니 북쪽 어딘가에 떨어진 것 같았다. 유성이 땅으로 떨어지는 것은 지채문도 생전 처음 보는 광경이었다. 처음 보는 광경이었으나 땅으로 떨어지는 유성은 고래로 어떤 변고를 의미한다는 것을 지채문도 잘 알고 있었다. 지채문은 저 유성의 의미가 고려에 유리한 징조이기를 빌었다.

다음 날에도 거란군들은 소규모지만 길을 횡행하고 있었고, 나평에 주둔하고 있는 거란군들은 집들을 샅샅이 수색하는 듯했다. 지채문은 긴장된 마음으로 그들을 지켜보았다. 다행히 그들은 밤이 되도록 마을 북쪽의 길을 찾아내지는 못했다.

그다음 날에도 비슷한 상황이 지속되었다. 그런데 해 질 녘이 되자 나평에 주둔하고 있던 열 기의 기병이 어찌 된 영문인지 도로 서쪽으로 가버렸다.

지채문은 삼 일을 더 지켜보았다. 나평을 거쳐서 남과 북으로 갔던 거란 기병들은 모조리 서쪽으로 다시 돌아갔고, 사흘째부터는 거란군이라고는 코빼기도 보이지 않았다.

지채문과 마을 사람들에게는 매우 다행한 일이었지만 또한 매우 이상한 일이었다. 이상했지만 일단 매우 긍정적인 일이라는 생각이 들었다. 거란군에 어떤 일이 발생한 것이 분명했다.

지채문은 전황을 몰랐지만, 고려군에 의해서 곽주가 다시 탈환 당하자 거란 수뇌부가 개경 공격을 결정했고 전 부대에 약탈을 금지했던 것이다.

고려군의 움직임이 예상을 뛰어넘었고 고려군의 전략을 예측할 수 없었다. 삼수채에서 패하면, 각지로 흩어져서 유격전을 벌이는 것이 고려군의 전략일 수도 있었다. 약탈을 허용해 부대를 쪼갰다가 각 곳에서 출몰하는 고려군에 의해 각개격파 당할 수 있었다. 거란군 수뇌부는 곽주 함락을 비밀에 붙였으나 결국 말단 병졸까지 모르는 자가 없게 되었다. 거란군들은 수뇌부부터 말단 병졸들까지 매우 조심스러워졌다.

지채문은 이틀을 더 지켜보다가 거란군의 움직임이 없자, 다시 마을 사람들의 은신처로 가서 상황을 설명한 후 드디어 개경으로 향했다.

77
삼수채 패전 후─개경

: 경술년(1010년) 십일월 이십칠일 유시(18시경)

강조가 삼수채에서 패한 것을 알리는 전령이 급하게 개경에 도착하자, 개경은 온통 벌집을 쑤신 것과 같았다.

고려 왕 왕순은 개경에 남아 있던 참상관 이상의 관리들을 황급히 편전에 모이게 했다. 모두 사색이 되어서 어쩔 줄 모르고 있는 가운데, 한 사람이 나서며 말했다.

"강조가 삼수채에서 비록 패했다고 하나, 아직 우리 힘이 다한 것은 아닙니다. 지채문이 동북면의 정예 기병을 필두로 서경에서 적을 막아설 것입니다. 서경은 철옹성이고 적들은 이미 지쳤으니 충분히 승부를 볼 만합니다."

말한 사람의 외모는, 키가 보통 사람보다 몇 치나 작고 머리통은 앞뒤로 튀어나온 장구머리(짱구머리)였다. 키는 매우 작은데 머리통은 크니 비율이 매우 안 맞는 것이 우스꽝스러운 외모였다. 그러나 그의 목소리는 쇠종을 울리듯이 우렁찼다. 바로 예부시랑(禮部侍郎) 강감찬(姜邯贊)이었다.

삼수채에서 강조가 비록 패했으나 그것이 고려가 가진 방어계획 전부는 아니었다. 이런 상황을 대비해서 방어책을 세워두었다.

동북면의 군사들을 서경으로 이동시켜 승부를 가리는 것이다. 동북면의 군은 동북면도순검사인 탁사정이 최고 지휘관이나, 군의 실제적 지휘는 고려 최고의 무인 지채문이 할 것이다. 아직 승부가 끝난 것은 아니었다.

방어계획에 따라 필요한 조처를 한 후, 복두(幞頭) 옆으로 튀어나온 귀밑

머리가 은백색인 문하시중(門下侍中) 유윤부(柳允孚)가 왕순에게 안심시키듯이 말했다.

"지채문은 불패의 무장이옵니다. 그가 좋은 소식을 전할 것입니다."

유윤부의 희망 섞인 말에 아무도 다른 의견을 낼 필요는 없었다. 지금 할 수 있는 일은 다시 좋은 소식을 기다리는 것뿐이었다. 고려 최고의 무인 지채문이 아직 남아 있었다.

그러나 적들은 넘실넘실 밀려오고 있었다. 유윤부의 평안한 말과 다르게, 모인 관료들의 표정은 각양각색이었다. 평안한 표정의 사람은 아무도 없었다. 밖에서 밀려오는 파도는 관료들의 마음을 흔들고 있었고 흔들릴 수밖에 없었다.

왕순은 무표정한 얼굴로 있었지만, 그의 마음만은 무표정하지 않았다.

'전에는 천추태후가 날 그렇게 죽이려 하더니, 이번에는 북적이 또 나를 죽이려 하는군! 전생에 무슨 업보를 그렇게 많이 쌓았을까?'

왕순은 신하들의 얼굴을 하나하나 보았다. 고려 건국 이래 초유의 위기 상황이었다.

태조는 삼한을 통일하고 발해 세력을 흡수하며 점차 북방으로 세력을 넓혔었다. 자신감은 팽배했으며 해동의 천자국을 자칭했다. 주변에 고려에 위협이 될 만한 세력도 전혀 없었다.

그러나 이제는 북쪽의 거란이 천하를 아우르는 큰 세력권을 가진 왕조로 자리 잡고, 수나라와 당나라가 고구려를 침공했듯이 고려를 향해 짓쳐 들어오고 있는 것이었다.

고려의 주력군을 거느린 강조는 패했고, 아직 고려 최고의 무인 지채문이 남아 있다고는 하나, 전황이 심각하게 어렵다는 것은 객관적인 사실이었다.

왕순은 신하들을 굽어보며 생각했다.

'이 상황에서 누구를 믿고 어떻게 돌파해낼 것인가?'

왕순이 신하들을 보며 생각하고 있는데, 누군가 앞으로 나서는 것이 보였다. 이부시랑(吏部侍郞) 채충순(蔡忠順)이었다.

사십 대 초반의 채충순은 중후한 외모처럼 군자다운 면모를 지닌 사람이었다. 전 임금은 정사를 돌보지 않고 사냥과 잡기(雜伎)로 시간을 보내고 남색(男色)을 했다. 남색의 상대인 유행간(庾行簡)과 유충정(劉忠正)을 가장 총애하였고 그들에게 막강한 권한을 부여했다.

천추태후가 김치양(金致陽)과의 사이에서 난 아이로 태자를 세우려고 하자, 그것을 막으려는 세력과 다툼이 벌어졌다. 전 임금은 임금으로서의 자질이 심히 부족한 사람이었으나 천추태후와 김치양과의 사이에 난 아이가 태자가 되어서는 안 된다는 것은 잘 알고 있었다.

이 문제를 해결하기 위하여 전 임금이 가장 먼저 찾은 사람은 채충순과 최항(崔沆)이었다. 채충순은 누가 봐도 믿을 만한 사람이었으므로 전 임금은 채충순을 불러 후계문제를 매듭짓도록 했다.

채충순이 앞으로 나서며 말했다.

"신, 채충순 말씀을 올리겠습니다."

왕순은 손을 들어 허락의 표시를 하였다.

"동북면의 정예군들이 서경에서 적을 막아선다고는 하나, 전투의 승패는 알 수 없는 것입니다. 가만히 넋 놓고 기다릴 수만은 없습니다."

왕순이 고개를 가만히 끄덕였다.

"거란주의 침입 명분은 강조를 벌하는 것이었습니다. 이미 저들은 그 목적을 달성했고 무리해서 우리나라 깊숙이 쳐들어올 이유는 없습니다. 또한 저들은 흥화진 등을 우회해서 침입해 왔습니다. 아무리 거란군들이라도 후방에 우리의 성들을 둔 채로 무작정 내려올 수는 없습니다. 적당히 저들의 체면을 세워주면 군사를 물릴 가능성이 있습니다."

왕순이 채충순의 말에 동조하며 물었다.

"어떻게 하면 적당히 저들의 체면을 세워줄 수 있겠소?"

채충순이 잠시 호흡을 고른 후 말했다.

"항복하는 표문을 보내는 것입니다."

여기저기서 웅성대는 소리가 터져 나왔다. 왕순이 신중한 표정으로 채충순에게 물었다.

"표문을 보내는 것은 어렵지 않으나 저들이 무리한 요구를 하면 어떻게 할 것이요?"

"우선 목적은 저들에게 철군할 명분을 주는 것입니다. 저들이 우리의 항복 표문을 받고 철군한다면 가장 좋은 일입니다. 무리한 요구를 한다면 적당한 시일에 하겠다고 둘러대면 그만입니다. 그러나 만일 무리한 요구를 철군 조건으로 내세운다면, 우리는 그것을 수락하고 최대한 시간을 끄는 것입니다. 시일이 흘러 얼음이 녹으면 군대의 기동이 불편해질 것입니다. 시간을 끌면 끌수록 우리에게 유리해질 것입니다."

채충순의 말을 들어 보니 대단히 일리 있는 계책이었다. 왕순이 신하들을 보며 말했다.

"좋은 계책이라고 생각되오만 경들의 의견은 어떻소?"

늙었으나 풍모가 멋진 사람이 나서며 말했다. 상서좌복야(尙書左僕射) 유진(劉瑨)이었다.

"채충순의 말이 이치에 합당합니다. 지금 쓸 수 있는 가장 좋은 계책이라고 생각되옵니다."

다른 재추들의 의견 역시 유진과 크게 다르지 않았다. 왕순이 이윽고 명했다.

"그럼, 항복의 표문을 작성하도록 하시오."

병부상서(兵部尙書) 김려(金勵)가 말했다.

"표문은 표문이고 군사적인 대비도 게을러서는 안 될 것입니다. 귀천을 가리지 않고 사람을 뽑아 군대를 조직하여 일단 자비령(慈悲嶺: 개경과 서경 사이의 큰 고개)을 막아서야 합니다."

왕순이 김려에게 말했다.

"더 이상 뽑을 사람이 있겠소?"

"공사노비까지 모두 뽑는다면 수천은 될 것입니다."

왕순이 말했다.

"궁궐의 공노비부터 사노비까지 필요하다면 모두 뽑도록 하시오. 그리고 그 군대의 지휘는 누가 하는 것이 좋겠소?"

"이 일은 병부낭중(兵部郎中) 백행린(白行隣)에게 맡기겠습니다."

"그렇게 하도록 하시오."

모든 신하가 도열해 있는데 유독 의자에 앉아 있는 사람이 있었다. 그 사람이 지팡이에 의지해 일어서면서 말했다.

"신, 위수여! 말씀 올리겠습니다."

문하시랑평장사(門下侍郎平章事) 위수여(韋壽餘)였다.

위수여는 행동이 단아하고 성실했으며 법도를 잘 지켜 명망이 높았다. 위수여는 칠십이 훌쩍 넘은 나이였고 신하 중에 가장 나이가 많았다. 왕순이 즉위하자 사직하려 하였으나 왕순은 위수여에게 안석(案席)과 지팡이를 내려주며 만류했다. 왕순은 정권 초기 불안정한 보위를 안정시키는 데 위수여와 같이 명망 높은 원로들이 꼭 필요하다고 보았기 때문이었다.

왕순이 위수여에게 공손히 말했다.

"경께서는 어떤 가르침을 주시렵니까?"

위수여가 담담한 어조로 말했다.

"이제는 개경의 백성들을 어떻게 대피시킬지도 생각해놓아야 합니다."

모여 있던 관료들 상당수가 머리를 끄덕였다. 위수여의 말은, 다수가 마음속에 품고 있는 말이지만 입 밖에 내기는 힘든 말이었다. 지금 상황에서 이런 말을 입 밖에 내면 겁쟁이 취급을 받거나 심하면 역적 취급을 받을 수도 있었다.

위기의 상황이 오자, 역시 가장 먼저 챙겨야 할 것은 가족이었다. 다수의 관료가 자신들은 나중에 개경에서 빠져나가더라도 가족들은 먼저 대피시키고 싶어 했다. 거란군이 급하게 들이닥치면 남자들은 어떻게 빠져나간다고 하더라도 노약자들은 빠져나가기 힘들 것이다.

관료들 다수가 어떤 바람을 담아 자신들의 어린 임금을 보았다. 위수여의 말이니, 성상은 십중팔구 '그렇게 하시오'라고 말할 것이었다.

왕순이 천천히 입을 움직였다.

"경의 뜻은 잘 알겠습니다. 그러나 그 일은 아직 급하지 않은 것 같습니다. 좀 더 천천히 논의했으면 합니다."

왕순은 원로대신들을 매우 우대했고 지금까지 그 말을 거부한 적이 없었다. 어리고 권력 기반이 일천한 자신이 관료들을 다스리려면 권위 있는 원로대신들의 힘을 빌려야 한다고 생각했기 때문이었다.

그러나 지금 만일 위수여의 말대로 백성들을 대피시키는 논의를 한다면 그 말은 밖으로 빠르게 퍼져 나갈 것이다. 도성 안의 혼란은 극에 달할 것이고 통제 불능 상태가 될 수도 있었다. 왕순의 생각에는 아직은 그럴 논의를 할 때가 아니었다.

위수여가 다시 말을 하려고 하자, 왕순은 적잖이 심리적 부담을 느꼈다. 지금까지 원로대신들 간에 의견이 불일치하지 않는 이상, 늘 원로대신들의 말을 따라왔다. 위수여가 다시 같은 주장을 되풀이한다면 그 주장과 계속 대립각을 세우는 것은 매우 부담스러운 일이었다. 왕순은 다른 원로대신인 유윤부와 유진 등을 보았다. 그들이 나서서 위수여와 반대되는 말을 해주었으면 하고 바랐다. 그러나 그들의 입은 무겁게 닫혀 있었다.

위수여가 다시 입을 열었다.

"그러나 신의 생각에는….."

위수여가 말하고 있는데 누군가 쩌렁쩌렁한 목소리로 말했다.

"신, 강감찬! 말씀 올리겠습니다!"

왕순을 비롯한 모든 관료가 놀라서 강감찬을 쳐다보았다. 재상인 위수여가 말을 하고 있는데, 정사품의 예부시랑인 강감찬이 그 말을 끊는다는 것은 평소에는 상상도 하지 못할 일이었다. 더구나 신중하고 과묵한 강감찬이 그런다는 것은 있을 수 없는 일이었다.

유윤부가 몹시 노한 기색으로 강감찬을 나무라려고 하는데 강감찬의 말이 더 빨랐다. 강감찬은 엄중한 표정으로 마치 꼿꼿한 기둥과 같은 자세로 말했다.

"지금 여기서 백성들의 대피를 논하면 금세 밖으로 말이 새어 나갈 것입니다. 평장사는 백성들을 어여삐 여기는 생각에서 하신 말씀이지만 도성 안은 통제 불능 상태가 될 가능성이 농후합니다. 지금은 백성들에게 굳건함을 보여주어야 할 때입니다."

강감찬의 말이 끝나자, 유윤부가 뭐라고 말하려고 하는데 이번에는 왕순이 못 박듯이 말했다.

"예부시랑의 말이 내 뜻과 같소. 평장사께서는 다시 생각해주십시오."

유윤부는 강감찬을 나무라려다가 왕순이 강하게 강감찬의 의견에 동조하자, 이내 입을 다물었다. 위수여는 얼굴에 언짢은 기색을 잠깐 내비쳤다가 이내 표정을 고치고서 말했다.

"제가 백성을 피난시켜 생명을 살릴 생각만 했지 나라를 생각하지 못했습니다. 예부시랑의 말이 제 말보다 고견입니다."

위수여는 오랫동안 사선*(司膳)을 담당하는 하급관리였다. 그러나 꾸준

---

*   사선(司膳): 왕의 식사와 궐내의 음식 공급 등에 관한 일.

하고 성실한 태도 때문에 전 임금 때부터 높은 관리로 등용된 사람이었다. 큰 재주는 없었으나 물러날 때와 나아갈 때를 알고 법도를 잘 지켰다.

위수여는 강감찬의 의견이 일리가 있는 데다가 성상이 동조하니 자신이 물러나는 것이 옳다고 생각했다.

또한 강감찬은 예부시랑이나 육십이 넘은 나이였다. 평소 말이 많지 않았고 엄격하기로 말하면 둘째가라면 서러울 정도였으며, 법도에 맞게 행동하는 사람이었다.

사실 관료들은 평소 강감찬과 가까이하기를 꺼렸다. 강감찬이 심하게 원리원칙주의자인데다가 이상주의자였기 때문이다.

강감찬은 관료들끼리 사적인 교분을 맺는 것을 싫어했고 당파를 이루는 것은 더욱 싫어했다. 문생들의 모임 따위에는 당연히 나가지 않았다. 관료들끼리 사적 교분이 있으면 정치가 제대로 되지 않는다고 생각했기 때문이었다.

강감찬이 주장을 하면 그것은 원칙에 입각한 것이었다. 그리고 일단 한번 입 밖으로 내면 여간해서는 물러서지 않았다.

강감찬이 이어서 말했다.

"군사를 차출하여 구정(毬庭)에 모이게 하고 위봉루(威鳳樓)에 올라 군사들을 사열하시고 밥과 술을 내리십시오. 공을 세운 자에게 상을 주고 노비들은 면천시킨다고 직접 그들에게 말씀하시면 그들은 용기백배하여 성상을 위해 충성을 다할 것입니다. 또한 이렇게 한다는 것을 도성 곳곳에 방문(榜文)을 붙이면 백성들의 마음도 안정될 것입니다."

왕순은 힘차게 고개를 끄덕이며 말했다.

"좋은 계책이요! 바로 시행하도록 합시다."

신료들은 약간 놀랐다. 강감찬의 계책에 놀란 것이 아니라 왕순의 태도 때문이었다. 작년에 즉위 후, 어린 성상은 항상 조심하였으며 무슨 일을 할 때마다 우선하여 원로대신들에게 자문했다. 스스로 의견을 먼저 내세우는 법이 없었으며 항상 원로대신들의 말을 따랐다. 좋게 말하면 조심과 신중이었고, 나쁘게 말하면 소심하고 우유부단이었으며, 자기 의견을 주장할 정도의 강단이 없는 것이었다.

그런데 지금 성상의 태도는 완전히 달라져 있었다. 원로대신의 의견을 묵살하고 강단 있게 결정을 내리고 있었다.

강감찬은 고개를 들어 젊은 성상을 보았다. 태조는 신라를 병합한 후 경순왕의 사촌과 혼인하여 왕욱(王郁)을 낳았고, 왕욱은 경종(景宗)이 죽은 뒤 경종의 비였던 헌정왕후(獻貞王后) 황보(皇甫) 씨와 사통하여 지금의 성상을 낳았다. 성상의 할머니와 어머니는 모두 상당한 미인이었으며 그래서인지 성상의 외모는 매우 고운 여자와 비슷했다.

천추태후는 이 젊은 성상을 크게 꺼리어 강제로 출가시키고 나중에는 죽이려고 혈안이 되었었다. 그 위기들을 무사히 넘기고 결국 고려의 임금이 된 것이었다.

강감찬은 이 젊은 성상이 즉위한 후, 절대로 천추태후를 용서하지 않으리라고 예상했다. 자신을 죽이려던 사람을 어떻게 용서하겠는가! 어떤 방식으로라도 천추태후에게 보복하리라고 생각했는데 이 젊은 성상은 전혀 그렇게 하지 않았다. 오히려 사람들이 천추태후를 괴롭힐까 염려하여, 사람을 보내 천추태후를 보호해주고 의식(衣食)에 부족함이 없게 해주었다. 젊은 성상은 정말 성정이 좋아 보였지만 어쩌면 나약하게도 보이는 그런 사람이었다.

강감찬은 일부러 위수여의 말을 막아가며 말을 했다. 그것이 평소 예법에 맞지 않는다는 것을 잘 알고 있었으나 지금은 예법을 논할 때가 아니었다. 올바른 계책을 짜고 그것을 과감히 실천해야 할 때였다. 그러나 그것을 성상이 받아주지 않는다면 쓸데없는 일이 될 것이고 자신은 욕을 먹고 심하면 탄핵을 당할 것이다.

강감찬은 유약해 보이는 성상이 자신에게 호응해 주리라고 크게 기대하지 않았다. 즉위한 이래로 지금까지 성상의 태도로 보았을 때 그러지 않을 가능성이 더 컸다. 아니 그러지 못할 가능성이 더 컸다.

그런데 성상은 원로대신들을 아랑곳하지 않고 자신의 말에 호응하고 있었다. 어쩌면 젊은 성상은 자신이 생각했던 것보다 훨씬 굳건한 마음을 가지고 있는 사람인지도 모른다.

왕순은 강감찬을 보았다. 강감찬은 청렴하고 검약한 데다가 관리로서 재간이 좋은 대신이었다. 그러나 외모가 볼품이 없고 체구가 작았다. 무(武)와는 거리가 있는 사람이었기 때문에 당연히 군사를 이끈 경험도 없었다. 또한 정치적인 사람도 아니어서 어느 계열에도 소속되어 있지 않았다. 오히려 너무 이상주의자라 문생 모임에도 나가지 않을 정도여서 다른 사람들에게 약간 경원(敬遠)시 되고 있었다. 그렇다고 어떤 시기에 특별한 공을 세운 바도 없었다. 따라서 승진이 빠르지 않았고 장원급제한 사람 중에 가장 느렸다.

왕순은 평소 강감찬을 '딱 좋은 관료'라고 생각하고 있었다. 관료로서 주어진 일을 잘 처리하고 도를 넘지 않는 사람, 어쩌면 그만큼 보신(保身)에 능한 사람일 수도 있었다.

그러나 강감찬의 지금 행동은 왕순이 평소 생각하던 그가 아니었다. 왕순은 강감찬을 보며 고개를 갸웃했다.

'내가 생각했던 그런 사람이 아닐 수도 있겠군.'

갖가지 세세한 논의가 더 이어진 후, 회의는 파하였다.

78
김종현 개경에 오다!

: **경술년(1010년) 십이월 일일 진시(8시경)**

설달이 되자 드디어 강조와 같이 참전했던 장수들이 속속 개경에 도착하기 시작했다. 비록 패하여 오긴 했으나 이들이 도착하자 다시금 조정의 조직체계가 활발히 돌아가기 시작했다. 그러나 모두 돌아온 것은 아니었다. 전사한 사람도 있었고 포로로 잡힌 사람, 행방불명된 사람, 서북면의 성에 남은 사람도 있었다.

북쪽에서 보낸 장계(狀啓)들이 계속 개경에 도착했고 개경에서는 조서 (詔書)를 지속하여 북으로 보냈다. 완항령에서 좌우위 정용들이 거란군을 상대로 반격했다는 장계가 도착했고, 쉽게 무너질 줄 알았던 통주성이 거란군에 항전 중이라는 장계도 도착했다.

최사위가 통군녹사 조원을 동북면으로 보냈으니, 동북면의 군사들이 서경에 제때 도착하고 각 성이 통주성처럼 잘 버텨준다면 아직 충분히 승산이 있어 보였다.

또한 채충순의 의견대로 거란군에 항복하는 표문을 보냈다. 성들이 굳건히 지켜진다면 항복 표문을 받은 거란주가 못 이기는 척하고 군사를 돌릴 가능성도 컸다.

설달 초 개경의 분위기는, 비록 삼수채에서 패했으나 아직까지는 비관보다는 지켜보자는 쪽이었다. 거란군들은 흥화진을 함락시키지 못했고 통주성도 함락시키지 못하고 있다. 확실히 그들의 공성전 능력은 야전에서의 능력에 크게 미치지 못했다. 모든 성이 흥화진과 통주성처럼만 분전해준다면, 거란군들이 모든 성을 우회하지 않는 한, 개경에 올 가능성은 거의 전무할 것이다.

그러나 희망은 점차 비관으로 바뀌었다. 곽주가 함락되었다는 장계가 도착했고, 그 후 이삼일 간격으로 안주와 숙주가 연이어 적의 수중에 떨어졌다는 장계가 속속 도착했다. '각 성이 버티어 주는 한'이라는 전제 조건들이 순식간에 무너지고 있었다.

이제 서경만 무너지면 개경 앞의 방어선들은 모두 사라지게 되는 것이다. 물론 개경과 서경 사이에 자비령이 있었으나 지금 상황에서 자비령은 그저 험준한 고개일 뿐이었다.

동북면에서 무적을 자랑했던 지채문이 고려의 유일한 희망이 된 것이다. 숙주가 떨어지자 다시 한번 백성들을 대피시키자는 의견이 나왔고, 그 전에 임신한 현덕왕후*(玄德王后)부터 고향으로 보내자는 의견이 나왔다.

왕순은 단박에 거절하여 민심이 이반하는 것을 방지하려고 했다. 현덕 왕후가 떠나면 그다음으로 떠날 사람들이 누군지 보지 않아도 뻔했다. 고위 관료들의 가족일 것이다. 그들의 탈출 행렬이 이어지면 도성 안의 질서를 잡는다는 것은 흐르는 바람을 잡는 것과 같을 것이다.

왕순은 굳건했다. 그러나 다수 관료의 마음은 요동치고 있었다. 한 발은 궐 내에 있었으나 한 발은 궐 밖을 향하고 있었다.

서경에서 지채문이 패하거나 혹은 거란군들이 서경을 우회해 개경으로 온다는 소식이 들리기라도 하면, 상당수는 어떤 핑계를 대서라도 내빼려고 할 것이었다. 혹은 그대로 야반도주하는 자가 나올 수도 있었다.

서경에서의 승패가 확실해질 때까지는 어떤 일이 있더라도 개경을 사수하여야 한다.

* 왕순(현종)의 제1비로, 성종의 딸이다. 부계로는 5촌이고 모계로는 4촌간이었다.

왕순은 위봉루에서 군사들을 사열하고 그들에게 음식을 내려주며 수고를 치하하는 등 되도록 백성들과 접촉하는 기회를 많이 만들었다. 특히 두 왕후를 대동하고 다니면서 백성들의 마음을 안정시키기 위해서 노력했다.

그러면서 왕순은 재추 밑의 관료들을 하나씩 불러서 만나보았다. 작금의 상황에서 쓸 수 있는 계책을 허심탄회하게 진술하게 하기 위해서였다. 몇몇은 꽤 뛰어난 혜안을 가지고 있었고 심지가 굳건해 보이는 자들도 있었다.

왕순은 강감찬 역시 따로 불러 만나보았다. 물론 강감찬은 예부시랑이므로 그전부터 왕순을 직접 대면하고 보고하는 일이 잦았다. 상서육부는 각각의 판사(判事: 판사는 재추들이 겸임했다)가 통괄 책임자이고 상서(尙書)와 시랑(侍郞)이 실무 책임자와 같은 구조였다. 따라서 왕에게 주청할 때 판사뿐만이 아니라 상서와 시랑이 배석하는 것이 상례였다.

강감찬은 늘 행동이 예법에 맞았고 신중했으며 일 처리가 신속했다. 어떤 관료들은 때때로 간한다는 명목으로 자기 부서 이외의 일도 상소하는 경우가 있었다. 대부분이 뭔가 도드라지게 보이기 위해서 하는 행동인데, 강감찬은 예부 이외의 일을 언급하는 경우는 없었다.

강감찬은 결벽에 가까울 정도로 다른 관료들과 사적인 친분을 만들지 않았다. 사적인 친분은 결국 당파(黨派)로 연결될 것이고 관료들 사이에 당파가 생기면 공정한 일 처리를 할 수 없을 것이라는 생각 때문이었다.

이상적으로는 옳은 생각이었으나 현실과는 거리가 먼 처신이었다. 사람들은 강감찬을 괴짜로 생각하며 약간 꺼렸고 따라서 승진이 늦을 수밖에 없었다. 그나마 주어진 일에는 과할 정도로 성실하였고 자신보다 후임이 앞서 승진하더라도 고까워하지 않는 태도 덕분에 근근이 관직 생활을 이어 나갈 수 있었다.

강감찬이 관직 생활을 하는 중에 큰 사건이 두 건 있었다.

첫 번째는, 성종 12년(993년)에 거란의 소손녕이 침입한 사건이었다. 고려는 처음에는 소손녕과 싸우고, 소손녕과 화의가 성립된 후에는 여진족을 압록강 밖으로 몰아내는 데 고려의 전 국력을 동원하였다. 여기서 많은 관료와 장수들이 공을 세우게 되는데 그들 중에 강감찬은 없었다.

두 번째는 바로 일 년 전, 전 임금과 현재 임금의 교체기였다. 이때, 고려에는 기본적으로 세 세력이 공존했다. 천추태후와 김치양의 세력, 다수의 고위 대신들을 중심으로 한 세력, 그리고 소수의 관료가 가담하고 나중에 강조가 중심이 되는 세력이었다.

천추태후와 김치양은 자신들의 소생을 전 임금의 후계자로 만들려고 했고, 다수의 고위 대신은 대량원군을 태자로 삼으려고 했다. 나머지 한 세력은 아예 임금을 끌어내리고 대량원군을 바로 임금으로 삼으려고 했다.

강조가 군사를 일으켜 도성으로 밀고 오는 바람에 전 임금은 왕위에서 쫓겨나고 결국 불귀의 객이 되고 말았다.

이 세 세력이 얽히고설킬 때, 강감찬은 어느 곳에도 섞이지 않았다. 강조에 가담한 자들은 차례를 뛰어넘어 승진했고 채충순과 최항을 비롯한 대신들도 적당히 분배해서 요직을 차지했다. 강감찬은 그대로였다. 그대로이니 오히려 뒤처지는 것처럼 보였다.

왕순은 즉위한 그해(1009년) 칠월에, 문관으로 상참*(常叅) 이상은 각기 봉사**(封事)를 올려서 현 정치의 옳고 그름을 숨김없이 비판하라고 지시했었다.

강감찬도 역시 다른 관료들과 마찬가지로 봉사를 올렸는데 특이한 점이 없었다. 예부 이상은 언급하지 않았으며 모두 맞는 말이었지만 또한 평이

---

*   6품 이상의 관리
** '임금에게 올리는 글'의 일종인데 보다 약식적인 형식과 절차에 의했다.

한 말들이었다.

왕순이 내린 강감찬에 대한 평가는 '사람 간의 관계에 서툴지만 부지런하며 맡은 바 임무를 다하는 관료'였다. 세상을 경륜할 그런 인재는 아니었다.

세상을 경륜할 인재는 아니나 어찌 보면 진정으로 보신에 능한 사람일수도 있었다. 어디에도 속해 있지 않은 데다가 튀지 않으니 정 맞을 일도 없었다. 승진은 늦지만 가늘고 오래갈 수 있는 것이다.

그러나 이제 예순을 넘긴 강감찬은 왕순의 생각과는 다른 사람이었다. 현 사세에 대해서 치밀하게 파악하고 있었으며 그에 대한 대비책도 이중 삼중으로 생각해놓고 있었다. 달라도 너무 다른 사람이었다.

왕순이 강감찬의 말을 멍하니 듣고 있다가 문득 떠오르는 생각이 있어서 강감찬에게 물었다.

"경의 생각은 치밀합니다. 거기서 경께서는 어떤 역할을 맡으실 생각입니까?"

말과 행동은 다른 법이다. 말은 치밀하나 행동이 치밀하지 못한 사람도 부지기수다.

강감찬이 말을 토해내었다.

"만일 항복 표문을 받고 거란군들이 철군한다면 제가 할 일은 없습니다. 그러나 만일 거란군들이 계속 밀고 들어온다면 저는 성상을 보위하여 끝까지 거란에 대항하겠습니다."

"거란군이 개경까지 오려고 한다면 그들을 막을 곳은 오직 자비령밖에 없습니다. 그곳에서 적을 막아설 것이라는 말씀이십니까?"

자비령은 험준한 곳이었고 개경을 지키고자 한다면 지형상 그곳에서 막아야 했다.

강감찬이 단호히 말했다.

"적들이 개경으로 오려고 한다면, 지금 이 상황에서는 자비령에서 막아설 수 없을 것입니다. 적들의 의지는 강력할 것이고 우리의 실력은 형편없습니다. 힘으로 적을 상대할 수는 없습니다. 지금은 오직 기책(奇策)으로 승부해야 합니다."

왕순이 눈을 반짝이며 강감찬에게 물었다.

"기책이라면 어떤 것을 말하는 것입니까?"

왕순과 강감찬의 대화는 밤늦도록 이어졌고 대화가 끝날 무렵 왕순은 강감찬에게 솔직히 물었다.

"경은 관직 생활을 한 지 삼십 년이 다 되어가고 있습니다. 이토록 지략이 많은데, 왜 다른 사람들이 그것을 모를까요? 경이 드러내지 않은 것입니까, 아니면 드러낼 기회가 없었던 것입니까?"

강감찬이 고개를 갸우뚱하며 말했다.

"저는 지금까지 제 직분에 충실했습니다. 다른 것은 일절 생각하지 않았습니다. 다만, 이제 거란군들이 개경까지 밀려올 태세이니 거란군을 막는 것도 제 직분이라고 생각할 따름입니다."

왕순이 찬찬히 고개를 끄덕이며 강감찬의 말을 음미했다.

잠시 침묵이 흐른 후, 이번에는 강감찬이 조심히 왕순에게 물었다.

"대개 사람은 마음속의 원한을 떨치기가 쉽지 않습니다. 성상께서 원한을 생각하지 않으시고 오히려 은혜로 대하시니 저는 그 마음가짐이 궁금할 따름입니다."

강감찬은 말을 약간 돌려서, 왕순이 천추태후에게 보복하지 않고 오히려 물자를 넉넉히 내려주어 생활에 지장이 없게 해준 이유에 대해서 묻고 있었다.

왕순이 미미하게 웃으며 말했다.

"군주가 마음속에 있는 미움을 실천한다면 나라는 온통 미움으로 뒤덮이게 될 것입니다. 어찌 경계하지 않을 수 있겠습니까!"

다음 날 왕순은 강감찬을 도병마부사*(都兵馬副使)로 임명하여 필요한 인원과 물자를 뽑아서 거란군의 개경 침입에 대비하도록 했다.

신료들은 군직을 경험해보지 않은 강감찬을 도병마부사에 임명하는 것을 의외의 인사 조처로 여겼으나 지금 그런 일에 관심을 가지는 사람은 없었다.

서경으로부터 지채문이 연이어 승전했다는 소식이 하루가 멀다 하고 개경으로 들어왔다. 대소신료들은 환호성을 질렀고 일반 백성들도 '역시 지채문이다'라고 생각했다. 다시금 큰 희망이 생긴 것이다.

열이렛날. 드디어 최악의 소식이 개경에 도착했다. 지채문이 서경에서 패한 것이다!

이원과 최창, 김계부 등이 개경에 도착하자, 편전에서 신료들이 모여 갑론을박을 벌였다. 말들은 많았지만 사실상 지금 할 수 있는 일은 없었다. 할 수 있는 일이란 것은 다시 거란에 항복 표문을 보내는 것뿐이었다.

채충순이 말했다.

"다시 항복 표문을 보내 저들의 반응을 보아야 합니다. 아직 저들이 자비령까지 오지는 않았으니 시간이 있습니다."

유윤부가 말했다.

"이제 더는 교린(交隣) 관계적인 수사로서 말뿐인 항복 표문을 보내는 것이 의미 없습니다. 실제 행동이 뒷받침되어야 성상과 백성들의 안위를 돌볼 수 있습니다."

위수여가 말했다.

"이제는 백성들을 대피시켜야 합니다. 저들이 가장 귀하게 여기는 것은 사람입니다. 저들이 개경을 침범하게 되면 무수한 사람들을 북쪽으로 끌

---

* 도병마사(都兵馬使): 고려 초에 국방에 관한 일을 처리하기 위한 합의기관.

고 갈 것입니다."

유진(劉瑨) 역시 위수여의 말에 찬동하며 말했다.

"노인과 아녀자와 아이들을 대피시키고 이제는 항복 표문을 신중하게 작성하여야 합니다. 더는 거짓으로 저들을 속일 수 없습니다. 항복 표문에 우리가 실제로 할 수 있는 행동을 담아야 합니다."

항복 표문에 대한 논의가 계속 이어졌다. 가장 중요한 문제는 친조에 대한 문제였다. 그러나 이미 그전 표문에 '고려 왕 순(詢)이 직접 입조하겠다'는 문구를 써서 보냈는데 이번이라고 안 쓸 수도 없었고 거란도 그것을 반드시 요구할 터였다.

그러나 지난번 표문이 거란을 속이기 위한 계책이었다면, 이번에는 진짜였다. 협상이 성립하면 고려 임금 왕순은 거란 임금을 신하의 입장에서 만나러 가야 한다. 왕순은 씁쓸했지만, 힘이 없는 지금 어쩔 수 없었다.

항복 표문에 대한 논의가 끝나고 개경 안의 백성들을 대피시키는 문제에 대해서 의견이 오갔다. 결론적으로 모두 대피시키고 도성 안에는 무기를 들 수 있는 장정들만 남기기로 했다.

논의가 모두 끝나갈 때쯤, 강감찬이 나서며 말했다.

"이렇게 된 이상, 백관들 중에서도 나이가 든 사람들과 거동에 지장이 있는 사람들은 모두 대피시켜야 합니다. 그리고 대신들 중 일부를 연고가 있는 지역으로 보내 근왕군을 조직하게 해야 합니다."

강감찬의 말에 유윤부를 비롯한 재상들은 아무 말도 하지 않았다. 거란 군들이 밀려오면 늙은 자신들이 할 일은 없었다. 이성적으로 생각하면 도성에서 먼저 나가는 것이 맞았다. 그러나 자신들 먼저 개경을 빠져나간다고 하는 것은 부끄러운 일이었다.

위수여가 말했다.

"일단 대신들을 지방으로 보내 근왕군을 조직하게 하고 회임하신 현덕 왕후를 먼저 대피시켜야 합니다."

왕순이 고개를 저으며 말했다.

"현덕왕후는 회임했으나 아직 얼마 되지 않았으니 급하지 않소. 어찌 되었든 왕후는 나와 함께할 것이요. 그건 그렇고 지금 이 상황에서 군사가 모이겠소? 군사가 모인다 한들 거란군에 대적할 수 있겠소?"

군졸들은 대다수가 징발되어 군사로 쓸 만한 사람이 거의 남아 있지 않았고 설령 남아 있다고 하더라도 징집에 쉽게 응할 리 만무했다. 삼수채에서 패하여 고향으로 돌아간 군졸들이 상당수 있었으나 이들을 모으는 것역시 쉽지 않을 것이었다.

채충순이 말했다.

"응하기만 하면 평민은 관직을 주고 노비는 면천시키는 것입니다. 그리고 가장 중요한 것은 군사가 모이고 있다는 것을 거란군에게 인식시키는 것입니다. 거란군들은 두 달에 가까운 시일을 원정 중입니다. 그 와중에 우리와 크고 작은 전투를 여러 번 치렀습니다. 피로가 상당히 쌓여 있을 수밖에 없고 따라서 우리의 군사들이 모이고 있다는 것은 그들에게 큰 부담으로 작용할 것이 분명합니다. 거기서부터 협상을 최대한 유리하게 이끌어내는 것입니다."

왕순은 채충순의 의견에 공감했다. 모여 있던 사람들도 지금 상황에서 가장 시도해볼 만한 계책이라고 생각했다.

정당문학(政堂文學) 최항이 말했다.

"이 일의 원인은 하공진과 유종에게 있습니다. 그들을 복귀시켜 일에 대한 책임을 지게 하소서!"

상서좌사낭중(尚書左司郎中) 하공진(河拱辰)은 동북면에 있을 때 마음대로 군대를 움직여 여진족을 치다가 패전한 적이 있었다. 하공진과 유종(柳宗)은 절친한 사이였는데, 유종은 하공진의 패전을 매우 분하게 여기고 있었다. 유종은 화주방어사(和州防禦使)가 되자 여진족에 보복할 기회를 노렸다.

그러던 차에 여진족 구십오 명이 고려 조정에 입조하기 위해 화주관(和州館)에 당도했는데, 이때 그들을 모두 죽여버렸다.

여진족들은 거란으로 달려가 이 사실을 호소했고, 거란의 침입에 일정 부분 명분을 제공했다. 따라서 하공진과 유종은 올(1010년) 오월에 탄핵을 받아 먼 섬으로 유배된 터였다.

지금 하공진과 유종을 복귀시킨다고 해서 거란군이 물러가는 것도 아니고 크게 의미 있는 일도 아니었으나 왕순은 허락했다. 또한 하공진과 유종이 여진족들을 마음대로 참살하였으나 개인적인 이익으로 한 것은 아니었다. 왕순은 적당한 시기에 그들을 복직시킬 생각이었다.

연로한 관료들과 최사위를 비롯한 수십 명을, 연고가 있는 지방으로 보내 근왕군을 조직하게 하고 한참 세부적인 것에 대해서 논의하는데 합문지후(閤門祗候) 김맹(金猛)이 왕순에게 와서 알렸다.

"충주목의 사록참군사(司錄參軍事) 김종현(金宗鉉)이 상경해서 뵙기를 청하고 있습니다."

편전 안에는 약간 의아한 분위기가 흘렀다. 지금은 누가 뭐래도 전체적인 분위기가 발을 빼는 분위기였다. 개경에서 나가면 나갔지 개경으로 들어올 사람은 없다. 벌써 일부 관료들은 조용히 가족들을 남쪽으로 내려보내고 있었다. 충주의 사록참군사가 개경에 올 이유도 없고, 올 필요도 없는 것이다. 올 이유가 있다면 개경의 가족들을 피신시키기 위해서일 것이다. 그렇다면 신분을 숨기고 조용히 왔다 갈 일이다.

잠시 후, 한 사람이 편전 안으로 들어섰다. 청색 빛이 바래서 연한 하늘색처럼 보이는 전포 차림에, 육 척 한 치 정도 되는 큰 키에, 붉은색 얼굴과 네모난 턱을 가지고 있었다.

편전 안으로 성큼성큼 들어오더니 왕순을 향해 절을 한 후 씩씩하게 말했다.

"충주의 사록참군사 김종현, 성상을 뵈옵니다."

왕순은 김종현을 주의 깊게 보았다. 왕순이 즉위할 때, 김종현은 이미 충주의 사록참군사로 나가 있었기 때문에 둘은 처음 대면하는 것이었다.

왕순은 김종현에게 의례적인 인사말을 한 후, 약간 의아한 얼굴로 물었다.

"충주에 무슨 일이라도 있소?"

"충주는 민심이 약간 동요하고 있으나 아직 큰 문제는 없습니다."

"그렇다면 사록은 무슨 일로 개경에 온 것이요?"

"삼수채에서 아군이 패했다는 소식을 듣고 충주절도사 서눌(徐訥)의 허락을 받아 개경을 구원하기 위해서 왔습니다."

왕순이 놀라며 말했다.

"이 어려운 시기에 힘을 보태러 오다니 정말 가상하오! 혼자 왔소?"

"아닙니다. 군사들을 데리고 왔습니다."

김종현이 군사를 데리고 왔다고 말하자, 편전의 이목이 모두 김종현에게 쏠렸다.

왕순뿐만이 아니라 모두 의문스럽게 생각했다. 강조가 모든 병력을 깡그리 차출했다. 노비더라도 힘을 쓸 줄 알면 모조리 차출했으므로 전국에 무기를 들 만한 남자는 거의 남아 있지 않았다. 그런데 병력을 데리고 왔다니?

그러나 김종현의 당당한 태도로 미루어 짐작하건대 어느 정도의 숫자를 데려왔을 것이다.

왕순 역시 놀라움과 의아함이 섞인 말투로 김종현에게 물었다.

"몇 명이나 같이 왔소?"

김종현이 당당히 말했다.

"기병 세 기(騎)와 같이 왔습니다."

편전 여기저기서 실소(失笑)가 터져 나왔다. 수십만의 적이 몰려오고 있는데 겨우 기병 세 기로 개경을 구원하고자 오다니, 돌아도 단단히 돈 것이 틀림없었다. 보통 사람은 이해할 수 없는 행동이었다.

왕순 역시 어안이 벙벙해 있는데 김종현이 실소를 뒤로하고 왕순에게 늠름하게 말했다.

"적들은 이곳 지리를 잘 모를 것입니다. 지리를 잘 이용한다면 한 사람으로 만 명을 당해낼 수 있습니다."

김종현의 말에 관료들 모두가 냉소했다. 왕순 역시 금세 답을 찾지 못하고 있는데 누군가 나서며 말했다.

"성상, 김종현을 저와 같이 일하게 해주십시오. 그와 저는 뜻이 같은 듯합니다."

왕순이 보니 강감찬이었다.

79
서서히 이길 방법
: 경술년(1010년) 십이월 이십칠일 오시(12시경)

지채문은 강조가 통주에서 패하고 자신은 서경에서 패했으니 이제 고려에 거란군을 막을 군사는 없을 것으로 생각했다. 거란군들은 온 산천을 휘저으며 약탈을 감행할 것이다.

그러나 예상과는 전혀 다르게 거란군은 잠잠했고 개경까지 오는 동안 거란군은 코빼기도 찾아볼 수 없었다.

스무이렛날에 드디어 개경에 도착할 수 있었다. 다행히 거란군은 아직 자비령을 넘지 않은 듯했다.

지채문은 급히 개경(開京)으로 들어와 서경에서의 패전 상황을 보고했다. 임금을 알현하려면 그에 걸맞은 의복을 착용해야 하나 그런 격식을 차릴 때가 아니었다. 지채문의 행색과 몰골을 본 신료들의 입에서 탄식이 터져 나왔다.

고려 최고의 무인 지채문이 거지꼴로 나타났기 때문이다. 평소 당당한 그 지채문이 아니었다.

왕순이 지채문을 보고 대단히 반기며 말했다.

"이원과 최창 등이 경이 화살에 맞아 전사했을 것이라고 했는데 살아 계셨구려!"

지채문이 얼굴에 부끄러운 기색을 가득 드러내며 왕순에게 말했다.

"부끄럽게도 운이 좋아 모진 목숨을 연명할 수 있었습니다."

"중랑장은 처음에 계속 승전했다고 들었소. 어찌하여 한 번에 패한 것이요?"

얼마 전에 이원과 최창의 보고를 들은 왕순은 지채문이 계속 승전하다가 너무나 쉽게 한 번에 패해버려서 의구심을 품고 있었다.

"초전에 계속 승리를 거두었으나, 적들의 병법은 제 생각보다 훨씬 더 고명했습니다. 적들을 한참 추격하여 우리의 진이 길게 늘어졌는데, 적들이 얼어붙은 강을 건너자마자 갑자기 늘어서서 화살을 쏘아대었습니다. 그것에 그만 당하고 말았습니다."

지채문의 말은 간략했으나 대강 어떤 상황이었는지 알 수 있었다.

왕순이 지채문에게 다시 물었다.

"서경과 연락이 끊긴 지 여러 날이 되었소. 경의 생각에는 어떨 것 같소?"

지채문이 어두운 낯빛으로 말했다.

"서경은 평지성입니다. 그리고, 그리고….."

지채문은 인상을 찌푸리며 말을 이어 나가지 못했다.

왕순이 채근하듯이 지채문에게 말했다.

"경은 보고 느낀 것을 솔직히 말하도록 하시오."

지채문이 한숨을 쉬며 말했다.

"동북면도순검사 탁사정은 겁에 질려 있었습니다."

지채문이 대놓고 서경이 함락되었을 것이라고 말하지는 않았지만 최고지휘관이 겁에 질려 있었다면 상황은 보지 않아도 알 수 있었다. 왕순의 안색이 더할 나위 없이 어두워졌다.

거란 진영에서 고려의 항복 표문에 답서를 보내왔는데 거기에는 고려왕이 즉각적으로 와서 친조하라고 적혀 있었다.

또한 서경은 이미 항복했다고 써 있었다. 그런데 답서와 더불어 온 상자에 한 사람의 머리가 담겨 있었다. 바로, 대도수의 목이었다.

소배압은, 대도수가 예전에 안융진에서 거란군을 막아낸 인물이라는 것을 알고, 고려 조정의 사기를 떨어뜨리기 위하여 그 목을 보낸 것이었다.

대도수의 목을 본 왕순을 비롯한 신료들은 가슴이 덜컹 내려앉았다. 참담했다.

거란의 말을 모두 믿을 수는 없지만 대도수의 머리는 진짜였다. 지채문의 패전으로 서경의 사정이 극도로 안 좋아졌을 것이고, 거기에 최고 지휘관인 탁사정이 겁에 질려 있었다면 서경이 함락당하거나 항복한다고 해도 이상한 일이 아니었다.

거기에 수상한 소문이 돌았는데 탁사정이 서경에서 도망쳤다는 소문이었다. 정확한 진위를 확인할 길은 없었지만, 지채문의 말대로 탁사정이 겁에 질려 있었다면 정말 그랬을 가능성도 있었다. 그렇다면 서경을 잃었다고 판단하고 대책을 세우는 것이 옳다.

희망은 시간이 갈수록 점점 줄어들다 못해 아예 없어지고 있었다. 고려라는 타오르던 불빛이 점점 사그라지면서 이제 작은 촛불처럼 위태롭게 남아 있었다. 입김과도 같은 아주 미약한 바람에도 꺼져버릴 것만 같았다.

왕순은 생각했다.

'나에게는 죽을 위기도 다양하게 오는군. 앞으로 어떻게 할 것인가?'

이미 대도수의 목을 본 신하들은 지채문의 말을 듣자 다들 크게 절망했다. 먼저 대피한 연로한 대신들과 근왕군을 조직하러 개경을 떠난 신료들 외에도 상당수의 신료가 점차 개경에서 사라지고 있었다. 특히 북쪽에서 돌아온 장수들 같은 경우는 거란군을 직접 봐서인지 상당수가 보이지 않은 지 오래였다.

지채문과 함께 서경 방어 임무를 맡았던 이원과 최창은, 지채문이 마탄에서 패하는 것을 본 후 개경으로 왔다. 서경으로 후퇴하고자 했으나 들어갈 틈이 없었다.

이원과 최창은 같이 개경에 도착하여 서경의 어려운 상황을 전하며 왕순에게 끝까지 호종할 것을 다짐했다.

이원은 무관이나 평소에 책을 가까이하여 학문을 아는 무관이라는 평을 듣고 있었다. 무식한 무관 중에 군계일학과 같은 존재였다. 평가가 좋을 수밖에 없었고 그만큼 승진도 빨랐다. 승승장구하던 이원은 상당한 자부심을 가지고 있었는데 거란군을 만나니 그 자부심이 크게 깨져버렸다. 이원은 삼수채에서 고려군이 대패하는 것을 목격했고 지채문이 패하는 모습도 보았다. 따라서 거란군의 무서움을 뼈저리게 느끼고 있었다. 거란군은 단순히 숫자가 많은 것이 아니라, 작은 차이를 크게 만드는 전술을 능수능란하게 사용할 정도로 대단했다.

지금, 거란군을 막을 방법은 없었다. 그렇다면 답은 하나다. 바로 남쪽으로 파천하는 것이다.

그런데 조정 분위기는 항복하자는 분위기로 흐르고 있었다. 그것도 성상이 직접 거란주에게 가서 친조하는 항복이었다. 이원은 치욕스럽게 생각했다.

개경에는 이제 갓 즉위한 약관의 나이의 어린 성상과 병법이 뭔지도 모르는 나약한 신하들만 남았다. 그들이 용맹하게 적과 대적할 수는 없을 것이다.

이원이 보기에는 어린 성상과 신료들은 북쪽에서 오는 소식에 일희일비할 뿐 어떤 판단도 하지 못하는 상태였다. 사람으로 말하면 숨은 붙어 있으되 움직이지 못하는 사람과도 같았다. 이런 조정에 충성하는 것마저 의미 없는 일로 느껴졌다.

이원의 본관은 양주(楊州: 경기도 양주시)였다. 거란군들이 들이치면 개경 바로 밑에 있는 양주도 위험할 것이다. 이원은 처자들을 데리고 밤을 틈타 양주로 향했다. 양주로 가서 일족들을 보호하는 것이 훨씬 가치 있는 일로 여겨졌다.

최창은 지채문이 무예의 달인이라는 것을 잘 알고 있었다. 지채문은 전투에서 한 번도 패한 적이 없었다. 지채문과 함께라면 당연히 공을 세울 줄 알았다. 그런데 그렇게 믿었던 지채문이 패하는 것을 본 순간, 정신이 아득해졌다. 하늘 위에 또 하늘이 있는 것이다.

눈치 빠른 최창 역시 개경의 돌아가는 사정을 보고 답이 없는 조정이라는 것을 알았다. 조정에 붙어 있어봤자 화만 당할 것이었다. 최창은 처자들을 데리고 본관인 파평현(坡平縣: 경기도 파주)으로 향했다.

그러나 파평현을 바라보고 남쪽으로 가다가 도중에 동쪽으로 방향을 틀었다. 거란군이 조만간 몰아칠 것인즉, 개경과 가까운 파평현은 위험했다. 차라리 아직 주진(州鎭)들이 살아 있는 동북면으로 가는 것이 나을 성싶었다. 최창은 처자들을 데리고 동북면으로 향했다.

지채문은 더욱 자세한 소식을 알렸다. 드디어 모든 것이 확연해진 것이다. 지채문의 말대로 서경이 함락되었다면, 곽주와 같은 성 하나가 적에게 넘어갔다는 의미가 아니라, 서경 이북이 모두 적의 손아귀에 떨어졌다는 것을 의미했다. 고려를 북방으로부터 방어하던 주력 거점이 사라지면서 고려라는 나라의 존립 자체가 위태롭게 된 것이다.

왕순은 큰 수심에 싸여 말없이 앉아 있었다. 여러 신하 역시 당황한 빛을 감추지 못했다. 쥐 죽은 듯 조용한 침묵이 이어졌다.

조용한 가운데 한 사람이 앞으로 나섰다. 그는 다리를 약간 절고 있었다. 편전 안에서 젊은 편이지만 가장 벼슬이 높은 정당문학(政堂文學) 최항이었다.

최항은 스무 살에 과거에 급제하여 관직 생활을 일찍 시작했다. 최언위

*(崔彥撝)의 손자로 유학을 가업으로 삼았기 때문에 성종이 매우 총애했고 본인 역시 총명하고 침착했으며 과묵하고 판단을 잘 내렸다. 또한 청렴하고 검소하며 인품 역시 훌륭했기에 고속으로 승진하여 마흔이 안 된 나이에 종이품 재상의 관직에 임명된 것이었다.

최항은 모든 것을 가진 사람이었으나 어릴 적 마비증(痲痺症)을 앓아 오른쪽 다리를 약간 절었다. 따라서 뛰어난 인재라는 평가에도 불구하고 외국에 사신으로 가는 등 외직을 경험해본 적은 없었다.

최항이 왕순을 불렀다.

"성상!"

편전에서 최고위직인 정당문학 최항이 입을 열자, 신하들이 일제히 집중했다. 최항은 주위 신하들을 둘러본 후, 어두운 표정으로 왕순을 보며 말했다.

"한때의 수치를 참아서 사직을 지켜낼 수 있다면 응당 그래야 합니다."

왕순이 최항에게 말했다.

"경은 어떤 가르침이 있니까?"

"우리에게 거란군을 막을 군대는 더 이상 없습니다. 조만간 개경으로 적이 들이닥칠 것이고 우리가 가서 항복하지 않는 한, 적들은 계속 남하하여 전 국토를 유린할 것입니다. 고려의 뭇 생령들은 심각한 고초를 겪을 것이고 사직은 남아나지 않을 것입니다."

최항은 이렇게 말한 후, 주위를 둘러보며 심호흡을 하고 말을 이어나갔다.

---

* **최언위: 당나라 빈공과(賓貢科)에 급제하였다. 고려 초, 대부분의 가문에서 최언위를 스승으로 섬겼다.**

"제가 성상을 보좌하여 거란의 진중으로 가겠습니다. 여기에서 기다리다가 항복하는 것보다는 먼저 찾아가서 항복하는 것이 그 후 사태를 유리하게 가져갈 수 있을 것입니다. 또한 먼저 가서 항복하면 개경으로 진군하는 거란군의 숫자도 줄일 수 있을 것입니다. 그러면 당연히 백성들이 받는 피해도 줄어들 것입니다. 부디 윤허하여 주십시오!"

왕순이 심각한 표정으로 있는데 좌상시(左常侍) 조지린(趙之遴)이 말했다.

"지금 거란의 진중으로 간다면 화복을 장담할 수 없습니다. 그러나 가지 않는다면 정당문학의 말대로 나라를 보존할 수 없을 것입니다. 신 등이 능력이 모자라 적을 방어하지 못하여 나라를 누란의 위기에 빠뜨리고 성상을 보위하지 못했습니다. 부끄럽기 그지없습니다. 그러나 끝까지 성상을 호종하여 신하 된 도리나마 다할 것입니다."

조지린은 이렇게 말하며 왕순에게 길게 읍했다. 이번에는 우상시(右常侍) 김심언(金審言)이 깊게 탄식하며 말했다.

"부끄럽기 그지없습니다. 저는 성종께 봉서를 올려 관청 벽에 육정*(六正)과 육사(六邪)에 대한 글을 써 붙이도록 간하였습니다. 늘 육정이 되려고 노력하였으나 이제 제가 사실은 육사라는 것을 알게 되었습니다. 성상을 잘못 보필하여 밖의 화를 제거하지 못했으니 어찌 통탄하지 않을 수 있겠습니까! 거란 진영에서 화가 생긴다면 이 김심언이 먼저 당할 것입니다."

예부상서 장영(張瑩)이 말했다.

"제가 거란 진중을 오간 적이 있으니 앞장서겠습니다."

장영은 성격이 담대하고 말을 잘했다. 거란의 일차 침입 때(993년)도 화통사(和通使)에 임명되어 거란 진중에 먼저 파견되었었다. 그 후 서희가 거란 진중으로 가서 소손녕과 담판했던 것이다.

---

*　육정(六正)은 나라에 이로운 여섯 종류의 신하, 육사(六邪)는 나라에 해로운 여섯 종류의 신하.

병부상서 김려, 공부상서 문인위(文仁渭) 등도 표현은 약간씩 달랐지만 개경에서 기다리다가 항복하는 것보다는 먼저 거란 진영에 찾아가 항복하는 것이 유리할 것이라는 의견이었다.

채충순이 말했다.

"거란은 후진(後晉)으로부터 연운십육주를 할양받았습니다. 연운십육주는 한인들이 주로 사는 곳인데, 그곳을 거란 체제로 강요하지 않고 당나라의 제도에 입각해서 다스리고 있습니다. 또한 발해나 여진인들도 거란의 법과 풍속을 강제하지 않고 원래의 제도와 풍습에 따라 하고 있습니다. 저항할 수 없다면 먼저 가서 항복하는 것도 좋은 계책입니다. 그러나 그 전에 우리의 요구사항이 담긴 서신을 저들에게 전하고, 전령들을 각지에 급파하여 근왕군들을 한시바삐 적당한 지점에 모이게 해야 합니다."

왕순이 고개를 끄덕였다. 실현이 가능하고 그나마 이쪽에서도 뭔가 해볼 여지가 있다는 것을 상대에게 인식시킬 수 있었다.

왕순과 신료들 간에 몇 마디 말들이 더 오간 후, 채충순의 생각대로 하자는 쪽으로 중지가 모아졌다. 그렇다면 남는 것은 거란 진중으로 호종할 신하들을 뽑는 일뿐이었다.

최항이 말했다.

"성상을 호종하는 신하들은 학문적 소양이 높은 사람들이 마땅할 듯합니다. 이제 우리가 보여줄 것은 학문밖에 없습니다."

왕순은 신료들을 보았다. 남아 있는 신료들은 모두 인격이나 학문, 관료적 능력에서 나무랄 데가 없는 사람들이었다. 군주를 잘 보필할 만한 좋은 사람들이었다. 단지 때가 좋지 않았을 뿐이다. 강조의 정변이 발생했고 그 와중에 최고의 군사 강국인 거란의 거란주가 스스로 사십여 만의 군사를 거느리고 침입해 왔다. 신하들이 적 진영에 가서 굴욕적인 항복을 하자고 주장하는 것은 상황상 어쩔 수 없는 것이었다.

왕순이 신료들을 보다가 누군가와 눈이 마주쳤다. 강감찬이었다. 강감찬과 눈이 마주치고 나서 보니, 강감찬은 지금까지 아무 말도 하지 않고 있었다. 저번에 강감찬의 모습이라면 무슨 의견을 낼 만도 한데, 지금까지 아무 말도 하지 않고 있는 것이었다. 왕순과 강감찬은 잠시 서로의 눈을 응시했다.

강감찬이 드디어 입을 열었다.

"예부시랑 강감찬, 한 말씀 올리겠습니다!"

역시 나이와 체구에 어울리지 않는 우렁찬 목소리였다. 왕순이 고개를 끄덕였다.

"지금의 일은 그 죄가 강조에게 있으니 근심할 바가 없습니다. 단지 우리의 군세가 적어 적들을 상대할 수 없으니 일단 예봉을 피해 시간을 번 뒤 서서히 이길 방법을 찾아야 합니다."

강감찬의 말은 그저 원리 원칙적인 말에 불과했다. 존재감 없이 조용히 있다가 자신도 있다는 것을 알리려고 그저 말 한마디 보태는 것뿐이었다. 그러나 강감찬의 말은 평소에도 무거움이 있었다.

최항이 고개를 끄덕이며 강감찬의 말을 받아 말했다.

"예부시랑의 말이 맞습니다. 죄는 강조에게 있습니다. 거란은 이미 강조를 처단했으므로 더 이상의 죄를 묻지는 않을 것입니다."

신료들 대부분이 고개를 끄덕였다. 이제 결정은 난 것이다. 최항이 다시 왕순에게 무엇을 말하려고 하는데 강감찬이 단호한 목소리로 왕순에게 말했다.

"신은 구차하게 항복 따위를 말하려는 것이 아닙니다. 제가 말씀드리고 싶은 요지는 '서서히 이길 방법을 찾자'는 것입니다."

왕순을 비롯하여 모든 신하가 놀라서 강감찬을 바라보았다.

"양규는 흥화진에서 수천의 병력으로 수십만의 적을 받아내었습니다. 통주성의 이원구도 눈앞에서 아군이 패하는 것을 보면서도 통주를 지켜내었습니다. 우리가 이름도 몰랐던 구주의 김숙흥이라는 별장은 겨우 수십

기(騎)로 위험에 빠진 아군을 구해냈다고 합니다. 그런데 고려를 가장 책임져야 할 저를 비롯한 여러 대신은 지금 무엇을 하고 있는 것입니까?"

강감찬은 대갈일성(大喝一聲)을 토해내며 수위의 신료들을 둘러보았다. 강감찬의 말에, 어떤 사람은 기분이 나빠서 어떤 사람은 부끄러워서 얼굴을 붉히고 있는 가운데, 무거운 침묵만이 흘렀다.

왕순이 강감찬에게 말했다. 그 눈빛은 빛나고 있었다.

"어떻게 해야 천천히 이길 수 있겠소?"

"적에게 가서 친조하면 지금의 위협을 벗어날 수 있을지 모릅니다. 그런 의미에서 채충순의 계책은 훌륭합니다. 친조하려고 한다면 마땅히 채충순의 계책을 써야 합니다. 그러나 거란에 친조하면 어떤 일이 발생하겠습니까? 거란이 우리 조정을 그냥 내버려둔다고 하더라도, 거란의 간섭을 받아서 조정은 온통 거란을 추종하는 무리로 뒤덮일 것입니다. 거기서 어떤 것을 꿈꾸겠습니까? 우리가 무슨 대비를 할 수 있겠습니까? 혹은 우리가 남아 있을까요? 우리는 거란이 망할 때까지 기다려야 할 것입니다. 한 백 년쯤, 혹은 이백 년, 혹은 오백 년 정도는 기다려야 할 것입니다. 거란은 언젠가 반드시 망할 것입니다."

강감찬의 말에 편전에 무거운 침묵이 흘렀다.

왕순이 강감찬에게 다시 물었다.

"예부시랑의 말씀은 잘 알겠소. 짐이 알고 싶은 것은 구체적인 계책이오."

"친조를 하시든, 죽도록 싸우시든, 성상께서 결정하십시오! 신료들은 성상의 결정에 따를 것입니다. 친조를 하시면 거란 진중으로 호종할 것이며, 죽도록 싸우시겠다면 목숨을 걸고 역시 거기에 따를 것입니다."

왕순이 어깨를 펴며 말했다

"친조하려면 어떻게 하는지 알았으니, 죽도록 싸우려면 어떻게 해야 하는 것입니까?"

강감찬이 표정을 엄히 하며 말했다.

"호종이 가능한 신료들을 이끌고 나주로 가십시오! 남쪽의 물산들은 모두 나주를 거쳐 해로를 통해 개경으로 올라옵니다. 이곳을 틀어쥐고 있으면 거란군에 충분히 대항할 수 있습니다."

신료들이 웅성대는 가운데, 채충순은 잠시 생각에 잠겼다.

강감찬의 계책은 너무 위험했다. 만일 젊은 관료가 저런 주장을 했다면 세상 무서운 줄 모르는 젊은이의 치기라고 생각할 것이다. 노회한 늙은 대신이 낼 만한 계책은 아니었다.

그러나 강감찬이 이런 말을 하는 것도 이해할 수 있었다. 강감찬은 원칙주의자에다가 또한 이상주의자였다. 피아의 강약을 헤아리지 않고 원칙대로 주장하고 있는 것이었다.

거란군과 싸우기로 결정하면 엄청난 난관들을 극복해야 할 것이다. 지금의 어린 성상이 그 난관들을 극복할 수 있을까? 민심은 이반할 것이고 신료 중에도 마음을 바꾸는 자들이 나올 것이다. 수많은 갖가지 문제들이 도처에서 튀어나올 것이다.

거란에 대항하여 그 상황을 극복하려면, 굳건한 의지와 뛰어난 정치력이 있어야 함은 물론 운도 따라주어야 한다. 거의 나라를 새로 세우는 것과 같을 것이다. 지금의 어린 성상이 마치 태조와 같은 능력을 발휘해야 하는 것이다.

태조는 민간에서 생장하여 어렵고 힘든 일을 두루 겪으며 경험을 쌓고 능력을 키웠다. 결국 사람들이 태조를 따를 만하다고 판단하여 추대되어 왕위에 오른 것이었다.

지금의 성상은 나이가 어릴 뿐만이 아니라, 고생을 했다고 하여도 어쨌든 왕족으로 살았고 경험이 일천했다. 그런 성상을 태조를 따르듯이 따를 수는 없는 것이다.

물론 지금의 성상이 이 위기를 극복할 수 있을지도 모른다. 그러나 그럴 확률은 지극히 낮다. 냉정히 저울로 잰다면 저울의 추는 극복하지 못한다는 쪽으로 기울 것이다.

현명하고 이성적인 사람이라면 가능성이 높은 쪽을 예상하고 움직여야 한다. 사직(社稷)을 보존하려면 극단적인 계책이 아니라 실현 가능성이 높은 계책을 써야 한다.

이윽고 채충순이 왕순에게 말했다.

"저는 제 계책이 사직을 지키기에 가장 나은 계책이라고 생각합니다. 강 시랑의 의견에 따르자면 크나큰 위험을 감수해야 합니다."

채충순이 이렇게 말하자 모두 왕순의 입을 보았다. 왕순이 천천히 입을 열었다.

"짐은 지금까지 죽을 위기를 여러 번 넘겼소. 한 번 더 넘긴다고 뭐가 대수로우리오. 크나큰 위험이라 해야 죽기밖에 더 하겠소. 그러나 내가 만일 싸우기로 결정하면 모두 생명의 위험을 감수해야 하오. 그것이 염려되는 바이오."

왕순의 말에 김심언이 말했다.

"중요한 것은 우리의 목숨이 아니라 '어떻게 나라를 지켜낼 것인가'입니다. 성상께서 우리의 목숨을 걱정하시는 것은 우리 신료들을 모욕하시는 것입니다."

김심언의 말에 왕순이 미소 짓더니 최항에게 물었다.

"정당문학은 어떻게 생각하시오?"

"예부시랑의 의견대로 움직이면 앞날을 전혀 예측할 수 없습니다. 예측할 수 없는 큰 모험이 될 것입니다."

왕순이 무겁게 고개를 끄덕이다가 예빈경 박충숙과 눈이 마주쳤다.

마흔일곱의 박충숙은 행정에 재간이 있고 병법에도 능하다는 평가를 받고 있었다. 그리하여 중군병마사에 임명되어 강조와 더불어 군대를 이끌었는데 결국 삼수채에서 패하고 말았다. 박충숙은 평소 말이 많고 우스갯

소리를 잘했는데 삼수채 전투에서 패하여 개경으로 온 이후에는 거의 입을 열지 않고 있었다.

박충숙이 앞으로 나서며 말했다.

"만일 성상께서 거란에 친조하러 가시면 이 충숙은 성상을 따라가지 않을 것입니다. 학문의 깊이가 얕은 제가 할 일은 없습니다. 그러나 나주로 가신다면 제가 앞장서서 길을 열겠습니다. 제 모든 힘이 다할 때까지 성상을 보필할 것입니다."

왕순이 고개를 끄덕이며 말했다.

"좋습니다. 짐의 마음은 정해졌소. 그럼 나주로 가봅시다. 태조께서 우리를 보우하실 것이오."

채충순이 어두운 표정으로 다시 말했다.

"파천하려고 한다면 문제는 거란군뿐만이 아닙니다. 민심의 이반이 반드시 일어날 것이고 난을 틈타 어가를 침탈하려는 세력도 있을 것입니다. 나주까지는 고사하고 어디까지 갈 수 있을지도 알 수 없습니다."

채충순이 이렇게 다시 불가함을 간했지만, 왕순의 마음은 이미 굳게 정해져 있었다.

강감찬이 웅성대는 신료들을 보며 엄숙한 낯빛으로 말했다.

"성상의 뜻이 정해지셨소. 이제 우리에게는 그것을 따르는 일만 남은 것이오. 더 이상의 왈가불가는 시간 낭비일 뿐입니다."

강감찬이 이렇게 말하자 편전 안이 조용해졌다. 강감찬이 다시 말을 이어나갔다.

"성상께서 나주로 가시기로 결정하셨으니 근왕군을 나주로 모이게 해야 합니다."

왕순이 고개를 끄덕였다.

누군가 강감찬에게 물었다.

"강 시랑도 성상을 호종하여 나주로 갈 것이오?"

강감찬이 단호히 대답했다.

"아닙니다."

강감찬의 대답에 왕순을 비롯한 편전 안의 사람들이 의아한 눈빛으로 강감찬을 바라보았다. 그 의아한 눈빛들을 받으며 강감찬이 왕순을 보며 말했다.

"저는 성상의 뒤에서 젊은 관료들을 이끌고 적을 막아서겠습니다."

강감찬의 말이 끝나자 지채문이 머리를 조아리며 왕순에게 말했다.

"성상께서 거란과 대항하기를 원하신다면, 제가 비록 둔하고 겁이 많으나 곁에 있으면서 견마지로(犬馬之勞)를 다하게 해주십시오."

지채문의 말에 왕순이 정색하며 말했다.

"경은 짐이 거란에 대항하지 않으면 짐을 버리려고 한 것이오?"

지채문이 몸 둘 바를 몰라 하자 왕순이 미소 지으며 말했다.

"전번에 이원과 최창이 서경에서 급히 돌아와 호종할 것을 자청했는데 지금은 볼 수도 없습니다. 과연 신하 된 의리가 이와 같은 것이오? 그러나 경이 이미 밖에서 수고하고 다시 호종까지 하겠다니 짐이 매우 가상하게 생각하는 바입니다."

편전에서 회의가 파한 후 밖으로 나가며 강감찬이 지채문을 보고 나직이 말했다.

"나는 중랑장이 충신이라는 것을 잘 알고 있소. 예전의 승패는 병가지상사(兵家之常事)이니 괘념치 마시고 성상을 반드시 지켜주시오! 성상이 무사해야 고려가 무사할 것이오."

지채문이 힘주어 답했다.

"제 몸이 가루가 되더라도 성상을 지켜내겠습니다!"

이날 밤 왕순은 후비(后妃) 및 신하들과 함께 금군(禁軍) 오십 명을 거느리고 도성을 빠져나와 적성현(積城縣: 경기도 파주시)으로 향했다.

호종한 문관들은 이부시랑 채충순, 병부시랑 장연우, 예빈경 박충숙, 좌부승선(左副承宣) 김응인(金應仁), 우습유(右拾遺) 주저(周佇), 시랑(侍郎) 이정충(李正忠), 전중소감(殿中少監) 유승건(柳僧虔), 감찰어사(監察御使) 안홍점(安鴻漸), 교서랑(校書郎) 한창필(韓昌弼) 등이었고 무관들은 중랑장 지채문, 장군 김계부, 장군 송국화(宋國華), 낭장 국근(國近), 별장 김정열(金貞悅), 마한조(馬韓兆) 등이었다.

승지(承旨)* 양협(良叶)과 충필(忠弼)이 왕순을 시종했고 박양유의 손자이자 박원작의 아들인 박성걸(朴成傑)이 마침 궁에 있다가 역시 시종했다.

금군은 한식(韓式), 문질(文質), 우기리(牛奇里), 김열(金悅) 등이었다.

---

* 승지(承旨): 남반(南班) 계통의 이속(吏屬)으로 각종 잡일을 하며 왕을 시종하기도 하였다.

80

삼거리에 나타난 거란군

: 경술년(1010년) 십이월 이십칠일 해시(22시경)

해시(21~23시)경에 어가(御駕)가 떠나자 강감찬은 남아 있는 관리들을 모조리 편전에 소환했다. 모조리라고 해보았자 겨우 스무 명 남짓이었다. 강감찬은 수일 동안 젊은 관료들과 많은 대화를 나누며 그들의 성향을 파악했다.

뜻밖에 나타난 김종현이 가장 과감하면서 적극적이었으며 군략에도 치밀함이 있었다. 박종검(朴從儉), 유백부(庾伯符) 등도 쓸 만해 보였다. 특히 통주에서 패해 온 유백부는 패전을 매우 부끄러워하고 있었고 그것을 만회하기 위한 절치부심한 마음이 있었다.

강감찬은 김종현과 박종검, 유백부, 문연(文演) 등과 의논해서 개경과 감악(紺岳: 경기도 파주시 적성면 부근)으로 이어지는 길목 요소요소에 매복병을 두기로 했다.

그리고 신분의 고하를 가리지 않고 백여 명의 군사를 추렸다. 힘으로 적을 막아서려는 것이 아니라 머리로 막아서려는 것이다. 훈련이 되어 있지 않은 많은 수의 군사보다는, 적더라도 제대로 움직이는 군사가 더 나았다.

추린 백 명에게는, 관직이 있는 자는 관직을 높여주고, 관직이 없는 자는 관직을 주었으며, 노비는 면천하고 토지를 주며 공을 세우면 정군(正軍)에 편입할 것을 약속했다.

창고에서 쓸 만한 물건들을 챙겨서 준비시킨 다음, 이천의 군사를 이끌고 개경 서북쪽 삼거리에 나가 있는 백행린에게 사람을 보내, 군사들을 철수시켜 개경으로 오도록 했다.

이 삼거리는 개경에서 서북쪽으로 이십 리쯤에 있었는데, 산으로 둘러싸인 요지로, 왼쪽 길은 청석골(靑石峴)로 통하고 오른쪽 길은 천마산성(天磨山城)으로 통했다. 또한 두 길 모두 북으로 올라가면 금천(金川: 황해도 금천)으로 갈 수 있었다.

이 삼거리를 점거하고 있으면 적이 어느 쪽 길로 개경으로 오더라도 막을 수 있었다.

그러나 강감찬은 삼거리가 요지이기는 하나 거란군을 그곳에서 막을 수 없다고 판단했다. 지키는 아군은 적은 데다가 훈련도 되어 있지 않았고 적이 개경에 입성하려는 의지는 보다 강력할 것이기 때문이었다.

축시(1~3시)가 되자, 개경에 소개령(疏開令: 대피령)을 내려서 남아 있는 사람들을 모두 피난시켰다.

묘시(5~7시)가 되자, 김종현 등이 준비가 끝났다고 보고했다. 강감찬은 김종현 등을 즉시 출발시키고 자신은 개경에 남아 백행린을 기다렸다. 그러나 백행린은 도착할 시간이 되었어도 도무지 오지 않았다. 강감찬은 백행린에게 다시 사람을 보내고 군사 몇과 개경 곳곳을 순시했다.

대피시킬 사람들을 미리 대피시켜 놓았기 때문에 다행히 큰 혼란은 없었다. 강감찬이 십자가(十字街)에서 떠나는 사람들을 지켜보는데 누군가가 앳된 목소리로 강감찬을 불렀다.

"각하! 각하!"

어떤 남자가 등에 사람을 업고 강감찬을 부르고 있었다. 곳곳에 횃불을 켜 놓아 지나다니는 데는 지장이 없었으나 어둠 속이라 목소리만 듣고는 누군지 알 수 없었다. 강감찬이 가까이 다가가며 물었다.

"누군가?"

업혀 있는 사람이 말했다.

"군기승(軍器丞) 염위(廉位)입니다."

"아, 군기승이시로군!"

강감찬이 가까이 다가가서 보니, 앳된 남자가 지게를 지고 염위를 업고 있었는데 왼쪽 뺨 아래에 꽤 큰 갈색 반점이 있었다. 그 옆에는 염위의 부인인 듯한 중년의 여자가 따르고 있었다.

염위가 자신을 업고 있는 앳된 남자의 어깨를 토닥이며 강감찬에게 말했다.

"제 아들놈입니다. 제가 몸이 좋지 않아서 이렇게 아들놈에게 업혀 가고 있습니다."

"왜 먼저 피난하지 않고 이제야 가는 것이오?"

노약자들과 몸이 불편한 자들에게는 진작 소개령을 내렸는데도 염위가 미리 피난 가지 않았기 때문에 물은 것이었다.

염위가 답했다.

"성상께서 도성에 계신데, 어찌 신하인 제가 먼저 피신하겠습니까!"

강감찬이 고개를 끄덕이며 말했다.

"몸조심하시구려! 조만간 다시 봅시다."

"각하께서도 건사하십시오!"

이번에는 강감찬이 염위의 아들의 어깨를 두드리며 말했다.

"이름이 무언가?"

"염가칭이옵니다."

"자네가 고생이 많군. 급히 임진강을 건너게. 우리가 거란군을 막아설 것이니, 임진강을 넘어가면 그나마 거란군의 추격이 늦추어질 걸세. 부지런히 가도록 하게!"

염위의 부인에게도 인사를 건넸다.

"조심하시오!"

강감찬이 계속 십자가(十字街)에 머무르고 있는데, 궁성 쪽에서 불길이 이는 것이 보였다. 평소 불만에 찼던 자들이 지른 불일 것이다. 매우 애석

한 일이었지만 지금 중요한 건은 따로 있었다. 백행린이 부대를 이끌고 오는 것이다.

강감찬이 한참을 기다리고 있는데 드디어 백행린에게 보냈던 사람이 도착했다. 강감찬이 급한 마음에 보자마자 물었다.

"그들은 바로 오고 있는가?"

"거란군이 벌써 삼거리에 나타났습니다. 백행린 낭중은 물러섬 없이 삼거리를 지키겠다고 하옵니다."

"아!"

강감찬은 예상하지 못한 상황에 신음인지 탄식인지 모를 소리를 냈다. 거란군이 벌써 삼거리에 도착했고 백행린이 후퇴하고자 하지 않는다면 더는 쓸 방법이 없었다.

강감찬이 휘하의 군사들에게 명했다.

"-우리는 장단(長湍: 경기도 장단군)으로 향한다!"

서른네 살의 거정(巨貞)은 금오위 소속의 대정이었다. 지금은 백행린의 휘하로 삼거리의 왼쪽 숲에 매복하고 있었다. 평소에는 이십여 명을 휘하에 두고 있었으나, 지금은 열세 명을 지휘하고 있었고 그나마 원래의 인원은 세 명밖에 없었다. 나머지들은 어중이떠중이들과 노비들 몇 명이었다. 이런 인원들 가지고 전투를 치를 엄두가 나질 않았지만 어쨌든 명령은 명령이었다.

거정이 삼거리의 왼쪽 숲에 매복하고 있는데 청석골 쪽에서 인마의 소리가 시끄럽게 들렸다. 청석골은 소부주부(小府主簿) 유언경(劉彦卿)이 삼백의 인원으로 지키고 있었다.

청석골 쪽에서 소리가 들리자, 백행린은 이백여 명을 더 그쪽으로 보냈다. 거정과 거정의 부하들도 그 이백 명 속에 포함되어 움직였다.

유언경은 청석골의 중간쯤에 매복해 있었는데, 길에는 거마창을 설치해 놓고 있었다. 그믐달이라 사방이 어두웠으나 거마창을 대놓고 길 중간에 설치했으니, 매복이라기보다는 보초를 서는 쪽에 가까웠다.

거정은 그 모습을 보고 너무 어설프다고 생각했나. 마음만 점점 더 불안해졌다. 청석골 입구 쪽에서 인마의 소리가 들리는데 안으로 깊게 들어오지는 않았다. 분명히 거란군일 터였다. 매복을 염려하고 있는 것이다.

긴장한 채로 시간이 흘러갔다. 묘시(5~7시)가 되자, 다가오는 발걸음 소리가 들렸다. 마침내 거란군들이 안으로 들어오고 있는 듯했다.

거정은 활의 줌통을 꽉 움켜쥐고 화살을 시위에 걸었다. 언제든지 날릴 준비를 끝낸 것이다.

이윽고, 어둠 속에서나마 적들의 어슴푸레한 형체가 눈에 들어오기 시작했다. 방패를 앞세우고 몇 보 걸어오다가 멈추어서 주위를 살피는 듯했으며 매우 조심스레 접근해오고 있었다.

적이 백여 보 앞까지 다가오자 거정은 크게 심호흡을 했다. 두근거리는 가슴을 진정시키고 호흡을 안정시켜 화살을 잘 쏘기 위해서였다. 적들이 더 다가오면 유언경이 사격명령을 내릴 것이었다.

거정이 마음의 준비를 단단히 하고 있는데, 앞쪽에서 무수히 시위가 당겨지는 소리가 들렸다. 거정은 나무 뒤에 몸을 숨겼다. 곧이어 수많은 화살이 거마창 뒤에 대기하고 있는 아군들과 거정 등이 숨어 있는 길 양옆의 숲속으로 날아왔다. 대부분의 아군은 시위 소리를 듣고 방패와 나무 뒤로 몸을 숨겼다. 약간의 비명이 울려 퍼졌으나 큰 타격을 입지는 않은 것 같았다.

이제 반격할 시간이다! 거정은 엄지손가락과 집게손가락, 가운뎃손가락에 힘을 주어 시위를 살짝 잡아당김으로써 순식간에 화살을 쏠 수 있는 자세를 취했다. 유언경의 명령을 기다리며 온몸을 긴장시켜 근육들을 팽팽한 상태로 대기시켰다.

그런데 유언경은 아무 명령을 내리지 않았다. 거정이 초조히 기다리는

데 갑자기 사람들이 뛰는 소리가 들렸다. 거정이 놀라서 소리가 나는 쪽을 보니 거마창 뒤에 대기하고 있던 아군의 방패수와 창병들이 뒤로 도망가고 있었다.

아군은 대부분 훈련받지 않은 사람들이었다. 거란군들이 차근차근 다가오는 데다가 거란군의 화살이 날자, 심리적인 위협을 견디지 못한 것이었다.

그 모습을 본 거정이 누구에게랄 것도 없이 소리쳤다.

"발사하라!"

거정은 소리친 다음, 다가오는 거란군을 향해 화살을 날렸다. 숲속에 매복한 몇몇이 거정의 말을 듣고, 혹은 독자적인 판단으로 화살을 쏘았다. 거정이 화살을 날리고 재빨리 몸을 나무 뒤에 숨기고 다시 화살을 재는데 누군가가 소리쳤다.

"발사 중지! 발사 중지! 우리는 항복한다!"

이렇게 고려 말로 외친 후, 다가오는 거란군들을 향해 한어(漢語)로 계속 외쳤다.

"항복한다! 항복한다!"

거정은 누가 외치는지는 정확히 알 순 없지만, 목소리의 위치로 봐서 유언경 같았다.

"엔장! 이런 염병할….'

거정은 잠시 망설였다. 아니 망설였다기보다는 어떻게 해야 할지 순간 판단이 서질 않았다.

거정은 다가오는 거란군을 보며 본능적으로 소리쳤다.

"우리는 삼거리로 후퇴한다!"

거정은 소리치며 삼거리 쪽으로 냅다 뛰었다. 거정 휘하의 인원 중에는 거정을 따르는 자도 있었고 그 자리에서 꼼짝하지 않는 자도 있었다. 매복한 군사 중에 삼분의 이 정도는 삼거리 쪽으로 뛰었고 나머지는 그 자리에 남아 있었다. 지휘관인 유언경은 계속 '항복한다'라는 말을 외치고 있었다.

거정이 삼거리를 보며 달리는데 거란군의 함성이 들리기 시작했다. 거정이 슬쩍 뒤를 돌아보니 무질서하게 물러나는 아군을 거란군들이 속도를 높이며 따라붙고 있었다.

거정은 더욱 빨리 걸음을 옮겼다. 거마창이 거란군에 의해 치워지면 분명 거란의 기병들이 뒤로 붙을 것이다. 그러면 살 희망은 없어진다. 그 전에 삼거리의 아군과 합류하여야 한다.

거정은 오 리 정도 되는 거리를 그야말로 나는 듯이 달렸다. 숨이 턱까지 차오르고 추운 겨울날임에도 땀이 몸에서 주룩주룩 흘렀다. 그러나 그런 것을 인식할 틈도 없었다.

거정이 삼거리에 거의 도착하자, 등 뒤에서 말 울음소리와 말발굽 소리가 들렸다. 드디어 거란군의 기병이 출동한 것이다. 삼거리에 도착해서 원래의 위치로 찾아가려고 하는데, 삼거리에 주둔하고 있던 아군들도 청석골 쪽의 아군들이 무질서하게 몰려오자 역시 뒤쪽으로 달아나기 시작했다.

"위치를 지켜라! 위치를 사수하라!"

지휘관 몇이 이렇게 외쳤지만, 이미 진영은 강둑이 홍수에 휩쓸리듯이 급격히 무너지고 있었다. 공포의 그림자가 고려군들 사이를 휘감았다. 지금 상태에서는 누구도 그 그림자를 막을 수 없을 터였다.

이미 한 번 도망친 거정은 이번에는 망설이지 않았다. 아군의 진영이 무너지는 것을 보고 역시 냅다 개경 쪽으로 뛰었다.

거정은 사람들 틈에서 달리고 있었다. 거란군이 쫓아온다는 불안감이 극렬하게 엄습했다. 만일 누군가 거란군에 당한다면 많은 사람 중에 자신이 아니길 바랄 뿐이었다.

오 리 정도 뛰었을까, 뒤쪽에서 단말마의 비명이 들렸다.

"윽! 으악!"

거란의 기병들이 뒤쪽에 따라붙어서 뒤처진 아군들을 도륙하는 소리였다.

거정은 몹시 당황했다. 몸서리가 쳐졌다. 마음이 황망해져 앞을 두리번거렸다. 자기도 모르게 어깨를 움츠렸다. 어깨를 웅크려서 자신이 작게 보이게 하는 것이다. 마치 겁먹은 짐승이 하는 행동과 같았다.

이대로 뛰다가는 거란군에 곧 따라 잡힐 것 같았다. 몇몇이 오른쪽의 계곡으로 뛰어 들어가는 것이 보였다. 오른쪽으로 가면 만수산(萬壽山) 쪽이다. 산으로 들어가는 것이, 거란의 기병들에게 쫓기고 있는 지금 상태에서는 대로로 달리는 것보다 훨씬 나을 것이다.

거정 역시 적당한 길이 보이면 만수산 쪽으로 가려고 마음먹고 있는데, 앞쪽에서 급히 달려오는 말발굽 소리가 들렸다. '자라 보고 놀란 가슴 솥뚜껑 보고 놀란다'고 하였던가! 뒤쪽의 말발굽 소리에 쫓기던 거정은 소스라치게 놀랐다.

'적이 벌써 어느새 앞에 와 있단 말인가?'

달려오던 사람들 중 선두에 선 자가 외쳤다.

"개성부참군(開城府參軍) 김연경(金延慶)이다! 도망하면 모두 죽는다! 나를 따르라!"

금오위 소속인 거정은 개성부참군(開城府參軍) 김연경(金延慶)을 잘 알고 있었다. 김연경을 비롯한 기병 몇 기가 앞에서 달려오자, 거정은 황급히 길가로 피했다. 말발굽 소리가 요란하게 거정을 지나쳤다. 거정은 발걸음을 멈추고 눈으로 김연경을 좇았다.

김연경의 외침에도 대다수 사람은 달리던 길을 계속 달렸고 몇몇은 거정처럼 발걸음을 멈추었지만, 김연경을 따를 엄두를 내지는 못하고 있었다.

거정이 김연경을 보고 있는데 이윽고 김연경이 창을 빼들고 내지르는 뒷모습이 눈에 들어왔다. 어깨를 쫙 편 김연경의 모습은 당당했으며 위맹하게 창을 휘두르고 있었다. 더구나 김연경은 전진하고 있었다. 거란군을 밀고 있는 것이다!

거정은 마음속에서 불길과 같은 것이 확 오르면서 화가 치밀어 올랐다. 지금까지 쥐새끼 마냥 십 리 이상을 달려왔다. 거란군과 싸워보지도 못하고 그저 겁에 질려서 어깨를 움츠리고 살아 돌아갈 요행만 꿈꾸고 있었다. 김연경의 당당한 모습에 치밀어 오르는 그 화가 거란군들을 향한 것인지, 자신을 향한 것인지는 알 수 없었다.

"으아아아아!"

거정은 괴성을 지르면서 김연경의 뒤를 따라서 거란군에게 돌진하며 화살을 날렸다. 몇 분간 단병접전이 벌어졌고 거정은 화살을 날리며 김연경 등을 도왔다.

그러나 중과부적이었다. 김연경은 거란군에 곧 포위되어 창에 여러 번 찔렸고, 우렁찬 기합과 함께 창을 크게 휘두르고 나서 거란군 하나가 휘두른 도끼에 가슴을 정통으로 얻어맞고 그대로 말에서 떨어졌다.

김연경이 말에서 떨어지자 거정은 김연경을 엄호하기 위해서 다시금 화살을 날렸으나 말에서 떨어진 김연경은 꼼짝하지 못했다. 더 이상 싸움이 될 수 없었다.

거정은 허겁지겁 만수산 쪽으로 움직이며 산기슭을 탔다. 산기슭을 오르는데 말 울음소리가 들렸다.

"히이이이잉!"

지금 거정에게 말 울음 따위는 문제가 아니었다. 살려면 가능한 한 빨리 산을 올라야 한다. 계속 급히 산을 오르는데 말 울음이 처량하게 계속 울려 퍼졌다. 마치 사람이 우는 것 같았다. 거정은 뒤를 돌아보았다.

김연경의 말이 하늘을 보며 구슬피 울고 있었다. 거정은 산을 오르면서 흘긋흘긋 뒤를 보았다. 거란군이 혹시 따라오나 확인하기 위해서였는데 볼 때마다 김연경의 말이 눈에 들어왔다. 김연경의 말은 하늘을 보며 울다가 김연경의 옷자락을 입으로 물며 김연경을 일으키려 하는 것 같았다. 김연경의 말은 그런 행동을 여러 번 되풀이하고 있었다.

잠시 후, 다시 돌아보니 거란군들이 김연경의 말을 끌고 가려 하고 있었다. 김연경의 말은 발을 구르고 목을 저으며 거부했다. 거정은 자신도 모르게 걸음을 멈추고 활집에 넣었던 활을 다시 빼어 들었다. 마치 김연경의 말이 사람처럼 느껴졌고 전우처럼 느껴져서 자신도 모르게 돕고자 하는 마음이 일었던 것이다.

그러나 그럴 필요가 없었다. 김연경의 말이 계속 반항하자, 말을 끌고 가려고 했던 거란군이 칼을 들어 말의 목을 베어버렸다. 김연경의 말은 마지막 비명을 지를 사이도 없이 마치 허수아비처럼 풀썩 쓰러졌다.

그 모습을 보고 있던 거정의 눈에서 뜨거운 눈물이 흘렀다. 거정은 눈물을 닦으며 다시 산을 올랐다.

81

바람을 부르는 남자

: 경술년(1010년) 십이월 이십팔일 인시(4시경)

염가칭은 아버지 염위를 실은 지게를 양어깨에 짊어지고 부지런히 고향인 봉성현(峯城縣: 현재의 경기도 파주시)을 향해 내려갔다. 혼자 걸음으로도 쉽지 않은데 아버지를 지고 가자니 걸음이 더딜 수밖에 없었다.

여러 사람과 같이 개경을 출발했는데, 계속 뒤처져서 주변에는 사람들이 얼마 남아 있지 않았다. 대부분 걸음이 느린 노인들이었다.

인시(3~5시)에 개경을 출발하여 해가 떠오르는 진시(7~9시)가 되었는데도 아직 임진강에 다다르지 못하였다. 혼자 걸음이었으면 벌써 강을 넘어갔을 것이다. 그래도 부지런히 걸어 사시(9~11시)의 중간에 이르자 도라산을 지나 임진강이 보이는 곳까지 도착했다.

다리가 후들거려 이쯤에서 조금 쉬고 싶었으나 마음이 급했다.

염가칭이 어머니를 돌아보며 말했다.

"어머니! 힘들지 않으십니까? 힘드시면 조금 쉬었다 가지요?"

"난 괜찮다만 네가 걱정이구나!"

"저는 괜찮습니다. 어머님만 괜찮으시면 임진강을 넘은 다음에 조금 쉬었다 가도록 하지요."

"그러려무나."

얼어붙은 임진강을 넘는다고 해서 확실히 안전해지는 것은 아니나, 강감찬의 당부도 있었고 강을 넘었다는 심리적 위안도 있었다.

임진강을 바라보고 부지런히 가는데 뒤쪽에서 군마의 소리가 우렁차게 들렸다. 염가칭의 마음이 덜컥 내려앉았다.

염위가 다급히 염가칭에게 말했다.

"필시 거란군일 것이다! 어서 나를 내려놓거라!"

염가칭은 아버지의 말에 대꾸하는 대신 어머니에게 말했다.

"어머니! 뛰어야 합니다!"

두 사람은 뛰기 시작했다.

그러나 염가칭은 아버지를 업고 있어서 빨리 뛸 수도 없었고 뛰는 것도 부자연스러울 수밖에 없었다. 또한 그의 어머니도 정정하다고는 하나 이제 쉰이 넘은 나이였다.

거란군의 말발굽 소리는 점점 가까워지고 있었다. 염가칭은 이렇게 무작정 뛰어서는 거란군의 손아귀에서 벗어날 수 없다는 것을 깨달았다.

염가칭은 어머니의 손을 이끌고 오른편의 숲으로 뛰어들었다. 겨울이라 풀들이 말라붙어 횅한 숲속이 과히 안전하지는 않았지만 지금은 그 방법밖에 없었다. 염가칭은 숲속에 나 있는 작은 오솔길을 따라서 정신없이 움직였다.

얼마나 시간이 지났을까. 염가칭은 다리가 천근만근 무거워지고 있다고 느꼈다. 숨을 헐떡이던 그의 어머니는 급기야 멈추어 서고 말았다.

아무리 오솔길이라고 하지만 길 위에 그냥 멈춰 있을 수는 없었다. 염가칭이 보니 길 왼쪽이 내리막이었다. 그쪽으로 내려가서 몸을 숨기면 어찌 될 것도 같았다.

염가칭이 왼편을 손으로 가리키며 말했다.

"어머니! 이쪽으로 내려가야 할 것 같습니다."

염가칭이 먼저 비탈을 따라 미끄러지듯이 내려가는데, 눈이 얼어붙어 있는 곳도 있었고 녹은 곳도 있었다. 나뭇가지와 덩굴들을 의지하며 밑으로 내려가는 중에, 염가칭의 어머니가 중심을 가누지 못하고 밑으로 미끄러지며 몇 바퀴 구르고 말았다.

염가칭이 몹시 놀라며 황급히 밑으로 내려가서 어머니를 살펴보았다.

"어머니! 괜찮으세요?"

"아이고!"

염가칭의 어머니가 신음하고 있는데, 이쪽으로 다가오는 말발굽 소리가 들렸다. 염가칭은 급히 어머니의 입을 틀어막고 자세를 낮추었다. 염가칭의 어머니도 상황을 알아차리곤 얼른 신음을 삼켰다. 염가칭은 조심히 아버지를 실은 지게를 내려놓고 몸을 낮춘 상태에서 모든 신경을 귀로 집중시켰다.

말발굽 소리가 점차 다가오고 있었고 말발굽 소리가 다가올수록 염가칭의 심장은 거세게 뛰기 시작했다.

염가칭은 갑자기 어릴 적에 했던 숨바꼭질이 떠올랐다. 술래가 자신이 숨어 있는 곳에 다가오면 다가올수록 어쩌나 심장이 쿵쾅대던지…. 심장의 쿵쾅댐은 그때와 같았으나 이번에는 명줄이 걸려 있다는 것이 크게 달랐다. 이 위기의 순간에 숨바꼭질이 생각나다니, 기분이 이상했다. 염가칭은 어릴 적과 마찬가지로 불규칙한 호흡을 최대한 정돈하려고 노력하였다.

말발굽 소리는 점점 가까이 오더니 결국 길을 지나쳐 갔다.

"휴우-."

안도의 숨을 길게 내쉬었다. 비록 거란군들이 지나쳐 갔으나 안심할 수는 없었다. 염가칭은 조심스럽게 주위를 살피며 좀 더 안전한 은신처나 은신할 방법을 찾았다.

주위에 특별히 안전한 은신처는 보이지 않았다. 그저 큰 나무 뒤에 몸을 숨기고 낙엽을 긁어모아 몸을 가리면, 길에서는 잘 보이지 않을 것이고 보온도 될 것 같았다.

염가칭은 몇 보를 기어 적당한 나무 뒤로 가서 땅을 대강 고른 뒤 거적을 깔았다. 염가칭이 염위를 싣고 있는 지게를 살살 끌자, 염위가 손을 내

저으며 지게에 내려서 스스로 땅을 기었다.

염위가 나무에 기대어 거적 위에 앉자, 염가칭은 어머니에게 손짓하여 옆에 앉게 했다. 체온 유지를 위해서 최대한 붙어 앉는 것이 좋았다. 그다음, 염가칭은 주위의 마른 나뭇잎을 살살 모았다.

여기에 얼마나 있을지 모르므로 최대한 많이 모아야 한다. 마른 나뭇잎을 옷 사이에 넣으면 보온이 되고 경우에 따라서는 태워서 열기를 취할 수도 있다.

염가칭이 마른 나뭇잎을 모으고 있는데 지나쳤던 말발굽 소리가 되돌아오고 있었다. 얼어붙은 듯이 동작을 멈추고 귀를 기울였다. 이번에도 지나쳐 가기를 비는데 이번에는 말발굽이 염가칭 가족이 내려온 비탈 위에 멈추어 섰다.

말하는 소리가 웅성웅성 들렸고 과연 고려말이 아니었다. 염가칭이 숨을 죽이며 있는데 누군가 비탈을 내려오는 소리가 들렸다.

염가칭이 심히 당황하여 어찌할 바를 모르다가 거적 위에 앉아 있는 자신의 부모를 보았다. 그들의 얼굴은 하얗게 질려 있었고 추위 때문인지 공포감 때문인지 몸을 떨고 있었다.

염가칭이 아버지 염위와 눈이 마주치자, 염위는 내려온 비탈과 반대 방향을 급히 가리키며 소리 없는 말을 하고 있었다. 염가칭은 아버지의 입 모양을 보았다.

'도망가! 어서!'

염가칭은 드디어 무엇을 해야 할지 깨달았다. 갑자기 몸을 일으키더니 뛰기 시작했다. 그러나 아버지 염위가 가리킨 방향이 아니라, 그 반대 방향으로 달려서 길 위의 거란군들에게 자신의 몸을 노출시켰다.

염가칭이 갑자기 나타나자, 거란군들은 함성을 지르며 그 뒤를 쫓았다. 염가칭은 길도 없는 비탈을 뛰다가 구르다가를 반복했다.

다행히 거란군은 화살을 쏘지 않고 뒤쫓기만 했다. 거란군에게 잡히더라도 최대한 멀리 도망가야 한다. 염가칭은 자신이 멀리 가면 갈수록 자신의 부모가 안전해진다고 생각했다.

염가칭은 숨이 턱까지 차오르고 넘어져 발목도 삐었지만, 죽을힘을 다해 움직이고 또 움직였다. 반 시진을 그렇게 도망쳤으나 점점 기력이 고갈하여 움직임이 눈에 띄게 느려지고 있었다.

결국 염가칭은 거란군들에게 둘러싸였고 거란군이 던진 밧줄이 목에 걸렸다. 삼한공신 염형명(廉邢明)의 손자 염가칭이 거란군의 포로가 된 것이다.

염가칭은 자신을 사로잡은 사람들이 흑거자실위(黑車子室韋: 실위족의 일파) 사람들이라는 것을 나중에 알게 되었다.

강감찬은 개경을 떠나 청교역(靑郊驛)을 지나 장단으로 향했다. 거란군이 삼거리에 나타났다면 곧 개경에 들이닥칠 것이었다.

백행린이 삼거리에서 거란군을 막는다고는 하나, 강감찬은 별 기대를 하지 않았다. 백행린은 용맹히 적과 맞서려고 하고 있으나 전투는 용맹만으로 되는 것이 아니다. 상황을 보아가며 하는 것이다. 이천의 병력이 아까웠으나, 훈련이 되지 않은 병력이라 군사라고 보기도 난처했다. 그들의 희생이 적기만을 바랄 뿐이었다.

그쪽이 버리는 패라면 진짜로 쓰는 패는 앞의 김종현 등이다. 강감찬은 김종현 등이 잘 준비해 놓고 있기를 바랐다.

강감찬이 장단에 가까이 가는데 고려군은 전혀 보이지 않았다. 계획대로라면 장단 근처 어디엔가 매복해 있어야 했다. 길 주변을 연신 두리번거렸지만 도무지 아군을 찾을 수 없었다.

장단의 입구에 다다르자, 강감찬은 설마 하는 마음이 들었다. 도라산과 장단 사이에는 산맥이 솟아 있어서 매복하기 좋은 위치가 수없이 많았다.

강감찬의 마음이 불안해지기 시작했다. 좋은 생각을 가졌다고 모두 실천할 수 있는 것은 아니다. 그만큼 실천력이 뒷받침되어야 한다. 더욱이 지금, 가지고 있는 좋은 생각을 실천하려면 남다른 실천력뿐만이 아니라 목숨마저 내놓을 수 있는 용기가 필요하다.

김종현은 지략이 풍부하고 생각도 과감했다. 하지만 그 생각을 실전에서 제대로 실현하리라는 보장은 없었다.

장단을 다 지났는데도 아군이 보이지 않자, 강감찬은 아뿔싸 하는 마음이 들었다. 그러나 만일 김종현이 도망갔다고 하더라도 문연 등도 모두 도망가지는 않았을 것이었다. 행여 누군가 도망할 것을 대비하여 가장 신뢰하지 못하는 관료들을 가장 뒤인 감악산으로 보내고 모두에게 역할을 분담하여 맡겼다. 다 잘해주면 좋겠지만 한둘이 못하더라도 전체적인 계획은 어그러지지 않도록 안배했다.

그러나 예상보다 거란군이 빠르다. 김종현이 장단 쪽에 매복하기로 하였으므로, 장단에서부터 잘해주면 거란군의 속도를 많이 늦출 수 있을 것이다. 첫 단추가 잘 끼워져야 그다음 단계로 부드럽게 넘어간다. 그러나 김종현이 도망하거나 잘못한다면 첫 단추부터 어긋나게 된다. 시작이 좋지 않았다.

강감찬이 불안한 마음으로 장단을 완전히 지나치는데, 둘레가 오 리 이상 되는 완전한 평야 지역이 나타났다. 여기에는 마땅히 매복할 만한 곳이 없었다. 매복할 만한 곳이 아예 없다기보다는 도라산과 장단 사이가 매복의 적지였다. 거기를 버려두고 여기 어디엔가 매복할 이유는 없는 것이다.

강감찬이 이렇게 생각하며 평야 중간을 흐르는 냇가에 막 도착하는데 냇가에서 갑자기 일단의 기병들이 나타났다. 강감찬이 놀라며 급히 말을 멈추어 세우는 순간, 나타난 자들이 활을 들고 화살을 쏘고 있었다. 강감찬은 식겁하며 머리를 황급히 숙였다. 머리를 숙이고 잠시 있는데 시위 소리는 났으나 화살이 날아오지는 않았다.

화살이 날아오지 않자, 강감찬은 머리를 말머리 뒤에서 내밀어 앞을 막아선 자들을 보았다. 앞에 있는 자들은 화살을 얹지 않은 활의 시위를 약하게 퉁겨대고 있었다. 마치 당신들이 적이었다면 '그대들은 이미 죽었소' 하는 것과 같았다.

강감찬은 그제야 정신을 차리고 제대로 살폈다. 바로 김종현을 비롯한 고려군들이었다. 김종현 등은 얼어붙은 냇가 위에 매복해 있었는데, 냇가의 둔덕에는 물의 범람을 막기 위해 나무가 심겨 있었다. 냇물과 둔덕의 높낮이 차이와 심어진 나무를 이용하여 교묘히 숨어 있었던 것이다.

강감찬이 급히 김종현에게로 다가가 물었다.

"도라산과 장단 사이에 매복할 만한 곳이 수없이 많은데 왜 하필 이곳에 매복한 것이요?"

김종현이 답했다.

"각하께서도 이곳에 저희가 매복해 있다고 예상을 못 하셨지 않습니까! 적들 역시 그러할 것입니다."

강감찬이 너털웃음을 터트리며 말했다.

"하! 하! 좋소이다!"

강감찬은 잠시나마 불안했던 마음이 싹 가셨다. 김종현이 대견했다. 아니 대견을 넘어 감탄스럽게 느껴졌다.

김종현 역시 도라산과 장단 사이에 매복할 만한 곳이 많다는 것을 당연히 알고 있었다. 그렇다면 적들도 역시 매복이 있지나 않을까 의심하고 있을 것이다. 적들은 그곳을 바짝 긴장한 상태로 지날 것이다.

그러다가 장단에 들어서면 적들의 경계심은 풀어질 것이고 이곳 평야에 들어서면 평야에는 신경 쓰지 않게 된다.

왜냐하면 평야를 지나 바로 다시 산들이 보이므로 경계심은 자연스럽게 그쪽으로 이동하게 될 것이기 때문이다. 만일 평야 너머에 산들이 보이지 않는다면 평야에도 신경을 쓸지도 모르나, 다음 관심 지점이 바로 눈에 보이기 때문에 이곳 평야는 관심에서 지워지게 된다. 마치 큰 걱정이 있으면 작은 걱정 따위는 걱정으로 인식하지 못하는 것과 같았다. 김종현은 그런 인식의 흐름상 보이는 빈 곳을 노린 터였다.

강감찬이 김종현과 그가 거느린 군사들을 하나하나 보는데 군사들의 표정이 이상했다. 당황하고 있는 것 같기도 하고 겁먹은 것 같기도 했고 안절부절못하고 있는 것처럼 보이기도 했다. 그런데 본디 김종현이 열 명을 이끌기로 되어 있었는데 한 명이 비어 있었다.

강감찬이 김종현에게 물었다.

"본래 열 명을 이끌기로 되어 있지 않았소? 한 명이 비는 것 같소만?"

김종현이 결연한 표정으로 말했다.

"두려움에 떨며 이상한 말들을 하기에 군법에 의거해 베었습니다. 나중에 보고드리겠습니다."

강감찬이 고개를 끄덕이며 말했다.

"싸움에 임해서 엄정한 군법만큼 중요한 것은 없는 법이오! 잘하셨소. 묘시(5~7시) 부근에 거란군이 삼거리에 나타났다고 하오. 곧 거란의 인마가 나타날 것이니 잘 대비해주시오."

김종현이 절도 있게 고개를 한 번 앞으로 숙였다가 펴며 말했다.

"존명!"

강감찬이 군사들에게 말했다.

"그대들의 지휘관이 이렇게 탁월하니 그대들은 모두 공을 세울 것이다!"

강감찬은 김종현을 지나쳐 감악산(紺岳山)으로 향하며 매복 지점들을 점검했다. 문연 등도 김종현만큼 절묘하지는 않았으나, 적당한 곳에 잘 매복해 있었다. 여기서 최대한 시간을 끌어야 한다. 그래야 어가를 보호할 수 있고 각기 본향으로 간 관료들이 병력을 모을 수 있는 충분한 시간을 가질 수 있을 것이다.

김종현은 과연 제대로 움직였다. 완전히 방심한 거란군들을 향해 제대로 화살을 먹여주고는 그다음 매복지로 빠르게 후퇴했다. 거기서 문연과 합류해 다시 거란군들을 요격하고 또 다음 지점으로 후퇴했다. 이런 식으로 감악산까지 오는 동안 십여 번에 걸쳐 거란군의 선두를 공격하니, 거란군의 진출은 매우 더딜 수밖에 없었다.

거란군들이 감악산에 나타난 것은 그다음 날 신시(15~17시) 무렵이 되어서였다. 말을 달리면 반나절도 안 걸릴 거리를 김종현 등이 무려 하루 이상 늦추게 했던 것이다.

그러나 거란군들은 김종현 등에게 그렇게 공격당하면서도 천천히 꾸준히 전진해 왔다. 김종현 등이 마지막 매복 지점에서 거란군들을 공격하고 감악산에 도착하자, 얼마 후 거란군들 역시 모습을 드러냈다.

감악산을 넘어가면 양주였다. 그러나 감악산은 수백 장 높이의 산들로 이루어진 산맥이었다. 이곳을 넘어가는 길은 매우 험했고 한 사람이 만 사람을 당해낼 수 있는 곳이었다.

지금까지 숨어 있다가 치고 빠지는 형식이었다면 여기서는 진짜 막아설 계획이었다. 매복 작전에 동원되지 않고 처음부터 감악산에 보낸 군사들이 곳곳에 함마갱을 파놓고 있었고 잘 드러나지 않게 거마창을 교묘히 설치해 놓는 등 곳곳에 함정을 만들어 놓고 있었다. 강감찬은 백여 명의 군사를 길 주위에 배치했다.

거란군들은 감악산 앞까지 왔으나 바로 진입하지 않았다. 지금까지 숱한 매복 공격을 당했으므로 길이 험한 것을 보고 매우 조심하는 듯했다. 또한 신시(15~17시)라 조금 있으면 해가 질 것이다. 길에는 적이 뻔히 매복해 있을 것이고 거기에다가 처음 가는 길이다. 그런 길을 밤에 이동한다는 것은 좋지 않은 선택이다.

강감찬은 거란군들이 진입하지 않자 경계를 철저히 서도록 하고 군사들을 순시했다. 모두 바짝 긴장하고 있는데 김종현과 그가 이끄는 아홉 명은 적당한 곳에서 쉬고 있었다. 강감찬이 다가가자 강감찬을 알아보고 모두 몸을 일으켰는데 김종현은 코를 골며 자고 있었다.

강감찬은 김종현이 잠에서 깨면 자기에게 오게 하라고 주위에 지시했다. 김종현은 한밤중이 되어서야 강감찬에게 왔고 둘은 한참 대화를 나누었다.

대화를 나눈 후에 강감찬이 김종현에게 말했다.

"병력의 실제 지휘는 이제부터 당신이 하도록 하시오."

다음 날 아침이 되자, 감악산 앞에는 수천의 거란군들이 기치를 나부끼며 도열해 있었다.

강감찬이 그 광경을 보는데 기치들은 간소했으나 매우 절도 있고 엄정했다. 아군은 백여 명에 불과하다. 모두 긴장하고 있을 것이었다. 아니 긴장 정도가 아닐 것이다. 겁을 몹시 집어먹고 있을 것이었다.

강감찬이 거란군들을 세밀히 관찰하고 있는데, 김종현이 군사들 사이를 뛰어다니며 말하는 소리가 들렸다.

"지금의 적은 겨우 수천에 불과하다! 조금 있으면 수십만의 적 대군이 당도할 것이다. 우리가 여기서 그들을 막는다. 지금의 적의 군세가 작다고 방심하지 마라!"

김종현의 말을 듣고 강감찬은 아무 내색도 하지 않았지만 가당치 않은 소리라는 생각이 들었다. 아군의 사기를 높이려고 하는 말이겠지만 군사들이 바보는 아니다. 상황이 매우 어렵다는 것은 모두 알고 있었다. 지금의 전투가 극히 어려운 것은 물론이고 모든 총체적인 상황이 좋지 않았다. 허풍을 세게 한다고 해서 사기가 올라가는 것은 아니다.

김종현은 이렇게 말하고 돌아다니고 나서 갑자기 어떤 바위 위에 올라갔다. 그 바위 위에 올라서면 감악산 밑에서도 김종현을 볼 수 있었다. 거란군도 김종현을 볼 것이다.

강감찬은 김종현의 행동을 이해할 수 없었다. 그런데 그때 갑자기 바람이 불기 시작했다. 바람이 불자 김종현은 양팔을 쭉 폈다. 바람이 서서히 불더니 곧 눈이 내리기 시작했다.

강감찬이 김종현을 보고 있는데, 마치 바람과 눈이 김종현의 소매에서 나오는 것 같았다. 김종현은 바람이 불고 눈보라가 칠 것을 미리 알고 있었던가, 아니면 진짜 눈보라를 부르는 것인가!

감악산에서 불어나온 바람은 점점 거세어졌고 산 밑에 거란군들의 정면을 때렸다. 거란군들은 진눈깨비가 섞인 세찬 바람에 눈을 제대로 뜰 수 없었고 깃발들은 거세게 나부끼며 바람에 날아가는 깃발들도 있었다. 거란군은 결국 감악산에 들어서지 못하고 물러났다.

강감찬은 거란군이 감악산에서 물러간 후에, 척후병을 사방으로 보냈다. 거란군은 비록 감악산에서는 물러났으나 다른 길로 우회하여 얼마 후 양주에 모습을 드러냈다.

강감찬의 바람과는 다르게 거란군은 빠르게 남하하려는 모습을 보이고 있었다. 거란군이 계속 남하한다면 거란군의 뒤를 쫓기로 했다. 왕을 지켜야 한다.

거란군의 남하가 계속되자, 장수들은 비장해지고 군사들은 불안해하고 있는 가운데, 한 사람만은 오히려 이 상황을 즐기는 것 같았다. 김종현이었다.

그런데 며칠 후 거란군들이 북쪽으로 다시 올라가기 시작했고 임진강 이남에서는 거란군을 찾아볼 수 없었다. 대단히 좋은 징조였다.

개경 근처까지 척후를 보냈더니 거란군들은 벌써 개경을 떠나고 없었다. 거란군들이 고려에서 물러가고 있는 것이었다.

강감찬이 장졸들을 모아 놓고 말했다.

"그대들의 수고에 힘입어 거란군들이 물러가고 있다! 모두 어려운 상황 속에서도 잘해주었다."

장졸들이 모두 기쁨의 환호성을 지르며 서로의 노고를 치하했다.

다시 개경으로 돌아가는 길에 강감찬이 김종현에게 물었다.

"감악에서 바위 위에 올라가 거란군에게 모습을 드러낸 것은 무엇을 의도한 것이요?"

강감찬의 물음에 김종현이 머리를 긁적이며 말꼬리를 흐렸다.

"아, 그게…."

강감찬은 김종현의 대답을 끈기 있게 기다렸다. 김종현이 잠시 침묵하다가 말했다.

"제 말이 별로 군사들에게 통하지 않는 것 같아서 그랬습니다."

김종현의 말은 강감찬이 전혀 기대하고 있지 않은 말이었다. 완전히 대책 없는 말이었고 운 좋은 말이었다.

강감찬이 김종현에게 멋쩍은 미소를 띠며 말했다.

"그대는 바람을 부르는 사람이군!"

강감찬은 나중에야 알게 된다.

김종현이 진정 '바람을 부르는 남자'라는 것을….

제8장 나주를 향해

몽진로

82

개경을 떠나는 왕순

: 경술년(1010년) 십이월 이십칠일 해시(22시경)

왕순은 두 왕후와 호종하는 신하들과 금군 오십 명을 거느리고 개경을 빠져나왔다. 고려가 건국되고 왕이 처음으로 외적을 피해 몽진을 가는 것이다. 그 참담한 마음이 이루 말할 수 없었다.

개경을 나와 청교역(靑郊驛: 개성 남쪽)을 지나는데, 역장과 역리들이 관사에서 나와 왕순의 행차를 보는 표정이 아주 좋지 못했다. 화난 표정, 처량한 눈빛으로 바라보는 표정, 혐오스러운 표정까지 각양각색이었다.

역리 중 하나가 외쳤다.

"성상폐하는 도망가고 우리는 어쩌라는 말이오?"

왕순은 역리가 소리치는 것을 듣고 양협(良叶)을 시켜 말하게 하였다.

"지금은 적의 기세가 대단하니 모두 피신하여 살길을 도모하라!"

양협의 말에 역리들 사이에서 한탄과 탄식이 이어졌다. 무엄한 말을 쏟아내는 자도 있었으나, 지금은 그런 것을 제지할 시간도 없고 제지할 염치도 없었다.

왕순은 역리들이 쏟아내는 말들을 들으면서 다짐했다.

'그대들의 말을 절대 잊지 않겠다!'

최대한 빨리 감악산을 넘어야 한다. 험한 산인 감악산을 넘어가면 일단 한숨 돌릴 수 있을 것이다. 또한 강감찬이 감악에서 적들을 막아선다고 했으니 그것이 성공하든 실패하든 어느 정도의 시간은 벌 수 있을 것이다.

밤새도록 이동하여 다음 날 오후 늦게 적성현 바로 근처에 있는 단조역(丹棗驛)이 보이는 곳에 도착했다. 모두 피곤해하여 단조역에서 한 시진 정도를 쉬어가려는데 역의 문이 모두 굳게 닫혀 있었다.

선두에 선 지채문이 군사들을 시켜 문을 두드리게 했으나 안에서는 아무런 반응이 없었다. 지채문이 군사들에게 담을 넘어가라고 지시하는데 어떤 사람 하나가 담장 너머로 얼굴을 내밀며 말했다.

"역은 폐쇄되었으니 물러가시오!"

지채문이 의아해하며 물었다.

"그대는 누구인가? 어째서 역이 폐쇄되었는가?"

"저는 견영(堅英)입니다. 사세가 흉흉하여 도적떼가 창궐했기에 부득이 역을 폐쇄했습니다."

지채문이 목소리를 높여 말했다.

"나는 천우위 중랑장 지채문이다. 잠시만 쉬어갈 터이니 어서 문을 열라!"

견영이 냉랭한 표정으로 말했다.

"물러들 가십시오! 도적 얼굴에 도적이라고 쓰여 있는 것도 아니니…."

견영의 말에 지채문이 울컥하여 크게 꾸짖으려고 하는데, 채충순이 견영에게 말했다.

"여기 피각*(皮角)과 현령(縣鈴)이 있으니 문을 여시게나! 우리는 잠시 쉬어가면 될 뿐, 다른 물품은 필요 없다네!"

피각과 현령을 가진 사람은 역을 이용할 수 있는 공식적인 권한이 있기 때문에 역마를 바꾼다든가 식사를 제공받을 수 있었다.

채충순은 공식적인 권한이 있다는 것을 밝히고, 단지 쉬었다가 갈 뿐 식사 등을 제공받지 않겠다는 의사를 표명해서, 단조역 역리들의 부담을 줄

---

* 피각(皮角): 공문서를 담은 가죽 주머니. 현령(縣鈴): 피각에 다는 방울.

여주고자 한 것이었다.

견영이 채충순의 말을 듣고 답했다.

"이 난리 통에 무슨 피각과 현령이오. 적성현이 가까우니 그쪽으로 가보시오."

지채문이 노하여 말했다.

"이런 발칙한 놈을 보았나! 문을 열지 않으면 네 놈의 목을 베어버리겠다."

지채문이 위협하자, 견영은 담장에서 더 이상 보이지 않았다. 지채문은 군사들에게 담장을 뛰어넘어 문을 열라고 명했다. 군사들이 담장 가까이 가자, 견영이 다시 모습을 드러냈다. 견영은 활시위에 화살을 먹인 채 말했다.

"사람을 죽이고 싶지 않으니 썩 물러가라!"

견영의 말에, 지채문이 갑자기 말을 담장 쪽으로 몰며 순식간에 견영에게 화살을 쏘았다.

시위 소리가 들리자 견영은 담장 밑으로 몸을 숨겼다. 지채문은 그대로 담장 아래로 가서, 말 등을 밟고 위로 솟구쳐 올라 담장을 훌쩍 뛰어넘었다.

지채문이 담장 안쪽으로 뛰어내리고 보니, 역 안에 몇 사람이 보였는데 모두 무장을 하고 있었다. 역 안의 사람들은 갑자기 뛰어든 지채문을 보고 당황했다. 그런데 지채문을 따라서 군사 몇 명이 담장을 넘어오자 모두 뿔뿔이 달아났다.

왕순을 비롯한 일행들은 단조역에서 반 시진 정도를 쉰 후에 다시 길을 나섰다. 단조역을 막 나와서 적성현으로 향하는데, 서남쪽에서 다시 인마가 나타나 길을 막으며 외쳤다.

"이 도적들아! 어디를 급히 가는 게냐?"

지채문이 보니 아까 견영이라고 이름을 밝힌 역리가 사람들을 더 모아

와서 길을 막고 있었다. 갈 길은 급했고 어가(御駕)라고 밝힌다고 무슨 도움이 될 듯싶지도 않았다. 지채문은 급히 말을 달리며 화살 두 대를 연거푸 쏘며 견영 등에게 돌진했다.

견영은 이렇게 길을 막고 있으면 앞에 있는 자들이 쉽사리 접근하지 못할 줄 알았다. 그런데 지채문이 화살을 쏘며 돌진해 오는 모습을 보는데 우열의 차이가 확연히 느껴졌다. 지채문은 자신들이 대적하지 못할 상대였다. 견영 등은 말고삐를 돌려 그대로 달아났다.

일행은 적성현을 지나 무사히 감악산을 넘었다. 이제야 비로소 어느 정도 안전한 곳에 들어선 것이다. 모두 밤을 꼬박 새우고 거의 쉬지 못했으므로 피곤이 극에 달했다. 감악산을 넘어 창화현(昌化縣: 현재 경기도 양주군 회천읍)에 당도하자 날이 저물고 있었으므로 창화현의 객사에서 밤을 쉬어가도록 결정했다.

일행이 창화현의 읍성 안으로 들어가 객사로 향하는데 어가임을 알아본 향리 하나가 왕순에게 큰 소리로 물었다.

"성상께서는 저의 이름과 얼굴을 아십니까?"

왕순이 지방 향리의 이름과 얼굴을 어떻게 알겠는가! 대답할 말도 없고 지금 상황에서 꾸짖기도 뭐하여 왕순은 듣고도 못 들은 척했다. 일행이 객사에 당도하여 막 여장을 풀고 쉬고 있는데 객사 밖에서 어떤 사람들이 외치는 소리가 들렸다.

"하공진(河拱辰)이 군사를 거느리고 왔다!"

"하공진이 왔다!"

그 소리에 지채문이 급히 객사 밖으로 나가서 소리치는 사람에게 물었다.

"하공진이 어디에 왔다는 말인가?"

"지금쯤이면 현의 서쪽에 거의 다 왔을 것이오!"

"그대는 하공진 휘하의 사람인가?"

"그렇소이다."

"하공진은 무엇 때문에 이리로 오는 것인가?"

"성상께는 별일 없소이다. 다만 채충순과 김응인 등을 잡으려고 왔을 뿐이오."

올해 오월에 하공진과 유종을 유배 보낼 때 앞장서서 탄핵한 사람이 채충순과 김응인 등이었다. 이 난리통에 하공진이 그 원한을 갚으려고 할 수도 있는 일이었다.

지채문이 그를 붙잡으려고 하자 어느새 도망가고 말았다. 지채문은 하공진이 채충순 등을 잡으러 온다는 말에 크게 당황했다.

지채문과 하공진은 천우위와 동북면에서 같이 근무했으므로 서로를 잘 알고 있었다.

하공진은 무예가 뛰어나고 담대했다. 지채문이 무달(武達)이라면 하공진은 무쌍(無雙)이었다. 적을 만나면 물러섬 없이 돌진했고 추호의 망설임도 없었다. 지채문이 보기에 후퇴할 시점에서도 하공진은 돌진했다. 그런 면에서는 지채문조차 혀를 내두를 정도였다.

만일 그런 그가 어가를 침탈하려고 한다면 보통 일이 아니었다. 그러나 마음을 가라앉히고 가만히 생각해보니 하공진은 그럴 사람이 아니었다. 그는 용기가 지나친 만큼 명예심도 상당했다. 채충순 등에게 감정이 있을지는 몰라도, 어가를 침탈하는 불충한 행동을 할 사람은 아니었다. 지채문은 정말 하공진이 온다면, 그를 만나서 대화해보면 오해가 풀릴 것이라고 생각했다.

이 소식이 객사 안에 전해지자, 사람들이 동요하는 가운데 지채문이 왕순에게 말했다.

"하공진은 그럴 사람이 아닐뿐더러 군대를 거느리고 온다고 해도 몇 명에 지나지 않을 것입니다. 지금은 모두에게 휴식이 필요할 때이니 휴식을 취하며 천천히 대응해도 큰 문제가 없을 것입니다."

고려거란전쟁 - 고려의 영웅들 (하)

지채문은 일단 왕순을 안심시키는 말을 했다.

김응인이 상기된 목소리로 말했다.

"혹시 하공진이 거란에 항복하여 그들의 앞잡이로 오는 것이라면 어떻게 한단 말이오?"

김응인의 말에 모두의 안색이 변했다. 지채문이 고개를 저으며 말했다.

"하공진이 비록 용렬하나 불충한 자는 아닙니다."

지채문이 아는 하공진은 외골수 같은 사람이었다. 거란에 항복해서 그 앞잡이가 되어 올 사람은 아니었다.

채충순이 왕순에게 말했다.

"강감찬이 감악산을 지키겠다고 했습니다. 강감찬은 신의를 무엇보다 중히 여기는 사람입니다. 강감찬이 감악산에서 패하였다고 하더라도 거란군이 이렇게 빨리 이곳에 올 수는 없습니다. 지채문의 건의에 따르소서!"

지금 이동하기에는 모두 너무 지쳐 있었다. 그리고 지채문과 채충순의 말에도 일리가 있었다. 왕순은 밤을 이곳에서 보내기로 결정했다. 지채문은 군사들을 교대로 쉬게 하며 밖을 엄히 살피도록 했다.

왕순은 잠자리에 누워서 잠을 청했다. 몸은 천근만근으로 피곤했으나 쉽사리 깊은 잠에 빠지지 못했다. 자다 깨기를 반복하는데 밖에서 소란스러운 소리가 들렸다.

왕순이 나와서 보니 시랑(侍郎) 이정충(李正忠)과 승지(承旨) 양협(良叶)이 서로를 붙잡고 실랑이를 벌이고 있었다.

왕순이 그 모습을 보고 물었다.

"두 사람은 무엇을 하는 것인가?"

왕순을 보고 양협이 이르듯이 말했다.

"시랑께서 밖에 나가려고 하기에 제가 말리고 있었습니다."

왕순은 이정충에게 무언가를 말하려다가, 시선을 양협에게 돌리며 말했다.

"시랑의 소매를 놓게나! 오가는 것은 스스로 하는 것이지 남이 제어하는 것은 아니다."

왕순의 말에 이정충이 얼굴을 폭 숙이고 있다가 밖으로 뛰어나갔다. 다른 신료들도 깨어나서 왕순의 곁에 왔다.

병부시랑 장연우가 왕순에게 말했다.

"김웅인 등 몇몇이 보이지 않습니다."

왕순이 말없이 고개를 끄덕였다. 지채문이 거느린 군사들을 점검하니 절반이 도망가고 없었고 낭장 국근도 보이지 않았다. 지채문이 탄식하는데 객사 밖에서 사람들의 소리가 들렸다. 한밤중에 사람들의 소리라면 좋은 뜻은 아닐 것이었다.

지채문은 왕순에게 객사 안에 들어가기를 청한 후, 곧 담장 밖을 살폈다. 수십 개의 횃불이 모여 있었다.

지채문이 담장 밖으로 소리쳤다.

"그대들은 누구인데 한밤중에 소란을 피우는 것인가?"

모여 있는 사람들 중에서 누군가 말했다.

"우리는 하공진의 사람들이다. 성상폐하를 만나려고 한다."

"나는 지채문이다. 지금은 한밤중이니 소란 피우지 말고 어서 물러가라! 아침에 다시 오면 만나주실 것이다."

사람들이 웅성거리는데 어떤 자가 외쳤다.

"객사에 불을 지릅시다! 불을 지르면 지들이 어찌하겠소!"

지채문이 가만히 들으니 진짜 불을 지른다면 야단이었다. 자신의 위치를 바꾼 다음, 꾀를 내어 호통쳤다.

"다시 말하지만 나는 지채문이다. 횃불을 든 자들은 적으로 간주해 사살하겠다!"

지채문의 호통에 사람들이 앞으로 나오기 주저하는 가운데 한 사람이 나서며 큰 소리로 말했다.

"어디 쏘아보거라! 거란군에는 일패도지(一敗塗地)하면서 백성들한테는 아주 위세로구나!"

시간이 흐르고 정적이 이어졌다. 아무런 일이 발생하지 않자 횃불을 든 자들이 대담하게 객사 쪽으로 다가왔다.

지채문이 다시 외쳤다.

"횃불을 든 자들은 적으로 간주하겠다!"

그래도 계속 다가오자, 지채문은 좀 전에 나서서 말한 사람의 미간을 향해 바로 화살을 날렸다. 화살은 그의 미간에 정확히 꽂혔고 비명을 지를 사이도 없이 쓰러지고 말았다.

지채문은 진짜 화살은 하나만 쏜 다음, 몸을 움직이며 빈 활의 시위를 계속 퉁겼다. 자세히 들으면 알 수도 있겠으나, 황망한 중에 들으면 여러 사람이 여러 개의 화살을 쏘는 것으로 오인할 것이었다.

모여 있던 자들이 횃불을 던져버리고 순식간에 흩어졌다. 지채문은 축시(1~3시)의 중간이 될 때까지 밖을 살피다가 일행들을 깨웠다. 시종하던 신하와 환관 및 궁녀들은 상당수가 달아나서, 남아 있는 사람이 더 적었다.

지채문이 왕순에게 말했다.

"지금 밖이 잠잠하니 성상께서 창화현을 나가시는 것이 좋겠습니다."

채충순이 말했다.

"여럿이 한꺼번에 나가면 소란스러울 것입니다. 조용히 나가려면 둘로 나누어 나가는 것이 좋을 것 같습니다. 성상께서 왕후전하들과 먼저 나가시고 나머지 사람들이 뒤따라 나가는 것이 어떻겠습니까?"

왕순이 채충순의 말을 듣고 고개를 끄덕이며 말했다.

"좋은 생각입니다. 그러나 나는 맨 뒤에 이동할 것이오. 왕후들과 시종할 사람들을 먼저 보냅시다."

지채문이 정색하며 말했다.

"지금 가장 중요한 사람은 성상이십니다. 성상보다 더 중요한 사람은 없습니다. 성상께서 먼저 나가셔야 합니다."

박충숙 역시 지채문의 말에 동조하며 말했다.

"성상이 계셔야 나라가 있습니다. 성상께서 가장 안전하게 이동하셔야 합니다."

왕순이 고개를 가로젓는데 주저(周佇)가 말했다.

"성상께서 먼저 가십시오!"

주저는 송나라인이었다. 글을 짓는 것은 누구보다 훌륭했지만 고려 말에는 능숙하지 못했다. 그래서 주저는 꼭 필요할 때만 입을 열었다.

주저가 입을 열자 왕순이 웃으며 말했다.

"경이 입을 열었으니 반드시 합당한 일일 것이오. 경의 충성과 노고를 절대 잊지 않겠소. 그러나 지금은 짐의 뜻대로 할 것이오."

이번에는 장연우가 말했다.

"통촉하여 주시옵소서!'

왕순이 고개를 가로저으며 말했다.

"자, 가봅시다. 이 왕순이 죽으면 고려는 끝날지 몰라도 삼한(三韓)은 이어질 것이오. 결국 이 왕순의 목숨뿐이오!"

왕순의 말에 신하들이 안절부절못하고 있는 가운데 지채문이 의기가 발동하여 말했다.

"성상, 저는 성상을 잘 모르옵니다. 그러나 성상께서 뒤에 가신다면 제가 성상을 끝까지 모시겠습니다!'

의논 끝에, 두 왕후를 밀착 경호하고 있던 김계부 등이 왕후들과 같이 북문으로 먼저 가기로 하고 왕순과 채충순, 지채문, 송국화 등이 뒤를 따르기로 했다.

남쪽으로 가려면 남문으로 나가야 했지만 남문에는 적도(賊徒)들이 모여 있을 가능성이 있었다. 북문은 미처 대비하지 않고 있을 가능성이 컸으므로 좀 돌아가더라도 북문으로 나가기로 한 것이다.

　따로 나간 뒤, 삼각산(三角山: 현재 경기도 고양시 북한산)의 도봉사(道峯寺)에서 다시 모이기로 했다.

83

삼각산에서의 회상

: 경술년(1010년) 십이월 이십구일 축시(2시경)

지채문이 선두에 서고 양협과 충필이 왕순의 좌우를 지키고 채충순과 송국화가 뒤를 따랐다. 다행히 창화현을 빠져나가는 동안 적도(賊徒)들의 움직임은 없었다.

여기서 도봉사까지는 오십 리 길이다. 부지런히 움직이니 진시(7~9시)가 되자 도봉사에 도착했다.

왕순은 삼각산에 가까이 오자 마음이 꽤나 안정되었다. 천추태후가 개경에서 왕순을 쫓아내어 삼각산의 삼천사(三川寺)로 보냈었고 왕순은 삼각산에서 거의 삼 년을 생활했다. 쫓겨 간 곳이지만 삼각산에서의 생활은 아주 좋은 기억으로 남아 있었기 때문에 마치 집에 온 양 편안함이 느껴졌다.

그러나 처음부터 삼각산에서의 생활이 좋았던 것은 아니었다. 처음에는 울분을 달래며 시간을 보내야 했다. 만일 거기서 진관조사(津寬祖師)를 만나지 않았다면 왕순의 마음은 심각하게 피폐해졌을지 모른다.

진관(津寬)은 나이가 육십이 넘었지만 직책이 높거나 명망이 있는 스님이 아니었다. 그저 그런 평범한 늙은 승려에 불과했다. 진관은 삼천사에서 더 산속으로 들어간 곳에 있는 이름도 없는 작은 암자에서 텃밭을 일구며 생활하고 있었다. 어릴 때부터 거두어 키운 제자인 성보(成甫)와 함께였다.

삼천사의 중들 대부분은 왕순을 매우 부담스러워했다. 왕순의 위치가 아주 애매했기 때문이다. 왕위 계승 일 순위인 만큼 매우 귀한 신분이었으나, 현 임금이 아직 젊기에 언제든 자식을 볼 수 있었고, 게다가 천추태후가 왕순을 미워한다는 사실은 누구나 다 아는 일이었다. 왕순은 가까이하기도 그렇고 멀리하기도 그런 존재였다.

삼천사 주지 법경(法鏡)은 껄끄러운 왕순을 진관에게 보냈다. 모두 왕순을 부담스러워하는데 진관은 왕순을 스스럼없이 대했다. 왕순을 법명인 선재(禪齋)로 부르며 제자인 성보와 동일하게 대했다.

"여기서는 자신이 먹고 입을 것을 스스로 해결해야 한다. 선재도 마찬가지다."

왕순은 진관이 자신을 아랫사람으로 대하자 처음에는 매우 이상하기도 하고 아니꼬운 생각도 들었으나 어찌할 수 없는 일이었다.

왕순이 본 승려 중 최고는, 숭교사를 개창한 해린(海鱗)이었다. 숭교사를 개창할 때, 해린의 나이는 겨우 열여덟이었고 해린은 진정한 천재였다. 해린은 읽지 않은 책이 없었고 글솜씨 역시 대단해서《왕오천축국전》을 쓴 '혜초'를 능가한다는 평을 받고 있었다. 왕순이 숭교사로 강제로 출가 당했을 때, 해린이 숭교사에 있었으므로 그와 대화할 기회가 많았다. 왕순은 해린의 총명함과 명석함에 매료되었다.

숭교사는 전 임금의 원찰(願刹)이므로 성대했고 해린뿐만이 아니라 당대의 고승들이 많이 모여 있었다. 삼천사의 규모도 상당했으나 화려한 숭교사에는 미치지는 못했다. 승려들의 전반적인 명성 역시 숭교사에 비하면 아무래도 한 등급 떨어졌다.

진관은 그중에서도 더 떨어지는 승려였고 생활도 삼천사가 아닌 이름도 없는 암자에서 생활하고 있었다. 만일 왕순이 천추태후에게 핍박받지 않았다면 왕순과 진관은 만날 일도, 대화를 섞을 일도 없었을 것이다. 왕순은 명성이 높은 고승들을 상대해야 했기 때문이다. 어쨌든 지금 왕순과 같이 생활하는 사람은 진관과 진관의 제자인 성보뿐이었다.

암자에서의 생활은 겉에서 볼 때처럼 한가하지 않았다. 오히려 굉장히 바빠서 쉴 틈 없이 움직여야 했다. 진관은 시주를 받지 않고 모든 먹거리를 스스로 마련했기 때문이다.

산 중턱에서 피와 조를 기르고 벌을 쳤으며 갖가지 채소들을 길렀다. 또한 시시때때로 숲으로 들어가 나무를 해야 했으며 약초와 각종 산나물을 캤다. 여기서 구할 수 없는 것은 오직 소금뿐이므로 산에서 캔 약초와 소금을 바꾸기 위해서 진관은 가끔 산을 내려갔다.

진관은 왕순에게도 성보와 동일한 일을 시켰으므로 왕순은 아침부터 해질 녘까지 쉴 새 없이 움직여야 했다. 왕순은 천추태후에게 핍박받고 있었으나 그래도 금지옥엽의 신분이었다. 이런 일은 해본 적이 없었다. 더욱이 아침부터 잠들기 바로 전까지 계속 노동한다는 것은 상상도 못 한 터였다. 왕순은 천추태후에게 핍박받고 초라한 암자로 쫓겨 와서, 초라한 늙은 중에게 또다시 핍박받는다고 생각하니 서러움이 복받쳤다.

그런데 사람이란 참 이상했다. 천추태후에 의해 강제로 숭교사에서 중이 되고 삼천사로 쫓겨 올 때는 무척 화가 나고 슬프고 서러웠다. 삼천사에 와서는 할 일이 없었다. 그저 방 안에 앉아서 책을 읽는 것이 전부였다. 그러나 책을 읽기 위해 방 안에 앉아 있으면 온갖 잡념과 거기에 따르는 갖가지 안 좋은 감정들이 마음속에서 마구 요동쳤다. 감정이 격렬하여 주체할 수 없는 날들이 많았다. 그러다가 갑자기 아버지와 같이 살 때가 생각나면 그렇게 가슴이 미어질 수가 없었다. 왕순은 감정을 자제해보려고 노력했으나 쉽지 않았다.

천추태후와 김치양 사이에 아이가 태어났다는 소문이 돌고 있었다. 그래서인지 천추태후는 점점 더 무서워지고 있었다. 천추태후가 자신을 어떻게 할지 모른다. 개경의 숭교사에서 이곳 삼천사로 보낸 것은 어쩌면 이목이 없는 곳에서 자신을 제거할 생각인지도 몰랐다. 삼천사의 중들이 자신을 죽이거나 혹은 자객이 와서 자신을 죽이는 악몽을 계속 꾸었다. 왕순의 정신은 계속 황폐해졌다.

진관에게 보내져 암자에서 생활하면서, 종일 일을 하고 저녁까지 직접 지어 먹고 정리까지 하고 나면 금방 술시(19~21시)였다. 그러면 노곤한 피로에 금세 잠에 곯아떨어졌다. 다른 생각을 할 틈이 없었다.

이런 생활이 몇 달간 반복되다 보니 체력은 몰라보게 좋아졌고 정신은 더할 나위 없이 건강해졌다. 상황은 나아진 것이 없는데 부정적인 생각을 할 틈이 없으니 정신이 건강해진 것이다. 마음은 편했고 하루하루가 나름 대로 즐거웠다. 결국 가장 중요한 것은 외부가 아니라 자신에게 있는 것이었다.

그러나 처음에는 잡다한 일로 시간을 보내는 것이 아깝다고 생각하여, 며칠을 일하다가 더는 참지 못하고 진관에게 말했었다.

"이런 허드렛일을 하는 것은 나의 신분에 맞지 않는 일입니다."

진관이 왕순을 빤히 바라보며 말했다.

"선재의 신분은 무엇인가?"

"…."

왕순은 무슨 대답을 하려고 입술을 움직여 보았지만 나오는 말이 없었다. 순간 대답할 말을 잊었던 것이다.

진관이 왕순에게 다시 말했다.

"공부는 책에만 있지 않네. 일반 백성들은 먹고살기 위해서 밤낮으로 열심히 일하는데 그것을 모르고 어찌 앞으로 큰 사람이 되겠는가!"

진관의 말에 왕순은 할 말이 없었다. 다시 할 수 없이 원래의 생활로 돌아갔는데 하루하루를 보내며 진관의 말이 와 닿았고 느껴지는 바가 적지 않았다. 예전에도 백성들이 농사짓는 것으로 자신이 먹는다는 것은 알고 있었으나, 아는 것과 실제로 해보는 것은 별개였다. 왕순은 아버지에게 어릴 때부터 임금이 갖추어야 할 지식을 배웠지만, 책으로는 배울 수 없는 또

다른 측면의 참지식을 초라한 암자에서 얻고 있었다.

또한 왕순은 진관과 같이 있으면서, 진관이 불경을 열심히 연구하는 것도 아니고 설법을 하러 다니지도 않지만, 그가 사신이 옳다는 바를 실천하는 사람이라는 것을 알게 되었다. 진관은 스스로의 힘으로 의식주를 해결했으며 마음속에 미움을 담지 않고 사람들을 사랑하려고 노력했다.

거창하지 않지만 소박한 실천. 모든 사람이 진관처럼 산다면 세상의 싸움은 종식될 것이었다. 왕순은 진관과 같이 지내며 점점 진관이 바로 진정한 고승이라 생각하게 되었다. 이제는 반대로 숭교사의 학문과 명망이 높은 승려들이 오히려 낮게 느껴졌다.

왕순은 지금까지와는 다른 측면에서 세상을 보며, 세상을 보는 폭이 비할 바 없이 넓어졌다. 신분이 낮아 말 섞기조차 꺼렸던 성보와도 스스럼없어졌으며, 사형이라고 부르기를 주저하지 않게 되었다. 둘은 짓궂은 장난도 같이 쳤고 가끔 뒤에서 진관의 흉을 보며 낄낄거리기도 했다.

하루는 왕순이 성보와 같이 일을 하다가 시냇물을 보고 다음과 같은 시를 읊었다.

한 줄기 물이 백운봉에서 나와,	一條流出白雲峯,
만 리 큰 바다로 거침없이 흘러가네.	萬里蒼溟去路通.
바위 아래 잔잔한 샘물이라 일컫지 마라,	莫道潺湲巖下在,
오래지 않아 용궁까지 도달할 물이니.	不多時日到龍宮.

또 어느 날은 작은 뱀을 보고 읊었다.

작고 어린 뱀이 울타리에서 똬리를 틀고 있네	小小蛇兒遶藥欄
온몸에 붉은 비단을 두른 그 모습 광채가 빛나네.	滿身紅錦自班斕
꽃밭 아래서만 오래 머문다고 말하지 마오.	莫言長在花林下

하루아침에 용이 되기 어렵지 않으니.　　　　一旦成龍也不難

진관이 왕순이 쓴 시들을 우연히 보고 왕순에게 물었다.

"선재는 어떤 용이 되고 싶은가?"

"…."

왕순의 대답이 없자 진관이 말했다.

"용이 되는 것이 중요한 것이 아니라, 어떤 용이 될 것인지가 문제네. 불을 뿜는 용이 아니라, 세상을 자비와 사랑으로 덮을 수 있는 용이 되어야 할 것이야."

왕순이 진관의 말을 듣고 잠시 생각한 후에 물었다.

"어떻게 하면 자비와 사랑을 실천할 수 있겠습니까?"

"마음의 미움을 버리고 사람을 사랑해야 하네. 심지어 원수라도 사랑해야 할 것이야."

왕순이 뚱한 표정으로 말했다.

"단순히 마음속 미움을 버린다고 해서, 자비와 사랑이 실천되겠습니까?"

"선재는 스스로의 마음을 다스리는 것이 단순하였나? 나는 평생을 수련해도 아주 어렵던데."

"음…."

"스스로의 마음을 다스리는 것은 가장 어려운 일이고 평생을 노력할 일이지. 특히 힘과 권력을 가지고 있을수록 더욱더 마음을 바로잡아야 그것들을 올바르게 사용할 수 있네. 사람의 마음은 결국에는 밖으로 드러나게 되어 있고, 군주 역시 마찬가지라네. 군주의 마음에 미움이 있다면 그 미움은 점점 밖으로 흘러 타오르는 불이 되어 세상을 괴롭힐 것이고, 군주의 마음에 사랑이 있다면 그 사랑은 따뜻한 훈풍이 되어 전국 방방곡곡에 퍼질 것이야. 한 개인의 행복이 마음에서 비롯되듯이, 한 나라의 행복은 군주의 마음속에서부터 비롯될 것이니, 어찌 마음을 조심하지 않을 수 있겠나!"

진관은 세상일에 관심을 두지 않았었다. 그러나 왕순이 자신에게 오게 되자 이것도 인연이라고 생각했다. 또한 몇 달을 지켜본 왕순은 심성이 바른 사람이었고 굳건한 면도 있었다. 처음에는 육체적인 노동에 거부반응을 보였으나 몇 달이 지나니 표정이 밝아지고 성보와도 잘 어울리는 것이 느끼는 바도 있는 것 같았다.

진관이 왕순에게 물었었다.

"선재의 표정이 많이 변했다. 뭐 느껴지는 것이 있는가?"

"지금까지 몰랐던 많은 것을 알게 되었습니다. 특히 제 감정은 밖이 아니라 제 안에서 비롯된다는 것을 깨달았습니다."

고려는 불교가 국교와 마찬가지이므로 불교계는 왕실과 밀접했고 왕실의 사정을 잘 알았다. 진관은 삼천사 주지 법경에게 물어 왕실의 사정을 자세히 듣고, 바깥세상에 나갈 때마다 흘러 다니는 소문을 유심히 듣고 다녔다. 왕순에게 일어날지 모를 상황을 대처하기 위해서였다.

진관은 지금의 임금이 남색을 해서 아이를 낳을 가능성이 거의 없다는 것과 천추태후와 김치양 사이에 아이가 있어 상황이 묘하게 돌아가고 있다는 것을 알게 되었다.

무신년(목종 11년: 1008년)이 되자 정세는 더욱 복잡하게 움직였다. 미묘한 분위기를 느낀 진관은 본존불(本尊佛)을 안치한 수미단(須彌壇) 밑에 구멍을 팠다. 그곳에다 밖에서 봐서는 알아차릴 수 없도록 감쪽같이 공간을 만들고 왕순과 성보를 그곳에 기거하게 했다. 자객의 습격에 대비하기 위해서였다.

과연 진관의 예상대로 얼마 후 밤에 자객이 들이닥쳤고 왕순을 찾지 못한 자객들은 진관의 목에 칼을 대고 왕순을 내놓으라고 윽박질렀다.

진관은 조용히 자객들에게 말했다.

"그는 벌써 여기를 떠났다오. 나는 그가 어디 있는지 모르오."

이렇게 말한 후, 나직이 불경을 낭송했다. 늙은 진관을 죽여 봐야 나올 것도 없었고, 자객들은 조용히 처리하라는 명을 받고 왔으므로 갖은 위협만 하다가 물러갔다.

그 후에도 이런 일이 두어 번 더 있자 왕순이 진관에게 말했다.

"사부님! 제가 암자를 떠나야겠습니다."

진관이 정색하며 말했다.

"암자를 떠나면 어디로 간다는 말인가! 선재가 여기에 있다고 저들이 생각하고 있으나 확신하고 있지는 않네. 등잔 밑이 어두운 법일세. 그런데 만일 선재가 여기를 떠난다면 바로 저들의 표적이 될 것이야. 이곳에 있는 것이 안전을 위해 낫다네."

"제 안전 때문이 아닙니다. 저 때문에 사부님과 사형이 위험에 빠져서 그렇습니다."

왕순의 말을 듣고 진관이 성보에게 말했다.

"너는 당분간 삼천사에 가 있거라."

왕순이 다시 말했다.

"제가 떠나겠습니다. 사부님도 이곳에 계시면 곧 험한 꼴을 당하실 것입니다."

"내가 선재와 만난 것은 인연이고 선재를 지키는 것은 부처님의 뜻이라네."

진관의 말에 왕순이 뻗대며 말했다.

"저는 제가 옳다고 생각하는 바를 하겠습니다."

진관이 목소리를 부드럽게 하며 왕순에게 말했다.

"나는 이미 내일 죽어도 이상하지 않을 나이지. 선재는 어린 사람이고 더구나 이 나라의 임금이 될 것이야. 선재는 성정이 바르고 총명하고 임금이 되면 훌륭한 불법을 세상에 펼 수 있을 것이니, 내가 선재를 지키는 것이 어찌 옳은 일이 아니겠는가!"

옆에 있던 성보가 왕순과 진관에게 말했다.

"사제를 지키는 것은 사형의 도리이니 위험하다고 어찌 도리를 포기하겠는가! 사제, 제발 사부님 말씀대로 이곳에 머물게나. 나도 이곳에 머물며 사제를 지킬 생각이네. 사부님! 이번 한 번만 사부님의 명령을 어기겠습니다."

왕순은 진관과 성보의 말에 마음이 울컥했다. 아버지를 제외하고 자신을 이토록 깊게 아껴준 사람들은 처음이었다.

그 뒤로도 자객의 위협이 더 있었으나 자객들은 설마 왕순이 보존불 밑에 구덩이를 파고 숨어 있으리라고는 예상하지 못했다. 암자 주변의 숲을 수색하고 밭에 불을 놓고 벌통을 걷어차는 행패만을 부리다가 돌아갔다.

전 임금의 명으로 황보유의와 문연, 김응인 등이 왔을 때도 진관은 몹시 의심하여 절대 왕순을 내놓으려고 하지 않았다. 황보유의가 임금이 직접 쓴 서신을 보여주었는데도 진관은 요지부동이었다.

황보유의와 문연이 계속 진관을 설득하다가 포기하고 돌아서서 암자 밖으로 나가자, 왕순이 토굴에서 가만히 나와 성보에게 황보유의만 따로 불러오게 했다. 왕순이 문틈에서 자세히 보니, 눈두덩이 살이 두툼한 것이 과연 황보유의가 맞았다. 황보유의라면 천추태후의 사람도 아니었고 자객질을 하려고 올 사람은 더더욱 아니었다.

왕순이 행장을 차리고 황보유의와 문연을 따라나서자, 진관이 합장하고 왕순에게 길게 읍하며 말했다.

"건승하소서!"

왕순은 무릎을 꿇고 진관에게 큰절을 하며 말했다.

"가르침을 절대 잊지 않겠습니다!"

진관은 왕순의 스승이자 생명의 은인이었으며 또 다른 아버지였다.

84

하공진(河拱辰)

: 경술년(1010년) 십이월 이십구일 진시(8시경)

도봉사의 승려들은 왕순이 누군지 모르고 뜨거운 미음을 대접했지만, 나이 어린 왕순을 대하는 지채문의 태도를 보고 어느 정도 짐작하는 사람도 있었다. 다행인 것은 도봉사의 승려들이, 즉위 전에 왕순이 삼각산 신혈사에 머문 것을 알고 있었으므로 왕순의 정체를 알더라도 호의적일 거라는 점이었다.

진관의 암자는 원래 이름이 없었는데, 왕순은 임금이 된 뒤에 자신이 숨어 있던 구덩이를 신혈(神穴)이라고 칭했고 따라서 암자를 신혈사라고 부르게 된 것이다.

왕순은 익숙한 삼각산의 품에 안기자 잠시 편안함을 느꼈지만, 두 왕후가 오지 않자 심히 걱정스러웠다. 두 왕후는 먼저 길을 나섰으므로 도봉사에 와 있어야 했다.

지채문이 왕순에게 말했다.

"제가 하공진을 잘 압니다. 간밤의 적도들은 하공진이 아닐 것입니다. 하공진은 용렬하나 충성스러운 자입니다. 그런 식으로 나타나 어가를 방해하지는 않을 것입니다. 또한 진짜 하공진이라면 그렇게 어수룩하게 군사를 쓰지도 않을 것입니다."

지채문의 말에 송국화 역시 동조하며 말했다.

"지난밤에 적도들의 움직임은 하찮은 도적떼들과 같았습니다. 하공진이라면 그렇지 않았을 것입니다."

지채문이 다시 왕순에게 말했다.

"왕후전하들께서 먼저 도착하셔야 했는데 보이지 않으니 심히 염려됩니다. 신이 가서 왕후전하들을 찾아보겠습니다."

왕순이 지채문에게 말했다.

"그렇다면 모두 같이 움직입시다."

지채문이 고개를 가로저으며 말했다.

"모두 같이 움직인다면 번잡해질 것입니다. 성상께서는 이곳에 머무시고 저 혼자 움직이는 것이 신속하고 대처가 빠를 것입니다."

왕순이 역시 고개를 가로저으며 말했다.

"벌써 많은 사람이 흩어졌으며, 왕후들은 어디로 갔는지 알지 못하오. 인원들이 계속 분산되면 더욱 어렵게 될 것이오."

지채문이 다시 한번 반대하며 말했다.

"거란군들이 언제 들이닥칠지 알 수 없습니다. 저 혼자라면 그들과 만나더라도 어렵지 않게 따돌릴 수가 있으나 함께 움직이면 힘들 것입니다. 저혼자 갈 수 있게 윤허하여 주십시오!"

왕순은 지채문이 굳이 혼자 가려고 하자 덜컥 의심하는 마음이 일었다. 말로 따로 표현하지는 않았지만 지채문도 왕순의 표정에서 그것을 읽을 수 있었다.

지채문이 무릎을 꿇으며 결연히 말했다.

"신이 만약 성상을 배반하여 언행이 일치하지 않는다면 하늘이 필시 저를 죽일 것입니다."

왕순은 삼각산을 보며 생각했다.

'지채문이 혼자 가려고 하는 것은 객관적으로 옳은 판단이다. 내가 같이 움직이려고 하는 것은, 나 자신의 불안감 때문일 것이다.'

왕순은 지채문이 혼자 가는 것을 허락했다. 그리고 다시 생각했다.

'지채문이 돌아온다면 다행이지만 돌아오지 않을 수도 있다. 그렇다면 적당한 시간 동안 기다리다가 남쪽으로 내려간다. 최악의 상황으로 거란 군들이 먼저 당도할 수도 있다. 그렇게 되면 삼각산으로 들어갈 것이다. 삼 각산의 지리는 손금 보듯이 잘 안다. 삼각산 서쪽 신혈사로 가면 거란군들 을 따돌릴 수 있을 것이다. 그다음에 남쪽으로 내려간다. 거란군에 대항하 기로 마음먹은 이상 절대 포기하지 않을 것이다.'

왕순이 허락하자, 지채문은 즉시 창화현으로 향했다. 앞을 예의 주시하 며 가는데 누군가 저벅저벅 걸어 내려오는 사람이 있었다. 가까이 가서 보 니 낭장 국근이었다. 새벽에 창화현을 떠날 때 국근은 보이지 않았었다. 그 렇다면 그전에 도망친 것이다.

지채문이 국근에게 물었다.

"어찌 몰골이 그러한가?"

국근이 얼굴에 부끄러운 기색을 가득히 띠며 말했다.

"옷과 행장을 적도들에게 모조리 빼앗겼습니다."

지채문이 꾸짖으며 말했다.

"네가 신하의 몸으로 불충을 저질렀으니 머리를 보존한 것만 해도 가히 족하다 할 것이다."

지채문의 말에 국근이 고개를 푹 숙이고 얼굴을 들지 못했다.

지채문이 다시 국근에게 물었다.

"어떻게 할 것인가? 남쪽으로 내려갈 것인가? 나와 같이 갈 것인가?"

국근이 선뜻 대답하지 못하자 국근을 버려두고 창화현으로 향했다. 지 채문이 한참을 가는데 뒤에서 뛰어오는 소리가 들렸다. 뒤를 돌아보니 국 근이 달려오고 있었다.

창화현에 거의 다다르자, 앞서 오는 일단의 군마들이 있었다. 지채문은 긴장하며 활을 빼어 들었다. 다가오는 사람들은 특별히 적의를 가지고 있 는 것 같지 않았고 다가갈수록 앞서 오는 사람의 모습이 낯이 익었다.

타고 있는 말이 작게 느껴질 정도로 덩치는 산만 했다. 얼굴을 인식할 수 있는 거리가 되자 그가 언청이라는 것을 알 수 있었다.

바로 하공진이었다. 하공진이 지채문을 보고 반갑게 맞이하며 말했다.

"지 중랑장! 무사하셨구려. 성상께서는 어디 계시오?"

그런 하공진에게 지채문이 따지듯이 물었다.

"간밤에 변란은 왜 일으킨 것이오?"

하공진이 어리둥절한 표정으로 있자, 지채문이 다시 꾸짖듯이 말했다.

"왜, 간밤에 적도들로 하여금 성상을 습격하도록 하였냐는 말이오?"

지채문의 말을 이제야 알아들은 하공진이 노하여 말했다.

"무슨 소리를 하는 거요? 이 하모가 곤경에 빠진 성상을 공격한다는 말이오? 내가 멍청할지는 몰라도 불충한 자는 아니오. 중랑장이 잘 아시지 않소?"

하공진의 옆에 있던 유종이 나섰다. 유종은 키가 오 척 몇 치로 작은 편이었는데 칠 척에 가까운 하공진 옆에 있으니 더욱 왜소해 보였다.

"저희는 방금 이곳에 도착했습니다. 뭘 해볼 겨를조차 없었습니다."

지채문은 하공진 등의 태도에서 확실히 간밤의 일은 그들이 꾸민 것이 아님을 알 수 있었다. 하공진 등에게 밤에 적도들이 일으킨 변란을 설명해 주었다.

하공진 뒤에 있던 사람이 지채문에게 걱정스러운 얼굴로 말했다.

"성상께서는 무사하시겠지요?"

지채문이 보니 호부원외랑(戶部員外郞)·중군판관(中軍判官) 고영기(高英起)였다.

고영기는 삼수채에서 패전하여 안주를 거쳐 서경에 들어갔다가 서경부유수 원종석이 항복을 결정한 것을 알고 서경을 빠져나와 개경으로 이동했다. 그러나 다리에 약간의 부상을 입은 데다가 도보로 이동했기 때문에 왕순이 개경을 빠져나간 직후에야 도착할 수 있었다. 어가가 남쪽으로 향했다는 것을 알고 개경을 나와서 남쪽으로 가다가 도중에 하공진 등을 만난 것이었다. 고영기는 현 임금이 즉위하는 데 많은 공을 세웠고 강직하다는 세간의 평가를 듣는 사람이었다.

지채문이 보니 하공진이 거느린 군사가 이십여 명이 되었다. 이 정도 군사라면 창화현의 적도들을 충분히 상대할 수 있을 법했다. 더구나 하공진이 있으니 마음이 든든했다.

지채문은 하공진 등과 함께 군사들을 거느리고 기세등등하게 창화현에 진입했다. 이들을 보고 도망갈 사람은 도망갔고 숨을 사람들은 숨었다. 창화현을 샅샅이 수색하여 말 열다섯 필과 안장 열 벌을 찾아내었다.

지채문은 창화현에서 새벽에 몰래 도망쳐서 기분이 매우 언짢았는데 이렇게 한바탕 창화현을 쓸고 나니 기분이 한결 나아졌다.

지채문은 도봉사로 향하는 길에 하공진 등에게 말했다.

"내가 여러분과 함께 가면 성상께서 크게 놀라실지 모르니 조금 뒤에 오도록 하시오."

승지 충필(忠弼)은 도봉사의 문 앞에서 바깥의 동정을 살피고 있었다. 누가 나타나느냐에 따라서 그다음에 취할 행동은 완전히 달라진다. 왕후 일행이나 지채문이 나타나면 뛰어나가서 반겨야 할 것이고 거란군이나 적도들이 나타나면 급히 왕순에게 알리고 도망가야 한다.

충필이 초조하게 밖을 보고 있는데 나타난 사람은 지채문이었다. 뛸 듯이 기뻐하며 왕순에게 달려가서 알렸다.

"지 중랑장이 옵니다!"

왕순 역시 기쁨을 감추지 못하고 문 앞까지 달리듯이 나와 지채문을 맞이했다.

지채문이 왕순을 보고 읍하며 말했다.

"신이 창화현을 가다가 하공진과 유종의 일행을 만났는데 간밤에 적도들은 하공진이 아니었습니다. 그들과 함께 창화현을 수색하여 말과 안장을 수거하였고 잠시 뒤에 하공진 일행도 이곳에 당도할 것입니다."

왕순이 지채문의 보고를 들으면서 그 뒤에 서 있는 사람을 보는데 고개를 푹 숙이고 있었다. 자세히 보니 국근이었다. 국근의 행색을 보니 어떤 일을 당했는지 대강 추측할 수 있었다.

왕순이 국근에게 미소 지으며 말했다.

"미음을 좀 드시오. 추위와 허기가 많이 가실 것이오."

잠시 후, 하공진 일행이 도착하자 왕순은 하공진과 유종, 고영기를 접견하고 노고를 위로했다.

하공진이 왕순에게 말했다.

"거란은 본래 강조를 토벌한다는 명분을 내세웠고 이제 강조가 잡힌 마당이니 사신을 보내어 화친을 청하면 저들은 반드시 군사를 돌릴 것입니다."

왕순이 고개를 끄덕이며 말했다.

"그렇게 된다면 얼마나 좋겠소. 그러나 저들은 맹렬히 짐을 잡으려고 하고 있소. 쉽게 물러가겠소?"

하공진이 굳건한 표정으로 말했다.

"과거 염윤(서희)은 단독으로 거란 진중으로 들어가 나라의 위신을 지키고 거란군을 물러가게 하였습니다. 소신이 비록 미력하여 염윤과 감히 비교할 수는 없으나 목숨을 걸고 공을 이루어보겠나이다!"

왕순이 걱정스러운 표정으로 하공진을 보며 말했다.

"염윤은 적절히 군대를 기동하여 적을 멈추어 세운 후에 협상한 것입니다. 그런데 지금 우리는 무너지고 말았소. 그때와는 상황이 크게 다릅니다. 적의 기세가 맹렬한데 헛된 수고를 하여 충성스러운 신하만 잃게 될까 두렵소."

왕순이 저어하는데 고영기가 말했다.

"적이 비록 맹렬하다고 하나, 홍화진을 비롯한 서북면의 주진들이 아직 거란군에 대항 중입니다. 상황이 정확히 어떤지는 알 수 없습니다만 일부 사람들에 의하면 서경이 함락되지 않았다고 합니다. 그렇다면 거란 역시 사정이 좋지 않을 것입니다. 제가 하공진과 더불어 거란 진중으로 들어가 허실을 탐지하고 상황에 맞게 대처하겠습니다."

채충순이 왕순에게 말했다.

"하공진과 고영기의 말이 이치에 합당합니다. 그들에게 공을 세울 기회를 주소서!"

왕순이 계속 주저하는데 장군 송국화 역시 하공진 등의 의견에 찬성하며 말했다.

"제가 과거 염윤을 수행하여 거란 진중에 갔었으니 이번에는 하공진과 더불어 가겠나이다."

왕순이 신하들에게 말했다.

"짐은 그러고 싶지 않으나 모두 그리하자고 말하니 점을 쳐보는 것이 좋겠소."

이렇게 말하고 충필에게 점을 치게 치니, 길한 괘(卦)를 얻었다. 왕순이 한숨을 쉬며 말했다.

"이것도 하늘의 뜻인가 보오!"

의논 끝에 하공진과 고영기와 더불어 장군 송국화가 몇몇 군사들을 인솔하여 거란 진영으로 가기로 했다. 채충순은 급히 표문을 지었다. 왕순은 표문을 하공진과 고영기 등에게 주며 말했다.

"부디 몸조심하기를 바라오!"

하공진과 고영기 등은 왕순에게 하직 인사를 올린 후, 표문을 가지고 거란 진영으로 향했다. 창화현에 도착한 후, 먼저 선발대를 거란 진영에 보내서 다음과 같이 말하게 했다.

'국왕이 폐하를 뵙기를 간절히 원하였으나 군사의 위세를 두려워하여 감히 오지 못했습니다. 또한 어려운 국내 사정 때문에 강남(江南)으로 피난 가 있으므로, 하공진 등을 보내어 사유를 말씀드리게 하는 것입니다. 그러나 하공진 등도 황공하고 두려워 감히 앞으로 나오지 못하오니, 청하옵건대 속히 군사를 거두어주십시오.'

이때 거란의 선봉이 이미 창화현 바로 앞까지 진군해오고 있었다. 하공진과 고영기가 즉시 나가 사정을 자세히 설명하자, 거란군 선봉도통 야율분노는 하공진을 불러들여 물었다.

"당신네 국왕은 어디 있소?"

"지금 강남(江南)으로 가고 있는데, 있는 곳을 모릅니다."

"강남은 얼마나 먼 곳이오?"

"강남은 너무 멀어서 수천 리가 되고 만여 개의 섬들도 있기에 몇만 리가 되는지 알 수 없소이다."

야율분노는 하공진의 말을 듣고 잠시 생각했다.

'이 자의 말은 상당히 과장되었을 것이다. 그러나 고려 국왕이 남쪽으로 계속 도망간다면 북쪽의 적들이 준동하는 이상 그를 추격할 시간은 없다.'

야율분노는 군사를 일단 멈추게 한 후, 하공진 등 고려 사신들을 개경으로 보내고 소배압의 명령을 기다렸다.

한편, 왕순은 하공진 등을 보내고 도봉사를 나서서 광주(廣州: 경기도 광주)로 향했다. 나주로 가려면 수주(水州: 현재의 수원)나 용구현(龍駒縣: 현재의 경기도 용인시)으로 가는 것이 더 빠른 길이나 광주에 머무르며 상황을 지켜보며 행동하기로 한 것이다.

가는 길에 두 왕후를 찾게 되면 좋으련만 왕후들의 모습은 그 어디에도 보이지 않았다. 왕순이 매우 낙담하고 있는데 밤사이 도망갔던 김응인을 길에서 다시 만났다. 김응인이 왕순을 보고 말했다.

"하공진을 피해 여기서 성상을 기다리고 있었습니다."

김응인의 천연덕스러운 모습에 몇몇 신하들은 쓴웃음을 지었으나 왕순은 고개를 끄덕이며 김응인을 위로해주었다.

85

다시 나두로!

: 신해년(1011년) 일월 일일 진시(8시경)

정월 초하루, 하공진과 고영기는 개경에 들어갔고, 하공진은 야율융서를 만나고 고영기는 소배압을 만났다. 따로 신문하여 두 사람의 말을 맞춰보기 위해서였다.

하공진이 섬돌 아래에서 야율융서에게 절을 한 후 말했다.

"국왕이 와서 폐하를 직접 뵙기를 간절히 원하였으나 다만 군사의 위세를 두려워했습니다. 군사를 거두어주신다면 국왕이 곧 입조(入朝)할 것입니다."

야율융서가 뻐딱한 태도로 말했다.

"그대들의 왕은 입조하기로 여러 번 약속해놓고 매번 변명을 늘어놓으니 어찌 그 말을 믿겠는가?"

"토끼가 무서움을 느끼면 굴로 숨는 것이 당연한 이치이니 폐하께서는 하해와 같은 아량으로 통촉하여 주십시오! 위협을 느끼지 않는다면 굴에서 나올 것입니다."

"나의 군대는 바람보다 빠르다. 아무리 굴속에 숨더라도 짐이 군사를 보냈으니 곧 고려 왕을 잡아 올 것이다."

야율융서의 말에 하공진이 갑자기 흐느끼며 말했다.

"폐하께서는 정의와 예의를 세우고자 고려로 왕림하셔서 역신 강조를 처단하셨습니다. 이는 수양제나 당 태종도 해내지 못한 일이었습니다. 하늘의 위엄을 보이시고 성덕을 세우셨습니다. 다만 고려는 이제 망한 것이나 다름없습니다. 폐하의 날랜 군사들이 강남을 헤집고 다닌다면 백성들의 피해는 말도 못 할 것입니다. 이제는 위엄보다는 덕으로 교화시킬 때입니다. 폐하께서 백성들을 어루만져주신다면 모두 그 덕을 칭송하고 자발적으로 복속할 것입니다."

야율융서가 약간 표정을 풀면서 말했다.

"강남은 얼마나 큰 것이냐?"

"강남은 수천 리 크기이고 바다에는 만여 개의 섬들이 있사옵니다."

야율융서가 놀라며 말했다.

"섬들이 그렇게 많다는 말이냐?"

야율융서의 표정과 말투에서 하공진은 한 가지 사실을 깨달았다. 거란주는 바다 섬을 본 적이 별로 없을 것이고 바다에 대해서 잘 모를 것이다.

"고려는 해안선이 일정치 못하여 수많은 섬이 있습니다. 섬에 사는 사람들은 배를 타고 뭍으로 나와 필요한 물품들을 바꾸어 가는데 나오는 시간을 약속할 수 없습니다. 파도가 조금이라도 높게 일면 배가 뒤집히기 때문에 파도가 잔잔한 날을 택해야 하기 때문입니다. 그리고 이것은 사람이 어떻게 할 수 있는 일이 아닙니다. 오직 바닷속 용왕만이 알 것입니다."

야율융서가 고개를 끄덕이다가 의아한 듯이 물었다.

"그렇게 오가기 위험하면 육지로 나와 살지, 사람들이 왜 섬에 사는 것인가?"

"섬에는 진귀한 물고기와 해산물들이 있습니다. 그 이익을 포기하지 못하는 것입니다."

야율융서는 하공진에게 고려의 바다에 대해서 더 이야기하게 했다. 진주(晉州: 경상도 진주) 출신의 하공진은 바다의 물산(物產)이라든지 바닷길에 대해서 자세히 설명하였고 고래와 상어 이야기를 했다. 아무래도 야율융서가 고래와 상어를 신기하게 여길 것이라는 생각 때문이었다.

"짐도 고래와 상어에 대해서 들어보고 그림으로도 보았다. 그대는 그것들을 직접 본 적이 있는가?"

"소신의 집이 바닷가이옵니다. 고래는 배를 타고 나가면 자주 볼 수 있사옵고 상어는 그 고기를 사람들이 먹기 때문에 역시 자주 볼 수 있습니다."

사실 고래 고기도 사람들이 즐겨 먹지만 하공진은 고래 고기를 먹는다는 말은 하지 않았다. 고래는 사람에게 매우 우호적인 동물이며 물에 빠진 사람을 구해준 일들도 있다는 말을 야율융서에게 했다. 고래와 사람의 관계를 아름답고 신비롭게 묘사했는데 그 고기를 먹는다고 하면 산통이 깨질 것 같아서였다.

야율융서는 매우 흥미로워하며 말했다.

"짐도 한번 가서 보고 싶구나!"

거란주는 알려진 대로 부드러운 사람이었다. 또한 호기심이 많고 지적 수준도 매우 높았다. 하공진은 대화하면 할수록 거란주가 상당히 매력적인 사람이라고 느꼈다.

잠시 후 야율융서는 하공진에게 나가 있으라고 한 뒤에 신하들을 소집하여 회의를 했다. 그러나 어차피 결론은 하나였다. 신속히 회군하는 것.

서경 남쪽에 주둔시켰던 부대도 고려군의 야습을 받아 오백여 명의 사상자가 났다고 한다. 북쪽의 고려군들은 활발하게 움직이고 있었고 고려왕을 잡는 것은 실패했다. 날씨가 더 따뜻해지기 전에 신속히 고려를 빠져나가야 한다.

야율융서는 하공진과 고영기를 다시 불러들여 말했다.

"짐이 군사를 더 보내 고려 왕을 잡아들이고 싶으나, 그대들의 말을 들으니 이제는 백성들을 어루만져줘야 할 때임을 알겠다. 군사를 거둘 것이니 그대들은 짐의 곁에서 도와야 할 것이다."

하공진과 고영기가 크게 머리를 조아리며 말했다.

고려거란전쟁 - 고려의 영웅들 (하)

"폐하의 하해와 같은 은혜에 분골쇄신하겠나이다."

하공진은 놀랐다. 거란군들이 즉시 철수하는 것 아닌가! 거란주가 군사를 거두겠다고 말했지만 이렇게 신속할 줄은 전혀 예상하지 못했다. 하공진이 가만히 헤아려보니 무슨 사정이 있는 것이 분명했다.

소배압은 회군하며 한 가지 계책을 썼다. 포로 중에서 개경 이남이 고향인 천여 명을 놓아준 것이다.

그들을 놓아주며 이렇게 말했다.

"너희들 국왕이 항복 표문을 작성하여 하공진에 들려 보냈으나, 우리는 그를 억류했고 너희 국왕을 잡기 위해 사방으로 군대를 보냈다. 너희들 국왕이 도망갈 곳은 이제 없을 것이다. 남쪽으로 내려가 사람들에게 알려라! 고려 국왕을 잡거나 죽이는 자에게는 천금의 포상을 할 것이고 그가 원한다면 우리 황제께서 그를 고려의 국왕으로 책봉하실 것이다. 그러나 만일 고려 국왕을 돕는 자가 있다면 그의 구족을 멸할 것이다."

고려인 천여 명이 이런 사실을 방방곡곡에 알리고 다니면, 고려 국왕을 잡거나 죽이지 못하더라도 큰 궁지에 빠뜨리게 될 것이다. 더 나아가 고려라는 나라가 크게 분열될 수도 있었다. 그렇다면 지금은 북쪽의 고려군들 때문에 어쩔 수 없이 물러가지만 다음번에는 분열된 고려를 쉽사리 정복할 수도 있을 것이다. 일종의 교묘한 차도살인(借刀殺人)이었다. 그러나 한편으로는 고려 왕의 항복을 받아준다는 조서도 작성해 놓았다. 조서는 당장 보내지 않고 적당한 시점에 보내질 것이었다.

한편, 왕순이 광주에 도착했을 때 마을은 텅텅 비어 있었고 사람의 모습은 눈 씻고 찾아볼 수 없었다. 일단 객사를 찾아가 행장을 풀고 지채문으로 하여금 두 왕후를 찾아보게 했다.

왕순은 이제 지채문의 충심을 단단히 믿고 있었다. 호종하던 군사들 대다수가 도망쳤으나 하공진이 거느리고 온 군사 십수 명이 어가에 합류하니 꽤나 든든했다.

지채문은 반나절도 지나지 않아 왕후 일행들을 찾아 돌아왔다. 왕순이 두 왕후를 보자마자 달려가 한 손씩 잡았다. 두 왕후는 눈물을 흘렸다.

"짐이 변변치 못하여 왕후들을 고생시켰소."

왕순은 눈물을 훔치는 두 왕후의 등을 토닥이며, 옆에서 같이 엉엉 울고 있는 호종한 시녀 두 명에게도 위로의 말을 건넸다.

"너희들이 이리 충성스러우니 짐이 기쁘기 한량없구나. 나와 왕후들은 너희의 충심을 잊지 않을 것이다!"

왕순이 김계부에게 물었다.

"어찌 도봉사로 오지 않았소?"

김계부가 고개를 떨구며 대답했다.

"잘못하여 도봉사로 들어가는 길을 지나쳤습니다. 그것을 알아차린 다음에는, 북쪽으로 다시 돌아가는 것은 위험할 듯하여 나주를 향하여 남쪽으로 내려가는 중이었습니다. 그러다가 요탄역(饒呑驛)에서 지 중랑장을 만났습니다. 제가 큰 실수를 하여 왕후전하들을 위험에 빠뜨리는 큰 죄를 지었으니 저를 벌하여주십시오."

왕순이 김계부에게 살짝 읍하며 말했다.

"그대가 충심으로 왕후들을 보필하여 짐은 감동하는 바이오. 이렇게 왕후들을 볼 수 있게 된 것은 그대의 공이니 오히려 상을 받아도 시원치 않을 것이오."

왕순의 말에 김계부가 무릎을 꿇으며 말했다.

"성은이 하해와 같아 소신 몸 둘 바를 모르겠나이다!"

왕순은 김계부를 일으켜 세운 후 위로의 말을 몇 마디 더 하고 지채문의 보고를 들었다.

"길에는 거란군이 전혀 보이지 않았습니다. 길에서 만난 자들에게 물어 봐도 거란군의 모습을 본 사람은 없었습니다."

지채문의 말에 왕순을 비롯한 모든 사람이 기뻐했다. 하공진과 고영기 등이 거란군을 멈추어 세우는 데 성공한 듯했다. 거란군이 물러간다면 더는 나주로 향할 필요가 없었다.

왕순은 광주에 머물기로 결정했다. 왕순과 호종하는 신하들은 어느 정도 마음의 안정을 찾을 수 있었다. 주변 산에서 나무를 해와 아궁이에 불을 지펴 따뜻한 밥을 해 먹고 난방을 했다.

광주에서 나름 여유로운 사흘을 보내고 있는데, 광주 북쪽 고개로 정찰을 나갔던 지채문이 헐레벌떡 돌아와 왕순에게 고했다.

"북쪽에서 삼삼오오 사람들이 오고 있는데 그들이 하는 말이, 거란주가 성상을 찾기 위해 사방으로 군대를 보냈다고 합니다. 곧 이곳에도 들이닥칠 것 같습니다."

모두 크게 놀라서 어가는 급히 다시 움직이기 시작했다. 이미 신시(15~17시)의 끝 무렵이라 얼마 움직이지도 않았는데 해가 지기 시작했다.

해가 지고 있는 가운데 어떤 군사 하나가 큰 소리로 왕순을 불렀다.

"성상폐하! 성상폐하!"

왕순이 보니 하공진과 같이 온 군사였다.

김계부가 호통을 치며 말하였다.

"누가 마음대로 방자하게 성상을 부르는가!"

왕순이 김계부를 제지하며 그 군사에게 말했다.

"할 말이 있으면 하라!"

"제 고향이 이곳에서 멀지 않습니다. 고향에는 연로한 부모님이 계십니다. 그들은 거란군이 오면 반드시 해를 당할 것입니다. 그들을 대피시킨 다음에 다시 복귀하겠습니다."

왕순이 그 군사를 물끄러미 보다가 말했다.

"천륜보다 더 중요한 것은 없는 것이다. 그대는 그대의 천륜을 지키도록 하라!"

왕순의 말에 그 군사가 길게 읍하며 말했다.

"성상폐하, 감사하옵니다!"

그 군사가 떠나자, 여기저기서 왕순을 부르기 시작했다.

김계부가 저지하려고 하자 왕순이 말했다.

"그냥 놔두시오!"

김계부가 언성을 높이며 말했다.

"그냥 놔두면 끝이 없을 것입니다!"

왕순이 조용히 김계부에게 말했다.

"막으면 어떻게 할 것이오? 일일이 감시라도 할 것이오? 이건 어쩔 수 없는 일이오!"

왕순은 부모나 처자를 찾아 고향으로 가겠다는 사람들을 모두 가게 했다.

해가 벌써 지고 해시(21~23시)가 되어서야 비뇌역(鼻腦驛: 경기도 광주와 양성 의 중간)에 겨우 도착할 수 있었다.

비뇌역에서 유숙하려고 하는데, 지채문이 선봉에 섰다가 돌아오니 군사 들 대부분이 흩어진 것을 알게 되었다. 지채문이 그 연유를 듣고 왕순에게 따지듯이 말했다.

"성상께서 넓은 아량으로 그들을 용납하셨지만, 그들이 성상을 용납할 지는 알 수 없습니다."

왕순이 옅은 미소를 지으며 말했다.

"천륜을 어찌 막겠소?"

지채문이 정색하며 말했다.

"나랏일에 임할 때는 가족을 잊는 법입니다. 모두 자기 가족만을 위하려 고 한다면 나라가 어찌 되겠습니까!"

왕순이 가만히 있자, 채충순 역시 한마디 했다.

"성상! 성상의 관대함은 대단한 미덕입니다. 그러나 관대함만으로 군사들을 부릴 수는 없습니다. 엄정한 영(令)이 서지 않으면 군대는 흩어져 사라질 것입니다."

왕순이 고개를 끄덕이며 말했다.

"경들의 말씀이 옳소. 그러나 군사들 하나하나 일일이 감시할 수도 없는 일이고, 만일 한두 명의 목을 베어 군기를 세운다고 하더라도 도망갈 사람은 어차피 도망갈 것이오."

지채문이 다시 뭐라 하려는데 박충숙이 말했다.

"성상의 말씀이 옳소이다. 도망가는 것을 어차피 막을 수도 없을 뿐만 아니라, 만일 지금 엄격함을 우선한다면 도망 이외의 다른 짓을 할 수도 있소이다. 가고자 한다면 좋은 명분으로 놓아주는 것이 오히려 상책이오."

장연우와 주저도 박충숙과 같은 의견이었다.

왕순이 말했다.

"경들의 의견은 모두 옳소이다. 중요한 것은 어떤 방향으로 의지를 가지고 꾸준히 실천하느냐입니다. 우리가 북적에 항복했으면 큰 위기는 거기서 끝났을 것이오. 그러나 우리는 당당히 북적에 대항하기로 마음먹었소. 우리는 그 선택의 대가로 지금 큰 위험을 맞고 있습니다. 그리고 여기서 살아남는다고 해도 끝이 아닐 것입니다. 적들과 계속 대적해야 할 것이오. 적들은 강대하고 우리는 약합니다. 군사들로 하여금 강제로 싸우게 만들어서는 결코 적을 이길 수 없을 것이오. 군사 하나하나에 적들을 이기고자 하는 강한 의지와 신념이 있어야 할 것입니다. 짐이 앞으로 만들고자 하는 것은 바로 이것이오. 앞으로 경들도 이 일에 대해 고민해주시기를 바라오."

왕순의 말에 신하들이 모두 숙연한 표정을 지었다.

채충순이 약간 울컥하며 말했다.

"성상께서 생각이 이리 밝으시니, 더는 두려울 게 없나이다."

갑자기 태도를 바꾼 채충순의 말은 마치 아부와 같이 들렸으나 절절한 마음을 표현한 것이었다.

적보다 더 무서운 것은 무능한 군주이다. 무너지는 나라와 조직은 겉에서는 외부의 침입으로 무너지는 것처럼 보이지만, 실은 이미 내부에서 무너지고 있는 경우가 대부분이다.

내부가 단단하다면 외부의 적과 충분히 맞서 상대해볼 수 있고, 죽더라도 의미 있는 죽음을 맞이할 수 있다.

채충순뿐만이 아니라 모든 신하가 죽음을 각오하고 호종 길에 오른 것이다. 어린 성상은 채충순 등에게는 희뿌연 존재와 같았다.

성상이 똑똑하다고 하나, 즉위한 이후에 강조가 전권을 잡고 있었기 때문에 실권자가 아니라 상징적인 존재에 가까웠다. 성상의 능력을 본 적도 없고 볼 기회도 없었다.

호종 길에 어린 성상은 자신들이 보호해야 할 존재이지 따를 존재가 아니었다. 거란군들은 압박할 것이고 이 어린 성상이 그 압박감에 어떻게 행동할지는 알 수 없었다. 너무 무거운 짐이 되지 않기만을 바랄 뿐이었다.

그러나 강조가 패한 후, 어린 성상은 의외로 담대했고 침착했다. 몽진 중에서도 그런 덕목을 잃지 않고 있었다. 그리고 지금 보니 관대하면서도 뚜렷한 자기 주관을 가지고 있다. 몽진 중에 보인 어린 성상의 모습에서 그가 유능한 군주가 될 재질을 갖고 있다는 것을 느낄 수 있었고 채충순에게 이것은 대단한 기쁨으로 다가왔다. 유능한 군주와 함께라면 충분히 위험을 감수해볼 만한 가치가 있었다.

지채문도 왕순에게 말했다.

"우리는 어찌 되었든 모두 성상을 따를 것입니다. 그러나 호종하던 군사들 다수가 처자를 찾는다는 핑계를 대고 흩어져 도망갔으니, 어두운 밤중에 적도들을 인도하여 몰래 나타날지도 모릅니다. 군사들이 쓴 군모에 표지를 꽂아 창졸간에도 아군과 적도들을 구별할 수 있도록 하시옵소서."

86

양성현에서

: 신해년(1011년) 일월 오일 인시(4시경)

비뇌역에서 밤을 보내고 인시(3~5시)에 일어나 다시 길을 나섰다.

유종이 말했다.

"저의 고향인 양성현(陽城縣: 현재 경기도 안성시 양성면)이 여기에서 멀지 않으니 그곳으로 행차하시는 것이 어떻겠습니까?"

왕순이 기뻐하며 말했다.

"그러는 것이 정말 좋겠군요."

얼마 후, 양성현에 도착했으나 분위기가 심상치 않았다. 왕순의 일행들을 본 고을 사람들은 서둘러 집 안으로 숨어버렸다. 마치 야차나 도깨비를 본 듯한 태도였다.

일단 객사에서 여장을 푼 후, 유종은 객사 밖으로 나가 본가를 찾아갔다. 본가에는 유종의 누이가 어머니를 모시고 살고 있었다. 날이 이미 어두워지기도 했지만 거리에는 사람 그림자 하나 찾아볼 수가 없었다.

유종이 본가에 도착했는데 대문은 굳게 닫혀 있었다. 유종은 대문을 힘차게 두드렸다. 여러 번 두드렸으나 안에서는 아무런 반응이 없었다. 반응이 없자, 유종은 큰 목소리로 집 안에다 대고 말했다.

"어머니! 제가 왔습니다. 누이! 내가 왔소."

유종이 몇 번을 이렇게 외치자, 드디어 방문을 여는 소리가 들렸다. 유종이 다시 말했다.

"유종이 왔습니다!"

누군가 나오며 말했다.

"누구시오?"

목소리를 들으니 매형의 목소리가 분명했다.

"매형! 접니다."

유종의 매형 역시 유종의 목소리를 이제야 똑똑히 알아들었다.

"정말 처남이 온 것이오?"

유종의 매형이 대문을 열었다. 대문을 열고 직접 보니 확실히 유종이라, 유종의 매형이 유종을 얼싸안으며 안을 향해 기쁜 목소리로 외쳤다.

"처남이 왔습니다!"

안에서 사람들이 달려 나와서 유종을 얼싸안는데, 유종의 어머니와 누이였다.

"아이고! 우리 아들이 왔구나!"

유종의 어머니와 누이는 유종을 보고 마치 죽었던 사람이 살아 돌아온 것처럼 눈물을 흘리며 기뻐했다. 유종이 성상을 호종하여 왔다고 말하자, 그의 어머니가 깜짝 놀라며 말했다.

"종아! 그리로 돌아가면 안 된다."

유종의 매형이 목소리를 낮게 하여 말했다.

"북쪽에서 내려온 사람들이 말하는데, 거란주가 고려 왕을 사로잡아오 거나 죽이면 천금의 포상금을 지급하고 그 사람을 새로운 왕으로 삼는다 고 했다는군. 또한 고려 왕을 돕는 자는 구족을 멸한다고….."

유종이 깜짝 놀랐으나 정신을 차리고 말했다.

"거란주가 그렇게 말했다고 해도 고려인 중에 누가 성상을 해하려고 하 겠습니까?"

"우리 고려는 지금 거의 망한 꼴이고 성상을 잡기 위해 거란군이 사방으 로 흩어졌다고 하니 그것은 모를 일이지."

유종이 근심하며 물었다.

"여기 분위기는 어떻습니까?"

"그저 모두 쉬쉬하는 분위기이고 혹시 거란군들이 침습할까 봐 피난 준비를 하고 있어. 그런데 성상께서 이곳에 있다는 것을 사람들이 알면 어떤 불온한 생각을 품는 사람들이 있을까 봐 걱정인데….''

유종의 어머니와 누이는 계속 유종에게 어가로 돌아가지 말 것을 종용했다. 유종은 신하 된 도리로 그럴 수 없다고 말했지만 마음이 흔들리는 것은 어쩔 수 없었다.

유종의 어머니가 말했다.

"너와 지금의 성상 간에 무슨 의리가 있느냐?"

유종은 생각했다.

즉위한 지 이제 이 년이 된 지금의 성상과 자신이 무슨 개인적인 의리가 있을 리 만무했다. 있다면 선대부터 이어져 내려온 고려 왕실과의 의리일 것이다. 그러나 지금 고려 왕실은 사라져 가고 있었다. 거란군은 개경까지 점령했으며 성상을 잡기 위해서 사방으로 군대를 보냈다고 한다. 거란군이 개경에 버티고 있는 한, 이제 고려 왕실은 사라질 존재나 마찬가지였다.

유종이 매형에게 말했다.

"누구를 만나야 여기 분위기와 더불어 좀 더 자세한 사정을 알 수 있을까요?"

"아무래도 호장 이귀(李貴)가 가장 잘 알고 있지 않을까?"

유종도 호장 이귀를 알고 있었다. 그는 눈치가 빠른데다가 욕심이 있는 사람이었다.

평시 같으면, 중앙에서 요직을 맡은 자신이 부르면 그 역시 알아서 달려올 터지만, 상황이 이렇다면 그를 찾아가도 만나준다고 보장할 수는 없는 일이었다.

유종은 만류하는 어머니와 누이를 뒤로하고 집을 나서려는데, 유종의 어머니는 유종의 옷을 잡고 누이는 대문을 막아서며 울며불며 필사적으로 유종이 가려는 것을 막았다.

"고려는 이미 망했는데 어디로 간단 말이냐!"

두 사람을 힘으로 떨쳐버리고 가는 것은 어려운 일이 아니나, 어머니나 누이는 힘으로 상대할 수 있는 사람들이 아니었다. 매형 역시 옆에서 유종에게 집에 머무르기를 간곡히 권했다. 유종은 어머니와 누이와 한참 실랑이를 벌였다. 이래서는 한도 끝도 없을 것 같았다.

유종은 집에 머물겠다고 말하며 어머니와 누이에게 밥을 달라고 청했다. 그제야 유종의 어머니와 누이가 조금 진정하는 듯했다. 유종은 집 안으로 들어가는 척하다가 집 뒤편으로 달려 담장을 훌쩍 뛰어넘었다. 등 뒤로 어머니와 누이의 절규하듯이 부르짖는 소리가 들렸다.

유종은 객사로 돌아왔으나 집에서 들은 이야기를 차마 그대로 왕순에게 고할 수는 없었다. 유종은 채충순을 찾아가 들은 바를 말했다. 그 말을 들은 채충순은 눈을 지그시 감으며 말했다.

"어떤 어려움이 있더라도 하고자 하는 것을 할 뿐입니다."

채충순이 덧붙여서 유종에게 당부하며 말했다.

"다른 사람들에게는 말하지 마시오. 마음들이 동요될 것이오."

채충순이 아무 반응을 보이지 않자, 채충순의 당부에도 유종은 몇몇에게 집에서 들은 이야기를 전했다. 어떤 사람은 채충순처럼 담담했고 누구는 크게 불안에 떨었다.

김응인에게 말하자, 몹시 놀라고 당황하며 유종에게 말했다.

"아니, 그렇다면 무슨 수를 써야 하지 않겠소? 상황이 이러면 나주로 가는 것이 무슨 도움이 되겠소? 지금이라도 성상과 같이 거란 진중으로 가서 항복하는 것이 훨씬 나을 것이오!"

유종이 말했다.

"집에서 들은 이야기라 어디까지가 정확한 것인지 알 수 없습니다. 그래서 호장 하나를 만나서 정확한 사정을 들어보고자 합니다."

"그렇다면 나도 같이 가겠소."

유종이 난색을 표하며 말했다.

"그런데 그가 만나줄지 모르겠습니다."

"이곳은 유 낭중(郎中)의 고향 아니오? 호장 말고도 친우들이 있을 것 아닙니까? 그들 몇을 찾아서 물어보면 되지 않겠습니까?"

유종이 크게 꺼리는 표정을 지었다. 김응인은 유종이 꺼리는 이유를 알 수 없어서 다시 물으려는데, 유종이 말했다.

"그들에게 피해가 갈까 봐 그렇습니다."

그제야 김응인은 '구족을 멸하겠다'라는 것이 생각났다. 유종은 친구들이 자신을 도왔다가 구족이 멸절될까 봐 두려워하고 있었다. 유종의 생각과 마음이 읽히자, 김응인은 갑자기 두려움이 크게 밀려왔다. 고려는 이미 망한 것이나 다를 바 없었고 성상을 따라다니다가는 어떤 화를 입을지 모르기 때문이다.

김응인의 마음속에 두려움이 몰려오고 있는 가운데, 그래도 호장을 만나 사실을 파악해봐야 정확한 판단을 할 수 있을 것 같았다.

김응인이 유종에게 물었다.

"그 호장이라는 자는 어떤 사람이오?"

"사람은 그리 나쁘지 않은데 눈치가 빠르고 욕심이 있습니다."

"눈치가 빠르고 욕심이 있다!"

김응인은 혼잣말로 되뇐 후, 잠시 생각하더니 유종에게 작은 목소리로 말했다. 둘이 몇 분간 의논한 뒤, 유종은 본가로 다시 돌아갔다.

유종은 본가로 돌아가서 울고불고하는 어머니와 누이를 진정시켰다.

"거란군이 언제 들이닥칠지 모릅니다. 그러나 만일 거란군이 들이닥친다는 것이 뜬소문에 불과하다면, 지금 성상을 떠나면 전쟁이 끝난 후 역적이 될 것입니다. 지금은 잘 생각해서 기민하게 움직여야 합니다."

유종이 매형에게 말했다.

"매형, 어려운 부탁을 하나 해야겠습니다."

"가족끼리 어려울 것이 무어가 있나! 어서 말해보게."

"이귀의 집으로 가서 성상의 안장을 선물로 줄 테니 만나줄 수 있는지 물어봐주십시오."

매형이 고개를 끄덕이더니 밖으로 나갔다.

잠시 후, 매형이 돌아와 유종에게 말했다.

"이귀의 집 뒤편에 있는 뽕나무밭으로 오면 만나준다는군!"

유종은 다시 객사로 가서 그 사실을 김응인에게 말하고 둘은 마구간으로 향했다. 말을 지키는 군사들에게 어명이라고 사칭하여 어마(御馬)의 안장을 떼어내어 이귀의 집으로 향했다.

왕의 안장은 붉은색 비단으로 수놓아져 있었고 금과 옥으로 장식되어 있었다. 원래는 아주 화려했으나 피난 중이라 방울 등은 떼어낸 상태였다. 그래도 오직 왕의 안장을 장식하는 데만 금과 옥을 쓸 수 있으므로 한눈에 봐도 귀한 것임을 알 수 있었다.

집 뒤편의 뽕나무밭으로 가니, 이귀는 이미 나와 있었는데 혼자였다. 이쪽에서 어떻게 나올지 모르므로 혹시 위험할지도 모른다고 생각할 법도 한데, 혼자 나온 것을 보니 만남을 철저히 비밀로 하려는 것 같았다. 이귀에게 이것저것을 물으니 이귀의 말도 유종의 매형의 말과 다르지 않았다.

더 좋지 않은 소식은, 거란군이 임진강을 넘은 것이 분명하여 당장 이곳에 들이닥치더라도 이상하지 않으리란 것이었다. 그나마 다행한 소식은 이 양성현에는 어가에 해를 가하려는 움직임은 없다는 점이었다. 유종과 김응인은 안장을 이귀에게 주고 객사로 돌아왔다.

다음 날 인시(3~5시)가 되자 다시 출발 준비를 하는데 어제는 코빼기도 보이지 않던 고을 향리들이 객사 안을 오가는 것이 보였다. 왕순이 그 모습을 보고 충협을 시켜 그들을 부르자 모두 도망가고 말았다.

말을 가지러 갔던 양필이 허겁지겁 달려오더니 말했다.

"어마의 안장이 사라졌습니다!"

왕순이 의아한 목소리로 양필에게 말했다.

"어마의 안장이 사라졌다니 그게 무슨 말이냐?"

그때 유종과 김응인이 왕순에게 다가왔다. 유종이 약간 어색한 표정을 짓고 있는 가운데 김응인이 왕순에게 말했다.

"어마의 안장은 제가 간밤에 이곳 호장에게 주었습니다."

왕순이 놀라며 말했다.

"왜 어마의 안장을 이곳 호장에게 준 것이오?"

"어젯밤 이곳에서 불온한 움직임이 있었습니다. 그래서 호장에게 어마의 안장을 뇌물로 주어 그것을 무마시켰습니다."

왕순이 김응인에게 물었다.

"불온한 움직임이라면…?"

왕순은 단조역과 창화현에서의 일이 떠올랐다. 김응인이 왕순에게 사실과 거짓을 섞어 말했다.

"성상을 잡기 위해 거란군이 사방으로 파견되었으며, 성상을 잡아 오면 천금의 포상을 하고 왕으로 책봉한다고 합니다. 그 사실을 안 고을 사람들이 변란을 일으키려고 했습니다."

왕순이 놀라며 신료들을 불러서 사실 여부를 물었다. 신료들은 이 사실을 왕순이 모르기를 바랐지만 이미 알아버린 것을 어쩔 수 없었다.

왕순이 근심 어린 표정을 짓자 채충순이 꿋꿋이 말했다.

"이미 우리는 거란에 대항하기로 결정했습니다. 이 정도 어려움은 당연히 감수해야 합니다. 일단 계획대로 나주로 내려가서 상황을 보아가며 대처해야 합니다."

김웅인이 고개를 가로저으며 말했다.

"언제 거란군이 들이닥칠지 모릅니다. 어떤 대비책을 세우지 않으면 분명 거란군에게 잡힐 것입니다."

왕순이 김웅인에게 물었다.

"경은 어떤 대비책을 세워야 한다고 생각하오?"

김웅인이 표정을 바꾸지 않고 당당히 말했다.

"가장 좋은 것은 지금이라도 거란 진중으로 가서 항복하는 것입니다."

김웅인의 말에 분위기가 어색해지면서 적막감이 감도는데 지채문이 격한 표정으로 말했다.

"그것은 안 될 말이오! 이미 거란군에 대항하기로 결정하고 신료들이 각자의 고향으로 돌아가 군사를 모으고 있는데, 우리가 가장 먼저 포기한다는 것은 그들의 기를 꺾고 성상의 권위를 땅바닥으로 추락시키는 것입니다. 우리는 끝까지 최선을 다해야 합니다."

유종이 왕순에게 말했다.

"거란의 기병들은 빠를 것입니다. 그들이 마음먹는다면 하루에 이삼백 리는 거뜬히 갈 수 있습니다. 그렇다면 우리도 거기에 맞추어 빠르게 움직여야 합니다."

왕순이 유종에게 물었다.

"어떻게 하면 빠르게 움직일 수 있겠소?"

"일단 왕후전하 두 분을 고향으로 돌려보내야 합니다. 그래야 두 분 왕후께서도 안전해지시고 성상께서도 빠르게 움직이실 수 있을 것입니다. 그리고 이대로 가다가 혹 벌판에서 거란군에게 따라 잡히면 방법이 없습니다. 따라서 호종하는 장졸들을 동북쪽 요지로 보내 거란의 선봉을 막게 하면 시간을 벌 수 있을 것입니다."

들어 보니 상당히 일리가 있었다. 왕순이 채충순에게 의견을 물었다.

채충순이 고개를 갸우뚱하며 말했다.

"일리 있는 말이긴 하오나 호종하는 군사들은 겨우 십여 명에 불과한데 그들로 과연 거란군을 막을 수 있겠습니까? 지금 한 줌도 안 되는 전력을 다시 둘로 쪼개자는 것인데 불가한 일입니다."

채충순은 왕후들을 고향으로 보내자는 의견에 반대하지 않는 눈치였다. 단지 호종하는 군사들을 동북쪽 요지로 보내 거란군을 막게 하자는 것만 반대하고 있었다.

왕순은 일단 두 왕후를 고향으로 보내는 쪽으로 마음이 기울어졌다.

"현덕왕후의 고향인 선주(善州: 경상북도 상주시 및 구미시)가 여기에서 멀지 않으니 그쪽으로 왕후들을 보내는 것이 어떻겠소?"

왕순의 말에 지채문이 갑자기 대성통곡을 하며 말했다.

"지금 임금과 신하가 재난에 걸려들어 이처럼 피난 다니고 있으니, 진실로 인의에 따라 행동함으로써 민심을 수습해야 할 때입니다. 그런데 어찌 왕후전하를 버리고 살길을 찾는 짓을 할 수 있겠습니까? 이 지채문이 비록 불미하나 몸이 가루가 되는 한이 있더라도 어가를 지키겠나이다."

지채문이 강경하게 나오자, 다시금 모두 같이 양성현을 출발했다.

87

미래의 세 황후

: 신해년(1011년) 일월 육일 인시(4시경)

일행이 양성현을 출발하여 가는데 왕순은 마음이 매우 무겁고 초조했다. 금방이라도 거란군이 뒤쪽에서 나타나 일행을 덮칠 것만 같았다. 이 같은 마음은 왕순뿐만이 아니었다. 이제는 대다수 사람이 왕순을 잡기 위해 거란군들이 파견된 사실을 알고 있었다. 불안해하며 가는 내내 뒤쪽을 흘끔흘끔 돌아보는 사람이 적지 않았다.

양성현을 출발한 지 얼마 되지 않아서 남쪽으로 피난을 가는 사람들을 만났다. 지채문이 먼저 가서 확인하니, 안북도호부사(安北都護府使)·공부시랑(工部侍郞) 박섬(朴暹)과 그의 가족들이었다.

박섬은 안주에서 개경으로 도망쳐 왔다가 가족을 이끌고 고향인 무안현(務安縣: 전라남도 무안군)으로 가던 길이었다. 박섬은 길에서 어가를 만나리라고는 예상하지 못했으므로 매우 멋쩍어했지만 모른 체할 수도 없는 일이었다. 박섬은 자의 반 타의 반 가족을 데리고 어가를 따랐다.

오후 늦게 사산현(蛇山縣: 충청남도 천안시 직산면)을 지나가는데, 지채문은 기러기 떼가 밭에 앉아 있는 것을 보았다. 지채문은 갑자기 말을 달려 기러기 떼 속으로 뛰어들었다. 지채문이 기러기 떼 속으로 뛰어들자, 기러기들이 순식간에 하늘로 날아오르며 장관을 이루었다. 그 모습은 마치 지채문이 적진에 뛰어들어 적들을 달아나게 하는 것과 같았다.

지채문은 기러기들이 날아오르자 몸을 완전히 뒤로 뒤집어 하늘을 향해 화살을 날렸다. 기러기를 잡으려면 그냥 쏘아도 되지만 일부러 몸을 뒤집어 쏘는 어려운 방법으로 쏜 것이다. 지채문이 쏜 화살은 어김없이 기러기를 맞추었고 기러기 한 마리가 땅 위에 떨어졌다.

그 모습을 본 왕순이 크게 웃으며 주위에 말했다.

"사람들이 지 중랑장을 '무달'이라고 부른다더니 역시 대단한 솜씨군!"

주위 신하들도 역시 왕순과 같이 '좋은 솜씨'라고 칭찬하며 상하가 모처럼 여유롭게 같이 웃었다.

지채문은 말에서 내려 기러기를 주위 왕순에게 바치면서 반농담조로 말했다.

"이와 같은 신하가 있으니 어찌 도적 따위를 걱정하시겠습니까?"

왕순이 지채문이 바친 기러기를 보고 몹시 즐거워하며 지채문을 칭찬했다.

"경의 솜씨가 이렇듯 신묘하니 내 마음이 든든하기 이를 데 없소이다."

왕순은 원래 '경의 솜씨가 이렇듯 신묘하니 백만대군이 와도 무엇이 두렵겠소!'라고 말하려다가, 지채문이 얼마 전 패전한 사실이 있기 때문에 혹 지채문의 마음을 상하게 할까 싶어 도중에 말을 바꾸었다.

왕순이 충필에게 말했다.

"기러기를 왕후의 시녀에게 갖다주어라. 오랫동안 변변한 음식을 먹지 못했으니 좋은 몸보신이 될 것이다."

우울한 분위기에 휩싸여 있던 어가의 분위기가 어느 정도 밝아졌다.

천안부(天安府)에 이르자 해가 땅끝에 걸려 붉은 석양이 온 천지를 뒤덮었다. 오랜 시간 동안 이동하여 모두 피곤했으나 천안을 지나서 석파역(石坡驛)에서 묵기로 했다.

유종과 김응인이 왕순에게 말했다.

"저희가 먼저 석파역(石坡驛)으로 가서 불을 지펴 놓고 필요한 물건들을 준비하고 기다리겠습니다."

석파역의 역리들이 어떻게 나올지는 모르니 미리 가서 준비해 놓으면 여러모로 훨씬 편리할 것이다. 왕순은 고개를 끄덕여 허락했다.

술시(19~21시)쯤에 석파역에 도착했지만 역리들은 하나도 없었다. 먼저 가서 준비해 놓겠다던 유종과 김응인 역시 보이지 않았다. 왕순은 유종과 김응인이 혹시 역리들에게 해를 당하지 않았을까 싶어서 급히 두 사람을 찾아보게 했다.

"역은 하루 이틀 전부터 비어 있었던 듯하고 두 사람은 아예 이곳에 오지 않은 것 같습니다."

보고를 받은 왕순은 깊은 탄식을 내뱉었다. 유종과 김응인은 어가를 쫓는 거란군의 추격을 알고 달아나버린 것이었다.

일행은 석파역에서 유숙한 후, 다시 아침에 길을 떠났다.

신시(15~17시) 무렵에 웅진강이 보이는 곳에 당도했고 웅진강을 넘어가면 공주(公州: 충청남도 공주시)였다. 그런데 강 북쪽 벌판에 기치를 든 수 명의 사람들이 모여 있었다.

왕순 등 일행이 모두 긴장하는데, 박섬이 말했다.

"여기는 옛 백제 지역하고 가깝습니다. 변고가 있을지 모르니 단단히 대비해야 합니다."

삼국이 통일된 지 칠십여 년이 흘렀으나 지역색은 여전히 강하게 남아 있었다. 평시라면 모를까, 큰 곤란에 처한 지금은 어떤 일이 발생할지 알 수 없었다.

지채문이 왕순에게 말했다.

"신이 가서 알아보고 오겠나이다!"

지채문은 활을 왼손에 쥐고 화살 세 대를 오른손 손가락에 끼운 다음 말을 달려 나갔다. 그와 동시에 벌판에 모여 있던 사람들 중에서도 한 명이 달려왔다.

대화를 주고받을 정도의 거리가 되자 지채문이 큰 소리로 말했다.

"나는 천우위 중랑장 지채문이오! 당신은 누구시오?"

"나는 공주절도사 김은부(金殷傅)요! 성상께서 이리로 오신다는 말을 듣고 영접하러 나왔소!"

지채문이 활과 화살을 다시 집어넣으며 김은부를 기다렸다. 앞장서서 다가오는 사람을 가까이서 보니 오십 정도의 나이에 관복을 착용하고 있었다.

김은부가 지채문에게 물었다.

"성상께서는 어디에 계시오?"

김은부가 지채문을 따라 왕순 앞에 이르러 말에서 내려 예를 표하고 통곡하며 말했다.

"성상께서 산을 넘고 물을 건너 온갖 고생을 겪으시며 이런 지경에까지 이르실 줄 어찌 생각이나 하였겠습니까?"

왕순이 손을 들어 화답한 후, 김은부에게 말했다.

"경이 이렇게 반겨주니 기쁘기 한량이 없군요! 그런데 내가 오는 것을 어떻게 알았소?"

"석파역에서 도망쳐 온 역리가 있어 그에게서 어가가 곧 도착할 것임을 듣게 되었습니다."

채충순이 김은부에게 물었다.

"지금 공주의 분위기는 어떻습니까?"

김은부가 얼굴에 부끄러운 기색을 띠며 잠시 머뭇거리다가 말했다.

"안 좋은 소문들이 돌고 있어서 백성들이 크게 동요하고 있습니다."

왕순은 김은부에게 물어보지 않아도 안 좋은 소문이 무엇인지 알 수 있었다.

채충순이 다시 김은부에게 물었다.

"어가가 공주에 들르지 않고 가는 것이 좋겠지요?"

"계속 남쪽으로 가실 것이라면 공주를 지나쳐 곧장 파산역(巴山驛)으로 가는 것이 좋을 것입니다."

왕순이 고개를 끄덕였다. 김은부의 조언은 더할 나위 없이 고마웠지만 뭔가가 자신을 계속 옥죄어오는 듯한 기분을 떨칠 수가 없었다. 자신은 고려의 임금인데 고려 사람들을 피해야 하는 것이다. 거란이 뻗어오는 마수 때문에 운신의 폭이 점차 줄어들고 있었다. 남쪽으로 내려오면 상황이 나아지리라고 기대했던 왕순은 내색하지는 않았지만 크게 낙심했다.

김은부가 다시 벌 가운데 솟은 야산을 가리키며 왕순에게 말했다.

"저 야산 안쪽에 막사를 세워두었습니다. 밖에서는 잘 보이지 않으니 잠시 쉬어가기에 적합한 곳입니다. 저리로 행차하시어 요기하시고 의복을 갈아입으소서!"

왕순이 김은부와 같이 야산 쪽으로 이동하려는데 김은부의 옆에서 수행하는 이십 대의 젊은 남자가 눈에 들어왔다. 훤칠하지는 않으나 이목구비가 꽤 수려했다. 왕순이 눈길을 주자 김은부가 말했다.

"제 첫째 아들 충찬(忠贊)입니다."

산의 북쪽 면 아래에 막사 네 동이 세워져 있었는데 과연 가까이 가기 전에는 잘 보이지 않았다.

김은부는 막사 하나로 왕순을 안내하고, 두 왕후를 비롯한 여자들은 그 옆 막사로, 다른 하나에는 신료들이 들어가게 했으며, 나머지 막사에는 호종하는 군사들이 들어가게 하였다.

왕순은 김은부가 막사 네 동을 쳐서, 모두가 신분에 맞추어 들어갈 수 있도록 섬세히 배려한 것을 보고 상당히 마음에 들었다.

왕순이 막사로 들어가자 여종인 듯한 여자 셋이 있다가 왕순을 보고 황급히 무릎을 꿇으며 절했다. 왕순이 다가가 세 여종을 일으키며 말했다.

"바닥이 차가우니 이런 예의를 차릴 필요가 없다."

왕순이 여종 셋을 일일이 일으키고 얼굴들을 바라보았다. 그중 두 명은 스무 살 남짓으로 보였고 나머지 한 명은 아직 십 대 중반인 듯했다. 그런데 스무 살 남짓의 두 명은 마치 쌍둥이처럼 얼굴이 닮아있었다.

왕순이 바라보자 셋 다 눈길을 살포시 밑으로 향했는데, 자태가 고운 데다가 어딘지 모르게 귀티가 흘렀다.

김은부가 머리를 조아리며 말했다.

"오랫동안 의복을 갈아입으시지 못하셨을 텐데 갈아입으소서!"

김은부는 먼저 의복을 올리고 갈아입도록 권유했다. 왕순은 자신뿐만이 아니라 모두 의복을 갈아입지 못했으므로 사양하는데, 가장 나이가 어린 여종이 애교 섞인 목소리로 말했다.

"성상폐하! 의복에 먼지가 많이 묻었습니다. 깨끗한 의복으로 갈아입으시면 훨씬 밝아 보이실 것입니다."

여종이 하기에는 주제넘은 말이었으나, 왕순은 원래 관대한 성격인 데다가 여종들의 미색을 보고 매우 기분이 좋아져 있었기 때문에 별로 신경 쓰지 않았다. 오히려 간만에 여인의 애교 섞인 목소리를 들으니 온몸이 노곤해지는 느낌이었다.

김은부 역시 주제넘은 여종의 말에 아무런 반응을 보이지 않고 왕순에게 의복을 갈아입기를 거듭 권유했다.

이윽고 왕순이 허락하자, 김은부가 뒷걸음으로 막사를 나서며 여종들에게 말했다.

"너희들은 어서 성상의 의복을 갈아입혀 드리거라!"

셋은 꾀꼬리 같은 목소리로 이구동성으로 답했다.

"예, 아버님!"

'아버님'이라는 말에 왕순이 깜짝 놀라 말했다.

"경의 영애(令愛)들이었소?"

김은부가 살짝 미소 지으며 머리를 조아리고 밖으로 나갔다. 의복을 갈아입자 식사가 차려졌는데 김은부는 요기라고 표현했으나 훌륭한 성찬이었다.

김이 모락모락 나는 뜨끈한 흰 쌀밥에 국이 두 종류가 올라왔고 짠지 역시 두 종류였다. 간장에 볶은 꿩고기와 생선조림도 있었다. 평소에 비할 바는 아니었으나 피난길에 처음으로 맛보는 제대로 된 식사였다.

왕순이 뜨거운 밥을 입에 넣고 씹는데 목이 메어왔다. 목이 말라서 목이 멘 것인지, 감정이 복받쳐서 목이 멘 것인지 알 수 없었다. 왕순은 급히 국물을 한 숟가락 떠서 입에 넣었다.

보통의 여자들은 상대방의 미세한 변화도 잘 느낀다. 더구나 지금 김은부의 딸들은 왕순에게 모든 신경을 집중하고 있었다. 그녀들은 왕순이 약간 울컥하고 있다는 것을 금방 눈치챘다.

김은부의 큰딸이 뜨거운 차가 들어있는 찻잔을 왕순 앞에 놓으며 말했다.

"차를 마시면서 천천히 드시옵소서!"

둘째 딸이 말했다.

"식사가 허술하여 망극하옵니다!"

셋째 딸이 단정적인 어조로 말했다.

"성상폐하께서는 반드시 무사하실 것입니다. 마음을 편히 하세요!"

김은부의 세 딸은 지금 고려가 처한 상황과 왕순의 처지를 잘 알고 있었다.

이십 대에 접어든 김은부의 첫째와 둘째 딸은 왕순의 울컥한 마음을 알았지만 그것을 직접적으로 말하지 않고 돌려가며 위로했다. 그러나 아직 천진난만한 십 대 중반인 셋째 딸은 왕순의 마음을 느끼고 직접적으로 위로한 것이었다.

왕순이 미소를 지으며 셋째 딸에게 물었다.

"그대는 내가 무사할지 어떻게 그렇게 잘 알고 있소?"

왕순의 물음에 셋째 딸이 우물쭈물하며 뭔가를 말하려는데 언니들이 급하게 막내에게 눈짓을 주어 제지했다.

눈치 빠르기는 왕순도 한가락 한다. 어릴 적부터 갖은 핍박을 받았고 목숨을 위협당한 상황도 여러 번 겪었기에 살아남기 위해 눈치가 절로 빨라진 것이다.

왕순은 언니들이 막내에게 눈짓을 주어 말하지 못하게 하는 것을 알아챘다. 틀림없이 무슨 사정이 있으리라고 여겨 근엄한 목소리로 셋째 딸에게 말했다.

"짐에게 거짓을 말하면 큰 죄를 짓는 것이오. 어서 말해보시오!"

왕순은 이렇게 셋째 딸에게 말하고 눈을 들어 첫째 딸과 둘째 딸을 번갈아 보았다. 왕순의 눈빛이 자신들을 향하자 둘은 황급히 눈길을 내리깔았다. 왕순은 이렇게 함으로써 언니들이 막내에게 눈짓하는 것을 막았다.

셋째 딸이 우물쭈물하다가 왕순의 거듭된 채근에 귀뿌리가 빨개지며 입을 열었다.

"안산현(安山縣: 경기도 안산시, 김은부의 고향)의 아주 용한 점쟁이가 우리 자매들이 모두 왕후가 될 운명이라고 했답니다. 그러니 성상폐하께서는 당연히 무사하실 것입니다."

셋째 딸의 말에 왕순이 소리를 내어 껄껄 웃었다. 왕순이 웃으며 첫째와 둘째를 보니 얼굴색이 온통 연지를 발라 놓은 것처럼 완전한 새빨간 색이었다. 아직 남녀관계의 일을 잘 모르는 셋째만이 부끄러움에 귀가 좀 빨개졌을 뿐 투명한 하얀색 피부색을 유지하고 있었다.

왕순은 조금 전까지의 울컥했던 기분이 싹 가시고 마음이 밝아지며 명랑하고 쾌활한 기분이 들었다.

왕순은 김은부의 딸들에게 이것저것을 질문하고 그들이 답하면 맞장구치며 잘 들어주었다. 처음에는 왕순을 어려워하던 세 사람은 왕순이 잘 들어주자 시키지 않은 말들도 하기 시작했다. 어느새 왕순의 식사 자리는 화기애애해지고 웃음꽃이 만발했다.

왕순은 기분이 편안해지며 지금이 생명의 위협을 받는 어려운 시기라는 것을 잊었다.

88

여양현에서

: 신해년(1011년) 일월 칠일 신시(15~17시)

식사가 끝나자 김은부는 이동 중 필요한 물품들을 왕순의 막사 안으로 들여서 쌓아 놓게 했다.

볶은 쌀과 조 같은 건량이 있었고 밤과 잣과 곶감, 말린 대추, 호두와 같은 토산품도 있었으며 겉옷과 약재도 있었다.

왕순은 호종하는 사람들을 막사로 차례로 들어오게 하여 필요한 물품들을 하사했다. 김은부는 가져온 물품들을 자신이 나누어주어도 되지만 왕순의 권위를 세우기 위해서 이런 방식을 택한 것이었다.

파산역(巴山驛)을 향하여 떠나려는데 김은부가 호종을 자처했다.

"파산역은 여기서 멀지 않으니 역까지 호종하겠나이다!"

공주에서 우금치 고개를 넘어 남쪽으로 이십 리가량을 가면 파산역이었다. 고갯길을 오르자 어느 정도 안심이 되었다. 거란군이 나타나도 대처가 가능할 것이기 때문이었다. 또한 이곳의 절도사인 김은부가 호종하니 심적인 위안이 상당했다.

해가 지고 일행이 파산역에 도착했지만, 역리들은 이미 모두 달아난 상태였고, 역의 부엌에는 먹을 것이 아무것도 없었다. 김은부는 수하들에게 음식을 만들게 해서 왕순과 호종하는 사람들을 배불리 먹였다.

김은부가 왕순에게 말했다.

"여기서 나주까지는 며칠이면 갈 거리이옵니다. 제가 데리고 온 수하들이 사뭇 충성스러우니 그들을 데리고 가도록 하십시오."

왕순이 고개를 가로저으며 김은부에게 말했다.

"고마운 말이나 거란군이 언제 들이닥칠지 모르는데 경도 사람들이 필요할 것이오. 원래의 인원으로만 움직이도록 하겠소."

김은부가 고개를 떨구며 말했다.

"들려오는 소문에 놀라, 벌써 공주의 많은 사람이 동쪽의 계룡산으로 들어갔습니다. 거란의 대군이 들이닥치면 공주를 지킬 수 없을 것입니다. 저는 모집에 응한 몇몇 사람들과 더불어 산중에 숨어 거란군을 공격할 것입니다. 지금 제가 데리고 온 인원들은 모두 전투에 적합한 자들이 아니고 일꾼들에 불과하니 그런 전투에서 별다른 역할을 하지 못할 것입니다. 어가에 일꾼들이 부족하니 저보다는 성상께서 더 필요하실 것입니다."

왕순이 신하들을 불러 모아 의논하는데 모두 김은부의 수하들을 데리고 가는 것이 좋겠다고 찬성했다.

왕순이 다른 문제를 신하들에게 물었다.

"거란군이 나를 추격하고 있으니, 임신 중이어서 움직임이 불편한 현덕왕후가 나와 같이 다니면 위험할 것이오. 현덕왕후의 고향 선주(善州: 경상북도 상주시 및 구미시)가 여기에서 멀지 않으니 왕후를 비롯한 여인들을 그쪽으로 보내는 것이 어떻겠소?"

대부분의 신하가 찬성했다. 그러나 지채문은 반대했다. 왕순은 사세가 부득이하다며 지채문을 설득했다.

채충순이 왕순에게 물었다.

"그렇다면 인원은 어떻게 나누는 것이 좋겠나이까?"

"개경에서부터 여기까지 호종한 군사들이 모두 충성스러우니 김계부 장군이 그들을 이끌고 왕후들을 호종하는 것이 좋을 것 같소. 문신도 한두 명쯤 따라가면 좋을 텐데 누가 좋겠소?"

신하들은 나서기를 주저했다. 아무래도 왕후를 모시고 길을 간다는 것은 불편했기 때문이다. 그때 한 사람이 나서며 말했다.

"제가 불미하나 왕후전하들을 모시겠습니다."

병부시랑 장연우였다. 장연우는 호종 중에 말을 아끼고 있었다. 삼수채에서 패전하여 온 것을 부끄럽게 생각하고 있었기 때문이었다. 장연우의 말에 왕순이 고개를 끄덕였다.

양협이 결정된 사실을 왕후들에게 알렸는데, 대명왕후*(大明王后)가 왕순과 신하들이 모여 있는 대청으로 달려와서 왕순에게 말했다.

"현덕왕후는 임신한 몸이라 어쩔 수 없지만 저는 소처럼 튼튼합니다. 저는 무조건 성상을 따를 것입니다."

왕순이 대명왕후를 보면서 말했다.

"거란군이 나를 추격 중이라고 하오. 나와 같이 있으면 안전하지 못하니 현덕왕후와 같이 선주로 가도록 하시오."

"성상께서 안전하지 못하시니 제가 그 곁에서 지킬 것이옵니다."

왕순이 미소 지으며 말했다.

"왕후가 이토록 호연지기가 넘치니 내 마음이 든든하기 이를 데 없소. 그러나 왕후들이 안전해야 내 마음이 편하니 선주로 가도록 하시오."

대명왕후가 왕순을 똑바로 보며 말했다.

"제가 성상 곁을 떠날 때는 오직 제가 죽을 때이옵니다. 정 저를 떠나보내시려면 저를 죽이시면 됩니다. 그렇지 않다면 저는 끝까지 성상을 따를 것입니다."

대명왕후가 이토록 강경히 나오자 왕순도 어쩔 수 없었다. 대명왕후의 말은 신료들의 가슴 속에도 깊이 파고들었다.

지채문이 부복하며 말했다.

---

* 대명왕후: 현종(왕순)의 제2비, 현덕왕후와 마찬가지로 성종의 딸이었다. 그러나 현덕왕후와 모계는 달랐다.

"왕후께서 이토록 의기가 넘치시니, 신 지채문 부끄러움에 몸 둘 바를 모르겠나이다!"

다른 신하들 역시 경하와 칭찬의 말을 한마디씩 했다. 왕순이 따르기를 허락하자 대명왕후가 대청에서 물러나며 혼잣말을 했다. 그러나 큰 목소리로 말했기 때문에 대청 안에 있던 사람은 누구나 대명왕후의 말을 들을 수 있었다.

"거란군들이 몰려오는 이 위험한 판국에 여자들하고 시시덕거릴 시간은 많은가 보지!"

왕순이 김은부의 세 딸들과 막사에서 있었던 일을 말하는 것이었다.

대명왕후의 말에 왕순은 자신도 모르게 혀를 쑥 내밀었다. 다른 신하들도 엄숙하고 긴장된 가운데도 대명왕후의 말에 웃음이 나왔다. 그러나 소리 내어 웃을 수는 없었다. 다들 헛기침을 하며 웃음을 참고 있는데 왕순이 신료들에게 말했다.

"웃기면 웃으시오. 요새 웃을 일도 없었는데 이번 기회에 한번 크게 웃어봅시다!"

박충숙이 왕순의 말에 정색하며 말했다.

"저희 신하들이야 웃을 일이 없었으나 성상께서는 대명왕후의 말씀대로 어제 실컷 웃지 않으셨습니까?"

박충숙의 말에 왕순이 크게 웃어젖히자, 다른 신료들도 모두 왕순을 따라 웃기 시작했다. 여럿의 웃음소리가 대청을 넘어 온 역 안에 울려 퍼졌다.

다음 날 아침, 먼저 현덕왕후를 선주로 보내고 왕순이 길을 떠나려는데 김은부가 말고삐를 잡으며 왕순에게 간곡히 말했다.

"벌써 입춘(立春)이 지났으며 조금 있으면 우수(雨水)이옵니다. 남쪽부터 강의 얼음이 풀리고 있으니 거란군이 오더라도 쉽게 강물을 건너지는 못할 것입니다. 예부터 우리 땅에 깊게 들어온 외국 군대는 반드시 패했습니다. 옥체를 편안히 보존하십시오. 거란군은 반드시 물러갈 것이옵니다!"

왕순이 미소 띤 얼굴로 고개를 끄덕이며 말했다.

"경도 몸조심하시고 세 왕후를 잘 지키기 바라오!"

김은부가 황공하다는 듯이 머리를 조아렸다.

일행은 이동하여 여양현(礪陽縣: 전라북도 익산 부근)에 도착했다. 여양현 역시 사람들이 거의 보이지 않았는데 거란군이 온다는 소문에 모두 숨어버린 것 같았다.

낭장 국근이 왕순에게 와서 말했다.

"공주에서 데리고 온 장정들이 아무래도 불안해하는 것 같습니다. 어떤 조치를 취하지 않으면 도망할까 염려됩니다."

왕순이 신료들을 불러 논의하자, 지채문이 다음과 같이 건의했다.

"태조께서 삼한을 통일하실 때 전공이 있는 사람들은 비록 그 공이 하찮더라도 반드시 상을 주었습니다. 하물며 지금은 온갖 어려움을 헤쳐나가는 중이오니 인심을 얻는 것이 무엇보다 긴요합니다. 우선 상을 베풀어 격려하도록 하소서."

왕순이 말했다.

"지금 딱히 줄 만한 것이 무엇이 있겠소?"

채충순이 말했다.

"아무래도 향직을 주는 것이 좋을 듯합니다."

채충순의 말에 주저가 반대하며 말했다.

"관직을 남발하는 것은 좋지 않습니다."

박충숙이 말했다.

"지금 사세가 급하니 조금 과해도 상관없습니다."

지채문 역시 향직을 주는 데 찬성했다.

왕순은 현안지(玄安之) 등 열여섯 명을 불러 노고를 위로하고 모두 중윤(中尹)으로 임명했다.

여양현에서 잠시 쉰 후 다시 출발하여 유시(17~19시)쯤에 삼례역(參禮驛: 전라북도 완주군 삼례읍) 근처에 당도했는데 앞장섰던 지채문이 검은색 평상복 차림의 어떤 사람과 같이 돌아와서 보고했다.

"전주 절도사와 같이 왔습니다."

지채문과 같이 온 사람이 왕순을 보더니 말에서 내려 절하며 말했다.

"전주절도사 조용겸(趙容謙)이옵니다. 성상께서 이쪽으로 오신다는 말을 듣고 삼례역에서 맞을 준비를 하고 기다리고 있었나이다!"

왕순이 매우 기뻐하여 조용겸을 크게 치하하며 말했다.

"경이 이토록 정성스러우니 짐이 기쁘기 이를 데 없소이다."

조용겸의 안내로 삼례역으로 들어간 왕순은 조용겸이 준비해 놓은 음식들을 보고 놀라지 않을 수 없었다. 수십 가지의 반찬이 나왔는데 평소 왕궁에서 먹던 것보다도 더 호사스러웠다. 왕순은 감탄하며 조용겸을 치하했지만 마음이 약간 불편했다.

공주에서 김은부가 차린 음식이 꼭 필요한 만큼이었다면 조용겸이 차린 음식은 너무 과하고 허례가 심해 보였다.

이 음식들은 모두 백성들의 노고와 땀이다. 음식의 재료들을 생산하는 것도, 음식을 만드는 것도 모두 백성의 몫이다. 혹여 큰 잔치를 벌인다면 이렇게 한 번 차려 먹을 수도 있겠으나 평상시에는 이렇게 먹을 수도 없고 먹어서도 안 된다. 더구나 지금은 전황이 극히 불리하게 돌아가는 전시 상황이다. 거란군이 어가를 추격한다는 소문이 파다하게 떠돌고 있었고 그에 따라 민심은 동요하고 있었다.

전주 사람들은 도망 다니는 주제에 이런 음식을 받아먹는 임금을 어떻게 생각할 것인가? 아마 모르긴 몰라도 지독한 혼군(昏君)이라고 생각할 것이다. 그렇다면 민심은 더욱 떠날 것이고 민심을 등에 업지 못하면 앞으로 닥칠 어려운 위기들을 헤쳐나갈 수 없게 된다. 이것은 왕순이 언제나 경계하는 것이었고 상황이 극히 안 좋은 지금은 더욱 경계해야 할 것이었다.

왕순은 갑자기 식욕이 떨어져서 몇 숟가락 뜨지 않고 숟가락을 놓았다.

왕순은 식탁을 물리려다가 문득 드는 생각이 있어서 양협과 충필을 시켜서 신료들과 군사들이 식사를 마쳤는지 보고 오게 했다.

잠시 후, 양협과 충필이 돌아와서 보고했다.

"신료들은 아직 먹는 중이고, 군사들은 모두 식사를 끝냈습니다."

왕순이 짐작되는 바가 있어서 양협과 충필에게 물었다.

"신료들의 식탁은 풍성하나 군사들의 식탁은 빈약했던 모양이구나?"

왕순의 말에 양협과 충필이 약간 놀라며, 신료들이 식사하는 것을 보고 온 양협이 먼저 말했다.

"공주에서와는 비교할 수 없을 정도로 풍성하였습니다."

군사들이 식사하는 것을 보고 온 충필이 말했다.

"제가 갔을 때는 군사들이 쉬고 있었습니다. 그래서 제가 군사 하나에게 아직 식사가 제공되지 않았냐고 물었더니 군사들에게는 미음이 한 그릇씩 제공됐다고 했습니다."

왕순은 즉시 충필을 시켜 군사들을 모두 대청으로 부르게 했다.

"한 사람도 빠짐없이 모두 이곳으로 오라고 하라!"

잠시 후, 충필이 열여섯 명의 군사를 모두 데리고 오자, 왕순은 식탁을 밖으로 내가게 한 후, 군사들에게 말했다. 군사들은 휘황찬란하게 차려진 음식들을 보고 모두 눈이 휘둥그레졌다.

"모두 고생스러울 것이다. 비록 여기 있는 맛난 음식을 먹는다고 해서 고생이 사라지지는 않겠지만 먹는 동안에는 즐거울 것이다. 배불리 먹도록 하라!"

군사들이 환호성을 지르며 달려들어 음식을 집어 먹기 시작했다. 왕순이 허겁지겁 먹는 군사들에게 말했다.

"누가 잡아가지 않으니 천천히 먹으라!"

군사들의 떠들썩함에 밥을 먹고 있던 신료들이 급히 나오자, 왕순이 그들에게 손짓하며 말했다.

"식사를 더 하도록 하시오."

지채문이 왕순에게 다가오며 말했다.

"저는 식사를 마쳤나이다."

왕순이 그런 지채문에게 말했다.

"경이 내 곁에 오면 다른 신료들도 더는 식사를 하지 못할 것이오. 가서 더 드시도록 하구려!"

왕순의 말에 지채문이 어색하게 서 있고 다른 신료들도 어정쩡한 자세로 있는데 박충숙이 지채문의 팔을 잡아끌며 말했다.

"어명을 거역할 셈이오! 가서 닭다리를 더 뜯읍시다."

지채문이 박충숙에 끌려가니 다른 신료들도 그 뒤를 어쩔 수 없이 따라 갔다.

89

노령(蘆嶺) 앞에서

: 신해년(1011년) 일월 팔일 유시(18시경)

역 안이 떠들썩해지자, 밖에서 사람들을 지휘하고 있던 조용겸이 안으로 들어왔다. 자신이 왕순에게 올린 음식을 군사들이 먹는 것을 보고 인상을 크게 찌푸렸지만, 남는 음식을 밑에 하사하는 것은 원래의 예법이었다. 물론 그 밑이라는 것은 신료들을 의미하는 것이다. 이렇게 가장 말단의 군사들에게 임금이 먹던 것을 상째 하사하는 일은 드문 경우였다.

조용겸이 인상을 찌푸리고 있다가, 왕순이 군사들을 보며 미소 짓고 있는 것을 보고 급히 표정을 고치며 말했다.

"성상폐하! 나주까지 가실 필요가 없사옵니다. 전주에 머무소서! 전주민들은 성상폐하께 충성을 다할 것입니다."

왕순이 조용겸을 보며 미소 지으며 말했다.

"짐이 경의 정성을 보니 과연 그런 줄 알겠소. 그러나 짐의 순행을 나주까지 계획한지라, 나주로 갔다가 돌아오는 길에 전주에 머물도록 하겠소."

조용겸이 재차 건의했지만 왕순은 고개를 가로저었다. 왕순은 조용겸의 허례허식이 마음에 들지 않았고 더구나 거란군이 자신을 쫓고 있다. 일단 국토의 최남단인 나주까지 가는 것이 안전한 선택이었다.

왕순이 거듭 거절하자 조용겸이 말을 바꾸었다.

"전주의 백성들이 모두 성상폐하의 용안을 뵙고 성덕을 받기를 원하고 있습니다. 그렇다면 잠시라도 행차하셔서 성덕을 베풀어주소서!"

왕순이 내키지 않아 하고 있는데 채충순이 말했다.

"갈 길이 바쁘니 돌아오는 길에 전주로 행차하시는 것이 좋겠습니다."

채충순의 말에도 조용겸이 재차 왕순에게 건의하자, 박충숙이 쌀쌀한 어조로 조용겸에게 말했다.

"성상께는 강요하는 것이 아니오."

박섬이 말했다.

"공주절도사 김은부가 공주 민심이 좋지 않다고 말했습니다. 전주 역시 마찬가지일 것입니다. 바라옵건대 성상께서는 행차하지 마소서."

박섬의 말에 조용겸이 버럭 화를 내며 말했다.

"아니, 그대가 전주의 민심을 어찌 아는가?"

박섬도 조용겸에게 지지 않고 대꾸하자, 둘 사이에 입씨름이 벌어졌다. 왕순이 둘을 제지하며 조용겸에게 말했다.

"자! 자! 그만들 하시오. 전주에서는 돌아오는 길에 유숙할 것이오."

왕순이 단정적인 말투로 말하자, 조용겸도 더는 권유하지 않았다. 그러나 입을 꽉 다문 것이 대단히 불만스러운 표정이었다.

일행은 다시 삼례역을 떠나 전주에서 서쪽으로 삼십 리 떨어진 장곡역(長谷驛)에 도착했다.

장곡역에 도착하여 번갈아 서는 보초 외에는 모두 깊은 잠에 곯아떨어졌는데, 자시(23~1시)경이 되자 북소리와 큰 함성이 들리며 밖이 매우 떠들썩했다. 역 안의 사람들이 모두 놀라 깨어나서 몹시 당황하여 어쩔 줄 몰라 했다.

북은 군대에서 주로 쓰는 악기였고 북을 친다는 것은 대개 전진 신호였다. 드디어 거란군이 당도한 것일까?

지채문 역시 심히 긴장하여 활과 화살을 빼어 들고 급히 문 쪽으로 이동했다. 일단의 사람들이 수십 보 거리에서 횃불을 들고 다가오고 있었는데 즉각적으로 허실을 탐지할 수 없었다.

고려거란전쟁 - 고려의 영웅들 (하)

지채문은 즉시 군사들을 시켜 문을 닫게 하고 왕순에게 급히 말했다.

"성상과 왕후께서는 말에 오르십시오! 제가 지붕에 올라 적의 허실을 살핀 후, 먼저 달려 나가 길을 열겠습니다. 제 뒤를 바짝 따르셔야 합니다."

그리고 채충순 등에게도 말했다.

"여러분은 그 뒤를 따르도록 하십시오!"

군사들에게도 말했다.

"너희들은 다른 짐은 다 버리고 화살과 건량만을 챙겨 뒤를 따르도록 하라!"

지채문은 빠르게 지붕 위로 올라갔다. 지붕에 올라가서 보니, 동쪽에서 수십 개의 횃불이 다가오고 있었고 횃불의 불빛 사이로 말을 탄 자가 몇 명 보였다. 지채문은 긴장한 채로 예의주시하였다.

점점 가까이 다가오는데 다행히도 횃불의 불빛에 비치는 옷차림은 고려인의 차림새였다. 그들이 문에서 십 보 정도 떨어진 거리에 이르자 어느 정도 자세히 볼 수 있었다. 말을 탄 자들이 머리에는 고려의 관리들이 쓰는 관을 쓰고 있었고 관에는 흰 표지를 꽂고 있었다. 다행히 거란군들이 아니었다.

지채문은 마음을 진정시킨 뒤에 밖의 사람들에게 우렁차게 외쳤다.

"너희들은 무엇을 하러 왔는가?"

무리 중에 북을 든 사람이 나서서 말했다.

"우리는 성상폐하를 보위하러 왔을 뿐이다!"

지채문이 꾸짖듯이 말했다.

"성상을 보위하러 온 사람들이 어찌 밤에 북을 치고 나타나 어가를 놀라게 하는가?"

지채문의 꾸짖음에 먼저 답한 사람이 아무 말이 없자, 지채문이 다시 물었다.

"유승건이 같이 왔느냐?"

전주 사람인 전중소감(殿中少監) 유승건(柳僧虔)은 전주에 가까이 오자 가족들을 보고 오겠다고 왕순에게 청하여 전주에 가 있었다.

"와 있다!"

지채문은 답하는 사람의 음색이 매우 귀에 익었으나 누군지 바로 생각나지 않아서 물었다.

"너는 누구냐?"

북을 든 사람이 뻗대며 되물었다.

"너는 또 누구냐?"

지채문이 잠깐 생각한 후에 답했다.

"나는 친종장군 유방이다!"

지채문이 무달로 이름이 높았지만, 무장 중에 가장 권위 있고 전국적인 명망을 가진 인물은 역시 유방이었다. 거란군들이 어가를 쫓고 있다는 소문이 파다한 지금, 지채문은 예전에 거란군과 싸워서 승리를 거두었던 유방의 이름을 대서 그 권위를 빌려 보려고 한 것이었다.

그러나 지채문의 생각과는 다르게 밖의 사람은 지채문의 음색을 알아듣고 말했다.

"지 중랑장이군!"

지채문 역시 말하는 사람의 음색을 알아챘다.

"너는 친종별장 마한조(馬韓兆)로구나!"

마한조는 왕순을 호종하다가 창화현에서 도망쳐서 고향인 구고현(九皐縣: 전라북도 임실군 청웅면)으로 향하는 길에 식량을 구하기 위해 전주에 들렀다. 거기서 조용겸을 만났고 조용겸이 은근한 말로 위로하고 구슬리자 전후 사정을 모두 털어놓았다. 그래서 조용겸이 어가가 나주로 향한다는 것을 파악할 수 있었고 성대한 음식을 준비하고 삼례역에 있었던 것이다.

조용겸은 이것을 일생일대의 큰 기회로 보았다. 관료 사회에서 자신에 대한 평가는 박했고 승진에서 거듭 미끄러졌다. 이대로 가다가는 요직에 오르는 것은 불가능했다. 승진하지 못하고 계속 한직을 맴돌다가 전주절도사가 되었는데 거란의 침입이 있었고 어가가 전주 근처에 오게 된 것이었다.

조용겸은 정신이 바짝 들었다. 성상을 지극 정성으로 대접해 성상의 마음을 움직여서 전주로 모시는 것이다. 성상을 끼고 있으면 전국에 호령을 할 수가 있고 거란군이 물러가면 큰 공신이 되어 한 번에 인생을 역전하게 될 것이다.

거란군이 성상을 쫓고 있다는 소문이 파다했으나 한강 이남에서 거란군을 보았다는 사람은 아직 없었다. 설령 거란군들이 여기까지 온다면 동남쪽으로 내려가 지리산 쪽에 숨으면 되는 것이다.

일생의 모험이었으나 조용겸의 생각에는 승부를 걸어볼 만한 모험이었다. 그런데 조용겸의 의도와는 다르게 왕순이 전주로 행차하기를 거부하자 조용겸은 몸이 달았다. 그리하여 여러 사람을 진실과 거짓으로 꼬드기기도 하고 협박하기도 하여 함께 어가를 가로채려고 한 것이었다.

지채문은 지붕에서 내려가 왕순에게 보고한 후, 다시 지붕 위로 올라가 왕명으로 유승건을 부르니, 유승건이 무리 중에서 나왔다.

지채문이 유승건에게 말했다.

"성상께서 전중소감(殿中少監)을 안으로 들어오라고 말씀하셨소."

유승건이 머뭇거리다가 지채문에게 말했다.

"나는 감히 들어갈 수가 없소. 당신이 나오도록 하시오!"

유승건은 양측이 대치 중인데 안으로 들어가면 반드시 해를 입을 것이라고 생각했다. 그래서 반대로 지채문에게 나오라고 한 것이었다.

지채문이 밖을 보면서 생각해보니, 저들이 분명 마한조의 무력에 크게 기대는 것 같았다. 마한조 정도에게 기대는 세력이라면 별로 무서울 게 없을 터였다. 더구나 마한조는 비록 창화현에서 도망하였지만 부끄러움을 모르는 자가 아니었다. 마한조가 자신을 보고 손을 쓰지는 못할 것이다. 저들에게 담대함을 보여주면 저들의 기세도 흩어질 것이다. 지채문은 문을 열고 밖으로 나갔다.

마한조는 조용겸의 부추김을 받고 사람들이 자신에게 기대자 기세등등한 마음이 있었다. 그러나 막상 지채문이 당당히 걸어 나오는 모습을 보자, 부끄러운 생각이 솟구치며 자신감 또한 잃었다. 마한조는 슬쩍 어둠 속으로 몸을 숨겼다.

지채문이 나오면서 눈으로 마한조를 찾았는데 마한조의 모습을 볼 수 없었다. 지채문은 일동을 보고 말했다.

"성상께서는 여러분의 충의를 대견해하고 계시오! 그대들이 왕명을 어기지 않고 따른다면 조만간 포상이 있을 것이오."

지채문은 이렇게 말한 후, 성큼성큼 걸어가 유승건 앞에 서서 말했다.

"성상께서 부르시오."

유승건은 역 안으로 들어가는 것이 전혀 내키지 않았지만, 지채문이 앞까지 와서 버티고 있었고 주위를 둘러보아도 누구도 자신을 도와줄 것 같지 않았다. 올 때는 마치 맹수처럼 기세 좋게 소리를 지르더니 막상 오고 나니 모두 순한 양으로 변한 것이었다.

지채문이 유승건을 인도하여 어가의 앞에까지 오게 하니 유승건이 울면서 왕순에게 말했다.

"오늘날의 일은 조용겸이 한 짓이므로 신은 알지 못합니다. 저는 그저 조용겸이 따라오라 하여 왔을 뿐입니다."

왕순이 고개를 끄덕이며 말했다.

"밖에 누가 또 있소?"

"조용겸 이외에 전운사(轉運使) 이재(李載) 등이 있습니다."

왕순이 미소 띤 얼굴로 유승건에게 말했다.

"나는 그들이 변란을 일으키려고 한 것이 아니라 나를 보위하려고 한 것이라고 생각하고 있소."

채충순이 왕순에게 말했다.

"그들을 불러 위로하심이 좋을 듯싶습니다."

왕순이 채충순의 의도를 알아채고 유승건에게 말했다.

"그들을 불러오도록 하시오!"

유승건이 머리를 조아리며 말했다.

"명령을 받들어 조용겸 등을 불러오겠습니다."

유승건이 나가고 한참이 지났는데도 아무 소식이 없었다. 지채문이 다시 나가보려고 하자 왕순이 양협에게 말했다.

"저들은 이제 아무 짓도 못 할 것이다. 자네는 가서 조용겸과 이재를 불러오도록 하라!"

조용겸은 양협이 밖으로 나와 자신을 부르자 어찌할 바를 몰랐다. 이미 어가를 가로채기는 글렀고, 그렇다고 그냥 물러가자니 나중에 닥칠 후환이 무서웠다. 거란군이 성상을 쫓는다는 소문이 무성했으나 거란군의 코빼기도 보이지 않는다. 그렇다면 뜬소문일 가능성이 크다. 거란군이 물러가 전쟁이 이대로 끝난다면 자신들은 어가를 침탈하려 한 역적 취급을 받을 수 있었다. 그렇게 되면 삼족이 멸하게 될지, 구족이 멸하게 될지 모를 일이다.

조용겸이 어떻게 할지 몰라 식은땀을 줄줄 흘리는데 지채문이 밖으로 나와 추상같이 명했다.

"조용겸과 이재는 어찌 어명을 듣지 않는가? 진정 역적이 되고자 하는 것인가? 속히 안으로 들어 성상을 알현하도록 하라!"

조용겸과 이재는 내키지는 않았지만 양협의 인도를 받아 역 안으로 들어섰다. 곧, 군사들이 칼을 뽑아 들고 둘을 에워쌌다. 지채문이 나서서 그들을 해하지 못하게 하고 조용겸과 이재를 왕순 앞으로 데리고 갔다.

왕순이 조용겸과 이재에게 부드럽게 말했다.

"아직 전란이 끝나지 않았소. 어려운 상황인 만큼 맡은 바 임무를 다해주길 바라오!"

박충숙이 왕순에게 말했다.

"두 사람이 대명왕후전하의 말을 끌고 간다면 더할 나위 없이 좋을 것입니다."

왕순이 박충숙의 말을 듣고 보니 아주 좋은 모양새가 나올 것 같았다.

아침 요기를 간단히 하고 장곡역을 나서는데 조용겸과 이재가 대명황후의 말고삐를 잡고 있었다. 금구현(金溝: 전라북도 김제시 금구면)까지 가자 왕순이 조용겸과 이재에게 말했다.

"수고하셨소. 맡은 바 위치로 돌아가 소임을 다해주시오!"

금구현을 지나 인의현(仁義縣: 전라북도 정읍시 태인면)이 다 와 가는데 대명왕후가 갑자기 말 위에서 떨어질 듯이 휘청했다. 시녀가 놀라 소리를 지르자 왕순이 황급히 돌아보았다.

"무슨 일이냐?"

대명왕후를 보니 안색이 창백한 것이 몸이 좋지 않아 보였다. 왕순은 어가를 멈추게 한 후에 잠시 쉬어가도록 했다.

왕순이 주변 지형을 살피는데 동쪽은 그리 높지 않은 산들로 둘러싸여 있었고, 서쪽은 군데군데 아주 얕은 야산들이 있기는 하지만 탁 트여서 넓은 평야가 펼쳐져 있었다.

사방을 살피었는데 가장 신경 쓰이는 쪽은 북쪽이었다. 거란군을 보지도 못했지만 계속 거란군이 나타날지 모른다는 생각에 쫓기며 내려왔다.

왕순이 초조하게 있는데 채충순이 너비가 이십 보쯤 되는 냇물을 가리키며 기쁜 목소리로 말했다.

"냇물이 녹아서 물이 졸졸 흐르고 있고 땅 역시 물컹거리고 있습니다.

이제는 거란군이 강을 쉽게 건너지는 못할 것입니다. 더욱이 얼음이 녹는 지금이 강을 건너기 가장 어려운 때이옵니다. 아직 안심하기는 이르나 그래도 가장 힘든 시기는 넘긴 것 같습니다."

채충순의 말은 객관적이고 일리 있는 말이었다. 그러나 쫓기는 쪽은 몸도 쫓기고 마음으로도 쫓기는 법이다. 왕순도 이성적으로는 채충순과 같이 생각했으나 감정적으로 불안한 것은 어쩔 수 없었다.

정오 무렵에 인의현에 도착했는데 대명왕후가 더는 움직이지 못할 것으로 보였다. 일단 인의현에서 대명왕후가 괜찮을 때까지 쉬기로 했다.

지채문은 사방을 정찰했는데 현의 사람들은 별로 동요하는 기색이 없었다. 들판에 늙은 남녀가 일하고 있어서 그들에게 말을 시켜보았더니 예상 밖으로 평안했다. 거란군이 이곳에 오리라고는 전혀 생각하지 않고 있었다. 단지 마을 사람 중 참전한 이들의 안위만 걱정할 뿐이었다.

대명왕후가 몸이 좋아지지 않자 다음 날 정오까지 인의현에 머물다가 출발했다. 대명왕후는 더 쉬어야 했으나 마냥 쉬고 있을 수만은 없었다. 천천히 이동하여 유시(17~19시)가 되었을 때 노령 바로 앞의 천원역(川原驛)에 도착했고 그곳에서 유숙했다.

노령을 넘어야 하는데 대명왕후가 몸이 안 좋으니 왕순의 걱정은 이만저만이 아니었다. 여자의 몸이니 군사들에게 업혀서 가기도 그렇고, 그렇다고 가마를 구해 타고 가기도 난망했다.

가마를 탈 가능성을 완전히 배제한다면 누군가 대명왕후를 업어서 노령을 넘는 수밖에 없었다. 대명왕후를 업을 수 있는 사람은 한 사람뿐이었다. 바로, 왕순 자신이었다.

왕순은 내일도 대명왕후의 몸이 좋지 않으면 대명왕후를 업고 노령을 넘기로 작정했다. 이것을 신료들에게 말하자 모두 반대하며 가마를 이용하자는 의견이 우세했다.

"군사들도 힘든데 가마를 지게 할 수는 없소. 그리고 가마는 위험하기도

하니, 내가 업고 넘는 것이 가장 안전한 방법이오!"

다음 날 아침이 되었으나 대명왕후의 상태는 별로 호전되지 않았다. 일단 아침 식사를 하고 새벽공기를 피해 사시(9~11시)에 출발하기로 했다.

왕순이 대명왕후에게 말했다.

"더 쉬어 가면 좋겠으나 사세가 급하니 어쩔 수 없군요. 내가 그대를 업어서 노령을 넘을 것이니 마음의 준비를 단단히 하시오."

대명왕후는 자신을 두고 가라고 말하고 싶었지만 너무 뻔한 소리였다.

"제가 너무 무겁지 않을까 염려됩니다."

왕순이 목에 힘을 주며 말했다.

"내가 한때 삼각산의 날다람쥐라는 말을 듣던 사람이오! 걱정할 것 없소."

그러면서 왕순은 대명왕후의 몸을 찬찬히 뜯어보았다. 대명황후는 오척 네 치 정도의 키에 풍만한 체형이었다.

왕순의 눈길이 자신의 몸을 샅샅이 훑어보자 대명왕후의 얼굴이 부끄러움에 확 달아올랐다.

사시에 천원역을 나오는데 뒤에서 급한 말발굽 소리가 들렸다. 지채문은 즉시 반응하여 일행을 앞으로 나아가게 한 후, 후방으로 말을 달렸다. 적이라면 되도록 여기서 멀리 떨어진 곳에서 맞는 것이 좋을 것이다.

그러나 지채문은 본능적으로 위험한 상황이 아니라는 것을 인지하고 있었다. 다가오는 마필의 소리는 단 한 필의 소리였기 때문이었다.

다가오는 말에 타고 있던 사람이 지채문을 보자 크게 소리쳤다.

"거란군이 물러갔습니다!"

지채문이 매우 반기며 보니 김은부의 아들 김충찬이었다. 김충찬에게 이것저것을 자세히 물어보니 거란군의 회군은 틀림없는 사실로 보였다.

지채문이 거란군이 물러갔다는 소식을 어가로 가져가자, 상하가 한마음으로 환호성을 지르며 얼싸안고 기뻐했다. 왕순 역시 그동안 어깨에 짊어지고 있던 무거운 짐들이 마치 눈 녹듯이 녹아내리며 뛸 듯이, 아니 하늘을 날아오를 듯이 기뻤으나 애써 평정한 태도를 유지했다.

신료들을 치하하고 군사들에게도 일일이 한 명씩 말을 걸며 그동안의 노고에 대해서 위로와 칭찬의 말을 건넸다.

사람들은 눈물을 흘리면서 서로를 치하하고 위로하는 등 한참을 기뻐하다가 다시 천원역으로 돌아가기로 했다. 이제는 급하지 않은 것이다.

박충숙이 왕순에게 말했다.

"성상폐하! 정말 다행입니다."

왕순이 고개를 끄덕이며 말했다.

"경이 수고해준 덕분이오."

"신이 소싯적에 울적하여 혼자 사냥을 간 적이 있습니다. 사냥이라기보다는 활을 들고 그저 바람을 쐬러 간 것이지요."

박충숙이 갑자기 사냥 얘기를 꺼내자 왕순은 의아하기도 하고 궁금하기도 하여 그런 눈빛을 담아 박충숙을 바라보았다. 왕순뿐만이 아니라 주변의 신료들도 박충숙을 보았다. 박충숙은 뜻밖의 우스갯소리를 잘했으므로 사람들은 그런 기대감을 품고 있었다.

"산을 혼자 쏘아 다니는데, 멧돼지 한 마리가 제가 있는 줄도 모르고 나무뿌리를 캐느라 여념이 없지 않겠습니까! 딱 걸린 것이지요. 그래서 제가 멧돼지에게 들리지 않도록 천천히 도끼살을 뽑아 시위에 걸고 멧돼지의 목을 겨냥해서 화살을 날렸습니다. 제가 날린 도끼살은 어김없이 멧돼지의 목을 꿰 뚫었고 멧돼지는 울부짖을 틈도 없이 쓰러지고 말았습니다. 신은 기뻐 날뛰며 쓰러진 멧돼지에게 다가가 피를 뽑고 필요한 조처를 했습니다. 그리고 멧돼지를 어깨에 짊어지고 기쁜 마음으로 집으로 향하였지요. 그런데 이 멧돼지라는 놈이 처음에 기쁠 때는 무거운 줄 몰랐는데 점점 갈수록 무거워지더니 나중에는 천근만근이 되어가는 것입니다. 나중에는 버리고 가고 싶은데 아까워서 버리지도 못하고, 두었다가 나중에 가지고 가려고 해도 산짐승들이 다 먹어 치울까 봐 두고 갈 수도 없었습니다. 업었다가, 끌다가, 밀다가를 반복하여 겨우 밤이 깊어서야 멧돼지를 가지고 집에 도착할 수 있었습니다. 저는 그다음부터 멧돼지를 보면 피하는 안 좋은 습관이 생겼습니다."

왕순이 박충숙을 보며 고개를 갸우뚱하며 말했다.

"농담이 과한데, 감당할 수 있겠소?"

90
돌아오는 길
: 신해년(1011년) 일월 십일일 사시(10시경)

일행이 천원역으로 돌아가려는데 노령 쪽 고개에서 일단의 사람들이 나타나며 외쳤다.

"멈추시오!"

늘 후방을 신경 썼지, 전방은 크게 신경 쓰지 않고 있었다. 갑자기 전방에 사람들이 나타나자 모두 어리둥절한 가운데, 나타난 사람 중 한 명이 큰 목소리로 말했다.

"나주 사록참군사 유참(柳參)입니다!"

유참이 성큼성큼 걸어오자 지채문이 제지하려고 하는데 채충순이 유참을 보며 말했다.

"여기까지 어쩐 일인가?"

유참은 삼 년 전에 과거에 급제했고 그때 지공거*(知貢擧)가 채충순이었다. 그러니까 채충순과 유참은 좌주(座主)와 문생(門生)의 관계인 것이다.

유참이 왕순 앞에 다가가 길게 읍하며 말했다.

"어제부터 보고 있었으나 미리 영접하지 못해서 송구하옵나이다."

왕순이 유참을 유심히 보았다. 이십 대 중반에, 키가 오 척 칠 치 정도 되어 보였고 사람 생김이 반듯한 것이 귀한 집 자제라는 인상을 주었다.

왕순이 유참에게 위로의 말을 건넸다.

---

* 고려시대 과거 시험을 관장한 고시관.

"수고가 많습니다."

채충순이 유참에게 물었다.

"노령을 지키고 있었던 것인가?"

유참이 고갯길을 바라보며 말했다.

"군사 약간 명으로 길을 통제하고 있습니다."

박충숙이 물었다.

"거느린 군사는 몇이나 되오?"

박충숙의 말에 유참이 약간 주저하더니 말했다.

"그것은 노령을 넘으신 후에 알게 되실 것입니다."

박섬이 유참에게 따지듯이 물었다.

"성상폐하 앞에서 말하는데 왜 주저하는 것이오? 그리고 어제부터 보고 있었다면서 이제야 나타난 이유가 무엇이오?"

유참이 두 손을 모아 쥐고 왕순에게 말했다.

"어제부터 어가를 보았사오나 조금의 의심도 없어야 하기 때문에 숲속에서 살펴보며 확신이 들 때까지 기다렸나이다. 병력 수는 비밀에 속하는 사항이라 적당한 때 성상께 따로 보고를 올리겠습니다."

왕순이 유참에게 말했다.

"사록의 조심스러움이 매우 인상 깊군요. 겨울철에 고갯길에 매복하고 있으면 매우 추울 텐데 사록과 군사들 모두 병에 걸리지 않도록 조심하도록 하시오!"

"성은이 망극하옵니다."

유참은 왕순에게 사례한 후, 뒷걸음으로 몇 걸음 물러나더니 몸을 돌려 성큼성큼 걸어서 노령 쪽으로 걸어갔다. 왕순이 그 모습을 보고 있다가 주위의 신료들에게 말했다.

"나도 오늘은 노령에서 밤을 지새워야 하겠소!"

왕순의 갑작스러운 말에 모두 놀라는 가운데 왕순이 유참을 불렀다.

"유 사록! 유 사록!"

왕순이 부르자 유참이 뒤돌아보았다. 왕순이 미소 지으며 말했다.

"내가 지금 이대로 가도 밤을 지새울 수가 있겠소?"

유참이 왕순을 아래위로 보며 의아스러운 표정으로 말했다.

"저희의 임무는 이곳에서 밤을 지새우는 것이 아니라 이곳을 지키는 것입니다!"

유참의 말에 왕순이 껄껄 웃으며 말했다.

"나는 산도 잘 타고 활도 쏠 줄 아니 군사 한 명의 역할은 톡톡히 할 수 있을 것이오."

모든 신료가 반대하고 유참 역시 난색을 표했지만 왕순은 자신의 뜻을 꺾지 않았다.

채충순이 말했다.

"가벼이 움직이는 것은 지존이 할 행동이 아닙니다!"

왕순도 알고 있었다. 지금 자신이 이렇게 하는 것은 한때의 호기로움이며, 이런 행동은 한 나라의 수장이 할 행동이 아니라는 것을…. 위가 가벼워지면, 아래는 가벼워지다 못해 어지러워진다. 가볍게 움직이지 않는 것은 반드시 지켜야 할 금기였다.

그러나 왕순은 자신과 나이 차가 많아 보이지 않는 유참의 늠름한 모습에, 마음속에서 호승심이 올라왔다.

그간, 나이 든 대신들에게 둘러싸여 개경에서부터 이곳까지 쫓겨 왔다. 대신들은 왕순의 안위를 최우선시하였고 왕순 역시 그렇게 생각하고 있었다. 왕순은 대신들에게 떠받들어져서 피신하고 있는 젊은 임금님이었다.

그런데 고갯길을 늠름하게 지키고 있는 자신과 비슷한 나이대인 젊은 유참을 보자, 대신들에게 둘러싸여 거란군에 따라 잡힐까 봐 전전긍긍했던 며칠간의 마음을 돌아보게 되었다. 거란군의 추격을 받으며 마음을 졸였던 그간의 시간이 갑자기 매우 지긋지긋하게 느껴졌다. 쪼그라든 마음을 이제는 확 펴고 싶었다.

유참이 심히 난색을 표하며 말했다.

"저희의 임무는 고갯길을 지키는 것입니다. 그런데 성상폐하께서 고갯길로 오르시면 저희는 성상폐하를 지키면서 고갯길도 지켜야 합니다. 힘이 분산되어 두 가지 일을 모두 제대로 해내지 못할 것이 염려됩니다. 말씀을 거두어주십시오!"

왕순이 유참을 보며 말했다.

"아까 말했지 않소. 나는 한 사람의 군사가 될 생각이오!"

유참의 우려와 다르게 왕순이 고갯길로 올라 군사들이 매복한 곳으로 가자, 군사들은 열렬한 함성을 쏟아내었고 왕순은 군사들 사이를 돌아다니며 격려했다. 왕순은 기민하게 산을 오르락내리락하였고 그 모습을 본 군사들의 사기는 말할 수 없을 정도로 진작되었다.

유참은 노령에 주둔하면서 늘 두 가지 문제에 큰 신경을 써야 했다. 하나는 북쪽에서 올지 모르는 거란군에 대한 방어였고, 또 하나는 자신이 이끄는 군사들의 사기 문제였다.

유참은 자신에게 속한 겨우 백여 명의 군사들을 가지고도 노령의 험준한 지형을 이용하면 수천의 적들을 상대할 수 있다고 보았다. 길 곳곳에 함정을 만들어 놓았고 돌들을 비축해 두었으며 갖가지 물품들을 비축하여 화공(火攻)을 쓸 수 있게 준비해 두었다. 그리고 거란군이 역으로 화공을 쓸 경우 어떡할지도 미리 생각해 놓았다. 준비하기 위하여 부지런히 움직여야 했지만 그리 어려운 일이 아니었다.

오히려 군사들의 사기를 진작시키는 것이야말로 정말 어려운 문제였다. 좋지 않은 소문이 돌고 있었고 적이 나주까지 내려올 것을 걱정할 정도면 나라 전체가 대단히 어려운 상황이라는 것을 군사들 모두가 인지하고 있었다. 이런 상황에서 군사들의 사기 문제는 부지런히 움직인다고 해서 해결될 문제가 전혀 아니었다. 포상이 좋은 해결책이 되기는 하나, 그렇다고 무조건 상을 준다고 해결되는 문제도 아니었다. 이 문제는, 적을 막는 준비를 하는 것보다 훨씬 복잡하고 미묘했다.

아직 도망병이 발생하지는 않았지만 만일, 진짜 거란군이 나타난다면 겁을 집어먹은 군사들이 어떤 행동을 할지 예측할 수 없었다. 이십 대 후반의 젊은 유참은 아직은 드러나지 않은 이 문제 때문에 전전긍긍하고 있었다.

그런데 왕순이 나타나자 군사들이 열렬히 환호성을 질러댔다. 군사들의 사기가 쑥쑥 올라감을 느낄 수 있었고 어떠한 적이 와도 막아낼 태세였다. 유참 역시 스스로도 용기백배해짐을 느낄 수 있었다.

유참이 전전긍긍하던 문제를 왕순이 단번에 해결해준 것이었다.

왕순은 군사들과 노령에서 밤을 지새웠고, 나머지 일행들은 천원역에서 유숙한 후 그다음 날 아침에 노령 앞에서 만났다.

하루 밤낮을 꼬박 쉬었더니 대명왕후는 언제 아팠는가 싶을 정도로 팔팔해졌다. 일행이 이제 노령을 넘어가려는데 대명왕후가 왕순에게 말했다.

"저도 그렇고 시녀들도 그렇고 이 큰 언덕에서 말을 다루기는 쉽지 않을 것 같습니다."

"그럼 군사들에게 말고삐를 잡게 할까요?"

대명왕후가 신료들을 바라보며 주위의 사람들은 누구나 들을 만한 목소리로 말했다.

"군사들은 아무래도 불편하니 대신 중에 누가 도와주셨으면 합니다."

왕순이 신료들을 보는데 누군가가 슬슬 움직이며 대명왕후의 시야에서 사라질 생각을 하는 것 같았다. 그 사람의 행동이 너무 속이 뻔히 보이는 가운데 대명왕후가 신료들 쪽을 보며 간드러진 목소리로 말했다.

"예빈경! 저희 좀 도와주시지 않겠어요?"

슬금슬금 움직이던 사람이 대명왕후의 말소리에 쭈뼛거리며 멈추어 섰다.

대명왕후가 다시 한번 부드러운 목소리로 불렀다.

"예빈경!"

예빈경 박충숙은 마치 보이지 않는 줄에 걸려서 끌려오듯이 대명왕후쪽으로 걸어왔다. 박충숙의 걸음걸이에는 오기 싫다는 감정이 그대로 녹아 있었고 그렇게 행동으로 감정을 잘 표현하는 것도 쉽지 않을 것이었다.

박충숙은 노령을 넘는 내내 대명왕후의 잔소리에 시달려야 했고 시녀들역시 세심한 방법으로 박충숙을 달달 볶아댔다. 노령을 넘은 후에야 박충숙은 대명왕후에게서 풀려날 수 있었다.

채충순이 박충숙을 위로하며 말했다.

"수고하셨습니다."

박충숙이 어깨를 축 늘어뜨린 채 말했다.

"난 입 때문에 망할 거외다."

일행은 느긋이 이동하여 수다역(水多驛: 전라남도 나주시 북쪽)에서 마중 나온 나주절도사 이주헌(李周憲)을 만났다.

이주헌이 왕순을 보자 크게 절하며 말했다.

"성상을 이제야 다시 보나이다!"

왕순이 이주헌에게 나주의 민심 등을 물었다.

"이곳 나주는 애초에 태조의 영지였고 장화황후께서 혜종이 승하하신후 말년에 돌아오셔서 좋은 일들을 많이 하셨기 때문에 왕실에 대한 애정이 깊습니다. 그러나 적이 이곳까지 내려온다는 소문이 돌자 많이 불안해하고 있습니다."

열사흘날 오후, 어가는 드디어 나주에 들어갔다. 왕순은 나주에 머무는 동안 태조와 혜종의 자취가 남아 있는 곳들을 둘러보았다. 가장 먼저 태조와 장화황후가 만났던 완사천에 가서 물맛을 보았고 완사천 위쪽에 있는 혜종과 장화황후를 기리는 홍룡사(興龍寺)에서 참배했다. 왕순은 나주를 돌아다니며 태조의 자취를 느꼈고 무척이나 감개무량했다. 태조의 기운이 느껴졌다.

나주에 오고 네 번째 밤을 보내려는데 밖이 떠들썩했다. 왕순이 밖에 있던 양협을 부르려 했으나, 양협은 왕순이 부르기도 전에 먼저 황급히 왕순을 찾았다.

"성상폐하! 거란군이 나타났다고 하옵니다!"

양협의 말에 왕순이 크게 놀라 급히 객사 밖으로 달려 나갔다. 그런 왕순을 지채문이 따르며 말했다.

"대가(大駕)가 밤에 나가시면 백성이 놀라 소란할 것이니 객사로 돌아가시기를 바랍니다. 신이 염탐해 알아본 후에 행차하셔도 늦지 않습니다."

옳은 말이었다. 만일 진짜 거란군이 당도한 것이라면, 자신의 가볍고 어설픈 움직임에 백성들이 동요할 수 있다. 그러면 좋지 않은 결과를 초래할지도 모른다. 왕순은 마음을 진정시킨 후 객사로 돌아갔다.

지채문이 급히 관아로 가서 보니 거란군이 아니라 거란 군중으로 갔던 통사사인(通事舍人) 송균언(宋均彦)과 별장(別將) 김정열(金貞悅)이 관아에 당도해 있었다. 그들은 거란의 도통 소배압의 서신(書信)과 하공진의 주장(奏狀)을 가지고 왔다. 지채문은 그들을 객사로 안내했다.

송균언과 김정열이 객사로 가서 왕순에게 소배압의 서신과 하공진의 주장을 바쳤다. 왕순은 서신을 펴기 전에 그들에게 거란군이 언제 회군을 시작했는지 묻자, 송균언이 대답했다.

"거란군은 정월 초하루에 회군하기 시작했습니다."

정월 초하루라면 거란군은 개경에 입성하자마자 회군한 것이었다. 왕순이 약간 고개를 갸우뚱하며 물었다.

"그렇다면 거의 개경 입성과 동시에 회군한 것인데 그렇게 급히 회군한 이유가 무엇인지 알고 있소?"

송균언이 답했다.

"흥화진과 서경 등이 함락되지 않았고…."

흥화진과 서경이 함락되지 않았다는 사실에 왕순을 비롯한 모든 신료가 탄성을 질렀다. 그중 가장 크게 탄성을 지른 사람은 지채문이었다. 지채문은 서경이 함락되지 않았다는 사실을 접하자 몸에 전율이 솟았다.

지채문은 송균언 등이 왕순에게 보고 중이라는 사실도 잊고 물었다.

"서경이 어찌 함락되지 않은 것이오?"

지채문의 말에 송균언은 왕순을 한 번 보았다가 왕순이 아무 말도 하지 않자 지채문에게 대답했다.

"거란군이 서경의 지휘부를 붕괴시켰고 그 여세를 몰아 서경을 며칠에 걸쳐 공격하였으나 결국 함락시키지 못했다고 들었습니다."

지채문이 다시 송균언에게 물었다.

"서경을 지킨 자가 누구라는 말이오?"

"저도 그것까지는 잘 모르겠습니다. 다양한 말들이 오가서 정확한 사실을 파악할 수는 없었습니다. 그러나 한 가지 확실한 것은 거란군들이 우리의 서북면의 군사들을 두려워하고 있다는 것이었습니다."

송균언의 말에 왕순과 신료들의 얼굴이 마치 자체 발광하듯이 밝게 빛났다. 생각했던 것 이상으로 서북면의 고려군들은 잘 싸워주고 있었다.

왕순은 먼저 소배압의 서신부터 열었으나 도무지 알 수 없는 글자로 쓰여 있었다. 왕순이 채충순에게 서신을 넘기며 말했다.

"거란 문자 같은데 해독할 수 있는 사람이 있소?"

채충순이 보니 과연 거란 문자였다. 지금은 거란 문자를 해독할 사람은 아무도 없었다.

"이 문서는 나중에 해독하여야 할 것 같습니다."

왕순이 하공진의 주장(奏狀)을 펼쳐 보는데 거기에는 의례적인 수사로 가득 찬 말이 쓰여 있었다. 분명히 거란에 의해 검열을 받은 서신이었다.

'좌사낭중 하공진이 아룁니다.

천자의 은혜는 처음과 끝이 한결같으니, 천자께서 내리신 은총의 영광을 받아 엎드려 기뻐하며 송구함을 아룁니다.

천자께서는 고려 백성들의 어려움을 두루 살피시어 어루만져주셨습니다. 그리고 이제 회군하시니, 단비처럼 적셔주시는 성은에 온몸을 적시며, 얇은 얼음을 밟는 듯 송구하고 떨리어 감격이 깊어 눈물이 흐르며 은혜는 무겁고 몸은 가볍습니다.

이는 대개 황제 폐하께서 큰 조화(造化)를 이룩하시어 요순의 정치함을 본받으시는 것이니, 비록 주(周)나라인들 이보다 더 했겠습니까!

비록 아직 천자의 성덕에 응하지 않는 북쪽의 고려인들이 있으나 천자께서 친히 그들을 정벌하러 가시니 그들도 곧 밝은 태양이 무엇인지 알고 교화될 것입니다.

천자께서는 고려를 매우 걱정하시고 사랑하시니 고려인들은 이제 안심하고 살아갈 수 있을 것입니다.

천자의 하해와 같은 은덕을 전하며 이제 맺습니다.'

하공진은 거란 황제의 은혜로움을 침이 닳도록 쓰고 있었으나 두 가지 중요한 정보를 담고 있었다. 거란군의 회군과 그 회군의 중요 이유가 서북면의 고려군들 때문이라는 것이었다.

송균언의 말을 듣고 하공진의 주장을 살펴본 왕순과 신료들의 표정이 대낮처럼 밝아졌다.

채충순이 기쁜 낯빛으로 왕순에게 말했다.

"거란군이 서북면의 우리 군 때문에 회군할 정도면 한두 개의 성이 거란 군에 저항하는 수준은 아닐 것입니다. 분명 아군이 적의 기동로를 끊고 적 을 막아서고 있을 것입니다. 게다가 이제 날은 풀려 강물이 녹고 있습니다. 이제 다급한 것은 우리가 아니라 거란입니다."

박충숙이 말했다.

"서경이 함락되지 않았다면 우리가 알고 있는 것보다 우리 사정이 매우 좋은 것입니다. 거란군이 개경까지 그토록 빠르게 온 이유도 거란군이 원 래 빠르기 때문일 수도 있지만, 거란군에 주어진 시간이 얼마 되지 않는다 는 점이 더 큰 이유일 수도 있겠습니다."

주저가 말했다.

"근왕군을 모아 거란군을 추격해야 합니다."

이제 왕순과 신료들의 태도는 완전히 달라져 있었다. 지금까지는 망할 지도 모르는 고려의 임금과 그를 따르는 신료들이었다면 이제는 강한 고 려의 임금과 신료들이었다. 왕순과 신료들의 마음속에 있던 어두운 그림 자가 모두 사라지며 오히려 자신감이 팽배하게 솟구쳤다.

왕순은 이 기쁜 소식을 가지고 온 송균언을 도병마녹사(都兵馬錄事)로, 김 정열을 친종낭장(親從郞將)으로 각각 임명했다. 또한 조서를 전국에 내려서 근왕군을 개경으로 집결시키도록 하고 전령을 북쪽으로 보내 자세한 상황 을 알아보도록 했다.

왕순은 이레간 나주에 머물렀다. 나주에 머무는 동안 반가운 한 사람이 더 찾아왔는데 바로 성보였다. 왕순이 성보를 몹시 반기며 말했다.

"사형이 여기에는 어인 일이오?"

"사부님께서 사제가…, 사제폐하가 몽진 중이라는 소식을 들으시고 폐 하를 찾아가라고 하셨습니다."

성보는 사제라고 말하다가 주위의 뜨거운 눈총을 느끼고 황급히 사제 뒤에 폐하라고 덧붙인 것이었다.

왕순이 물끄러미 웃으며 말했다.

"하여간 잘 오셨소. 사부님은 잘 계시오? 우리 밀린 얘기나 나눠봅시다."

"사부님께서 말씀을 전하라고 하셨습니다."

사부의 전언이라는 성보의 말에 왕순이 눈을 크게 뜨며 말했다.

"사부님께서 어떤 가르침을 주셨소?"

성보가 목소리를 가다듬고 말했다.

"부귀해지면 사람들이 몰려들고 천해지면 떠나가니, 잊지 말아야 할 것은 내 마음속의 '사랑'이라고 하셨습니다."

왕순이 옷깃을 여미며 단정한 자세를 취하며 말했다.

"사부님의 가르침 한시도 잊지 않고 있습니다."

왕순은 개경으로 돌아가는 길에 전주와 공주를 비롯한 주요 도시들을 순행하며 며칠씩 묵었다. 특히 전주에는 이레를 머물며 민심을 다독였다. 이제 백성들을 두려워할 필요가 없는 것이다. 가는 길마다 백성들이 나와서 환호하고 각종 물품을 바쳤으며 흩어졌던 신료들이 어가를 찾아 다시 모여들었다. 각 역에는 역리들이 어느새 돌아와 있었으며 어가에 필요한 물품들을 기민하게 제공했다.

나주로 올 때 초라했던 어가는 이제는 대행렬이 되어 있었다.

양협이 충필에게 혀를 차며 말했다.

"상전벽해로군! 박대하고 활까지 겨누던 자들이…, 쯔쯔쯔."

옆에서 양협의 말을 들은 왕순이 쓴웃음을 지었다. 불과 며칠 전만 하더라도 신하들은 몰래 줄행랑을 놓았고 백성들을 피해 다녀야 했다. 그런데 지금은 모두 모여들어 환호하고 있는 것이다.

사람의 마음이란 이다지도 쉽게 변하고 믿지 못할 것인가? 왕순은 약간 침울해졌다.

왕순이 침울한 마음으로 사람들을 보고 있는데 누군가 왕순을 불렀다.

"성상폐하! 성상폐하!"

성보였다. 왕순과 성보의 눈길이 마주쳤다. 성보는 맑게 웃고 있었다. 왕순은 성보를 보고 느껴지는 바가 있어 이내 표정을 고치고 성보를 향해 가볍게 읍했다.

몽진 중에 불충한 행동을 한 자들에 대한 처벌 문제가 논의되었는데 왕순이 신료들에게 말했다.

"모두 불문에 부치도록 하시오."

"처벌하지 않으면 기강이 해이해질 것입니다."

"짐 역시 이번 전쟁에서 제 역할을 하지 못했소. 죄를 받으려면 짐이 먼저 받아야 할 것이오. 공이 있는 사람들은 반드시 상을 주고 어가에 한 행동들은 모두 불문에 부치도록 하시오!"

"그래도 어가에 활을 쏜 자들까지 용서할 수는 없습니다."

"우리는 나라도 작고 사람도 별로 없소. 앞으로 거란과의 전쟁이 언제까지 이어질지 모르니 가장 중요한 것은 사람이오. 되도록 관대하게 처리하여 사람들을 모여들게 하여야 합니다. 사람은 모두 잘하는 것이 하나씩은 있으니 그것을 찾아서 적재적소에 써야 하오. 그리고 그것이 짐이 가장 중요하게 생각하는 바이오."

고려거란전쟁 - 고려의 영웅들 (하)

제9장 다시 삼수채에서

91
얼음이 풀리고 있다!
: 신해년(1011년) 일월 삼일 오시(12시경)

일월 삼일이 되자 일단의 거란군들이 개경 쪽에서 서경을 향해 오고 있었다.

보고를 받은 조원이 강민첨에게 말했다.

"회군하는 걸까요? 아니면 우리에게 사신으로 오는 걸까요?"

"회군이면 더할 나위 없이 좋은 일이고 우리에게 사신으로 오는 것이라면 성문을 열고 항복하기를 권유하는 것일 겁니다. 그렇다면 아마 조정의 대신과 동행하여 오겠지요."

강민첨의 말에 관아 안은 무거운 침묵에 휩싸였다. 거란군의 회군이라면 경사스러운 일이지만, 항복하기를 권유하기 위하여 고려 조정의 대신과 같이 온다면 조정이 거란에 항복한 것이다. 그렇다면 그들은 왕명으로 올 것이다. 그렇게 되면 난처한 상황에 직면하게 될 터였다.

조원이 일동에게 말했다.

"상황이 급박하게 돌아가서 전반적인 상황이 명확하지는 않으나 확실히 서북면은 아직 거란군에 완전히 점령되지 않았습니다. 북적들이 우리 조정을 손에 넣었다고 하더라도 아직 고려를 손에 넣은 것은 아닙니다. 저들이 회군하든, 사신으로 오든 그들을 공격해야 합니다."

조자기가 말했다.

"만일 우리 조정이 항복했다면 왕명으로 올 것입니다. 왕명을 어기면 역적이 될 것입니다."

이렇게 말하는 조자기의 목소리가 약간 떨렸다.

방휴가 강건한 어조로 말했다.

"장수가 변방에 나오면 왕명도 듣지 않을 수 있소이다. 북적에 항복한 자들이 역적이지, 싸우는 자들은 충신들이오!"

홍협 역시 방휴와 같은 의견이었다.

피위종이 말했다.

"만일 조정의 대신이 왕명으로 온다면 무조건 공격하는 것도, 덮어놓고 항복하는 것도 좋지 않습니다. 상황을 보아가며 행동해야 합니다."

방휴가 약간 언성을 높이며 말했다.

"지금 당장 전쟁 중인데 무슨 상황을 본다는 말이오?"

피위종이 말했다.

"제 생각에는, 어떤 조건에 항복했는지 따져 보고 신중히 결정할 사항이라고 생각됩니다."

피위종의 말에 방휴가 안색을 붉히며 뭐라고 하려는데, 강민첨이 단호히 말했다.

"무조건 싸웁시다!"

강민첨의 간결한 말에 사람들이 모두 바라보자 강민첨이 일동을 둘러보며 말했다.

"우리는 지난 기간 동안 정말 어려운 상황임에도 불구하고 이곳을 지켜냈습니다. 서경의 지휘부는 궤멸했고 정예군들은 모두 사라졌습니다. 그 당시 북적들에게 항복해도 전혀 이상한 상황이 아니었습니다. 그러나 우리는 서경을 사수하기로 결정했고 결국 해냈습니다. 우리는 이미 그때 고려를 지키기 위해 목숨을 걸었습니다. 조정이 북적들에게 항복했다면 어떤 조건이든지 간에 고려의 자주성은 심각히 훼손될 것입니다. 그렇다면 우리는 일관되게 고려의 자주성을 위해 싸우는 것입니다. 우리가 애초에 세웠던 방향대로 끝까지 행동하는 것입니다. 하나의 목표를 위하여, 그 어떤 상황이 오더라도 마음을 바꾸지 않는 것입니다. 그것을 위해 우리의 모든 것을 바치는 것이고, 그 끝이 무엇이든 목표를 향해 계속 나아가는 것입니다."

강민첨의 단호한 말에 약간의 침묵이 흘렀다.

강민첨의 말을 들은 조원은 입을 약간 벌리고 조금 멍청해 보이는 표정을 짓고 있었다. 그러다가 무릎을 '탁' 치며, 진정 감탄에 찬 목소리로 말했다.

"바로 그것입니다! 그것이 우리가 진정으로 해야 할 행동입니다."

박원작이 말했다.

"기계는 완벽하지는 않지만 빼곡히 준비되어 있습니다. 적들이 이곳 서경 근처를 지나면 우리는 성난 고슴도치처럼 가시를 세울 것입니다."

조원이 박원작의 말에 함박웃음을 지으며 조자기를 보고 말했다.

"분대어사께서는 어떻게 생각하시는지요?"

조자기가 마치 쓴 것을 먹은 사람 같은 표정을 지으며 말했다.

"제가 여기서 아니라고 말할 수도 없지 않겠습니까? 저는 병마사의 결정에 따를 뿐입니다."

조원이 이번에는 피위종을 보며 말했다.

"어떻게 생각하시오?"

피위종이 약간 망설이는 듯하더니 말했다.

"북적들을 공격하는 데에 제가 앞장서겠습니다."

조원이 아랫입술을 들어 올리며 흐뭇한 표정으로 손뼉을 치며 말했다.

"우리의 일은 앞으로 팔관회에서 연희(演戲)로 공연될 것이오! 우리가 오래 항복의 가부를 논의하면 모양이 떨어지니 이 논의는 이제 끝냅시다. 그리고 여기서 있었던 일은 없었던 것으로 하고 이렇게 정합시다. '북적들이 회군하자, 그들은 지체없이 일어나서 북적들을 공격했다. 고려를 위하여!'"

조원이 이렇게 말하며 흐뭇한 미소를 짓자, 제장들은 고개를 설레설레 흔들었다. 스스로 만족한 조원이 근엄한 표정을 지으며 제장들을 보며 말했다.

"자! 그럼 또 해봅시다."

제장들이 모두 나가고 조원과 강민첨만 남자, 조원이 감탄한 얼굴로 말했다.

"형님, 이번 연설은 굉장했습니다!"

강민첨이 심각한 표정으로 말했다.

"이번이 더 힘들지 모르네."

조원이 어깨를 으쓱하며 자신에 찬 미소를 지으며 말했다.

"아니, 언제 힘이 안 든 적이 있었습니까! 형님께서 꾸준히 계책을 만드셨고 그것을 실행하면 반드시 성공할 것입니다."

강민첨이 조원의 말에 미소를 띤 채로 인상을 찌푸리며 말했다.

"내가 늘그막에 그대를 만난 건, 내 인생 최고의 행운이자 최악의 불행이네."

강민첨의 말에 조원이 고개를 갸웃갸웃하며 말했다.

"우리가 북적들을 만난 것이 아마 불행이자 행운이 아닐까요? 강한 적이 또한 가장 훌륭한 스승이라고도 하니…."

서경에서는 거란군이 회군할 때를 대비해서 계속 준비하고 있었다. 박원작의 주도하에 각종 무기를 계속 만들고 있었고 박원작은 '쓸어기'라고 불렸지만 각종 기계를 만드는 것에는 가히 '천재'라고 부를 만했다. 만일 거란군이 서경 근처를 지난다면 박원작이 만든 각종 포와 노 등에서 포탄과 화살이 하늘을 새까맣게 뒤덮으며 날 것이다.

이것이 바로 '성난 고슴도치의 가시'였다. 거란군이 그것을 모르고 서경 근처로 오면 좋겠으나, 아마 오지 않을 것이다.

만일 가까이 오지 않는다면, 그렇다면 우리가 다가갈 것이다.

조원은 얼마의 인원을 데리고 서경 동쪽의 대성산으로 급히 향했다. 대성산에 매복하여 회군하는 적들을 공격할 생각이었다.

동쪽이 높고 서쪽이 움푹 파인 대성산은 앞에서 보면 마치 거대한 새가 날개를 펴고 날아오르는 모습 같기도 하고, 거대한 용이 똬리를 틀고 있는 형상 같기도 하였다.

산 위를 오르자 연못들이 나타났는데 연못 위에는 시든 풀줄기가 가득했다.

피위종이 말했다.

"겨울이어서 순채(蓴菜) 잎이 모두 떨어지고 대만 남았습니다. 봄이 빨리 와야 순채 싹을 먹을 수 있을 텐데요."

조원이 못 위를 보는데 순채의 마른 대만 얼음 위로 그득했다. 봄이 되면 푸른 순채 잎이 연못 위에 가득할 것이고 그때 이 동네에 사는 아낙네들이 어린 순채 잎을 딸 것이었다.

순채는 연꽃과 비슷하게 생겼는데 깨끗한 물에만 사는 수생식물이다. 순채가 못에 많다는 것은 그 물을 먹어도 된다는 징표와 같았다. 순채는 그 자체로는 아무 맛도 없으나 다른 음식과 같이 먹으면 음식의 텁텁함을 없애고 깔끔한 맛을 더한다. 소화를 돕는 작용도 뛰어났다. 그래서인지 사람들은 순채를 먹으면 기력이 좋아진다고 생각했고 '산에는 송이, 밭에는 인삼, 물에는 순채'라는 표현이 통용될 정도로 식용과 약용으로 아주 좋은 식물로 여겼다.

순채는 주로 봄에 어린 순을 먹는데 어린 순은 점액질로 뒤덮여 있다. 그 모습 때문인지 특히 남자에게 아주 좋은 풀로 알려져 있었다.

더구나 송이와 인삼은 귀한 것이었지만, 순채는 깨끗한 물이 고여 있는 곳에는 기르지 않아도 어디에나 있었다. 몸에 좋다고 알려진 것이 어디에나 있으니 더욱 사랑받는 것이었다.

과거에는 대성산에 구십구 개의 못(池)이 있었다고 하나, 지금은 다만 세 개의 못이 있었고 가뭄을 만나면 서경 사람들은 못 앞에서 기우제를 지내곤 하였다. 못이 바다와 연결되어 있어서 용이 드나든다는 전설 때문이었다.

못에는 순채가 많았고 조원도 평소 많이 봐온 풍경이었다. 사람들은 대성산을 오를 때면 이 순채 잎이나 줄기를 따서 씹으면서 산을 올랐다. 조원 역시 마찬가지였다. 순채는 어린잎이 가장 좋으나 줄기에도 역시 어느 정도 효능이 있었다.

조원이 군사들에게 말했다.

"우리 순채 줄기나 물면서 산을 오를까나?"

"대성산을 오를 때는 당연히 순채를 좀 씹어야 하지 않겠습니까!"

군사들이 좋아하며 앞다투어 못으로 향했다. 마실이라도 나온 것처럼 즐거운 모양새였다. 위기 속에서도 쾌활한 조원은 생각 없는 사람처럼 보이기도 하지만 긍정적인 분위기를 주위에 전염시키는 재주가 있었다. 더구나 조원과 더불어 서경을 지켜낸 군사들은 자신감이 팽배했고 그 분위기에 같이 휩싸여 있었다. 수많은 적을 공격하기 위하여 움직이는 중인데도 비장함 따위가 없었다.

조원 역시 얼어붙은 못으로 올라가 장갑을 벗고 허리를 굽혀 직접 순채의 누런 줄기를 주우려고 하는데 손끝에 닿는 얼음의 느낌이 알싸하게 차가웠다. 그런데 순채 줄기 주위의 얼음은 딱딱하지 않았고 약간 녹아 있었다. 그 느낌에 조원은 갑자기 어떤 생각이 불현듯 머리를 스쳤다.

조원이 피위종에게 급히 물었다.

"이제 입춘도 지났으니 강의 얼음이 얇아지고 있겠지요?"

피위종이 조원의 갑작스러운 질문에 별생각 없이 고개를 끄덕였다.

조원이 급히 홍협을 불러 다짜고짜 말했다.

"대동강의 얼음을 부숴야겠습니다."

홍협이 조원의 말에 어리둥절하고 있는 가운데 피위종이 비로소 조원의 의도를 알아차렸다.

"여기는 우리가 맡겠습니다. 병마사께서는 얼음을 깨러 가십시오!"

홍협은 어리둥절해하며 아직 무슨 일인지 파악하지 못했다.

피위종이 홍협에게 말했다.

"얼음이 녹고 있습니다. 대동강의 얼음을 깨어 놓으면 북적들은 대동강을 쉽게 넘지 못할 것입니다."

피위종의 말에 홍협이 그제야 머리를 크게 끄덕이며 말했다.

"아! 순채 줄기 주위에 얼음이 녹고 있었습니다."

조원은 급히 서경으로 돌아와서 강민첨을 찾았다. 강민첨은 성벽을 순시하다가 밖에 나갔던 조원이 갑자기 돌아와 찾자 조원에게로 급히 갔다.

조원은 강민첨이 눈에 들어오자 달려가며 기쁜 목소리로 순채 줄기를 들며 외쳤다.

"얼음이 얇아지고 있습니다!"

그날 밤부터 서경의 군민들은 밤잠을 잊고 대동강의 얼음들을 군데군데 깨부수었다.

92

회군 시작

: 신해년(1011년) 일월 사일 진시(8시경)

갈소관대왕 갈리희(葛里喜)는 아들 갈불려(葛不呂)와 함께 갈소관(曷蘇館) 여진 군사 삼천을 이끌고 최선봉대로 개경을 떠나 북상했다.

갈소관은 요동반도에 자리 잡고 있었고 거란과 고려 사이에 끼인 신세였다. 수십 년 동안 거란으로부터 지속적인 공격을 받아 결국 거란의 지배를 받게 되었다.

갈리희는 거란에서 갈소관대왕으로 책봉해주었으나 사실은 갈소관의 여러 부족장 중의 하나에 불과했다. 거란에 적극적으로 협조하여 거란의 힘을 등에 업고 갈소관을 통괄하는 위치에 오른 것인데 그만큼 반대 세력도 많았다. 이번 원정에서 얻은 것이 아무것도 없으니 반대 세력들이 목소리를 낼 것이다. 갈리희는 북상하는 동안 있을지 모르는 고려군의 공격에 대비하면서, 한편으로는 돌아가서 갈소관 여진인들의 불만을 어떻게 무마시킬지 고민했다.

서경을 지나갈 때는 매우 주의하여 동쪽으로 크게 우회하여 패수(대동강)를 거슬러 올라갔다. 얼어붙은 강물 위를 건너가는데 갑자기 얼음이 군데군데 깨지며 수십 명이 강물에 빠졌고 어디선가 나타난 고려군 기병들이 화살을 쏘아댔다. 몹시 당황하여 모두 허둥대는데 갈리희가 외쳤다.

"아직 일월이다! 강의 얼음이 모두 녹지는 않았을 것이니 단단히 언 곳을 찾아 이동하라!"

나타난 고려군들의 수가 다행히 많지 않았기 때문에 화살을 막으며 기다시피 하여 강을 건널 수 있었다. 그러나 패수가 남쪽에서 서쪽으로 꺾이는 지점에 도달하자 왼쪽의 산들 사이에서 화살들이 또 쏟아졌다.

갈리희는 방패를 들며 잠시 멈칫하다가 그대로 앞으로 말을 내달렸다. 갈리희가 내달리자 갈소관 군사들도 갈리희를 따라 달렸다.

아군 중에 몇몇은 죽거나 다치겠지만 그렇다고 산에 숨어 있는 고려군을 소탕할 수도 없는 일이었다. 그럴 시간도 없었고, 고려군들이 숨어 있는 산맥 사이로 잘못 들어갔다가는 오히려 다른 매복에 걸려 큰 피해를 입게 될 것이다. 적들이 전면을 막아서지 않는 이상, 약간의 희생을 무릅쓰더라도 피하는 것이 상책이었다. 그러나 갈리희가 예상하지 못한 것이 있었다.

그것은 고려군들의 '집요함'이었다. 고려군들은 계속 나타나 괴롭혔고 숙주에 도착할 때까지 그런 공격이 계속되었다. 가랑비에 옷 젖는다고 어느새 삼백여 명의 군사들이 죽거나 부상을 당했다.

그러나 인명피해도 피해거니와 군사들의 사기가 말이 아니었다. 집으로 돌아간다는 사실에 모두 힘을 내고 있었지만 두 달이 넘는 원정으로 피로가 극도로 쌓여 있었고 고려군이 집요하게 공격하자 군사들의 사기는 바닥을 치고 있었다.

더욱더 큰 문제는 이것이 시작이라는 점이었다. 청천강과 압록강 사이에는 고려의 성들이 염주알처럼 도열해 있었고 거기에는 수만의 고려군이 있었다. 그들은 곽주를 재탈환해 갔다. 그들이 전투를 벌일 의사는 분명해 보였고 자신들을 쉽게 보내주지는 않을 것이었다.

서경을 우회하는 길을 택한 데다가 고려군의 집요한 공격에 숙주로 가는 길은 보통보다 배 이상의 시간이 들었다. 숙주, 안주를 거쳐 청천강을 넘어 곽주에 이르렀을 때는 벌써 일월 칠일이 되어 있었다.

갈리희는 안주를 지나 청천강을 건넌 후부터 매우 천천히 전진했다. 고려군이 언제 어디서 튀어나올지 알 수 없었기 때문이었다. 최선봉의 갈리희가 매우 천천히 진군하자, 후속 부대의 진군 속도도 늦어질 수밖에 없었다. 야율분노는 사람을 보내 더 빨리 행군할 것을 재촉했다. 다행히 조심히 접근한 곽주성에는 고려군이 없었기에 곽주성에 들어가서 쉴 수 있었다.

나중에 도착한 야율분노는 갈리희를 불러 문책했다.

"강의 얼음이 풀리기 전에 압록강을 넘어야 하는데 그렇게 천천히 진군하면 언제 압록강을 넘겠소! 만일 앞으로 하루에 백 리 길을 가지 못한다면 군법에 의해서 다스릴 것이오!"

갈리희는 야율분노의 말에 배알이 뒤틀렸지만 어쩔 수 없었다. 공손한 자세로 대답했지만 그래도 좀 있으면 완항령이었다. 삼수채 회전에서 패한 고려군들은 여기서 반격 작전을 펼쳤고, 도주하던 고려군을 신나게 추격하던 거란군들은 물러날 수밖에 없었다.

갈리희가 조심스레 야율분노에게 물었다.

"여기서 조금만 더 가면 완항령입니다. 그곳에 고려군의 매복이 있을 가능성이 큰데 어떻게 하면 되겠습니까?"

야율분노는 급한 성격에 갈리희를 몰아붙였지만, 야율분노 역시 서경을 지나며 고려군의 모기떼 같은 집요한 공격에 대단히 시달렸다.

숭덕궁사 야율해리를 시켜 숭덕궁의 군사들을 산맥으로 진입시키고 서야 겨우 고려군의 공격을 멈추게 할 수 있었다. 그러나 수백 명의 숭덕궁의 병력을 잃고 말았다.

갈리희 말대로 조금만 더 가면 완항령이다. 그곳에 고려군의 매복이 있을 가능성이 매우 컸고 아무 대비 없이 지나다가는 큰 타격을 받을 수 있었다.

갈리희의 물음에 야율분노가 잠시 생각한 뒤에 말했다.

"정찰을 철저히 하며 고갯길을 넘으시오. 만일 적이 나타났는데 대적이 힘들다고 판단되면 후속군을 기다리시오."

아무리 성질 급한 야율분노라도 이렇게 영을 내릴 수밖에 없었다.

갈라희가 선봉도통소를 나간 뒤 야율홍고가 야율분노에게 말했다.

"적의 병력이 얼마나 되는지는 알 수 없으나 야전에서 우리를 찾아서 공격하지는 않을 것 같습니다. 어느 특정한 곳에 병력을 매복해 두고 기다릴 가능성이 큽니다."

야율분노는 고개를 끄덕였다.

야율홍고가 계속 말했다.

"완항령에 매복이 우려되나, 적의 주력은 분명히 통주에 있을 것입니다."

야율분노가 동의하며 말했다.

"땅이 진창으로 변하고 있으니, 적장이 병법을 안다면 통주에 주력군을 모아 놓고 그 근처를 요새화시켰겠지."

야율홍고가 말했다.

"여기서 동북쪽으로 가면 산길을 통해서 내원성에 닿을 수 있습니다. 통주를 공격하는 척하면서 그쪽 산길로 회군하는 것이 어떻겠습니까? 고려군이 전력을 분산해서 모든 길을 막아 놓고 있지는 않을 것입니다."

야율분노가 들어보니 야율홍고의 의견은 쓸 만했다. 그러나 한 가지 문제점이 있었다. 그쪽 길은 산맥 사이의 협소한 길이었다. 내원성까지 가려면 거의 삼백 리 정도를 그런 길로 나아가야 하는데 그것은 큰 모험이었다. 약간의 고려군이 매복해 있어도 아군에 큰 피해를 줄 수 있기 때문이다.

조금 더 의견들을 교환한 후, 기본 계획을 수립했다.

일단 통주 근처를 공격한다.

그러나 고려군이 전력을 통주에 모아두고 있다고 판단되고, 통주에서 길을 뚫기가 쉽지 않을 때, 그때 동북쪽 산길로 향한다.

야율분노는 가용한 원탐난자군을 모두 출동시켜서 모든 길을 정찰하게 했다.

다음 날 새벽, 완항령에 고려군이 매복해 있다는 보고와 동북쪽 산길은 아무런 움직임이 없다는 보고를 받았다.

93
다시 완항령에서

: 신해년(1011년) 일월 팔일 진시(8시경)

양규는 통주에서 지속적으로 요새화 작업하는 것을 지휘하고 독려했다. 정월 닷샛날이 되자 척후로부터 거란군이 회군 중이라는 사실이 보고되었다.

양규는 제장들에게 맡은 바 임무를 차질 없이 수행할 것을 당부했다. 통주성과 봉황고개 쪽은 문제가 없었다. 통주성 쪽은 거란군들이 접근하려고 시도조차 하지 않을 것이었고 만일 접근한다면 범의 아가리에 머리를 들이미는 꼴이었다.

봉황고개는 방어에 최적화된 지세였다. 따라서 지세에 맞는 완벽한 준비를 해두었고 또 계속 준비 중이었다. 적이 봉황고개에 들어간다면 일정 수는 눈이 녹듯이 사라져버릴 것이다.

문제는 청강평야 쪽이었다. 평야의 가장 좁은 곳을 방어하고 있다고 하나 그래도 폭이 이백 보는 되었다. 평야의 양 끝에 목책으로 된 성을 쌓고 평야 지역은 초반의 검차진처럼 작은 목책진을 수십 개 만들었다. 목책진 사이에는 수천 개의 나무 기둥을 군데군데 박아 넣어 기병의 기동을 방해할 수 있도록 했다. 그러고는 사이 사이마다 철질려와 나무질려 등을 잘 보이지 않도록 뿌려 놓았다. 규칙 있게 뿌려 놓아서 아군은 질려를 밟지 않고 이동할 수 있으나, 뿌려 놓은 규칙을 모르는 적들은 반드시 밟을 수밖에 없도록 했다.

평야 양쪽 산에는 각종 쇠뇌를 운용하는 군사들을 매복시켜서 적의 장교들을 저격하거나 필요시에는 궁력을 보태도록 했으며, 산의 중간중간 요지에는 역시 군사들을 매복시켜 적이 쉽게 산을 오르지 못하게 했다. 적들은 반드시 이곳으로 올 것이었다.

이곳의 책임자는 채온겸이었다. 채온겸이 통주병 천여 명과 각종 군사 만여 명을 거느리고 작전을 수행할 것이다.

양규가 채온겸에게 가서 거란군의 회군 사실을 알리며 말했다.

"거란군은 반드시 이곳으로 올 것입니다. 적을 막아서되 만일 상대하기 버거워지면 그냥 통과시키십시오!"

채온겸이 정색하며 말했다.

"각하의 말씀대로 전쟁을 끝낼 기회입니다. 여기서 거란군을 못 막아내면 제 목숨을 바치겠습니다."

채온겸은 양규가 절묘한 작전으로 곽주를 탈환한 것에 대해 매우 탄복했다. 또한 양규가 고려의 관리로서 책임을 무겁게 지니고 위험을 무릅쓰고 전쟁을 끝내기 위해 고군분투하는 것에 깊은 인상을 받았다. 자신 역시 양규의 계획하에 신명을 바치기로 다짐하였다.

채온겸의 극단적인 말에 오히려 양규가 당황하며 말했다.

"뒤에는 흥위위 초군이 예비대로 대기할 것입니다. 너무 무리하실 필요는 없습니다."

채온겸이 흰 수염을 나부끼며 당당한 태도로 말했다.

"여기가 그냥 뚫린다면 흥위위 초군들이 어떻게 막아내겠습니까? 적어도 여기서 최대한 적을 줄여주어야 상대할 수 있을 것입니다. 여기에서 제 신명을 바칠 것을 약속드리겠습니다."

양규가 고개를 끄덕이며 말했다.

"그렇지만 너무 무리하지는 마십시오. 적이 이곳을 통과하더라도 큰 피해를 입을 것입니다. 그러면 작전은 성공한 것입니다. 어쨌든 잘 부탁드리겠습니다."

양규는 즉시 홍위위 초군들을 이끌고 완항령으로 향했다. 거란군들이 나타날 때까지 그곳에 주둔할 생각이었다.

이레가 되자 드디어 곽주에 적이 나타났으며 그날 밤에는 은밀히 완항령에 나타난 적의 정찰병을 공격했다.

다음 날 아침 진시(7~9시)가 되자 드디어 고갯길 아래에서 거란군들이 보이기 시작했다. 야간에 거란의 정찰병을 제거했기 때문에 매복을 염려하여 조심하고 있었다. 홍위위 초군들은 길 중간중간에 거마창을 설치해 놓고 함마갱도 파놓았으며 질려를 군데군데 뿌려 놓아서 거란군의 이동이 쉽지 않게 했다. 그리고 고개 아래에서는 보이지 않는 곳에서 은밀히 몸을 숨기고 대기했다.

거란군들은 완항령을 오르지 않고 멈춰 서 있었다. 양규는 거란군을 계속 예의주시했다.

그런데 갑자기 거란군들이 전속력으로 고개를 뛰어오르기 시작했다. 장방패를 들고 천천히 접근할 것이라는 예상과 다르게, 작은 방패를 든 보병들이 경주하듯이 올라오고 있었다.

거란군들이 첫 번째 거마창에 이르자 거마창을 제거하기 위하여 멈출 수밖에 없었고 홍위위 초군들은 일제히 화살을 날렸다.

그러나 적들은 화살을 맞고도 계속 움직이는 것이 거의 타격을 받지 않는 것 같았다. 갑옷을 겹으로 껴입고 있어서 오십 보 밖에서 쏘는 화살로는 그들을 무력화시킬 수 없을 것 같았다.

양규가 다음 지점으로 후퇴를 명하려는데 급히 낭장 원태가 와서 말했다.

"지금 그냥 후퇴하면 적들은 우리를 가볍게 볼 것입니다. 한번 겨루어볼 수 있도록 허락해주십시오!"

원태의 말에 중랑장 채굉이 첫 번째 모퉁이를 가리키며 양규에게 말했다.

"원 낭장의 말이 일리가 있습니다! 초반의 기세가 중요합니다. 저곳이라면 해볼 만합니다."

채쾡이 가리킨 곳은 고개를 오르다 보면 처음 만나게 되는 오른쪽으로 살짝 꺾이는 모퉁이였다.

양규는 즉시 명령을 내려 그곳에 진을 치도록 했다. 흑낭대의 방패수와 도부수가 앞에 서고 창수가 그 뒤에, 궁수가 또 그 뒤에 섰다. 양옆의 산허리에는 백낭대와 적낭대가 올라 측면을 지원하게 하였으며 청낭대를 예비대로 배치했다.

거란군들이 모퉁이를 돌아오자, 흑낭대의 궁수들이 거란군의 머리를 겨냥해서 화살을 날렸다. 겨우 이십여 보 앞에서 직사하는 것이므로 어디를 쏘더라도 타격을 줄 수 있겠으나 거란군들이 두꺼운 갑옷을 입고 있기에 주로 머리를 겨냥한 것이었다.

거란군들 수십 명이 머리에 화살을 얻어맞고 쓰러졌다. 그러나 머리 역시 투구로 무장을 했으므로 죽은 자는 드물었다. 대부분 화살에 맞은 충격으로 정신을 잃은 자들이었다.

거란군들은 공격을 받으면서도 꾸준히 전진해 와서 드디어 흑낭대원들과 방패를 맞댈 만한 위치까지 접근해 왔다. 거란군들이 접근해 오자, 선두에 서 있던 원태가 도끼를 높이 들고 외쳤다.

"지금이 우리의 모든 역량을 발휘할 때다! 모두 앞으로 나가라!"

원태의 외침에 흑낭대의 방패진이 앞으로 나아가며 거란군들과 백병전을 펼쳤다. 흑낭대의 창수들은 거란군들의 얼굴을 겨냥해 창을 내질렀고, 거란군들이 창을 막기 위해 작은 방패로 얼굴을 가리자, 원태를 비롯한 도끼를 든 흑낭대 군사들이 앞으로 뛰쳐나가 거란군들의 몸통을 찍어댔다.

거란군은 빠르게 움직이기 위해서 창보다 짧은 단병기로 무장했기 때문에 공격거리에 있어서 흑낭대에게 불리했다.

잠시 교전 상황을 지켜보던 양규가 드디어 백낭대와 청낭대에게 사격명령을 내렸다.

흑낭대의 좌우 산기슭에 포진하여 고갯길보다 높은 위치에 있던 백낭대와 청낭대 군사들이 흑낭대와 치열한 교전을 벌이고 있는 거란군들의 머리 위에 화살 비를 퍼붓자, 드디어 거란군의 진열이 무너지고 말았다.

"이얍!"

원태는 기합을 지르며 거란군 속에 파고들어 도끼를 사납게 휘둘렀다. 원태가 거란군 속에 파고들자 흑낭대 전원이 앞으로 나서며 거란군들을 밀어붙였다. 거란군들은 드디어 패주하기 시작했다.

원태는 몇십 보 정도 달려 나가다가 걸음을 멈추고 휘하 군사들을 제지했다. 모퉁이까지가 한계선이었다. 그 이상을 추격하게 되면 위험해질 수 있다.

양규 역시 재빨리 징을 치게 하여 흑낭대 군사들이 적을 추격하는 것을 막았다.

홍위위 초군들과 싸움을 벌인 거란군들은 낭군군이었다. 낭군군 상온 해오야는 선봉의 낭군군들이 후퇴하자, 즉시 전투 상황을 묻고 다시 전열을 짜서 후방의 낭군군들을 투입했다.

장방패를 앞세우고 창수들을 배치하고 장방패수와 창수들 사이 사이에 원방패를 든 군사들을 배치하여 머리로 쏟아지는 화살 공격을 막도록 했다.

역시 가장 큰 문제는 양익의 고려군들이 쏘아대는 화살이었다. 해오야는 전면으로는 철갑으로 무장한 군사들을 보내고 경무장한 다른 군사들로 하여금 양쪽 산비탈을 오르게 했다. 산비탈을 올라 공격하는 것은 매우 더딘 일이었으나 지금은 그 수밖에 없었다.

야율분노는 낭군군을 완항령으로 보내서 공격하게 하고 나머지 군들을 완항령의 좌·우로 우회시켰다. 우회길은 완항령을 넘는 길보다 서너 배이상 멀겠지만 고려군이 그쪽까지 대비하지는 못했을 것이다. 그러므로 사실상 멀어도 가까운 것이었다.

낭군군은 진격과 퇴각을 반복하며 지속적으로 공세를 펼쳤지만 좁은 길을 막고 있는 고려군들을 단박에 뚫어낼 수는 없었다. 또한 이미 오랜 원정으로 지쳐 있어서 체력의 한계점이 빨리 찾아왔다. 더구나 무거운 철갑을 입고 싸우니, 철갑은 금세 천근만근이 되었고 한 시진이 지나자 다리를 옮기는 것만으로도 후들거릴 지경이었다.

해오야는 군사들이 한계점에 왔다는 것을 알았다. 교대가 필요한 시점이었다. 곧 야율분노에게 가서 공격군의 교대를 요청했다.

야율분노는 갈소관 여진군을 완항령으로 올려보냈다. 그러나 갈소관 여진군이 낭군군과 같을 수는 없었다. 더는 얻을 게 없는 전쟁에서 여진족 군사들은 적극적으로 싸우지 않았고 거리를 두고 방패 뒤에 숨어서 화살만을 쏘아댔다.

"저런 몹쓸 놈들이 있나!"

야율분노가 분통을 터트리며 갈리희를 불러 책망하려는데 야율홍고가 말했다.

"지금 상황에서는 책망해야 소용없습니다. 오히려 너무 강하게 책망하면 저들은 딴마음을 품을 것입니다."

듣고 보니 옳은 말이었다. 저들에게 충성심을 기대하는 건 무리다. 오직 개인의 이득을 취하기 위해 전투에 참가한 자들 아닌가. 더 이상 취할 이득이 없는 데다가 아군의 상황도 점점 안 좋아지고 있었다. 상황이 더욱 악화하면 가만 놔두어도 고려군에 항복해버리거나 반란을 일으킬 가능성이 농후했다.

야율홍고가 다시 말했다.

"어차피 우리 군이 좌·우로 돌아갔지 않습니까! 문제는 여기가 아니라 그다음입니다. 여기서 너무 무리할 필요는 없습니다."

소허열 역시 야율홍고의 말에 동조하며 말했다.

"부도통의 말이 맞습니다. 여기는 자연스레 뚫릴 것입니다. 그런데 저들은 우리를 쉽게 놔주지 않을 작정인가 봅니다."

94
완항령을 넘어 삼수채로
: 신해년(1011년) 일월 팔일 미시(14시경)

반 시진 후에 야율분노는 고려군들이 뒤로 물러간다는 보고를 접하자, 즉시 낭군군을 재투입하며 자신도 완항령에 올랐다. 고려군들이 물러나자 낭군군들은 기세를 떨치며 추격했는데 곧 다시 막히고 말았다. 고려군은 생각만큼 곱게 후퇴하고 있지 않았다.

소허열이 야율분노에게 말했다.

"고려군들은 우리 군이 고개를 우회할 것을 알고 조금씩 후퇴하는 것 같습니다. 그러니 낭군군을 무리시킬 필요는 없습니다."

야율분노가 고개를 가로저으며 말했다.

"그런 것 같아 보이니 오히려 더 강하게 밀어붙여야 하오! 뒤를 볼 수 없을 정도로 밀어붙이면 저들은 후퇴할 시기를 잃어버릴 것이오. 그러면 여기서 저들을 섬멸할 가능성도 커질 거요."

패인낭군(牌印郎君) 소박(蕭朴)은 낭군군 일대(隊)를 이끌고 있었다. 선두에 서서 앞을 막아서고 있는 고려군들과 치열하게 교전을 벌였다. 소박 역시 투구 부분에 화살을 맞고 잠시 정신을 잃었으나 주위의 부축을 받고 다시 일어나 전투를 벌였다. 앞을 막아서고 있는 고려군의 전투력은 최상급이었다. 고려군들은 대병력을 운용하여 회전을 벌이는 데는 서툰 듯했으나, 이렇게 소규모 병력으로 싸우는 데선 대단한 전투력을 보여주고 있었다.

위에서 내린 명령은, 희생을 무릅쓰고라도 계속 앞으로 나아가 앞에 있는 고려군을 묶어두라는 것이었다. 희생을 무릅쓰고 앞으로 나아가는 것은 할 수 있었으나, 고려군을 묶어 두기란 참으로 어려운 일이었다.

고려군은 준비를 철저히 해 놓고 있었다. 고려군이 물러나다가 멈추어서 공격하는 지점에는 반드시 요소요소에 함정이 있어, 아군의 돌격 대열이 흐트러질 수밖에 없었다. 때때로 머리 위로 돌이나 불붙은 짚단이 날아오기도 했는데, 짚단엔 기름이 먹여져 있어 한참을 타올랐다.

마치 공성전을 치르는 것과 같았다. 다만 공성전보다 더 큰 애로사항은 진입로가 매우 좁다는 것이었다. 고려군들은 매우 얄밉게도 잘 계획된 작전을 제대로 수행하고 있었다.

전투에 임하는 낭군군의 사기는 여전히 높았다. 노예 신분에서 벗어나려면 전투에서 공을 세워야 했다. 전투 자체가 일생일대 기회의 순간이었다.

그러나 사기는 높았으나 체력까지 높을 수는 없었다. 낭군군들은 완전히 지쳤고 희생은 계속 늘어갔다.

"헉! 헉! 헉!"

소박은 숨을 몰아쉬고 있었다. 고려군들의 함정을 제거하고 매복 공격을 받으며 접근해서 그들과 싸움을 벌이는 것은, 이미 지고 들어가는 것과 마찬가지였다. 맨 앞의 열은 고려군과 조우하기도 전에 쓰러졌고 겨우 고려군과 마주한 군사들도 매우 지쳐 있었다. 소박은 부대의 행렬 중간쯤에 있었는데 앞의 군사들이 모두 쓰러지니 이제 맨 앞 열이 되었다.

소박은 숨을 몰아쉬며 추추*(鎚錐)를 빼어 들고 앞에 있는 고려군에게 접근했다.

고려군들은 아군이 접근하면 긴 창으로 아군들의 얼굴을 찌르고, 아군

---

*　무기용 쇠망치

들이 방패를 들어 막으면, 도끼를 든 자들이 대열 중에서 뛰쳐나와 아군의 허리 아래를 후려치는 전법을 사용하고 있었다. 소박은 찔러 오는 고려군들의 창에 방패를 들어 얼굴을 방어하면서도 시선은 밑을 향하여 몸통에 신경을 썼다.

그런데 이번에는 고려군에게 근접할 때쯤에 고려군들은 모두 뒤로 빠르게 퇴각했다. 부하들 모두 숨을 거칠게 몰아쉬며 지쳐 있었고 땀으로 흠뻑 젖어 있었다. 휴식을 취해야겠으나, 명령은 고려군을 계속 압박하라는 것이었다. 소박은 부대의 진열을 정비한 후, 고려군의 공격에 대비하며 매우 조심히 전진시켰다.

전진하다가 앞이 탁 트인 곳이 나오자 그제야 깨닫게 되었다. 이 지긋지긋하던 고갯길이 끝나고 있었던 것이다.

잠시 후 해오야와 함께 야율분노가 왔다. 야율분노가 질책하듯이 소박에게 물었다.

"어째서 고려군을 잡아 두지 못한 것인가?"

소박이 변명하듯이 그러나 솔직히 말했다.

"고려군들이 함정을 곳곳에 파놓고 지속적으로 매복 공격을 해서, 빠르게 앞으로 가는 것이 쉽지 않았습니다."

해오야도 소박을 거들며 야율분노에게 말했다.

"적들은 이곳 지형을 이용하여 잘 준비해 놓고 있었습니다. 이렇게 물러가게 한 것만으로도 큰 성과입니다."

야율분노는 심히 못마땅했으나, 소박을 보니 방패에는 화살 몇 개가 박혀 있었고 투구는 찌그러져 있었으며 몸은 땀으로 흠뻑 젖어 있는 것 같았다. 이들이 명령을 제대로 수행하지는 못했지만 격전을 벌인 것은 분명했다.

그 모습에 야율분노는 더 이상 책망하지 않았다.

소박은 휘하 군사들을 쉬게 한 후, 군사들 사이를 돌아다니며 상태를 점검했다. 원정 기간이 이제 두 달이 넘어가는 데다가 기간에 비해 너무 많은 격전을 치렀다. 자신의 휘하 칠백 명의 정군 중에 삼백여 명이 죽거나 부상을 당했고 남은 자들도 많이 지쳐 있었다.

사실 가장 큰 문제는 사람보다도 다른 데 있었다. 부장 하나가 소박에게 말했다.

"사람이 지친 것도 문제지만, 더 큰 문제는 말과 낙타가 너무 지친 것입니다. 쓰러지는 말들이 계속 늘어나고 있습니다. 이래서는 있는 장비들을 제대로 수송할 수 있을지 모르겠습니다."

고려는 청야작전을 실시했고 들판에는 불을 놓아 마른 풀들을 재로 만들어버렸기 때문에 말이 먹을 것을 충분히 구할 수 없었다. 지니고 온 것만을 먹여야 했는데 서경을 공격할 즈음에는 이미 바닥을 보이고 있었다.

소박은 한참 고민하다가 말했다.

"한계치가 오면 마갑부터 버려야 되지 않겠나?"

야율분노는 삼수채에서 십 리 정도 떨어진 지점에 영채를 세우게 했다.

삼수채 쪽으로 원탐난자군을 이끌고 정찰을 나갔던 소포노가 돌아왔는데 대부분의 부하를 잃고 본인도 다리에 부상을 입은 채였다.

소포노가 비분에 찬 어조로 말했다.

"고려군이 도처에 깔려 있었습니다. 산에 은밀히 올라 적정을 탐지하려고 했는데 고려군의 매복에 걸려 부하들을 대다수 잃고 말았습니다."

야율분노는 즉시 갈소관 여진군을 봉황고개로 보내고 발해군과 숭덕궁군을 청강평야 쪽으로 보냈다. 정찰이 불가능하니 몸으로 때우는 수밖에 없었다.

새벽녘에 이들은 패하여 돌아왔지만, 다행히 고려군의 추격이 없었기 때문에 인명피해는 많지 않았다.

야율분노가 보고를 받고 생각에 빠져 있는데 야율홍고가 말했다.

"어쩌면 이번이 가장 힘든 싸움이 될지도 모르겠습니다."

야율분노는 얼굴을 찡그렸다.

잠시 후, 제장들이 선봉도통소에 모였다. 여러 가지 의견이 오가는 가운데 내륙 길 쪽으로 정찰 나갔던 원탐난자군이 돌아와서 보고했다.

"적의 안의진까지 정찰을 했는데 어디에도 고려군은 없었습니다."

제장들의 표정이 한결 밝아졌다. 앞을 막아선 고려군들이 만만치 않은 데다가 피로에 지친 회군길이다. 또한 지금 고려군에게 승전한다고 해서 얻는 것은 아무것도 없었다. 모두 웬만하면 전투를 피하고 싶었다.

야율홍고가 말했다.

"적들이 모든 길을 다 막을 수는 없는 법입니다. 확실히 내륙 길 쪽은 적이 없을 것이고, 있더라도 소수일 것입니다."

소허열이 말했다.

"그러나 그리로 가더라도 여기서 어느 정도 저들의 시선을 잡아주어야 합니다."

대다수의 제장이 내륙 길로 가는 것을 찬성했고 의견은 그쪽으로 모아지고 있었다.

그런데 야율적로가 비분강개한 어조로 말하였다.

"이 전쟁은 폐하의 위엄을 보이는 전쟁입니다. 그런데 적이 무서워서 큰 길로 가지 않고 작은 길로 숨어 간다면 그 민망함을 어찌 말로 다 할 수 있겠습니까?"

야율적로의 말에 선봉도통소 안의 분위기는 마치 찬물을 끼얹은 것처럼 가라앉았다. 잠시 적막감이 감도는 가운데 누구도 섣불리 말을 꺼내지 못했다.

잠시 후, 야율홍고가 입을 열었다.

"상온의 말이 지당하오. 그러나 충성은 강직하여야 하나 전술은 유연해야 합니다. 위엄이 전술을 대체할 수는 없습니다. 지금 가장 중요한 것은 안전한 회군입니다."

야율적로가 반박하며 말했다.

"내륙 길은 수백 리가 모두 험지입니다. 만일 고려군이 준비하여 매복하고 있다면 더 큰 화를 당할 것입니다."

야율홍고가 말했다.

"적들은 삼수채에 영채를 세우고 전투 준비를 철저히 하고 있소. 그들을 상대하기보다는 내륙 길로 가는 것이 상책이오."

야율적로가 말했다.

"우리는 얼마 전에 이곳에서 고려의 주력을 패퇴시켰습니다. 지금 앞을 막아선 고려의 군사들은 그때의 패잔병들에 불과합니다. 우리가 패잔병 따위를 두려워해서야 되겠습니까?"

소허열이 야율적로를 두둔하고 나섰다.

"상온의 말에도 일리가 있습니다. 먼저 통주의 적을 공격하여 길을 열려고 시도한 다음, 그것이 안 되면 차선책으로 내륙 길로 가는 것이 어떻겠습니까?"

야율적로가 힘주어 말했다.

"우피실군이 선봉에 서서 공격하겠습니다. 그것이 통하지 않으면 그때 내륙 길로 향하도록 하십시오!"

결국 야율분노는 일단 삼수채의 고려군들을 공격하기로 결정했다. 그러나 군사들은 확실히 지쳐 있었고 말과 낙타는 더 말할 필요도 없었다. 일단 군사들을 쉬게 하고 다수의 정찰병을 내륙 길 쪽으로 보내서 고려군의 매복 여부를 더욱 자세히 살피도록 지시했다.

공격은 우피실군을 선봉으로 해서 십일 일부터 행해졌다. 청강평야 쪽이 주공(主攻)이었고 약간의 군사들을 통주성 쪽과 봉황고개 쪽으로 보냈다.

야율적로가 보니, 방진처럼 생긴 작은 목책들이 수십 개가 늘어서 있었고 마치 처음 삼수채에서의 전투와 같아 보였다. 서로의 위치가 바뀌었고 고려군의 수레 방진이 목책의 방진으로 바뀌어 있었다는 것만 달랐다.

야율적로는 우피실군을 이끌고 평야 지대에 주둔하고 있는 고려군들을 아침부터 오후까지 맹렬히 공격하여 작은 목책 방진 몇 개를 점령했으나 그것이 전부였다.

공격에 별 진전이 없자, 야율적로는 목책 방진 사이로 군사들을 가게 했다. 그러나 방진 사이에는 함정이 가득했고 사방에서 고려군들이 화살을 쏘아대니 군사들만 상할 뿐 앞으로 나아갈 수 없었다.

이날 공격이 무위로 돌아가자, 선봉도통소에서는 갑론을박이 벌어졌고 좀처럼 의견이 통일되지 않았다.

야율적로가 말하였다.

"오늘 하루의 공격은 예비전이었을 뿐입니다. 적들이 어떻게 대비하고 있는지 알게 되었으니 우리도 거기에 맞추어 준비하면 됩니다. 내일 한 번 더 공격해본 후에 여의치 않으면 그때 다른 계책을 생각하더라도 늦지 않습니다."

야율분노가 어두운 얼굴로 말하였다.

"오늘 공격이 아무 소득 없이 무위로 끝났는데 내일이라고 성공할 수 있겠소? 더구나 날씨가 점점 따뜻해지며 땅이 질척대고 있소."

청강을 품은 청강평야 어떤 곳은 무릎까지 빠질 정도로 땅이 질어지고 있었다.

야율적로가 단호한 표정으로 말했다.

"서쪽으로 나아가면 산을 돌아 저들의 뒤편으로 돌아갈 수 있습니다. 전면은 오늘처럼 공격하게 하고, 하나의 군(軍)으로 하여금 산을 돌아가게 한다면 적들을 깰 수 있을 것입니다."

일단 시작한 공격이니, 내일 하루는 야율적로의 말대로 다시 한번 공격하고 그것이 성공하지 못하면 다시 의논하기로 했다.

그런데 그때, 북피실군 상온 소혜가 선봉도통소로 들어왔다. 아마 선봉군 다음으로 출발한 부대가 북피실군인 듯했다. 소혜는 선봉도통소에 들어오더니 야율분노에게 가서 귓속말로 말했다. 소혜의 말을 들은 야율분노의 안색이 무겁게 변했다.

95

녹슬지 않는 칼

: 신해년(1011년) 일월 십일일 유시(18시경)

채온겸은 거란군이 물러나자 전방의 목책으로 가서 그것을 보수하는 것을 지켜보았다. 철저히 준비한 덕에 사상자도 많지 않았고 급한 상황에 몰리지도 않았다. 더구나 땅은 급속히 질척해지고 있었다. 이곳에서 군대를 기동한다는 것 자체가 점점 불가능한 날씨로 바뀌고 있었다. 후방에 예비대로 대기하고 있던 흥위위 초군들은 아예 전장에 나설 필요도 없었다.

전방에서 아군을 지휘한 최질이 목책을 보수시키고 전장을 정리하게 하다가 채온겸이 다가오자 말했다.

"적들이 아무 대비도 없이 공격해 와서 쉽게 격퇴할 수 있었습니다. 거란군이 이렇게만 와준다면 도순검사 각하의 말씀대로 그들을 고사시킬 수도 있겠습니다."

최질의 목소리에는 흥분과 자신감이 섞여 있었다. 그는 어느덧 양규의 추종자가 되어 있었다. 최질뿐만이 아니었다. 처음에는 말도 되지 않는 작전이라며 배척했던 사람들마저 양규가 이를 척척 계획대로 수행해나가자 제장뿐 아니라 군사들까지 한마음이 되어갔다.

곧이어 양규가 와서 채온겸과 최질에게 말했다.

"수고하셨습니다! 정말 잘들 해주셨습니다."

양규의 칭찬에 채온겸이 겸손한 표정으로 말했다.

"모두 각하께서 지도해주신 덕분입니다."

칭찬에 더욱 고양된 최질은 손짓 발 짓을 해가며 양규에게 자세한 전황을 설명했다. 양규가 미소 띤 채로 최질의 설명을 듣고 난 후에 말했다.

"최 중랑장이 이렇게 용맹하고 두 번이나 큰 공을 세웠으니 전쟁이 끝난 후에 반드시 크게 중용될 것이오!"

최질은 더욱 의기양양해하며 말했다.

"제깟 놈들이 아무리 몰려와도 이곳을 뚫지는 못할 것입니다."

양규가 고개를 끄덕이면서 말했다.

"최 중랑장이 용맹하게 지휘하니 잘 막아내리라고 믿소. 그러나 준비를 철저히 하고 방심하면 안 되오."

양규는 최전방에서 싸운 통주병과 일품군들을 위로하고 그들을 치하했다.

"그대들의 용기와 높은 자부심에 나는 감탄을 금하지 못하겠다. 거란군이 강하다고 하지만 거란군을 물리친 그대들은 더욱 강한 자들이다. 오늘 고려를 구했으니 모든 고려인이 감사할 것이다. 그대들이 고려의 진정한 수호자들이다."

양규는 특히 일품군들에게 따로 크게 치하했다.

"목책 방진이 제대로 역할을 해주었다. 힘든 상황 속에서도 정성 들여 목책을 만든 그대들이 일등 공신이다."

채온겸이 보니, 종일의 격전으로 통주병들은 매우 지쳐 보였으나 사기는 드높았다. 오히려 통주성을 지켜냈을 때보다도 훨씬 더 높아 보였는데 그 마음을 채온겸 역시 느끼고 있었다.

통주성을 지켜낸 것도 매우 명예로운 일이었지만 어떻게 보면 궁지에 몰려 그저 살기 위해 싸운 것에 지나지 않았다. 나중에 자랑할 만했고, 공을 세운 것이기 때문에 상을 받겠지만 누구나 감탄할 정도는 아니었다. 상대의 압도적인 힘 앞에서 두려움에 떨면서 막아낸 것일 뿐, 스스로 의기를 떨친 것은 아니었다.

그러나 지금은 고려를 구하려는 큰 전략 아래 스스로 의기를 떨치고 있

　　　　　고려거란전쟁 - 고려의 영웅들 (하)

었다. 시도는 멋졌으며 제대로 통했다. 성공한다면 진정 고려를 구하는 것이고, 설령 실패한다 해도 이것은 나중에 아주 멋진 무용담으로 남을 것이다. 어쩌면 전설이 될지도 모른다.

사실 이제 성패(成敗)는 문제가 아니었다. 다 함께 고려를 구하기 위해서 어려운 작전을 시도한다는 것, 그것 자체가 목적과도 같았다. 모두 강한 책임 의식을 느끼고 있었는데, 이는 마치 양규로부터 비롯된 강력한 전염병과 같았다.

채온겸이 보기에 가장 놀라운 것은 일품군들의 변화였다. 이들은 원래 노동부대였고 필요시에는 보급부대 역할을 맡는 자들이었다.

그런데 이들의 눈빛도 이제 바뀌고 있었다. 사역군(事役軍)의 눈빛에서 전사의 눈빛으로 변해가고 있었다. 격전을 치르며 승리를 거두었고, 그 승전에 밑거름이 된 목책 방진은 모두 일품군들이 만든 것이었다. 일품군들도 자부심을 느끼며 이제는 작전에 녹아들어 모두 하나가 되고 있었다. 양규로부터 시작된 신념이 일품군들에게까지 속속들이 번진 것이다.

양규가 세운 일관된 목표 아래서 모두가 하나로 단결하고 있었다. 숫자가 적더라도 단결된 군대는 강한 전투력을 발휘할 수 있다. 설령 적이 너무 강해 우리가 패한다고 하더라도, 나라를 구하려는 신념으로 가득 차 있는 군대의 일원으로 싸운다는 것은 군인으로서 가장 영예로운 일이었다.

다음 날이 되자 거란군들은 방패를 앞세우고 또다시 삼수채 쪽으로 공격해왔다. 장방패를 들고 천천히 접근하며 오전 내내 화살을 쏘는 방법으로 목책 방진을 공격했다.

채온겸은 진영의 중간쯤에 있었는데 거란군의 공격 강도가 어제보다 훨씬 못한 듯했다. 문득 느껴지는 것이 있어 앞쪽으로 전령을 보내 공격하는 거란군 부대에 대해서 알아 오도록 했다.

잠시 후, 전령이 와서 보고했다.

"기치(旗幟)는 어제와 비슷한데 여진어가 간간이 들린다고 합니다."

채온겸은 즉시 양규에게 보고했다.

"적들은 아무래도 어제의 거란군을 가장한 여진군 같습니다. 그렇다면 적의 주력군은 해안을 따라 우회하고 있을 수 있습니다."

채온겸의 보고를 받은 양규는 즉시 백낭대 낭장 유황에게 명했다.

"낭대를 이끌고 검산(劍山)과 해안 사이의 수비를 도우라!"

그곳은 노전이 군사들을 이끌고 지키고 있으나 혹시 몰라서 인원을 보강한 것이었다.

삼수채 전투 때 거란의 좌익군이 우회해온 곳으로, 산이 바다로 깎여 들어가는 곳이라 꽤나 가파른 지형이었다. 또한 다소 완만한 곳도 이제는 날씨가 풀리며 온통 질척대고 있었다. 군대의 기동이 쉽지 않은 곳이었다.

오후가 되자, 검산의 산등성이에서 깃발이 오르며 거란군들이 접근하고 있음을 알렸다.

양규는 흥위위 초군의 지휘를 채굉에게 맡기고 상황을 살펴보기 위하여 검산 쪽으로 말을 달렸다.

채온겸 역시 검산에서 깃발이 오르는 것을 보았다. 자신의 예상대로 거란의 주력군은 검산으로 향하는 것 같았다. 그러나 거란군이 어떤 속임수를 쓸지 알 수 없었다. 전면을 주시하며 긴장의 끈을 놓지 않았다.

전면의 거란군들은 다시 공격해 오기 시작했다. 별로 특별할 것 없이, 아까의 공격과 다르지 않았다. 거란군들이 과연 이곳을 뚫을 의지가 있는지 의심스러울 정도였다.

어느 정도의 전투가 이어진 후, 갑자기 거란군의 방패진에서 수백 명의 보병이 뛰쳐나와 목책 방진 사이의 좁은 회랑으로 뛰어들기 시작했다. 이곳은 발밑에 함정들이 무수히 깔린 곳이고 양옆의 목책에서 가해지는 공격도 견뎌야 했다. 그런데 이곳으로 들어온 거란군들은 발밑의 함정에는 신경 쓰지 않는 것 같았다. 몇몇이 함정에 빠져 넘겨졌는데 그들은 곧 다시 일어나 달렸다.

이들이 너무 빠르게 침투하자, 채온겸은 회랑 안에 은밀히 숨겨 놓은 검차를 출동시켜 막게 하고 전황을 주의 깊게 살폈다.

이들이 진격해옴과 동시에, 전방의 거란군도 거대한 함성을 지르며 북을 치며 맹렬히 공격해 왔다. 앞을 쐐기 모양으로 깎은 통나무를 앞세워 목책을 무너뜨리려고 했다. 또한 나뭇가지와 갈대 등으로 목책에 불을 놓기 시작했는데, 그 불길이 매우 강렬하여 목책의 키를 넘어서까지 넘실댔다. 목책은 나무를 곧바로 베어서 만들었기에 그 안에 수분을 충분히 포함하고 있었다. 게다가 진흙을 여러 겹 발라 두었기 때문에 쉽게 불타오르지는 않을 것이다. 그러나 저런 불구덩이에 계속 있게 된다면 언젠가는 불붙게 될 것이고 그전에 상당히 약해져서 거란군들이 미는 힘에 넘어질 수도 있었다.

회랑으로 들어온 거란군들을 검차로 상대하는데 거란군을 완전히 밀어낼 수는 없었다. 이 검차들은 급조한 것들이라 바퀴가 없는 것들이 반수 이상이었기 때문에 기민하게 움직이며 대응하기가 어려웠다. 그런데 회랑으로 들어온 중무장한 거란군들이 진영 중간의 목책 진 하나로 뛰어들고 있었다.

거란군들이 뛰어든 곳은 방진의 셋째 열로 순전히 일품군들만이 주둔해 있는 곳이었다. 일품군들이 꽤나 용기백배해졌다고 하나, 목책을 사이에 두고 거란군을 상대하는 것이 아니라 백병전을 벌인다면 당연히 거란군의 상대가 되지 않을 것이었다.

채온겸은 그제야 거란군의 의도를 정확히 알 수 있었다. 앞을 강하게 밀어붙이면서, 일정 인원은 깊이 들어와 중간을 치는 것이다. 앞이 모루였고 회랑에 깊이 들어온 거란군이 망치였다.

채온겸이 도끼를 들고 백여 명의 예비대를 지휘하여 그쪽으로 달리며 외쳤다.

"대장군이 간다!"

야율적로는 전면의 목책 진에 가장 정예한 고려군들이 배치되어 있을 것이라고 예상했다. 그리고 모든 목책 진에 정예한 군사들로 가득 차 있을 리는 없다고 생각했다. 그것은 합리적인 생각이었다. 목책 진들의 어디쯤 은 훈련도가 낮은 군사들이 있을 것이다.

야율적로는 편편한 나무에 끈을 매어 신발 밑바닥에 붙였다. 적의 질려 등을 밟는 것을 대비해서였다. 그런 후, 중무장한 오백 명의 군사들과 더불 어 목책 진들 사이로 깊숙이 들어갔다. 그러다가 고려군의 검차를 만나자 검차 위로 펄쩍 뛰어올랐다. 검차 위로 오르자, 오른쪽으로 어떤 목책 진 안이 보였고 야율적로는 순간 그쪽으로 뛰어들었다. 어떤 합리적인 사고 의 결과가 아니라 순전히 감각적인 움직임이었다.

목책 안에서 고려군과 거란군의 치열한 백병전이 펼쳐졌고, 곧이어 홍 위위 초군들도 당도했다.

양규는 이때 검산을 오르고 있었는데 목책 진쪽에서 예비대를 요청하는 신호가 울려 퍼졌다. 여기서는 그쪽의 상황을 관찰할 수 있는 위치가 아니 었다.

양규는 아차 싶었다. 거란군의 주공이 검산이 아닐 수도 있었다. 자신이 너무 조급하게 움직인 것이다. 달음박질로 삼수채를 조망할 수 있는 곳으 로 오른 후 보니 전투가 한창이었다. 양규는 급히 산을 내려왔다.

양규가 목책 방진에 도착했을 때는 이미 거란군이 물러난 다음이었다. 채굉이 다가와 침통한 어조로 말하였다.

"대장군께서 전사하셨습니다!"

양규가 나지막한 신음소리를 내며 물었다.

"아! 어떻게 전사하셨소?"

"적들이 방진을 넘어오자 앞장서서 그들과 싸우셨습니다. 전투 중에 적의 무기에 여러 군데 맞았는데도 적들이 물러갈 때까지 분전하셨습니다."

"남기신 말씀은 없소?"

"이렇게 말씀하셨습니다. '적들은 물러갔는가? 수고들 했다. 이제 녹슨 칼은 칼집에 들어갈 시간이군. 그대들은 반드시 고려를 구하라!'"

제10장 벼락같이

96
내원성으로 가는 길
: 신해년(1011년) 일월 십삼일 묘시(6시경)

삼수채의 고려군을 공격했던 야율적로는 어깨와 허리에 큰 부상을 당하여 실려 왔다. 가장 강경했던 야율적로가 부상당하여 오자, 이제 아무도 적극적으로 삼수채의 고려군을 공격하자는 사람은 없었다.

그다음 날 동트기 전, 야율분노는 발해군을 선봉으로 하여 여진군, 귀성군, 한인 향병을 이끌고 최대한 은밀히 내륙 길로 움직였다. 이들의 사기는 바닥까지 떨어졌기 때문에 만일 통주의 남쪽에서 오래 주둔하게 되면 불안감에 어떤 행동을 할지 알 수 없었다.

그리고 그 뒤를 소혜가 이끄는 거란 최정예군인 북피실군이 따랐다.

동북쪽으로 가는 길은 계속 오르막길이었다. 완만한 오르막길이 계속되다가 십 리 조금 못 가자 급격한 오르막이 나타나기 시작했다. 오르막길을 오르니 어떤 산의 정상이 나왔다. 산 정상에 올라 능선을 따라 나아가니, 이곳의 지형은 요동이나 발해의 상경 용천부와 같았다. 앞에 산들이 끝없이 서 있었고 서로를 겹겹이 에워싸고 있었다.

태조(야율아보기)는 발해의 상경을 함락시키고도 지형 때문에 결국 뒤로 물러나야 했다. 그 지형을 이용하여 발해의 부흥 세력들이 계속 일어났고 그곳을 안정시키는 데 거의 백여 년이라는 세월이 걸렸다. 요동 역시 마찬가지였다.

야율분노는 첩첩이 싸여 있는 산들을 보자 갑자기 마음이 불안해졌다.

어느 고개를 넘어 십오 리쯤을 가니 이번에는 냇물이 흐르는 물가가 나왔다. 여기서부터 길은 물가를 따라 이어지는데 지금까지보다 훨씬 이동하기 편했다. 그래도 주위는 첩첩산중이었고 겨울이라 시계가 어느 정도 확보되어서 다행이지, 만일 나뭇잎이 무성하고 풀이 나는 계절이었으면 절대로 들어오고 싶지 않았을 적국의 땅이었다.

이제 갈림길이다. 서쪽으로 가면 내원성으로 가는 가장 빠른 길이었고, 북으로 계속 올라가면 안의진을 거쳐 가는 길이었다. 야율분노는 우회로인 안의진 쪽으로 향했다.

옆에 가던 소허열이 야율분노에게 말했다.

"이 지형들을 보니 고려가 천혜의 험지(險地)라는 말이 정녕 맞는 것 같습니다."

야율분노가 무심히 고개를 끄덕였다.

야율분노는 젊은 시절 엄격하고 급했으며, 세세하게 끝까지 따져 물어야 직성이 풀리는 성격 탓에 좋은 평가를 받지 못해 높은 자리에 오르지 못했다.

이 전쟁은 말하자면 자신은 자신의 과거로부터 벗어 날 기회였고, 황제에게는 승천황태후의 그늘에서 벗어날 기회였다.

그런데 용이할 줄 알았던 전쟁이 생각보다 훨씬 어렵게 전개되고 있었다. 이긴 것 같은 전쟁인데 이긴 것이라고 말하기 뭐한 그런 전쟁이었다. 그래도 여기서 회군만 잘한다면 그럭저럭 정벌에 성공한 것으로 평가받을 것이다.

길은 물가를 따라 계속 꼬불꼬불 이어지고 있었고 그 길을 따라 삼십 리쯤 가자 드디어 산으로 둘러싸인 꽤 넓은 평야 지대가 나왔다. 시간은 오후의 끝인 신시(15~17시) 초에 이르렀고 여기서 조금만 더 가면 고려의 안의진이 있다고 한다. 야율분노는 여기서 숙영을 명했다.

발해군들이 숙영 작업을 하고 얼마의 시간이 흐르자 여진군, 귀성군, 한인 향병들이 점차 순서대로 도착했다.

그리고 날씨가 오후부터 흐려지더니 겨울비가 부슬부슬 내리기 시작했다. 군사들은 급히 막사를 세웠다. 겨울비를 오래 맞는 것은 아주 좋지 않은 일이다.

그러나 소혜가 이끄는 북피실군은 이쪽에 도착하지 않았다. 갈림길에서 방향을 틀어 가장 빠른 길인 서쪽으로 나아갔던 것이다. 북피실군은 가장 중요한 작전을 실행 중이었다.

바로, 황제를 안전하게 내원성까지 모시는 일이었다. 대신(大臣) 중에는 오직 야율실로와 야율세량만이 황제를 보좌해 움직이고 있었다.

야율융서는 개경에서 가장 늦게 떠나려고 했다. 그런데 모든 대신이 한 사람도 빠짐없이 이에 반대했다.

"폐하께서 가장 먼저 가셔야 합니다!"

야율융서는 노기 띤 목소리로 대신들에게 말했다.

"내가 먼저 움직인다면 군사들의 사기가 어떻겠소? 그건 진(陣)을 무너트리고 명(命)을 허무는 것이오. 절대 안 될 말이오!"

소배압이 야율융서에게 말했다.

"고려의 날씨가 예상했던 것보다 훨씬 더 빠르게 따뜻해지고 있습니다. 어느 순간 강물의 얼음이 급작스럽게 녹아버릴 수가 있습니다. 그러면 매우 곤란한 지경에 빠질 것입니다. 그때 폐하께서 진중에 계시면 제장들은 폐하의 안위를 신경 쓰느라 아무것도 하지 못할 것입니다."

야율융서가 눈을 부라리며 말했다.

"산이 있으면 허물고, 물이 있으면 메우고 전진하는 것이 군대인데, 무슨 말 같지도 않은 소리요?"

야율세량이 말했다.

"군사들의 사기 문제는 어영도통소를 그대로 놔둔 채 폐하께서 수행원 몇 명만 데리고 비밀리에 움직이시면 해결됩니다. 그게 지금 최선의 방법이옵니다."

야율융서가 얼굴이 벌겋게 달아오르며 말했다.

"그대는 나더러 이 소국을 벌하러 와서는 쥐새끼처럼 숨어서 움직이라는 말인가!"

야율세량이 냉정한 표정으로 말했다.

"저는 올바른 계책을 말씀드린 것입니다. 폐하께서는 개인이 아니라 지존이십니다. 지존의 입장에서 움직이셔야 합니다. 그래야 제장들도 제 역할을 다할 수 있을 것입니다."

야율융서의 얼굴이 붉으락푸르락하는데 장검이 역시 말했다.

"폐하! 대신들의 말이 옳습니다. 전군을 위해서 안전하고 올바른 계책을 써야 합니다. 대신들의 말을 따르소서!"

야율융서는 절대 자기 의견에서 물러나고 싶지 않았다. 이것은 황제의 자존심 문제였다.

야율융서의 시선이 말없이 앉아 있는 한덕양을 향했다. 자신의 편을 들어주길 기대해서였다. 한덕양이 천천히 입을 열었다.

"적의 수도를 함락시키고 충분한 전공을 세웠습니다. 병법에 속임수는 결코 부끄러운 것이 아닙니다. 올바른 속임수는 오히려 자랑스러운 것입니다."

야율융서는 한덕양의 말을 내칠 수 없었다.

북피실군이 서쪽으로 접어들자, 빗방울이 조금씩 떨어지기 시작하다가 점차 굵어지고 있었다. 겨울에 오는 비라고 하기에는 빗방울이 너무 굵었다. 소혜는 군사들을 멈추어 세우고 모두 유삼*(油衫)을 꺼내 입게 했다.

야율융서 역시 시종이 바친 유삼을 몸에 걸쳤다. 시종이 전산**(氈傘)을 펴서 들려고 하자 야율융서가 말했다.

"번거로운 행동은 하지 말라."

그러나 결국 전산을 펼 수밖에 없었다. 비가 너무 많이 왔기 때문이었다.

신시(15~17시)의 끝이 되자, 비는 마치 여름처럼 쏟아졌고 주위는 칠흑같이 어두워져 갔다. 소혜는 군사들을 말에서 내리게 했다. 칠흑 같은 어둠 속에서 말을 탄다는 것은 너무 위험한 일이었다. 야율융서 역시 주변의 만류에도 불구하고 말에서 내려서 걸었다.

야율실로가 야율융서에게 말했다.

"옥체를 수고롭게 하여 황공하옵나이다. 이제 직진 길에 접어들었으니 이대로 쭉 가면 내원성이 나올 것입니다."

야율융서가 말했다.

"전쟁터에 나왔는데 비 맞고 걷는 것이 뭐가 대수겠소. 그런 것에 마음 쓰지 마시오. 그보다 뒤에 오는 군사들이 걱정이오. 이렇게 비가 오면 강의 얼음이 금방 녹아버릴 텐데."

야율융서는 어두운 얼굴로 하늘을 바라보았다. 유시(17~19시)가 되자 이제는 정말 한 치 앞도 보이지 않았다. 하늘에는 먹구름이 두껍게 덮여 있었고 주변에는 조그만 불빛도 없으니 눈에 들어오는 것은 온통 검은색 어둠뿐이었다.

소혜는 횃불을 켜고 싶었으나 그럴 수 없었다. 횃불을 꺼버릴 정도로 비가 심하게 쏟아지고 있었고 설령 횃불을 켠다고 하더라도 아군이 여기에

---

*   유삼: 눈비를 막기 위하여 옷 위에 껴입는 기름을 먹인 옷
**   전산: 동물의 털로 만든 우산

있다는 것을 만천하에 공개하는 짓이 될 터였다. 고려군의 매복이 어디에 있을지 모르기 때문에 매우 조심해야 했다.

어둠 속에서 한 걸음, 한 걸음씩 발을 내딛고, 발바닥의 느낌으로 안전한지 판단하며 나아가야 했기 때문에 행군은 더할 나위 없이 더딜 수밖에 없었다.

모두 유삼을 입고 있었으나 습기가 스멀스멀 몸속을 파고들고 있었다. 계속 움직이지 않는다면 늦겨울 추위가 몸을 덮쳐올 것이다. 그런데 사람보다도 말들이 문제였다. 체력이 떨어진 말들이 멈춰버리거나 무릎을 꿇어버리는 상황이 생기고 있었다.

소혜가 야율세량에게 물었다.

"멈추기도 뭐하고 그냥 가기도 뭐합니다. 어떻게 하면 좋겠습니까?"

야율세량 역시 심각한 표정으로 말했다.

"멈추면 사람이 곤란할 것이고, 계속 가면 말과 낙타가 곤란할 것입니다. 그래도 사람보다는 말과 낙타가 곤란한 것이 낫지 않겠습니까? 더구나 언제 고려군이 출몰할지 알 수 없습니다. 여기는 아직 위험지역입니다. 내원성까지 밤을 새워서라도 한달음에 가는 것이 가장 좋습니다."

"피잉!"

그런데 갑자기 빗살을 뚫고 화살 나는 소리가 날카롭게 울려 퍼졌다. 소혜와 야율세량은 저도 모르게 몸을 움츠렸다. 화살은 대열 어느 곳을 향해 날아든 듯했지만, 다행히 화살에 맞은 사람은 없는 것 같았다.

"피잉!"

다시 화살 나는 소리가 들렸다.

"억!"

이번에는 누군가 화살에 맞았다. 그러자 화살이 연달아 날기 시작했다.

"피잉! 피잉! 피잉!"

어디엔가 매복해 있는 고려군이 아군이 움직이는 소리를 듣고 어둠 속에서 대강의 지향사*(指向射)를 날린 다음, 비명이 들리자 연달아 화살을 날려대는 것이었다.

소혜가 외쳤다.

"방패를 들어 폐하를 보호하라!"

화살은 계속 날았다. 다행히 날아오는 화살의 수를 보았을 때 그리 많은 고려군이 매복해 있지는 않은 것 같았다. 많아야 네다섯 명, 아마 파수를 보는 자들일 것이다.

소혜가 계속 앞으로 나아가는데 앞에 가던 사람과 몸을 부딪치고 말았다. 대열이 멈춰버린 것이다. 소혜는 앞쪽에 외쳤다.

"멈추지 마라! 계속 앞으로 나아가라!"

장교들이 소혜의 말을 받아서 외쳤다.

"계속 앞으로 나아가라! 계속 앞으로 나아가라!"

그런데 대열은 여전히 멈추어 있었고 앞으로 나아가지 않았다. 그 와중에도 화살은 계속 날았다. 다행히 화살이 오른편에서 날아온다는 것을 알아챘기 때문에 모든 군사가 말의 왼편에 섰다. 화살이 날아오더라도 말에 맞을 것이었다.

대열이 움직이지 않자 야율세량이 소혜에게 말했다.

"내가 직접 가서 알아보고 조처하겠소!"

야율세량이 앞으로 나아가며 말했다.

"북원낭군 야율세량이다! 길을 비켜라!"

야율세량은 대열의 앞에서 삼 분의 일 정도 지점에 있었으므로 앞이 보인다면 몇 분이면 선두로 나갈 수 있겠으나 지금은 아무것도 보이지 않았다. 한참 아군들을 피해 가며 나아가는데 앞쪽에서 뒤쪽을 향해 나지막한 소리로 말하는 것이 들렸다.

* 지향사: 대강 방향만을 보고 쏘는 것.

"전달하라! 고려인 길잡이들이 사라졌다!"

그제야 대열이 멈추어 선 이유를 알 수 있었다. 고려인 길잡이들이 칠흑 같은 어둠과 고려 매복병들의 사격으로 어수선한 틈을 타서 도망친 것이 었다.

야율세량은 계속 앞으로 나아갔다. 한참을 더 움직여 드디어 선두로 나 간 다음에 말했다.

"북원낭군 야율세량이다! 내가 앞장설 것이다."

갈림길이 여러 번 있겠지만 어쨌든 서북쪽으로 가면 된다고 했다. 그리 고 지금은 길을 알든 모르든 움직여야 한다. 멈추면, 이 겨울비가 몰고 온 추위에 꽁꽁 얼어붙을 것이다.

야율세량이 움직이자 드디어 대열 자체가 이동하기 시작했다.

거의 반 시진 가까이 멈추어 서 있자, 야율융서는 자신의 몸이 덜덜 떨 리고 아랫니와 윗니가 사납게 부딪치고 있는 것을 알아챘다. 이렇게 비 를 맞고 추위에 떤 적은 평생 처음이었다. 송나라를 정벌할 때나 사냥할 때, 혹은 격구할 때 가끔 비를 맞은 적이 있었으나 모진 추위에 떤 적은 없 었다.

야율융서는 비록 승천황태후와 함께였지만 지속적으로 송나라를 친정 (親政)했다. 자신이 스스로 위험을 무릅쓰는 군주라고 생각했다. 그런데 사 실 그 친정들은 계절마다 하는 날발*(捺鉢)과 거의 다르지 않았다. 전투는 장수들이 했고 자신은 뒤에서 장수들을 받쳐주는 역할만 하면 되었기 때 문이다. 직접 적군을 만날 일은 거의 없었다. 야율휴가, 야율사진, 소달름 등 명장들이 즐비했고 그들은 전투에서 늘 승리했다.

이제야 야율융서는 알게 되었다. 자신이 운이 좋은 황제였음을…. 겨울

---

*　**날발: 거란 황제가 계절마다 하는 순행(巡幸).**

비를 맞으며 뼛속까지 파고드는 추위에 떨며 적의 매복 공격을 받는 지금, 야율융서는 진정한 전장(戰場) 위에 서 있었다.

대열이 드디어 움직이기 시작하자 야율융서가 농담조로 말했다.

"다행히 서서 얼어 죽지는 않겠군!"

야율실로가 말했다.

"전쟁이 시작되면 이런 고생은 군사들에게 매양 있는 일입니다. 적의 공격보다도 오히려 추위와 더위와 배고픔과 그사이 수행하는 행군과 숙영이 더 고생스러울 때가 많습니다. 그래서 옛사람들이 군을 흉이라고 한 듯합니다."

야율융서가 심드렁한 말투로 말했다.

"그렇다면 전쟁은 되도록 없어야 하겠군."

야율실로가 한숨을 쉬며 말했다.

"평화를 사랑하고 안정된 삶을 바라는 것은 사람의 본성이지만 세상이 늘 평화로울 수는 없지 않겠습니까? 평화만을 사랑하여 전쟁을 하지 않는다면 무너질 것이고, 전쟁만을 사랑하여 계속 전쟁을 일으킨다면 역시 무너질 것입니다."

"중용이 중요하다는 말이로군."

"중용의 도가 중요하나 그것이 일률적인 선으로 그어져 있는 것이 아니기 때문에 찾는 것이 쉽지 않은 것 같습니다."

"평생 노력할 일이겠지."

일단 걷게 되자 추위가 약간 가시는 것 같았다. 그러나 문제는 또 있었다. 벌써 여덟 시진 이상을 이동 중이었다. 중간중간 말을 탔지만 걷는 시간도 상당했다. 발바닥이 바늘로 찔러대는 것처럼 아팠고, 다리는 욱신거렸다. 그리고 그 고통은 계속 증가하고 있었다.

야율융서의 상태를 알아채고 야율실로가 사려 깊은 목소리로 말했다.

"계속 걸으시는 것은 무리입니다. 말에 오르소서. 다행히 어둠이라 적들의 표적이 되지 않을 것입니다."

야율융서가 오기가 생겨 말했다.

"다들 걷는데, 어찌 나만 말 위에 오른단 말이오."

"저들은 군사로 훈련되어 있고 폐하께서는 천자의 길을 배우셨습니다. 서로의 길이 달라 비교할 수 없습니다."

야율융서는 그래도 한참을 더 걷다가 말 위에 올랐다.

야율세량은 앞에서 길을 인도하고 있었으나 인도한다기보다 그저 길이 나 있는 곳으로 먼저 움직이는 것이었다. 고려인 포로들이 서북쪽으로 직진하면 된다고 했고 노획한 지도(地圖) 역시 직진 길로 그려져 있었으나, 실제 길은 지도처럼 똑바른 직진이 아니었다. 구불구불했고 제대로 가고 있는지 확신할 수 없었다.

그렇다고 멈출 수는 없었다. 아직은 위험지역이었다. 고려군은 이제 아군의 이동을 알고 있을 것이고 언제 고려군이 튀어나올지 모른다. 빨리 내원성으로 가야 했다. 다행인 것은 이제 비가 눈으로 바뀌었다는 것이었고, 불행인 것은 그만큼 더 추워졌다는 것이었다. 낮아진 기온은 비에 젖은 갑옷과 의복을 꽁꽁 얼어붙게 만들어서 추위를 몇 배로 가중했다. 야율세량은 덜덜 떨면서도 계속 걸었다. 점점 아무 생각이 없어졌다. 그저 강력한 의무감으로 오직 걷고 또 걸을 뿐이었다.

자정이 가까이 되자 대열은 더는 유지되지 못했다. 피로에 지친 말과 낙타들이 무릎을 꿇어버리거나 멈추어 서서 움직이려고 하지 않았기 때문이다. 여기저기서 말에 채찍질을 가하는 소리가 들렸으며 말들은 구슬픈 비명을 내질렀다.

소혜는 망설여졌다. 만일 맞게 길을 가고 있는 것이라면 무리해서라도 계속 가는 것이 좋을 것이다. 그러나 길을 잃어 헤매는 중이라면 이런 식으로 계속 움직이다 보면 내원성에 닿기 전에 체력은 완전히 고갈될 것이다.

숙영을 하면 좋겠지만 비와 눈이 계속 오락가락하고 있었다. 추위 속에서 덜덜 떨어야 한다. 쉬어도 쉬는 것이 아니었다. 과연 군사들이 체온을 유지할 수 있을지도 걱정이었다.

소혜가 주위 제장들에게 물었다.

"어찌하면 좋겠소?"

"이래도 문제이고 저래도 문제입니다. 비가 이리 올 줄은 전혀 예상을 못 했으니…."

제장들에게도 뾰족한 답이 있을 리 만무했다.

말 등 위에는 그나마 숙영에 필요한 각종 장비가 부족하게나마 실려 있었다. 말이 쓰러진다면 그런 장비들을 사람이 나를 수는 없는 일이다. 소혜는 말이 쓰러지기 전에 장비들을 이용해서 숙영하는 것이 더 나은 선택이라고 판단했다.

소혜는 명령을 앞뒤로 전달하게 하여 일단 대열을 멈추게 했다. 명령이 어디까지 전달되었는지도 알 수 없었다. 선두는 계속 앞으로 나가고 있을 수도 있었고 후미는 쫓아오지 못하고 있거나 다른 길로 가고 있을 수도 있었다.

소혜는 한 치도 보이지 않는 어둠 속에서 뒤쪽으로 조심히 이동하며 낮은 목소리로 야율실로를 불렀다.

"추밀사! 추밀사!"

"여기 있소!"

소혜는 소리가 나는 곳으로 천천히 다가가서 작은 목소리로 말했다.

"폐하는 어디 계십니까?"

"내 옆에 계시오."

"폐하! 여기서 숙영을 해야 할 것 같습니다."

"그대 생각대로 하라!"

야율실로가 소혜에게 물었다.

"멈추면 말들이 버틸 수 있겠소?"

"아마 많이 못 버틸 것입니다."

소혜의 명령에 북피실군들은 가지고 있는 모든 도구를 이용해서 어둠 속에서 숙영 준비를 했다. 몇몇이 짝을 이루어 막사를 설치하고 그 위에 모전을 둘러 한기와 비를 막았다. 불만 피울 수 있다면 그럭저럭 버틸 수 있겠으나 주변의 풀들이 모두 젖은 터라 불을 피울 수가 없었다. 막사에 들어가 서로에게 기대면서 체온을 나누는 수밖에 없었다.

야율융서도 자신을 위해 급히 쳐진 막사 안으로 들어갔다. 온기가 전혀 없는 막사 안은 바깥과 별반 다르지 않았다. 그저 작은 간이용 의자에 앉아서 몸을 덜덜 떨 뿐이었다. 야율실로는 야율융서 주위에 시종들을 앉게 하여 체온을 유지하려고 애썼다.

한편, 야율세량은 계속 나아가다가 산길에 접어들자 일단은 계속 위로 올랐다. 어느 정도 오르다 보니, 맞는 길로 들어섰다고 해도 칠흑 같은 어둠 속에서 이동하는 게 더는 불가능했다. 야율세량도 이제는 어쩔 수 없었다. 주변에 숙영을 명하고 그 명을 뒤로 전달하게 했다

97
인내심

: 신해년(1011년) 일월 십사일 묘시(6시경)

소혜는 추위에 몸을 덜덜 떨며 앉았다 일어났다를 반복하며 뜬눈으로 밤을 새웠다. 날이 희뿌옇게 밝아 와서 주변 사물들을 어느 정도 분간할 정도가 되자 막사 밖을 나와서 주위를 시찰했다.

차마 눈 뜨고 볼 수 없는 광경이었다. 상당수의 말이 쓰러져서 널브러져 있었으며 밤에 급히 세운 막사들은 마치 거지들의 집과 같았다. 숙영지의 질서는 전혀 찾아볼 수가 없었고 최정예 피실군의 모습은 그 어디에도 없었다. 만일 수백 명가량의 고려군이 지금 매복 공격을 가한다면 북피실군은 필시 패할 것이다. 소혜는 오한이 확 밀려왔다.

간밤에 칠흑 같은 어둠 속에서 급히 막사를 설치했으므로 막사를 찾아 들어가지 못한 군사들은 대개 얼어 죽었다. 평소와 같았으면 이 정도 기온에 얼어 죽지는 않을 것이나 차가운 겨울비를 온종일 맞았으므로 견디지 못한 것이었다. 다행히 군사들은 많이 흩어지지 않았는데 선두에 섰던 야율세량을 비롯한 수백 명이 보이지 않았다.

소혜는 군사들에게 출발 준비를 시키며 말을 잃은 군사들은 활과 화살과 칼 한 자루만 챙기고 나머지는 모두 버리도록 했다.

준비가 끝난 후, 야율융서에게 가서 보고했다.

"이제 출발하면 되는데 야율세량을 비롯한 선두에 섰던 군사들이 보이지 않습니다."

야율융서가 말했다.

"분명히 우리보다 앞으로 더 갔을 테니, 가다 보면 만나지 않겠나?"

다행히 야율융서의 마필은 시종들이 따로 말을 위한 막사를 치고 밤새 문질러주고 돌보았기 때문에 아직 기력이 있어 보였다. 말은 괜찮았으나 주야로 행군하고 밤새 추위를 견디며 말까지 돌본 시종들의 피로가 극에 달했다.

막 출발하는데 북쪽에서 사람들이 나타났다. 다행히 그들은 야율세량 등 선두에 섰던 군사들이었다.

하늘에는 아직 구름이 짙게 끼어 있었다. 어제 온 비로 땅에는 얼음이 얼어 있었고 풀들과 나뭇가지에는 어제 내린 비의 습기가 얼어붙어 하얀 서리가 덮여 있었다. 산과 들에 마치 얇고 고운 하얀 비단을 덮어놓은 것 같았는데 평상시였다면 아름답고 좋은 경치에 감탄했을 것이었다.

그러나 지금은 야율융서로부터 말단 군졸에 이르기까지 모두 마음이 급했다. 경치 따위를 감상할 틈은 없었다.

소혜가 야율세량에게 말했다.

"부지런히 가면 오늘 밤에는 내원성에 도착하지 않겠습니까?"

야율세량이 근심 어린 표정으로 말했다.

"고려군이 나타나지 않아야 할 텐데요."

"선봉군이 통주의 고려군을 잡아 두고 있고 또한 선봉도통이 고려군의 시선을 끌고 있으니 여기까지는 고려군이 나타나지는 않을 것 같습니다."

야율세량이 동의하며 말했다.

"정찰 목적의 소수 병력이 나타날 수는 있겠지만, 수백 명이 나타나기는 쉽지 않겠지요. 그래도 만에 하나 고려군이 나타난다면 폐하를 어떻게 피신시킬지 생각해놓아야 합니다."

야율세량은 고려군이 나타난다면 패한다는 것을 기정사실로 하고 있었다.

"폐하의 말이 아직 기력이 있으니, 맞서 싸우다가 정 안 되면 길을 열고 탈출시키는 방법밖에 없지 않겠습니까?"

소혜의 말에 야율세량이 고개를 끄덕였다.

길은 계속 구불구불 이어졌고 미시(13~15시)쯤 되자 갈림길이 나왔는데 좌측으로 가면 내원성으로 가는 가장 빠른 길이었다. 이곳으로 가면 해 질 녘에는 학우령(鶴羽嶺)이라는 고개에 당도하고 고개 정상에서 압록강과 내원성을 볼 수 있었다.

그런데 그 길을 그냥 지나치고 말았다. 길이 너무 급격하게 좌측으로 꺾였으므로 그저 마을이나 산으로 들어가는 길이라고 여겨졌기 때문이었다.

서북쪽으로 계속 걷다 보니 시간은 신시(15~17시)의 중간이 되어 오고 있었다. 그런데 다시금 큰 어려움이 찾아오기 시작했다.

비가 또다시 내리기 시작한 것이다. 이번 비 역시 쏟아지듯이 왔다. 마치 여름비와 같았다. 이 비는 어제보다 더욱 난감했다. 숙영할 장비들을 대개 버리고 온 터였기 때문이다.

유시(17~19시)가 되자 날은 어두워졌고 비는 계속 세차게 내렸다. 서북쪽으로 한참 왔으므로 이제는 고려군을 만날 가능성은 거의 없었으나 날이 저물자 비할 데 없이 추워졌다. 이 추위는 시간이 가면 갈수록 더해질 터였다. 추위와 피로에 대항하여 오직 체력과 정신력을 가지고 하는 싸움이었다.

모두 아무 말 없이 걷고 또 걸었다. 비는 눈으로 바뀌어 계속 오고 있었고 말과 낙타는 계속 낙오해 갔다. 선두는 길이 보이는 곳으로 계속 나아갔고 그 뒤 사람들은 그저 묵묵히 계속 따라갔다. 비와 눈은 질리도록 왔고 짙은 어둠 속에서 사람과 말이 얼마나 낙오되는지 알 수 없었다. 그저 갈 뿐이었다.

야율융서가 입술을 지그시 깨물며 짜증이 묻어나는 목소리로 야율실로에게 말했다.

"이래서는 몇이나 살아남겠나?"

야율실로가 꿋꿋이 대답했다.

"그 살아남은 사람들이 요(遼) 제국을 건설했습니다."

야율융서는 입을 다물었다.

모두 알고 있었다. 멈추면 추위로 죽는다는 것을! 천근만근 같은 발을 질질 끌며, 있는 힘을 다해 걸었다. 걷는 속도는 계속 느려졌고 자신과의 필사적인 싸움이었다.

자정이 지나자, 물 흐르는 소리가 들렸다. 소리의 크기로 보아 큰물이라는 것을 알 수 있었다. 이 시점에 큰물이라면 압록강이었다.

야율세량이 군사들의 사기를 높일 생각에 소리쳤다.

"압록강이다!"

압록강변에 도착했을 때는 인시(3~5시) 초였다. 언제 쓰러져도 이상하지 않을 만큼 피로가 극에 달한 상황이었으나 압록강에 당도했다는 사실만으로도 위안이 되었다.

이제 서쪽으로 계속 가면 내원성이 나온다는 것은 확실했으나 정확한 거리는 알 수 없었다.

그런데 잦아들었던 눈과 비가 다시 세차게 뿌려대기 시작했다. 몸은 천근만근이고 아무것도 보이지 않는데, 차가운 겨울비는 계속 몸을 때려댔다. 하늘이 인내심의 극한을 시험하려는 것 같았다.

야율융서가 타고 있던 말도 이제는 지쳐 발걸음을 제대로 떼지 못했다. 야율융서 역시 걸을 수밖에 없었다.

야율실로가 시종들로 하여금 전산을 펴들고 따르게 하자 야율융서가 말했다.

"번잡하게 하지 마오. 이 정도를 버티지 못한다면 내 어찌 군주겠소!"

묘시(5~7시)가 되자 날이 밝아 오기 시작했고 주변의 지형을 통해 이제 조금만 더 가면 내원성이라는 것을 알 수 있었다.

비는 그치지 않고 계속 왔다. 마치 하늘에서 아주 작은 비수들이 내리꽂히는 것 같았다. 한 번에 사람을 죽이지는 못하겠지만, 그 무수한 빈도로 사람을 죽일 것이다. 다행히 내원성이 지척이라 버티는 것이지 그렇지 않았다면, 절망감에 모두 주저앉았을 것이었다.

사시(9~11시)가 되자, 드디어 내원성이 보이는 곳에 도착했다. 군사들은 강변에 주저앉아서 눈물을 줄줄 흘리며 한참을 일어날 줄 몰랐다. 내원성을 향해서 절을 하는 자도 있었다.

내원성 근처에는 압록강의 도강(渡江)을 관할하는 고려의 관청이 있었다. 야율융서는 관아로 들어가 비를 피했다. 그러나 군사들까지 모두 수용할 수는 없었다. 관아에 들어가지 못한 군사들은 여전히 추위에 떨어야 했다.

야율세량이 강변을 살피는데 물이 거세게 흐르는 데다가 배를 찾을 수도 없어 당장은 도강(渡江)이 불가능해 보였다. 결국 다음 날이 되어서야 내원성에 연락하여 배를 가지고 와서 도강할 수 있었다.

첫 배로 야율융서가 강을 건너 내원성이 설치된 압록강 섬 기슭에 도착하자 여인들이 우르르 뛰어왔다.

"폐하! 어찌 옥체가 이리 말이 아니십니까?"

그중 가장 화려한 복색을 한 여인이, 눈에는 눈물이 그렁그렁하고 애타는 표정으로 거의 야율융서의 품에 안길 듯하며 말했다.

황후(皇后) 소(蕭) 씨였다. 황후는 외모가 아름다웠는데, 야율융서는 황후를 매우 사랑했다. 그러나 야율융서가 황후를 사랑한 가장 큰 이유는 외모가 아니라 그 재기발랄함 때문이었다. 황후는 궁전의 전각과 야율융서가 타는 수레를 오묘하게 꾸미는 것을 좋아했는데 그것을 보는 백성들이 신선이라고 여길 정도였다.

황후 뒤로 한 사람이 역시 급한 걸음으로 와서 말했다.

"성안에 따뜻한 음식과 술을 준비해 두었습니다. 의복을 갈아입으시고 피로를 푸시지요."

황제의 셋째 동생, 초국왕(楚國王) 야율융유(耶律隆裕)였다. 야율융서는 사랑하는 가족을 보자 저도 모르게 눈시울이 붉어지며 마음이 울컥했다. 그러나 체면상 얼굴에 그 감정을 드러낼 수는 없었다.

98
운명
: 신해년(1011년) 일월 십삼일 신시(16시경)

만일 바로 내원성으로 가려 했다면 안의진 앞을 일단 통과한 다음 숙영하는 것이 더 낫겠지만, 지금은 황제의 안전을 위하여 안의진의 고려군을 견제해야 한다.

야율분노는 안의진에서 서쪽으로 칠팔 리가량 떨어져 있는 평야 지역에 숙영지를 설치하기로 했다. 이곳을 막아서고 있으면 안의진의 고려군들은 북피실군에 대해서 어떠한 군사 행동을 하지 못할 것이었다.

얼마 후, 뒤따르던 부대들이 합류했고 강과 산 사이의 초승달 모양의 평야 지역에 숙영지가 설치되었다. 이곳은 무성한 갈대밭이어서 화공(火攻)이 염려되었으므로, 갈대밭 중간중간을 베어서 혹시 적이 화공을 쓰더라도 불길이 이어지지 않도록 했다.

그러나 불행인지 다행인지 모를 비가 왔기 때문에 화공을 걱정할 필요는 없었다.

야율분노는 나흘간이나 안의진 앞 초승달 모양의 지형에 머물렀다. 원래의 계획은, 황제가 내원성으로 향하는 하루 이틀 정도 동안 이곳에 머물며 고려군을 견제한 후 움직이는 것이었다. 그러나 비가 계속 내렸으므로 겨울비를 맞으며 움직일 수는 없었다. 그나마 기병으로만 이루어져 있다면 한 번 시도해볼 만도 했지만, 거느린 군사 중에 발해군을 제외하고는 보병이 태반이었다. 내원성까지 가는 데는 최소한 이틀은 걸릴 것이다. 보병이 겨울비 속에서 길을 나섰다가는 얼어 죽기 십상이었다.

야율분노는 겨울비를 맞으며 길을 갈 북피실군이 걱정되었지만, 그들은 전원 기병이다. 중간에 고려군의 매복만 없다면 고생은 되더라도 내원성에 도착하는 데에는 큰 문제가 없을 것으로 생각했다. 그리고 자신이 일만의 군사로 안의진 앞에 대기하여 고려군을 견제하고 있으니 고려군들은 매복병을 내지 못할 것이다.

또한 겨울비 속에서 움직이는 것이 매우 고단한 일임은 고려군에게도 마찬가지였다. 따라서 고려군들 역시 적극적인 작전을 개시하지는 않을 터였다.

비는 삼 일간이나 계속 오다가 사흘째 정오 무렵에야 비로소 그쳤다. 이곳에 머무는 사흘간 고려군의 공격은 전혀 없었다. 만일 고려군이 매복을 계획하고 있다면 야습을 시도할 만도 하지만 전혀 그런 일은 없었고 화살한 대도 날아오지 않았다.

또한 고려군 포로들과 안의진 주위까지 정찰 나갔던 원탐난자군들의 말을 종합해보면 적의 안의진은 작은 성곽이었다.

"저들의 성은 그다지 크지 않습니다. 최대 주둔 인원은 칠백 명 정도라고 합니다."

다행한 일이었다. 그 정도 병력이라면 이만한 대군이 성 앞을 지나가더라도 맞서려고 하지는 않을 것이다. 규모 차이가 현저하기 때문이다.

야율분노는 꼼꼼한 성격대로 사흘간 군사들을 풀어서 근처의 골짜기들을 정찰하게 했다. 적들이 만일 매복하여 있다면 골짜기에 있을 것이기 때문이다. 그러나 어디에서도 특이 사항은 보고되지 않았다.

날이 갠 다음 날, 축시(1~3시) 말에 일어나 각 군의 보고를 받았는데 간밤에 아무 징후도 없었다. 야율분노는 마음이 상당히 놓였다.

이제 출발하면 내일 저녁때면 내원성에 도달할 것이다. 그러면 무로대로 가서 최대한 많은 군사를 징발하고 기구들을 갖추어 남으로 내려와 통주의 고려군을 압박하면, 통주 이남에 남아 있는 아군들의 회군은 어렵지 않을 것이었다. 또한 경우에 따라서는 남과 북에서 동시에 통주의 적을 쳐서 그들을 제압할 수도 있을 것이다. 이제 무로대에 가기만 하면 유리한 위치를 확보하게 되는 것이다.

야율분노가 인시(3~5시)에 발해군과 함께 선두에서 출발하는데, 달이 서쪽으로 향하고 있었다. 막 보름을 지난 시점이어서 이동하기에 그렇게 어둡지는 않았다.

길에는 여전히 갈대밭이 무성했다. 갈대밭을 지나자 오른쪽 산언저리에 고려의 안의진이 있었다.

조금 더 이동하자 길이 좌측으로 꺾였다. 드디어 서북쪽으로 향하는 것이었다. 이대로 쭉 가면 내원성이 나오고 무로대가 나온다. 야율분노는 더욱 행군 속도를 재촉했다.

그런데 미약하게 뒤쪽에서 비명과 더불어 어지러운 소리가 들렸다. 이미 선두는 좌측으로 모퉁이를 돌았고 맨 후미는 아직 갈대밭을 벗어나지 못했을 것이다. 모퉁이를 돌았기 때문에 후미를 관찰하는 것이 불가능했다.

소허열이 뒤쪽을 가리키며 놀란 목소리로 말했다.

"불입니다!"

불길을 직접 볼 수는 없었으나 갈대밭 쪽의 하늘이 환하게 밝은 것이 불이 일었다는 것을 알 수 있었다. 어제까지 비가 와서 갈대들이 습기를 머금고 있을 텐데도 저 정도로 급작스럽게 불길이 일어나려면 누군가 조직적으로 질러야 한다. 분명 고려군이 지른 것이다.

발해 장군 대광일(大匡逸)이 몹시 당황한 낯빛으로 야율분노에게 물었다.

"어떻게 해야 하겠습니까?"

야율분노가 잠시 생각하더니 말했다.

"뒤는 신경 쓰지 말고 속력을 높여 앞으로 나갑시다!"

지금 가장 중요한 것은 한시바삐 무로대로 가는 것이다.

대광일이 군사들에게 영을 내렸다.

"전군 말에 올라 구보(驅步)로 이동한다."

말을 타고 구보(보통 속도로 달리기)로 계속 이동하면 보병들은 결국 뒤처져 쫓아오지 못할 것이다. 대광일의 명령에 발해군은 속력을 높여서 빠르게 앞으로 이동했다.

거의 삼십 리 길을 이동하니 여명이 밝아 오고 있었다. 다행히 여기까지 오는 동안 고려군의 매복은 없었고 이제 내원성까지는 백 리도 남지 않았다.

발해군이 속력을 높이자, 뒤따르던 여진군 역시 속력을 높였다. 그러나 발해군은 전원 기병으로 이루어져 있었으나 갈소관 소속의 여진군은 기·보병이 혼재되어 있었다. 기병들은 발해군에 바싹 붙었으나 보병들은 한참 처졌으며 대열은 엉망이 되어갔다.

소허열이 뒤를 돌아보았다. 발해군은 대열을 아직 유지하고 있었으나 뒤따라 붙은 여진군은 엉망인 듯했다. 그 뒤의 귀성군과 한인 향병들은 보이지도 않았다. 아니, 볼 수도 없었지만, 그들이 어떻게 되었는지 신경 쓸 틈은 없었다.

소허열이 야율분노에게 말했다.

"말과 사람이 매우 지쳐 있습니다. 조금 쉬었다가 가야 합니다."

야율분노가 고개를 가로저으며 말했다.

"이제 조금만 더 가면 날이 완전히 밝을 것이고, 조금 넓은 지형이 나온다고 하오! 일단 그곳까지는 갑시다."

소허열은 불안해졌다. 고려군들의 움직임이 심상치 않다는 것도 불안했으나, 그것보다도 야율분노가 본래의 급한 성격을 드러내고 있다는 것이 더욱 불안했다. 일이 급해지자 야율분노는 뭔가에 쫓기듯이 움직이고 있었다.

길은 산 능선들을 따라 계속 구불구불했다. 길이 이제 오른쪽으로 크게 꺾어졌고 다시 큰 굽이가 나타나는데 갑자기 뒤쪽이 시끄러워졌다.

여진군들 몇이 황급히 말을 몰아 앞쪽의 발해군을 추월하려고 하고 있었다. 후미의 발해군과 여진군이 서로 엉기며 혼란스러워졌다. 어떤 상황인지 분명하지는 않았으나 한 가지는 확실했다. 여진군과 엉기지 않으려면 앞으로 더 빨리 나가야 했다.

야율분노는 말에 채찍질을 가하며 나아갔다. 그런데 모퉁이를 돌고 얼마를 가자, 갑자기 앞서가던 발해군들이 고꾸라지는 것이 눈에 들어왔다. 말의 다리에 무언가가 걸린 듯했다.

"이런!"

야율분노는 본능적으로 말고삐를 채며 몸을 뒤로 눕혔다. 말고삐를 급히 채자, 말은 머리를 뒤로 젖히며 앞발을 높이 들어 올렸다. 야율분노가 몸의 균형을 유지하려고 애쓰는데 어떤 소리가 들렸다.

"피이히이이잉~~~~~."

"윽!"

소리를 들었다고 느끼는 찰나, 비명을 지르며 오른쪽 갈비뼈 쪽을 부여잡고 몸을 앞쪽으로 웅크렸다. 화살에 맞은 것이었다.

야율분노는 매우 고통스러웠다. 순식간이라 부상 상태가 어떤지 알 수 없었지만, 아직 움직일 수는 있을 것 같았다. 말에 박차를 가하며 앞으로 나아가려고 했다.

그런데 다른 소리들이 들리기 시작했다.

"피잉! 피잉! 피잉! 피잉! 피잉! 피잉!…."

그 소리들은 끊이지 않았다. 영원히 계속될 것 같았다.

야율분노는 자신을 향해 어떤 것들이 무수히 날아오는 것을 느꼈지만, 그것들을 피할 수가 없었다. 마치 일어날 것이 미리 정해진 고정된 어떤 사건과 같았다. 야율분노는 자신을 향해 날아오는 무수한 것들을 온몸으로 받아들였다.

"끄윽!"

야율분노의 몸에 무수한 화살들이 꽂혔다. 그는 이내 외마디 소리를 지르며 꼬꾸라졌다.

99
반격
: 신해년(1011년) 일월 십삼일 오시(12시경)

김숙흥은 안의진 주변을 돌아다니고 또 돌아다녔다. 원래 잘 아는 곳이었지만 완전히 알아야 한다. 지형을 잘 알지 못하면 적의 대군을 이기지 못할 것이다.

길가에 있는 돌 하나, 바위 하나도 놓치지 않았다. 적은 대단히 많고 아군은 대단히 적다. 그것을 극복하는 방법은 오직 한 가지였다.

지형과 지물을 이용하여 철저히 준비하는 것! 적들이 다시 고려를 침범하려는 생각을 버리게 하려면 이곳에서 적어도 수만의 적들을 섬멸해야한다.

적들은 수십만이지만 그에 비해 구주군은 겨우 천여 명이었고 거기에 대부분이 보병이다. 적에 비해 한 줌도 되지 않는 병력이다. 작전은 신중하게 계획되어야 했고 완벽하게 수행되어야 했다.

드디어 척후의 보고가 들어왔다. 수만은 되어 보이는 적들이 이곳으로 향하고 있다는 것이었다. 강조가 이끈 고려군이 삼수채에서 패한 후, 거의 두 달이 지난 시점이었다.

보고를 들은 이보량은 매우 긴장되었다. 수만의 적이라면 자신들이 감당할 수 있는 군세가 아니다. 그렇다면 앞을 막아서지 않고 후미를 노려 공격하는 것이 안전한 선택이었다. 이렇게 하면 적을 섬멸할 수는 없다. 그러나 이것이 지금 상황에서 할 수 있는 최선의 것이었다.

김숙홍이 평소 수만의 적을 섬멸시킬 수 있고, 섬멸해야 한다고 말하고 다녔지만, 그것은 군사들의 자신감을 끌어올리기 위해서 하는 말일 것이다. 영리한 김숙홍은 자신과 비슷하게 생각할 것이었다.

이보량이 김숙홍에게 자신의 생각을 말하려고 하는데 김숙홍이 먼저 말했다.

"이제 반격할 시간입니다!"

이보량은 어떤 말을 하려다가 이내 입을 다물었다. 김숙홍의 표정에서 의지와 확신을 읽었기 때문이다.

구주군은 출동 준비를 마치고 안의진 앞에 도열했다. 이보량이 흥분된 표정으로 구주군에게 말했다.

"우리는 구주군이다! 고려의 창끝이자 고려를 보호하는 울타리이다. 이것이 선대로부터 우리의 어깨에 짊어져 있는 사명이다. 얼마 전, 우리의 형제들이 고려를 보호하기 위해서 저들과 맞서 싸우다가 희생을 당했다. 이제는 우리가 그것을 갚아주고 고려를 보호할 차례. 우리 구주는 결코 포기하지 않는다. 우리 구주의 힘을 보여주자!"

"악! 악! 악!"

도령 이보량의 말에 구주군은 함성을 세 번 질렀으나 긴장한 기색들이 역력했다. 적어도 열 배 이상의 적들을 상대하러 나가는 것이다. 긴장되고 두렵지 않을 수 없었다.

함성이 끝나자, 김숙홍이 군사들 하나하나와 눈을 맞춘 후 말했다.

"우리는 지금 수만의 적들을 상대하러 간다!"

김숙홍의 말에 구주군은 술렁였다. 적들이 많다는 것은 알고 있었으나 김숙홍이 직접 수만이라고 말하자 모두 두려워하는 표정이 역력했다.

"두려운가? 나도 두렵다. 그러나 우리가 아니면 누가 하겠는가! 우리가 지금 적들을 막지 않으면 우리의 부모, 형제, 처자식들은 모두 북적의 수중에 떨어질 터이다. 우리의 소중한 것을 지키는데 우리가 아니면 누구겠는 가!"

김숙흥은 구주 군사들을 한 번 둘러본 다음 힘주어 말했다.

"지금이 우리의 그 순간이다! 우리는 지켜야 할 소중한 것들을 위하여 충분히 준비해 왔다. 그리고 이제 모든 것을 걸 것이다. 형제들이여 가자! 우리는 적들을 기필코 섬멸할 것이다!"

안의진을 나선 뒤 구주군은 크게 두 무리로 나누어졌다. 김숙흥은 칠백의 병력을 이끌고 서북쪽으로 움직여 용만현(의주) 방향 산길로 나아갔다. 반면에 이보량은 삼백의 병력을 이끌고 안의진에서 서남쪽으로 십 리가량 이동하여, 초승달 모양의 평야 지역 남쪽 산에 매복했다. 이 산의 높이는 이백여 보 정도 되는데, 이동로를 관찰하기 좋았고 적이 어느 쪽 길로 가더라도 대응할 수 있는 가장 좋은 장소였다.

거란군들은 초승달 모양의 평야 지역까지 다가왔다. 그런데 이곳을 지나치지 않고 여기서 행군을 멈췄다. 그러고는 분주하게 숙영지를 건설했다.

거란군의 모습은 이상했다. 내원성으로 가려면 안의진 앞을 통과하여 숙영하는 것이 정상적이다. 군이 앞에 저렇게 대놓고 위험을 무릅써가며 숙영까지 할 필요는 없는 것이다.

거란군의 모습은 이상했으나 이보량은 속으로 쾌재를 불렀다. 거란군이 저곳에서 숙영을 하면 화공에 그대로 노출된다. 아무리 화공에 대비해서 갈대들을 베어 놓는다고 해도 이쪽에서 의도적으로 불을 지르면 헤어 나올 수 없을 것이다. 화공만 할 수 있다면 이미 기습의 구 할은 성공한 셈이었다. 이보량은 흥분과 긴장, 설렘 등이 복잡하게 얽힌 감정으로 거란군을 주시했다.

얼마 후, 서쪽 길에 배치해 두었던 척후병이 달려와서 일단의 적들이 갈림길에서 좌측으로 틀어 서북쪽으로 향했다는 것을 알려왔다.

이보량은 즉시 김숙흥에게 전령을 보내어 안의진 앞에 만여 명 정도의 병력들이 주둔 중이고, 수를 정확히 알 수 없는 적들이 서북쪽으로 향했다는 것을 알렸다.

한참을 적진을 관찰하고 있는데 비가 주룩주룩 오기 시작했다. 이보량은 유삼을 꺼내 입고 군사들에게 화공에 쓰일 관솔과 짚으로 만든 횃대들을 비에 맞지 않게 잘 관리하도록 명했다.

그런데 예상하지 못했던 일이 발생했다. 잠깐 오는 겨울비 정도는 예상 범위 안에 있었지만, 이번 겨울비는 밤이 늦도록 그치지 않고 계속 내렸기 때문이다.

이보량은 마음이 분주해졌다. 비가 계속 내리면 화공을 쓸 수가 없었다.

한편, 김숙흥은 일단의 적들이 서북쪽으로 향하고 있다는 이보량이 보내온 정보를 듣고 고민에 빠졌다.

원래의 계획은 이런 상황이 오면 미리 앞질러 가서 적들을 공격하는 것이었다. 어느 길로 가도 안의진 서북쪽 칠팔십 리 부근에서는 모두 만나게 되어 있었다.

김숙흥은 이런 상황을 고려해서 안의진으로부터 서북쪽 삼십 리 지점을 매복 위치로 설정해 놓고 있었다. 이 정도 거리에서 매복하고 있으면 적이 어느 길로 가더라도 미리 움직여 막을 수 있다.

거란군의 움직임은, 한 부대는 서북쪽으로 향하고 또 다른 부대는 안의진을 견제하는 움직임이었다. 그렇다면 지금 서북쪽으로 향한 부대가 중요한 임무를 수행하는 부대일 것이다. 이 부대를 따라잡아 공격해야 한다.

그러나 문제는 역시 겨울비였다. 이 매복 지점에, 길에서 보이지 않는 산 후사면에 천막과 갈대 등을 이용하여 완벽한 숙영지를 건설해 놓았다. 화살 같은 무기와 식량을 비축해 놓아 중간 기지로 활용하기 위해서였다. 그리고 산 후사면이기 때문에 불을 피워도 연기를 과하게 내지 않는다면, 길에서는 전혀 관찰되지 않는다. 설령, 겨울비가 계속 오더라도 이곳에 있으면 춥지 않게 보낼 수 있다. 그러나 겨울비를 맞아가며 움직인다는 것은 예정에 없던 일이었다.

김숙흥이 교위 최원에게 물었다.

"어떻게 하면 좋겠나?"

최원이 어깨를 으쓱하며 말했다.

"겨울비를 오래 맞는다면 곤란하지 않겠습니까?"

김숙흥은 고민에 고민을 거듭하다가 결국 움직이지 않기로 결정했다.

비는 밤새도록 계속 왔고 이보량은 밤새도록 비를 맞았다. 몸을 계속 움직일 수 있다면 그나마 낫겠지만 움직임이 거의 없는 상태에서 겨울비를 맞으니, 추위 때문에 이가 덜덜 떨리고 발가락과 손가락이 시려서 못 견딜 지경이었다.

이대로 계속 있다가는 거란군을 어떻게 해보기도 전에 먼저 얼어 죽을 판이었다. 이보량이 군사들을 점고해 보니 추위 때문에 다들 입술이 푸르뎅뎅했다.

아침에도 비는 계속 왔고 거란군은 숙영지를 철수할 생각이 없는 듯했다. 겨울비를 맞으며 움직이는 것을 부담스러워하고 있는 게 틀림없었다. 이보량은 일단 안의진으로의 철수를 결정했다.

사흘 후 비가 그치자, 이보량은 군사들을 이끌고 다시 안의진을 나섰다. 이보량이 이끄는 삼백 명의 구주군은 다섯 명에서 열 명 단위로 흩어져서 주위 산 정상부의 능선을 따라 매복했다.

비가 그친 다음 날 새벽, 거란군들이 숙영지를 출발하기 시작하자, 이보량은 긴장한 채로 오감(五感)을 집중시켰다.

새벽어둠이 깔려 있었으므로 적들을 세밀히 관찰할 수는 없었다. 오감을 총동원하고 적들의 움직임을 예측하여 적당한 시기를 잡아야 한다.

적들은 과연 대군이었다. 가장 후미의 적들이 출발할 때 일각 이상의 시간이 흐르고 있었다.

이보량은 고각군에게 산비둘기 소리를 내게 했다.

"구구구! 구구구! 구구구!"

새벽의 차가운 공기를 뚫고 높은 음색의 산비둘기 소리가 울려 퍼지자, 잠시 후 갈대밭 북쪽에서부터 된바람을 타고 불길이 오르기 시작했다. 갈대는 비를 맞아 습기를 머금고 있었으나, 미리 기름을 먹인 관솔과 짚으로 만든 횃대 등을 많이 준비한 덕에 불을 놓는 데는 어려움이 없었다. 그러나 습기 때문에 불길보다는 연기가 훨씬 자욱했다.

제대로 된 화공을 펼칠 수 있다면 좋겠으나 삼일간이나 비가 왔기 때문에 어쩔 수 없는 일이었다. 그래도 적의 대열을 어지럽히는 정도의 목표는 충분히 달성할 것이다.

과연 불길이 오르자 거란군들의 행렬은 이내 어지러워졌다. 그 모습을 본 이보량은 급히 산비탈을 뛰어 내려갔다. 이보량의 뒤로는 흑색 전포를 입은 오십여 명의 구주군들이 따르고 있었다.

산의 남서쪽 비탈을 내려가는데, 서쪽 하늘에 걸린 기울어 가는 보름달이 밝은 달빛을 쏘아주고 있었다. 곧 평지에 내려서서 냇가에 다다랐다. 수분을 머금은 냇가 땅이지만 새벽이라 그런지 아직 얼어 있었다. 다행히 이동에는 문제가 없었다.

이보량은 천천히 달리며 앞을 주시했다. 연기와 불빛, 달빛이 혼재되어 있어 시야가 어른어른했다. 천천히 달리며 깊게 숨을 들이쉬자, 연기를 머금은 차가운 공기가 폐부 깊숙이 들어왔다.

거의 삼백여 보를 달리는데, 사람의 형체가 눈에 들어오기 시작했다. 이보량은 눈으로는 사람의 형상들을 주시하면서 왼손으로는 활집에서 활을 뽑아 들고 오른손으로는 화살집에서 우는살을 빼어 들었다.

나잇살 때문에 배가 나왔고 몸매는 팽이와 비슷하게 점점 변해가고 있었다. 나이 든 몸매는 매우 후덕해졌고, 때문에 행동은 젊었을 때보다 굼뜰 수밖에 없었다.

그러나 달빛 아래에서 감각적으로 무기들을 빼어 드는 몸짓은, 수십 년간 체화된 움직임이었으므로 자연스러우면서도 날렵했다. 또한 매우 우아해 보였다. 본인 스스로도 그렇게 생각하고 있었다. 흑색 전포를 입은 이보량은, 마치 땅 위를 날쌔게 뛰어가는 통통한 검은 새와 같아 보였다.

거리가 얼마쯤 되자 이보량은 왼쪽 다리를 앞으로 내밀고 엉덩이를 뒤로 빼며 멈춰 섰다. 그다음, 순식간에 활시위를 귀밑까지 잡아당겼다가 탁 놓았다.

"피이히이이이잉~~~~~."

이보량의 우는살이 긴 울음소리를 내며 날아가자, 따르던 구주군들이 모두 화살을 날리기 시작했다.

"피잉! 피잉! 피잉! 피잉! 피잉! 피잉!…."

화살이 등 뒤를 덮치자 거란군들은 대항할 생각보다 앞으로 빨리 나아가려 했다. 행렬의 뒤가 앞을 덮쳤고 그 앞이, 더 앞을 덮쳤다. 거기에 갈대밭의 불길이 사방에서 들이치니, 넓게 퍼져서 이동할 수 없었고 오직 좁은 길을 서로 가겠다고 아우성이었다.

이보량은 갈대밭의 불길이 잦아들 때까지 거란군의 뒤를 계속 추격하며 사격했다. 마치 불을 놓고 들짐승들을 사냥하는 것과 같았다.

어느 정도 시간이 지나자, 거란군 몇이 이쪽으로 화살을 날리기 시작했다. 이보량은 추격을 멈추고 안의진 쪽으로 움직였다. 만일 거란군들이 적극적으로 반격해 오면 병력의 차이로 인하여 위험한 지경에 빠질 수 있기 때문이었다.

안의진에서 용만현으로 가는 도로에는, 이삼 리마다 적당한 지점에 다섯 명씩 매복시켜 놓았다. 이들 역시 거란군들의 후미만 노렸다. 거란군들의 후미가 매복 지점을 지나면 맹렬한 사격을 가했다. 거란군들은 대항할 생각을 하지 못하고 그저 방패로 몸을 가리고 빨리 가려고 할 뿐이었다.

김숙흥은 육백의 병력으로 안의진에서 서북쪽 삼십 리 정도 되는 곳에 주둔하고 있었다. 길이 구불구불 이어지다가 여기서 오른쪽으로 크게 꺾여서 북쪽으로 오백여 보를 이어지다가, 다시 서쪽으로 꺾이는 곳이었다. 적들을 급하게 달리게 압박하여 이곳으로 들어서게 하면, 길이 크게 꺾이기 때문에 앞과 뒤에서 서로를 관찰할 수 없게 된다.

과연 거란군들은 달리기 시작했고 대열은 길게 늘어지며 끊기게 되었다. 거란군 선두가 드디어 모퉁이를 돌아 이곳에 들어왔다.

거란군 기병 몇 기가 지나간 다음, 김숙흥의 눈에 지휘관인 듯한 자가 들어오자, 즉시 우는 화살을 들어 쏘았다.

"피이히이이잉~~~~~."

화살은 그자를 어김없이 꿰뚫었다. 매복해 있던 구주군 모두 분분히 화살을 날리기 시작했다.

"피잉! 피잉! 피잉! 피잉! 피잉! 피잉!···."

거란군들은 시간 간격을 두고 계속 들어왔다. 김숙흥 이하 구주군들은 마치 사격 연습을 하듯이 몸을 나무 뒤에 반쯤 숨긴 채 계속 화살을 쏘아 댔다.

상당수의 거란군이 쓰러졌으나, 이 화살 비가 나는 곳을 통과하는 데 성공한 자도 있었다. 그러나 멀리 갈 수는 없었다. 여기서부터 길은 모두 함정 천지였으며 어느 시점부터 아예 목책으로 막아 놓았다. 겨우 목책 근처까지 가더라도 목책 안에 숨어 있던 구주군들이 가까이 다가오는 거란군들을 맹렬히 공격했다.

거의 반 시진 가깝게 거란군들은 계속 쫓기듯이 들어왔고 점점 더 거란

고려거란전쟁 - 고려의 영웅들 (하)

군들을 사격하기가 용이해졌다. 처음에 들어온 거란군들은 대부분 기병이었으나 이제는 대부분 보병이었기 때문이다. 보병들은 이십 리가 넘는 길을 달려오느라 매우 지쳐 있어서 공격에 반응할 만한 체력이 남아 있지 않았다. 그저 몸을 낮추고 어떻게든 앞으로 나아가려고 할 뿐이었다.

김숙흥은 연신 화살을 날렸다. 손에 장갑을 꼈음에도 깍지와 활시위의 마찰로 생긴 열기가 손바닥 안을 뜨겁게 달구었다.

얼마 후, 다가오는 구주 도령의 깃발을 보고 김숙흥은 사격을 멈췄다. 그리고 전장을 굽어보았다. 온통 화살에 맞은 거란군들의 시체가 즐비했고 겨우 몇몇만이 부상을 입은 채 꿈틀대고 있었다.

김숙흥이 한 손을 높이 들자, 구주군들은 세상이 떠나갈 듯한 함성을 질렀다.

"와! 우리가 이겼다!"

"적들을 섬멸했다!"

이보량이 김숙흥을 보자 감격에 찬 어조로 말했다.

"대승일세!"

김숙흥이 말했다.

"이들은 겨우 거란의 일로군(一路軍)의 선발대 정도일 것입니다. 그러나 이런 방식으로 거란군에게 계속 심대한 타격을 준다면 우리가 이 전쟁을 끝낼 수 있습니다."

최원은 김숙흥의 옆에서 전장을 내려다보고 있었다. 거란군들의 시체가 길을 가득 메우고 있었고 몇은 꿈틀대며 움직이는 것이 어쩌면 매우 참혹한 광경이었다.

최원이 눈살을 찌푸리며 혼잣말을 했다.

"저들도 가족이 있을 텐데…."

이렇게 말하며 한숨을 쉬었다.

김숙흥은 즉시 사잇길로 통주의 양규에게 전령을 보냈다.

"적 일만이 안의진 길로 접어들었는데 대부분 사살했습니다! 살아남은 자는 몇 명에 불과합니다!"

양규는 전령의 보고에 손뼉을 치며 호탕하게 웃었고 다른 통주의 제장들도 환호성을 질렀다. 통주에서의 치열했던 준비와 전투의 노고를 모두 보상받는 결과였다.

양규가 제장들에게 말했다.

"모두 수고했소! 그러나 이제 시작일 뿐이오. 적들은 언제라도 이곳으로 다시 밀고 들어올 수 있소이다. 모두 경계 태세를 엄히 해야 할 것이오!"

구주군이 일만의 적을 격살한 사실을 통주의 모든 군민에게 알렸다. 통주 주변에서 산천이 떠나갈 듯한 함성이 계속 울려 퍼졌다.

그런데 그즈음, 흥화진에서 전령이 어떤 사람과 같이 당도하였는데 양규도 얼굴을 알고 있는 사람이었다.

그 사람이 양규를 보고 군례를 하며 말했다.

"구주 낭장 황호맹입니다. 두 달 전 삼수채에서 적에게 사로잡혀 지금까지 적의 무로대에 억류되어 있었습니다. 어제 기회를 보아 탈출하여 흥화진으로 들어갔습니다."

양규가 격려하며 물었다.

"매우 고생하셨소! 무로대에는 고려인 포로가 얼마나 되오?"

"남녀 합쳐서 삼천여 명 정도 되는 것 같습니다. 거란군들은 우리나라 사람들이 도망하는 것을 방지하기 위해서 팔다리를 묶어 무로대 가운데 막사에 수용하고 있습니다. 저는 야간을 틈타 묶인 것을 풀고 땅을 거의 기다시피 하여 탈출할 수 있었습니다."

"무로대의 거란군 규모는 얼마나 되오?"

"거의 십만은 되는 듯한데, 잡다한 자들이 모여 있습니다. 군사들뿐만이 아니라 상인들과 여자들까지 있습니다. 군사들은 일급이 아니고 사기 또한 그렇게 높지는 않습니다."

양규가 고개를 끄덕이며 말했다.

"일급의 군대를 거기에 그냥 놔둘 리가 없겠지."

양규가 다시 눈을 반짝이며 황호맹에게 물었다.

"다시 잠입할 수 있겠소?"

황호맹이 놀라며 반문했다.

"적들의 경계 태세가 삼엄하지 않아 밤을 틈타 잠입할 수는 있을 것입니다. 무엇 때문에 그러십니까?"

"우리 백성들을 구하려고 하오."

양규가 통주의 제장들에게 무로대를 습격하겠다고 하자 그들은 그저 꿀먹은 벙어리처럼 아무 말도 하지 못했다. 겨우 칠백의 군사로 이십만의 적이 있는 소굴을 공격한다는 것이었다.

양규가 단호히 말했다.

"이제는 적극적으로 반격할 순간이오!"

양규가 일단 결정하자 말이 되든 되지 않든 일사천리로 계획이 짜졌다. 양규는 황호맹에게 날랜 군사 다섯 명을 붙여서 먼저 출발하게 하고 신시 (15~17시)에 흥위위 초군들을 이끌고 통주성을 나와 무로대로 향했다.

이십만의 거란군이 주둔하고 있다고 알려진 무로대를 공격하러 가는데 흥위위 초군들은 오히려 기세등등했다.

무로대 근처에 도착했을 때는, 그다음 날 축시(1~3시)경이었고 양규는 흥위위 초군들을 휴식시키고 무로대를 공격할 준비를 했다. 황호맹의 말에 의하면, 거란군들은 무로대에 무수한 막사를 세우고 식량과 보급품을 쌓아 놓았지만, 중앙에 거란주가 머물렀던 곳 이외에는 영채도 세우지 않았다고 한다.

양규는 어느 정도 휴식을 취한 후, 어스름하게 동틀 무렵에 드디어 공격 명령을 내렸다.

명령이 떨어지자 선두에 선 흑낭대 낭장 원태는 심호흡을 한 뒤에 말에 박차를 가했다.

"흥위위가 간다! 흥위위가 간다! 흥위위가 간다!"

좌우위 보승군 소속 교위 황보연(皇甫延)은 두 달 전 삼수채에서 거란군에 사로잡혀 무로대에 억류되어 있었다. 황주(黃州: 황해도 황주군) 황보 씨 일족인 황보연은 명문가의 자제답게 평소 밝고 자신감에 차 있었다. 그런데 지금은 개처럼 목줄을 달고 돼지처럼 수용되어 있었다.

구주 낭장 황호맹이 은밀히 와서 흥위위 군사들이 무로대를 습격할 것이라는 말을 비밀리 전했을 때 허황된 말이라고 생각했다. 삼수채에서 아군은 패했고 자신이 본 거란군은 더할 나위 없이 강력했다. 그런 거란군들이 개경까지 입성했다고 한다. 고려는 이미 망한 꼴이었다. 황호맹의 말은 믿을 수 없는 소리였다.

밤은 깊었고 별들도 저물어가는 새벽이 다가오고 있었다. 황보연은 잠을 이룰 수 없었다. 그렇다고 흥위위 군사들의 공격에 대비하여 준비하고 있는 것도 아니었고 그렇다고 그냥 넋 놓고 있는 것도 아니었다. 이도 저도 아닌 멍한 상태에서 뜬눈으로 밤을 지새우는 중이었다.

드디어 동이 트기 시작했다. 황보연은 멍한 상태로 눈을 떴다. 눈을 뜨자 막사의 천장이 눈에 들어왔다. 폐로는 차가운 공기가 들어오는 것이 느껴졌고, 귀로는 약간의 잡소리들이 들어왔다. 어떤 의지가 아닌 그저 살아 있는 생명이 하는 무의식적인 행위에 불과했다.

그런데 귓전에 점점 어떤 소리가 들리기 시작했다. 황보연은 귓속으로 파고드는 그 소리를 처음에는 그냥 흘려보냈다. 그러다가 점차 의식적으로 그 소리를 붙잡기 시작했다.

뿌옇던 소리가 점차 선명해지기 시작했다.

"홍위위가 간다!"

황보연은 몸을 벌떡 일으켰다. 갑자기 몸을 일으키자 황보연과 같이 굴비처럼 목이 묶여 있던 대여섯 명의 사람들이 놀라서 깨어났다. 황보연이 목의 밧줄을 풀며 소리쳤다.

"아군이다! 아군이 우리를 구하기 위해서 오고 있다!"

이렇게 소리치며 막사 밖으로 급히 뛰어나갔다. 막사 밖에서 남쪽을 바라보니 흰색 전포를 입은 기병들이 무로대 안으로 깊숙이 들어오고 있었다. 그들은 마치 무인지경을 가듯이 횡행하였고 그들을 막을 수 있는 것은 아무것도 없어 보였다.

황보연은 그 모습들을 보는 순간 머리털이 곤두서며 마음속 깊은 곳에서 불같은 감정이 확 솟구쳐 올라왔다.

"이런, 쌍!"

황보연은 누구를 대상으로 하는지 알 수 없는 욕을 마구 쏟아냈다. 욕을 마구 하고 있는데 거란군 하나가 황보연에게 다가와 채찍질을 하며 막사로 들어갈 것을 종용했다.

황보연은 아무 반항 없이 채찍에 몇 대 얻어맞았다. 자신의 몸에 떨어지는 채찍에 아픔을 느끼지 않았다. 오히려 시원한 기분이었다. 왜 그런지 알 수 없었다.

몇 대 얻어맞은 황보연은 자신에게 채찍질하고 있는 거란 군사에게 갑자기 달려들었다. 그리고 그의 얼굴을 머리로 들이받았다. 그가 쓰러지자 황보연은 그의 몸 위에 올라타고 계속 그의 얼굴을 들이받았다. 그의 얼굴이 모두 함몰되고 뇌수가 터져 줄줄 흘렀으나 멈추지 않았다.

황보연이 정신을 차렸을 때는 제 발로 뛰어 무로대를 막 벗어나고 있었다. 감정의 극한에서 움직인 몇 분간, 황보연은 자신의 행동을 인지하지 못했고 잘 기억하지도 못했다.

황호맹 등이 먼저 잠입하여 고려인 포로들의 묶인 줄을 끊어 놓았으므로, 흥위위 초군들의 공격이 시작되자 머리에 손을 얹고 일사불란하게 무로대를 빠져나가기 시작했다. 머리에 손을 얹는 것은 미리 약속된 고려인이라는 신호였다.

포로들이 모두 빠져나가면 흥위위 초군들도 무로대를 나가기로 되어 있었다. 그러나 직접 무로대의 거란군과 붙어보니 생각보다 더 약했다.

채굉이 양규에게 말했다.

"이곳의 적들은 이류도 아니고 대부분 삼류의 군사들인 듯합니다. 더 몰아붙여도 될 것 같습니다!"

한참을 더 공격한 후에 양규는 퇴각 명령을 내렸다.

홍화진에 도착하니 정성이 나와서 말했다.

"구출한 백성들이 이천여 명쯤 됩니다. 그중 대부분이 삼수채 전투에서 포로로 잡힌 군사들이고 통주와 곽주 근처에서 사로잡힌 남녀 백성들이 약간 있습니다."

양규는 처음에 수십만의 적에 맞서 홍화진을 지켜냈다. 이것만으로도 대단한 일이었다. 그런데 아군의 주력이 삼수채에서 패하여 나라가 누란의 위기에 처하자, 겨우 천여 명의 병력으로 곽주를 탈환하고 말았다.

지금은 통주에서 적을 막아서고 있었고, 구주군이 올린 전공도 모두 양규의 계획대로 이루어진 것이었다. 거기에 적군 이십만이 주둔하고 있다

고 알려진 무로대를 흥위위 초군들만으로 습격하여 포로들을 구해왔으니,
양규의 배짱과 행동력은 놀라움을 넘어서 신비롭기까지 했다.

흥분된 흥화진의 제장들이 양규에게 치하의 말을 쏟아냈다.
"이십만의 적이 있는 곳에 뛰어 들어가 적 수천을 죽이고 이천 명이 넘
는 포로를 구해왔다는 것은 고금에서 들어보지 못한 전과입니다!"
"거란군을 이렇게 무찌르고 있으니 그들이 우리 땅에서 어찌 살아 돌아
가겠습니까!"
"만일 거란주의 본대에 심각한 타격을 줄 수 있으면 태조 때부터의 숙원
인 거란 정벌도 가능할 수 있습니다."
치하의 말을 하는 제장들에게 양규가 조용히 말했다.
"초군들은 식사를 하고 곧바로 통주로 출발하겠습니다. 무로대의 거란
군들이 숫자가 부풀려진 허수아비라는 사실이 명백해졌고 우리는 군사가
더 늘었으니 또 다른 원정군을 꾸렸으면 합니다."
양규의 말에 정성이 가만히 헤아려보더니 말했다.
"흥위위 보승군들로 뒤를 받치겠습니다."
양규가 고개를 끄덕이자, 정성이 다시 말했다.
"이들은 제가 직접 이끌고 각하의 뒤를 따르겠습니다."

IOO
다시 서경 남쪽에서

: 신해년(1011년) 일월 십일일 미시(14시경)

소배압은 대동강 앞에서 멈추어 설 수밖에 없었다. 선발대가 대동강 위에 올라서니, 얼음들이 쭉쭉 갈라졌기 때문이다. 강물이 녹고 있어서 예전처럼 강 위를 자유롭게 오갈 수는 없었다.

서경 근처에 오자 고려군들은 끊임없이 나타났다. 어느새 나타나서 화살을 날리고 사라졌다. 멀리서 화살을 날리는데 노(弩)로 작은 화살을 쏘고 있었다. 대단한 공격은 아니었으나, 문제는 빈도였다. 끊임없이 나타났고 방심할 틈 없이 나타났다.

계속된 전투와 행군, 소규모이지만 끊이지 않는 고려군들의 공격에 거란군의 사기는 말이 아니었다. 고려는 끊임없이 저항했고 두 달여의 기간 동안, 전투는 질릴 정도로 계속 이어졌다. 몇 대 얻어맞은 고려는 분명 넘어질 듯하면서도 계속 일어나고 있었다.

거란군 보병들은 발이 모두 부르터서 어기적대며 걸었고 말과 낙타는 빠르게 야위어 갔다. 마치 고려라는 수렁에 들어와서 허우적대고 있는 것만 같았다.

서경 근처에서 고려군들이 화살을 쏘고 야습을 하는 등 성가시게 하자, 천운군을 보내 고려군을 서경 성벽까지 밀어붙였다. 그러나 오히려 서경에서 쏟아지는 포탄과 화살에 피해를 입고 강의 얼음마저 깨져버려 수백 명이 죽거나 다치고 말았다.

부도통 유신행이 근심스럽게 말했다.

고려거란전쟁 - 고려의 영웅들 (하)

"적당한 도하지점을 찾아 다리를 놓아야 합니다."

이제 얼음이 군데군데 풀려버려 대군이 도보로 강 위를 이동하는 것은 불가능했다.

소배압이 왕계충에게 말했다.

"강변을 시찰해보고 다리를 놓을 지점을 선택해주십시오."

왕계충이 조심히 소배압에게 물었다.

"무거운 장비를 모두 가지고 간다면 다리를 튼튼히 만들어야 할 것이고 시간이 오래 걸릴 것입니다. 그러나 인마(人馬) 위주로 꼭 필요한 것만 가지고 간다면 다리를 가볍게 만들 수 있습니다."

왕계충의 말에는, 꼭 필요하지 않은 무거운 장비를 버리고 가자는 뜻이 담겨 있었다.

소배압이 고개를 저으며 말했다.

"우리는 승전한 군대입니다. 고려에서 무엇을 더 취하면 취했지, 원래 가지고 있던 장비들을 버리고 갈 수는 없습니다."

야율팔가가 말했다.

"다리를 놓으려면 시간이 오래 걸릴 것입니다. 여기는 얼음이 풀리고 있으나, 강의 상류는 수량이 여기보다는 훨씬 적을 것이고 아직은 도강이 가능할 정도로 얼어 있을 것입니다. 차라리 원탐난자군을 동쪽으로 보내 정찰하게 하여 강의 상류에서 도강을 시도하는 것이 어떻겠습니까?"

소배압이 고개를 끄덕이며 말했다.

"일리 있는 말이오. 그럼 두 가지 방법을 동시에 써보도록 합시다. 그런데 시간이 촉박하니, 원탐난자군을 보내고 곧 그 방향으로 부대를 출발시키기로 합시다. 어느 부대를 먼저 출발시키는 것이 좋겠소?"

야율화가가 말했다.

"진중에 남아 있는 귀성군들의 사기가 매우 떨어져 있으니 그들을 나누어 출발시키는 것이 좋지 않겠습니까?"

강물의 얼음이 녹아서 좋은 점도 있었다. 서경 고려군들의 활동이 뜸해진 것이다. 그들 역시 강물을 건너는 데 상당한 제약이 있을 것이었다.

그러나 다리 건설이 시작되자, 강 너머에서 고려군들이 갑자기 나타나 화살을 쏘아댔다. 다리 건설을 막고 도강을 저지하려는 것이었다.

뗏목을 급히 만들고 고려군의 사격을 받으며 일정 수의 병력을 먼저 도강시켰다. 그러나 고려군들의 저항이 거셌다.

그 모습을 본 야율팔가가 말했다.

"겨울이라 수량이 많지 않습니다. 어디쯤인가 물에 젖을지언정 말을 타고 건널 수 있는 지점이 있을 것입니다."

소배압은 즉시 소류와 야율탁진에게 명해 말을 타고 건널 수 있는 곳을 찾게 했다. 얼마 후, 그런 지점을 발견했다는 보고가 올라왔고 소배압은 즉시 좌피실군 병력을 보내 그곳에서 강을 건너게 했다.

좌피실군이 물에 흠뻑 젖어가며 강을 건너자, 대안의 고려군들은 순식간에 사라져버렸다. 이제야 비로소 다리 공사를 제대로 실시할 수 있었다. 소배압은 다리가 건설되는 주위에 병력을 빼곡히 배치하여 만일의 사태에 철저히 대비하게 하였다.

십삼 일에 드디어 다리를 완성하고 강을 건너려는데 이번에는 다른 것이 발목을 잡았다.

겨울비가 내리기 시작한 것이다. 전쟁 중만 아니라면, 겨울의 끝을 알리고 봄의 시작을 여는 반가운 손님이었을 것이다. 그러나 지금은 성가신 존재이자 상황에 따라서는 예리한 비수가 될 수도 있는 겨울비였다.

소배압은 도강한 후, 일단 막사를 치고 비가 그치기를 기다리기로 했다. 겨울비를 맞으며 이동한다는 것은 적의 공격을 받으며 이동하는 것과 같은 일이었다.

하공진은 어영도통소와 같이 이동 중이었다. 같이 왔던 고영기와 송국화는 다른 곳에 배속되어 거란주를 함께 접견한 후에는 서로 얼굴을 볼 수 없었다.

하공진은 신체가 속박되진 않았으나 사실상 감시역인 거란 군사 열 명과 같이 이동했다. 더구나 하공진에게 마필(馬匹)을 주지 않았으므로 걸어서 이동해야 했다. 따라서 달아나는 것은 사실상 불가능했고 며칠을 걸어서 이동하자 이제는 발바닥이 부르터서 걷는 것 자체가 고통스러웠다.

그런데 개경을 떠난 때부터 이상한 점이 눈에 들어왔다. 어영도통소의 거란주의 기치는 그대로이고 대소신료들도 그대로인 것 같은데 거란주가 눈에 띄지 않았다. 하공진은 신중히 거란주의 막사를 시간을 두고 관찰했다. 관찰한 결과, 확실히 거란주는 어영도통소에 있지 않았다. 그렇다면 있는 것처럼 꾸민 후, 먼저 북쪽으로 간 것일 터다. 굳이 이런 얕은꾀를 쓰는 이유는 거란주의 큰소리와는 다르게 전황이 거란군에게도 쉽지 않다는 것을 뜻했다.

하공진은 서경 성벽이 보이는 곳에 다다르자 그제야 제대로 느낄 수 있었다. 성벽은 우뚝했고 그 위에는 질서정연하게 기치들이 가득 꽂혀 있었다. 서경은 그 단단한 위용을 뽐내는 중이었다. 가슴이 벅차오르며 서경의 우뚝한 성벽을 보며 저절로 고개를 숙였다. 이제 확실히 알 수 있었다. 서경을 비롯한 서북면의 고려군들은 그들의 역할을 성실히 수행했고, 고려는 이번 위기를 넘긴 것이었다.

염가칭 역시 어영도통소에 배속되어 이동 중이었다. 글을 알고 신분이 있는 사람들은 황피실군이 수송하도록 했는데, 이들이 가장 비싼 포로였기 때문이다. 글을 할 줄 아니 쓰임새가 많았고 나중에 속전(贖錢)을 받더라도 이들은 고려에서 신분이 높은 축에 속할 것이므로 더 많은 돈을 받을 수 있을 터였다.

염가칭은 고부영사(庫部令史) 유한(庾翰)과 그 아들 등 여러 명과 같이 목

에 밧줄이 묶여 이동했다. 팔과 다리가 자유로웠으므로 도망가려고 마음
먹으면 도망갈 수도 있었다. 그러나 거란군들은 포로들이 목의 밧줄을 푸
는 순간 바로 죽였고 좌우의 사람들까지 죽였다. 연좌책임이었다.

염가칭은 거란군에 잡혀서 개경에 들어갈 땐 큰 충격을 받았다. 개경 내
에는 거란군들이 가득했으며, 궁궐이 타오를 때는 마치 고려의 종말과도
같은 장면이었다.

그런데 거란군들은 개경에 오래 머무르지 않았고 서둘러 북쪽으로 떠났
다. 서경 근처에 오자, 종말과도 같았던 개경의 분위기와는 완전히 달라져
있었다. 서경은 굳건했으며 거란군들은 서경을 피해 움직이고 있었다. 우
뚝한 서경의 모습에서, 고려가 아직 건재함을 피부로 느낄 수 있었다.

전 친종장군 유방(庾方)은 평산(平山: 황해도 평산군) 사람이었고 유금필의
손자였다.

강조가 정변을 일으키자 유방은 군사들을 조직해 강조에 대항하려 했으
나, 친종중랑장 하공진과 탁사정 등이 강조에게 가담하였으며 모이는 군
사가 없었다.

전 임금(목종)은 임금으로서의 자질이 없는 사람이었고 주변 사람들도
그것을 모두 알고 있었다. 유방은 탄식하며 관직을 버리고 그 길로 고향으
로 낙향했다.

평산은 개경에서 북쪽으로 백 리 정도 되는 거리에 있었고 개경과 서경
사이의 길목이었다. 삼수채에서 패전 소식이 들리자 유방은 바로 개경으
로 가려고 했다.

그러나 유방의 셋째 아들 유장신(庾長信)이 반대하며 말했다.

"지금 아버님께서 개경에 가신다고 해서 달라지는 것은 아무것도 없습
니다. 괜한 수고를 할 뿐입니다."

유방이 아들의 말을 무시하고 길을 나서는데 고향 사람들이 길을 막고

울부짖으며 막았다.

"장군이 고향 사람들을 버리면 우리는 어떻게 한단 말이오!"

유방은 차마 고향 사람들을 외면할 수 없었다. 평산 사람들을 이끌고 북쪽의 깊은 산속으로 들어갔다.

그러나 유방은, 십칠 년 전 거란군의 침입을 대도수와 같이 안융진에서 막아낸 고려의 영웅이었다. 아무리 현직에서 물러났어도 산속에 숨어 있을 수만은 없었다.

유방은 부대를 조직하려고 하였으나 마을에 남아 있는 장정은 거의 없었다. 대부분 노비로 부대를 조직하니, 열 명 남짓 되었고 그들을 이끌고 평산의 뒷산에 매복했다.

유방은 뒷산의 정상에 숨어서 길을 지켜보았다. 거란군은 삼수채에서 아군을 패주시키고 한 달 후에 모습을 드러냈다. 그들의 행렬은 끊이지 않았다. 그만큼 대군이었다.

유방은 개경으로 향하는 그들을 보면서 통탄한 마음을 금할 수 없었다. 지킬 병력이 없는 개경은 반드시 함락당할 것이다. 당장 달려 나가 적과 전투를 벌이고 싶었으나 훈련도 안 된 고작 열 명의 인원으로 적의 대군을 막아설 수는 없었다. 유방은 적의 대군이 지나간 다음, 도로에 오갈 적의 전령들을 공격하기로 마음먹었다.

유방은 서경에서 패하여 개경으로 향하는 이원과 최창 등을 만났었다. 그들의 얘기를 들어보니 아무래도 서경은 함락될 것 같았다.

서경이 적의 수중에 떨어지면 서북면 방어선의 구심점을 잃는 것이다. 흥화진과 같은 청천강 이북의 방어선이 건재하다고 하더라도 심각한 상황이 되는 것이었다.

그러나 한 가지 믿는 것은, 아직 이 땅을 완벽히 점령한 외국 군대는 없다는 것이었다. 호호탕탕 고구려로 밀고 들어왔던 수나라는 완전히 실패했고, 강대한 당나라는 고구려와 백제를 멸망시키는 데는 성공하였으나 결국 물러갈 수밖에 없었다.

거란군이 개경에 주둔하게 되면, 신라와 당나라 간의 전쟁과 같은 양상으로 전개될 것이다. 신라는 국토에 주둔한 당나라군과 십 년을 치열히 싸웠다. 처절한 투쟁이 될 테니 단단히 각오해야 할 것이다. 유방은 굳건히 마음을 먹었다.

그러나 유방의 예상과는 전혀 다르게, 꼬리에 꼬리를 물며 개경으로 향했던 적의 대군은 이틀도 지나지 않아서 다시 그와 같은 행렬로 북쪽으로 향하기 시작했다. 적들은 급하게 회군하고 있었다. 급하게 움직인다는 것은 강물이 풀리기 전에 회군하려는 의도일 것이다.

유방은 노비들을 모아 놓고 말했다.

"너희들은 이제 모두 면천되었다. 나는 거란군의 뒤를 쫓을 것인즉, 내가 무사히 돌아오면 너희들의 살림을 돌봐줄 것이다. 내가 돌아오지 못하면 내 아들 장신이 너희들을 챙길 것이다."

셋째 아들 유장신이 거란군의 뒤를 따르려는 유방을 극구 만류했으나 유방이 생각을 바꾸지 않자, 유장신 역시 아버지를 따르려고 했다.

유방이 말했다.

"너의 두 형이 모두 참전 중이고 둘 다 생사를 알 수 없다. 너는 내가 약속한 대로 저들을 돌볼 의무가 있으니 남도록 하거라."

유방은 적당한 거리를 두고 단기(單騎)로 회군하는 거란군의 뒤를 쫓았다. 거란군들은 자비령을 넘어 북쪽으로 나아가다가 중화(中和: 평안남도 중화군)에 이르니 서경으로 쭉 올라가지 않고 서경 동쪽으로 나아갔다.

평탄한 서쪽 길이 아니라 더 험한 동쪽 길로 가려는 것이었다. 이것은 서경을 피하려고 하는 행동이었다.

유방은 갑자기 가슴이 두근거렸다. 서쪽 길로 서경을 향해 나아갔다. 서경 근처에 오자 대동강 너머 서경의 성벽이 눈에 들어왔고 그 성벽에는 무수한 기치들이 꽂혀 있었다. 그리고 가까이 가서 보니, 그것은 분명히 고려군의 기치였다. 유방은 자신도 모르게 왈칵 눈물이 쏟아졌다.

십칠 년 전, 어려운 상황 속에서도 자신과 대도수가 안융진을 지켜내어 거란군을 물리친 것처럼, 그 누구인가 극도로 힘든 상황에서도 굳건히 서경을 지켜내고 있는 터였다.

유방은 가슴이 벅차올랐다. 쏟아지는 눈물을 멈출 수 없었다.

IOI

배나무 고개에서

: 신해년(1011년) 일월 십팔일 술시(20시경)

양규는 흥위위 초군들을 이끌고 바로 남하하여 술시(19~21시)경에 다시 통주로 들어갔다.

통주방어사 이원구 등이 양규를 맞이하며 말했다.

"앞에 거란군은 여전히 주둔 중이고 약간의 움직임이 있었는데 과히 위협적이지는 않았습니다. 아마 우리의 주의를 여기에 묶어두려고 하는 것 같습니다."

최탁이 말했다.

"구주군은 전장 정리를 마무리하고 그 위치에 대기 중이라고 합니다."

통주의 제장들은 무로대를 기습하러 갔던 흥위위 초군들이 통주성으로 입성하는 모습에서 소기의 성과가 있었다는 것을 알 수 있었다.

양규의 움직임은 좋게 말하면 극도로 용맹한 맹장의 모습이었고, 나쁘게 말하면 앞뒤를 재어보지 않고 생각 없이 달려드는 극도로 우매한 자였다. 그러나 처음에는 매우 우매한 자로 생각되었으나 놀랄 만한 전공들을 계속 세워나가면서 이제는 극도로 용맹한 맹장의 모습을 갖추었다.

아무리 맹장이더라도 겨우 천여 명의 군사를 가지고 이십만의 거란군들이 우글댄다고 알려진 무로대를 공격할 수는 없었다. 양규가 무로대를 공격하여 포로들을 구할 것이라고 했을 때, 통주의 제장들은 벌어진 입을 다물 수 없었다. 이제는 뭐라고 할 말도 없었고 판단할 능력도 상실했다. 그

　　　　　　　　　고려거란전쟁 - 고려의 영웅들 (하)

저 지켜볼 뿐이었다.

양규가 궁금해하는 제장들에게 말했다.

"무로대를 기습하여 이천의 포로를 구하고 적 수천을 주살했습니다. 내일이면 흥화진사가 천여 명의 군사들을 더 이끌고 와서 이곳의 방어에 힘을 보탤 것입니다."

통주의 제장들은 마침내 할 말을 잃었다. 양규는 정말 이 기세로 거란군을 몰살시키고 이 전쟁을 끝내버릴 심산인 것 같았다. 어쩌면 그 이상일지도 몰랐다. 뭐라고 판단할 수가 없었다.

아니 한 가지는 분명했다. 거란군은 벌써 많은 타격을 입었으며 앞으로 더 타격을 입을 것이다. 적어도 이후에는 이번처럼 호기롭게 몰려오지 못하리라는 점이었다.

통주방어부사 최탁이 흥분된 어조로 말했다.

"무로대에서 세운 전공을 각 군에 하달하는 것이 좋겠습니다!"

양규가 고개를 끄덕이며 말했다.

"우리의 모든 전공은 각자의 역할을 잘해주어서 가능했습니다. 모든 전공은 서로 연결되어 있습니다. 구주군의 대단한 전공은 이곳 통주에서 잘해주었기 때문이고, 무로대에서의 전공은 통주와 구주군이 잘해주었기 때문입니다. 공을 나누고 서로 기뻐하며 격려한다면 우리 군의 사기는 더할 나위 없이 올라갈 것입니다."

판관 시거운이 양규의 말을 듣고 즉시 받아쓰며 말했다.

"각하께서 지금 하신 말씀 그대로 각 군에 하달하면 될 것 같습니다."

양규는 흥위위 초군들을 쉬게 한 후, 성 밖을 나가 봉황고개와 청강평야 쪽의 준비 태세를 점검했다.

봉황고개에 가자 정신용이 양규를 맞이하며 군사들에게 외쳤다.

"도순검사 각하께서 오셨다!"

군사들이 함성을 질러댔다.

"와! 와! 와! 와! 와!"

양규가 군사들의 함성을 듣고 웃으며 정신용에게 말했다.

"군사들은 내가 이렇게 자신들을 고생시키고 있는데 과히 싫지 않은 모양이오."

정신용이 정색하며 말했다.

"군사들이 가장 싫어하는 지휘관은 부하들을 승리할 수 없는 전투나 의미 없는 죽음으로 내모는 사람입니다. 승리하거나 의미 있는 죽음이라면 군사들은 얼마든지 목숨을 걸 준비가 되어 있습니다. 이제 각하께서 명하시면 타는 불길에도 뛰어들 것입니다."

양규가 이번에는 청강평야 쪽으로 가자, 최질과 이홍숙이 맞이했다. 최질이 매우 안타깝다는 듯이 말했다.

"무로대에서 포로를 이천이나 구하고 적 수천을 주살했다는 말을 들었습니다. 저도 함께했어야 했는데…."

양규가 최질과 이홍숙을 격려하며 말했다.

"두 중랑장이 여기서 충분한 역할을 해주시고 있는데 이 이상 큰 공이 어디에 있겠소! 여기서 지켜내지 못했다면 그 모든 성과는 있을 수 없는 일입니다."

최질과 이홍숙이 흡족해하며 고개를 끄덕였다. 양규는 봉황고개와 청강평야 쪽을 시찰한 후, 가장 고생한 청강평야 쪽의 군사들과 같이 밥을 먹고 그곳에서 밤을 보냈다.

양규는 축시(1~3시) 중간에 잠자리에서 일어나 통주성에 들어갔다. 흥위위 초군들은 출격 준비를 하고 있었다. 잠시 후, 양규는 흥위위 초군들을 이끌고 북암문으로 나와 소로를 따라 배나무벌(이수, 梨樹) 쪽으로 이동하였다. 거란군들이 안의진 쪽으로 이동하기 시작했으니, 통주 앞에 주둔한 거란군들의 눈을 피해 가서 미리 매복하려는 것이었다.

강물은 이미 풀렸다. 그래도 땅이 얼어붙는 늦은 밤에는 이동하기 괜찮

　　　　　　　　　　고려거란전쟁 - 고려의 영웅들 (하)

았으나, 해가 뜨면 언 땅이 녹으면서 온통 질척댔다. 더구나 청강 주변의 땅은 강 주위라 더욱 질척댈 수밖에 없었고 비가 삼 일간이나 온 터라 수분을 머금어서 늪처럼 변해가고 있었다. 군대의 이동이 더욱 힘들어지는 것이다. 통주를 방어하고 있는 고려군에게는 아주 좋은 소식이었고, 통주를 지나가야 하는 거란군에게는 아주 나쁜 소식이었다. 이런 상태는 날씨가 점점 더 따뜻해지면서 더욱더 심화되었다.

양규 등은 소로를 이용해 이동했다. 북쪽으로 계속 가면 안의진이고 남쪽으로 내려가면 배나무벌에 다다르는 갈림길에 접어든다. 양규는 갈림길에서 군을 멈췄다. 여기서 구주군을 만나기로 했기 때문이다. 그런데 세밀히 주위를 살펴도 인기척이 전혀 없었다.

채굉이 양규에게 말했다.

"구주군이 눈에 띄지 않습니다. 분명 먼저 와 있을 터인데…."

양규도 고개를 갸웃하며 다시 한번 주위를 살피는데 역시 구주군의 기척을 찾을 수가 없었다.

양규가 주변 지형을 유심히 살피며 말했다.

"구주군이 아직 오지 않았다면 우리가 먼저 매복해야지요."

채굉이 인상을 찌푸리며 말했다.

"구주군과 같이 연계해서 매복해야 효과적일 터인데요. 우리로만 나누어 매복하면 전력의 분산이 너무 큽니다."

양규가 낭장들을 불러 모아 매복 지점을 정하고 작전계획을 짜려는데 어디서인가 산비둘기 소리가 들렸다.

"구! 구! 구!"

소리가 들리더니 갑자기 오른쪽 모퉁이 야산 정상 부분에 깃대가 올랐다. 그러자 사방에서 수십 개의 깃발이 동시에 올랐다. 양규를 비롯한 흥위위 초군들이 깜짝 놀라는데 야산 정상 부분에서 한 사람이 모습을 드러내더니 산 아래를 향해 우렁차게 외쳤다.

"구주군! 명령을 받고 대기 중입니다!"

구주별장 김숙흥이었다. 김숙흥의 외침에 주변에 매복하고 있던 천여 명의 구주군들이 모습을 드러냈다. 흑색 전포를 입은 구주군의 매복은 매우 절묘해서 가까이 가도 알아보지 못할 정도였다.

김숙흥이 산 아래로 뛰어 내려오자, 채굉이 김숙흥에게 약간 성을 내며 말했다.

"왜 빨리 나오지 않았나?"

김숙흥이 고개를 숙여 사죄하며 말했다.

"매복이 잘 되어 있나 시험하려고 그랬습니다."

채굉이 벌컥 화를 내며 김숙흥을 꾸짖었다.

"지금 우리가 숨바꼭질 놀이를 하는 중인가? 군사를 쓰는 것이 장난인가?"

채굉의 꾸짖음에 김숙흥이 얼굴을 붉히며 아무 말도 하지 못했다. 그때 김숙흥의 뒤를 따르고 있던 이보량이 갑자기 크게 노하며 칼을 뽑아 들고는 채굉에게 소리쳤다.

"야! 이놈아! 우리 부방어사를 욕보이다니 네가 정녕 죽고 싶은 게냐?"

이보량이 칼을 뽑아 들고 소리치자, 매복해 있던 구주군들이 전투태세를 취하며 활을 들어 채굉을 겨냥했다.

구주군이 채굉을 겨냥하자, 이번에는 흥위위 초군들이 전투대형을 취하며 채굉 주위로 움직였다.

여차하면 서로 한판 붙을 기세였다.

"쨍~~~~~~."

갑자기 종소리가 길게 울렸다. 흥위위 초군들은 즉시 움직임을 멈추고 종소리가 난 쪽을 주시했다. 구주군 역시 종소리가 난 방향을 바라보았다.

한 사람이 작은 종을 들고 있었다. 도순검사 양규였다. 양규는 분위기가 험악해지자 직접 종을 친 것이다. 종소리를 한 번 울리는 것은 '움직임을 멈추고 집중'하라는 신호였다.

양규는 먼저 이보량에게 부드럽게 말했다.

"일단, 칼을 거두시지요."

이보량의 대답과 행동을 기다리지 않고, 양규는 엄한 표정을 지으며 채 핑에게 말했다.

"구주별장 김숙흥은 구주부방어사요. 거기에 맞는 예의를 갖추어야 할 것입니다!"

이번에는 김숙흥에게 정중히 말했다.

"채 중랑장이 김 별장이 구주부방어사라는 사실을 잠시 잊은 듯합니다. 넓은 아량으로 이해해주시지요."

양규의 극히 정중한 말에 김숙흥은 머쓱해졌다. 그는 문득 생각나는 것이 있어 이보량에게 눈짓했다.

이보량은 그 눈짓의 뜻을 곧 알아채고 양규에게 고개를 깊이 숙이며 사죄했다.

"제가 갑자기 실성하여 각하 앞에서 해서는 안 될 행동을 했습니다."

상관 앞에서 허락 없이 무기를 빼든 행동은 당연히 군법에 어긋나는 행동이었다. 더구나 이보량의 행동에 구주군들이 따라 움직였다. 군법에 의하면 '싸움터에 나가서 함부로 행동한 자'는 참수형이었다.

이보량의 말에 양규가 껄껄 웃으며 말했다.

"도령은 지금 참수형에 해당하는 죄를 지은 것이오!"

양규의 표정은 웃고 있었으나 말투는 엄격하기 그지없었다. 이보량은 비록 양규와 함께 전투를 치른 적은 없으나 이 모든 계획이 양규의 명령하에 실행되고 있다는 사실은 잘 알고 있었다. 이보량은 양규에 대해서 매우 찬탄하고 있었다. 다시 한번 양규에게 사죄했다.

이보량의 사죄를 듣고 양규가 무심한 말투로 말했다.

"이런 일이 다시 발생하면 그때는 바로 참수할 것이오."

양규가 다시 엄한 목소리로 채굉에게 말했다.

"앞으로 단단히 주의하도록 하시오! 김숙흥 부방어사는 중랑장보다 상관이고 하극상 역시 참수형이오."

양규는 두 사람을 꾸짖은 후, 표정을 바꿔 커다란 미소를 지으며 김숙흥에게 다가가 손을 잡고 말했다.

"구주군의 전공에 정말 감탄했소이다! 구주군이 거란군 만여 명을 격살했으니 이제 거란군은 제집 드나들 듯이 우리나라를 침공하지 못할 것이오. 구주군은 또 나라를 구한 것이오."

양규는 거듭 구주군을 칭찬했고 이보량에게도 역시 치하의 말들을 쏟아냈다. 김숙흥은 아까는 무안함에 얼굴이 벌게졌고 지금은 양규의 거듭된 칭찬을 받고 쑥스러움에 계속 얼굴이 벌게진 채로 있었다.

양규는 주변 매복 지점에 서 있는 구주군을 둘러보며 감탄하여 말했다.

"지형지물을 잘 이용해서 가까이 가도 찾지 못할 정도니, 이것만 보더라도 구주군의 실력을 잘 알겠소. 구주군의 실력이 이토록 뛰어나니 거란군 따위가 무슨 문제겠소! 마음이 든든하기 이를 데 없군요."

바로 작전회의가 펼쳐졌다. 주변 지리를 잘 아는 김숙흥은 지금 있는 장소에 매복해 있다가 적이 수천 단위로 접근하면 전면적으로 공격하고, 만일 수만의 대군이라면 군사를 물린 후 안의진과 용만(의주) 사이의 길에서 매복과 기동전을 펼치자고 주장했다. 안의진과 용만 사이는 백 리가 산악길이다. 거기서 적을 상대히는 것이 수월할 것이었다.

그러나 이 계획에는 한 가지 단점이 있었다. 안의진과 용만 사이에는 하나의 길만 있는 것이 아니었다. 소로까지 포함하면 적어도 네 곳 이상의 길이 있었다. 거란군들이 지리를 잘 아는 고려인 포로를 앞세워 여러 갈래 길로 동시에 전진해 온다면 그 길 중 하나만 막을 수 있을 뿐이었다.

양규는 초격(抄擊)을 주장했다. 이곳에 주둔하고 있다가 척후병이 적들의 이동을 보고하면 적의 숫자에 상관없이 그쪽으로 가서 공격하자는 것이었다. 대부분의 길이 좁은 산길이므로 적의 숫자가 많더라도 충분히 상대할 수 있다는 뜻이었다. 이렇게 하면 행군하는 적들을 거의 빠짐없이 공격할 수도 있을 것이다. 양규는 김숙흥과는 다르게 적극적으로 앞으로 나가서 공격할 것을 주장했다.

그러나 적들이 순서대로 와서 시간이 딱 맞는다는 보장은 없었다. 만일 배나무벌에 나타난 적을 쳤는데 그때 향산고개에서 적이 넘어와 이곳을 점거할 수도 있다. 그렇게 되면 앞뒤로 적을 맞게 되어 위험한 지경에 빠질 수도 있는 것이다.

김숙흥이 양규의 의견에 강하게 반대하며 말했다.

"그렇게 하면 앞뒤에서 적을 맞을 가능성이 큽니다!"

양규가 말했다.

"그럴 수도 있지만, 이곳 지리를 잘 모르는 적들이 포위 작전을 펼치기는 거의 불가능하다고 보아도 될 듯하오. 우연히 그렇게 될 수도 있겠지만, 그렇게 되어 불리한 상황에 빠진다면 산속으로 들어가면 되지 않겠소?"

양규와 김숙흥은 대립각을 세웠으나 명령권자는 양규다. 결국 양규의 의견대로 작전을 수행하기로 했다.

이렇게 작전회의를 하다 보니 신시(15~17시) 초가 되었는데 배나무고개(이현, 梨峴) 쪽으로 보냈던 척후가 급히 달려왔다.

"적 보병들이 남쪽에서 배나무고개로 접근 중입니다. 유시(17~19시) 초에는 배나무고개를 넘을 것 같습니다."

"군복의 색은 무슨 색인가?"

"푸른색입니다."

거란군 중에 푸른색 전포를 입은 군사들은 대개 한족(漢族)이었다.

양규는 즉시 작전계획대로 군사들을 움직였다. 급히 움직여 반 시진 후에 배나무벌 북쪽 언덕길에 매복했다. 매복할 즈음에 적의 척후병들이 나타나자, 그들을 모두 제거하고 다가올 거란군들을 기다렸다.

과연 유시(17~19시)가 되자 거란군들이 배나무벌에 나타나서 숙영 준비를 시작했다.

그 모습을 본 양규는 즉시 주위에 명했다.

"적들은 종일 행군해서 매우 피곤할 것이다. 지금 적들을 친다!"

양규는 북을 치지 않고 깃발로만 군사들을 지휘했다. 최대한 은밀히 적을 공격하기 위해서였다. 깃발들이 배나무벌을 가리키자, 흥위위 초군 칠백은 전속력으로 말을 달려 거란군들을 향해 돌격했다. 구주군 역시 함성을 지르며 흥위위 초군의 뒤를 따랐다.

"와! 돌격하라!"

"적을 부숴라!"

급하게 들이치자, 종일 행군하여 피로에 지쳐 있던 거란군들은 맥없이 무너지며 오던 길로 다투어 도망갔다. 흥위위 초군들은 그런 거란군들을 창으로 찌르고 백봉으로 치며 배나무고개 쪽으로 쭉쭉 나아갔다. 기동력을 이용해 적을 흐트러뜨리고 그대로 돌파하는 것이다. 그다음에 적의 퇴각로를 막는 것이었다.

흥위위 초군들이 거란군을 돌파하여 배나무고개 쪽으로 나아가자 나머지는 구주군의 몫이었다. 구주군은 흥위위 초군들의 돌격으로 인하여 충격과 혼란에 빠진 거란군들을 공격했다.

양규가 보니 흰색과 검은색, 푸른색 기운이 한 덩어리로 요동치고 있었다. 그러다가 점점 푸른색 기운은 잦아들고 있었다.

그 와중에, 거란 진중에 있던 일단의 사람들이 땅에 바짝 엎드려 있었다. 양규가 그쪽으로 다가가서 확인하니 거란군에게 포로로 잡혀 끌려가던 고려인들이었다.

양규가 그들에게 말했다.

"나는 서북면도순검사 양규다! 우리 군이 적들을 제거할 것이니 전투가 끝날 때까지 모두 움직이지 말라!"

양규는 이렇게 말하고 황낭대낭장 임수림에게 말했다.

"황낭대 일 대를 시켜 이들을 보호하도록 하라!"

양규가 전장을 보는데 전투라기보다는 사냥이었다. 거란군은 갑자기 당한 습격에 상당수가 그 자리에서 사상(死傷)했고, 여기서 죽지 않은 거란군들은 전투 초반에 배나무고개 쪽으로 도망한 자들뿐이었다. 전투의 승패는 처음부터 정해져 있었다. 결국 이각(二刻)도 되지 않아서 끝나버렸다.

채굉이 말했다.

"뒤이어 오는 거란군이 있을 수도 있습니다. 거기에 대비해야 합니다."

흥위위 초군들의 일부는 거란군을 쫓고 있었고 나머지 군사들은 전장을 정리 중이었다. 이럴 때 갑자기 거란군이 나타나면 낭패할 수 있었다.

양규가 고개를 끄덕이면서 명했다.

"포로로 잡혔던 우리나라 사람들에게 전장정리를 맡기도록 하고 구주군은 집합시키도록 하시오."

양규는 명령을 내리고 포로로 잡혔던 사람들에게 다가갔다. 사람들은 다가오는 양규를 보고 모여들었다. 어떤 이는 환호하고 어떤 이는 만세를 부르며 눈물을 훔쳤다.

"와! 와! 와!"

"고려 만세!"

양규가 사람들을 살피니 남녀노소가 다양했다. 포로로 끌려가는 중임에도 생각보다 상태들이 괜찮아 보였다. 의복도 괜찮았고 맨발로 걷는 사람은 없었다. 급히 만든 나무 넝쿨 신발이라도 신고 있었다.

"누구 남쪽 사정을 잘 아는 사람 있소?"

양규의 물음에 사람들이 말을 쏟아내었다. 여러 사람이 각자의 말을 쏟아내니 제대로 알아들을 수가 없었다. 양규는 그중에 팔을 들고 흔드는 어떤 초로(初老)의 남자를 손으로 가리키며 말했다.

"당신이 말해보시오."

"저는 장단현(長湍縣: 경기도 장단군)에 살고 있습니다. 북적들이 개경까지 함락했습니다."

"음!"

양규가 신음 섞인 탄식을 하더니 말했다.

"우리 조정은 어떻게 되었습니까?"

"성상폐하께서는 남쪽으로 파천하셨습니다."

그 말에 양규가 기대 섞인 목소리로 물었다.

"그렇다면 우리 성상께서는 무사하시겠군요?"

"그 이후로는 잘 모르겠습니다. 그러나 거란군의 움직임으로 보았을 때 무사하신 것 같습니다."

심각했던 양규의 표정이 어느 정도 풀리며 초로의 남자에게 기대와 우려가 섞인 목소리로 말했다.

"내가 듣기에는 서경이 온존하다고 들었는데 맞습니까?"

남자가 감개무량한 표정으로 말했다.

"서경은 잘 지켜지고 있었습니다. 잘 지켜지는 정도가 아니라 거란군들은 서경을 피해 동쪽으로 더 먼 길을 돌았습니다. 우리는 거란군에 포로로 잡히고 매질을 당하여 거란군을 매우 두려워하였고 그들을 늑대나 승냥이들이라고 생각했습니다. 거란군들을 똑바로 바라보지도 못했습니다. 그러나 거란군들이 서경을 피해 가는 모습에서 그들이 서경을 두려워한다는 것을 느꼈고, 왠지 모를 자신감이 생기면서 더는 그들이 두렵게 느껴지지 않았습니다."

양규의 표정이 한없이 밝아졌다.

"혹시 서경을 누가 지키고 있는지 알고 있소? 아마 동북면의 증원군들이 서경을 사수하고 있을 테지요?"

삼수채에서 패할 때를 대비해서 동북면의 군사들이 서경을 지원하기로 되어 있으니, 지채문이 중심이 되어서 서경을 지키고 있을 것이다.

"지채문 중랑장은 서경성 밖에서 거란군과 싸우다가 패했습니다. 그래서 개경에는 서경이 함락당했다고 알려졌었습니다. 누가 지키고 있는지는…."

일전에 잡은 거란군 포로를 심문하여 대강의 사정을 알고 있었으나 고려인의 입으로 자세한 얘기를 직접 들으니 더욱 감회가 새로웠다.

양규는 전사한 거란군들의 귀를 베게 했는데 거의 이천여 개가 되었다. 구출된 사람들을 구주로 보낸 뒤, 군사들에게 배나무벌 동북쪽 계곡 깊숙한 곳에 막사를 세우라고 명했다.

그런데 배나무고개 쪽으로 적을 추격해 갔던 흥위위 초군들 중에 백낭대가 밤이 늦도록 돌아오지 않았다. 양규는 척후를 보내 백낭대의 뒤를 쫓게 했는데 백낭대는 다음 날 새벽에야 돌아왔다.

백낭대 낭장 유황이, 화가 나서 얼굴이 붉어져 있는 양규를 보고 시선을 밑으로 깔며 말했다.

"적을 추격하다 보니 돌고개 근처까지 갔습니다. 적들은 모두 주살했습니다."

유황은 유금필의 증손이자 유방의 맏아들이었다. 고려 최고의 명문가의 자손이라는 것을 본인이 평소 강하게 의식하고 있었고 따라서 매사에 적극적이었다.

양규는 유황이 너무 멀리 적들을 추격하는 바람에 굉장히 화가 나 있었는데, 유황이 돌고개(석령, 石嶺)라는 말을 하자 문득 느껴지는 바가 있어서 되뇌었다.

"돌고개라…."

다음 날 배나무고개에서 머물렀는데 거란의 척후들 외에는 거란군의 움직임은 없었다. 거란군의 척후가 낮이건 밤이건 매복지점에 오면 모두 사살하여 한 명도 돌아갈 수 없게 했다.

하루를 배나무고개에서 보낸 뒤, 양규는 흥위위 초군들만을 거느리고

배나무고개를 넘어 샛길로 나아가 구주 남쪽 삼십 리 지점에 있는 여리참
(余里站)으로 들어갔다. 그곳에서 하루를 묵은 뒤 여리참의 뒷산에 매복하
고 대기했다.

102

여리참(余里站)에서

: 신해년(1011년) 일월 이십이일 신시(16시경)

좌피실군 상온 야율포고는 천여 명의 좌피실군을 이끌고 곽주를 거쳐 구주 쪽으로 가고 있었다. 이곳은 야율포고에게 낯익은 곳이었다. 십칠 년 전, 소손녕의 휘하로 이 근처에 왔었고, 그때 자신이 선봉에 서서 승전했기 때문이다.

곽주에서 출발하여 북쪽으로 백 리쯤 나아가자, 고려의 역참이 있었다. 야율포고가 동쪽을 가리키며 자부심을 담은 표정으로 부하들에게 말했다.

"저쪽으로 더 가면 예전에 고려군과 싸워서 승리한 곳이지."

곧이어 역참을 지나 갈림길에 이르러서 구주를 우회하여 서북쪽으로 가는 길로 들어섰다. 길은 잘 정비되어 있었으나 길옆에는 물억새를 비롯한 각종 풀이 그득했다.

야율포고가 한참 과거의 상념에 젖어 있는데 부하 하나가 불안한 목소리로 말했다.

"이곳은 풀이 너무 많습니다."

한 길이 넘는 풀들이 길 주위의 들판을 덮고 있었으나, 야율포고에겐 그렇게 위험해 보이지 않았다. 길이 잘 정비되어 있었기 때문에 들판의 풀들이 타오른다고 하더라도, 길 위에 있으면 불에 타 죽는 일은 없을 것이었다.

그런데 대열의 뒤편에서 뿔나팔 소리가 울리며 전령이 다급히 달려와 알렸다.

"적들이 행렬의 뒤쪽을 공격해서 교전 중입니다!"

야율포고는 즉시 명령을 내려서 전투대형을 짜게 했다. 길을 따라 종대로 행군하던 좌피실군은 마른 풀숲으로 들어가서 넓게 포진하기 시작했다. 야율포고는 고려군의 숫자가 많지 않다고 보았고 횡으로 포진하여 고려군을 감쌀 생각이었다. 좌피실군은 종일 행군하여 매우 지쳐 있었으나 움직임은 신속했고 절도가 있었다.

진이 반쯤 완성되어 가는데 다급한 목소리가 들렸다.

"북쪽에서 불길이 일고 있습니다!"

바람은 북쪽에서 불고 있었다. 북쪽의 불이 맹렬히 남쪽을 덮쳤다. 진은 금세 와해했고 군사들은 불길을 피해 무작정 남쪽으로 내달렸다.

야율포고 역시 이 상황에서 할 수 있는 일이 없었다. 그저 남쪽 냇가 쪽으로 달려 불을 피하는 수밖에 없었다. 그런데 냇가 쪽으로 달려가자 무수한 화살들이 냇가 건너편에서 날아왔다.

"피이히이이잉~~~~~."

"피잉! 피잉! 피잉! 피잉! 피잉! 피잉!"

이미 고려군들이 냇가 주변에 진을 친 상태였다. 고려군들은 불을 피해 달려오는 좌피실군에게 화살을 날렸다.

불을 피해 도망가던 좌피실군 군사들이 고려군의 사격에 쓰러지자, 뒤이어 달려오던 자들이 쓰러진 사람과 말에 걸려 넘어지며 서로 얽히고설켰다.

좌피실군들은 마치 댓돌에 떨어지는 낙숫물과 같이 부서지고 있었다. 그 모습을 본 야율포고가 다급히 소리쳤다.

"멈추면 죽는다! 적에게 돌격하라! 그것만이 살길이다!"

야율포고의 외침에 주변의 장교 몇이 함성을 지르며 냇가 건너편 고려군에게 돌진했다.

"와!"

고려거란전쟁 - 고려의 영웅들 (하)

103
쑥밭에서
: 신해년(1011년) 일월 이십오일 신시(14시경)

소배압이 곽주에 도착한 것은 일월 이십오 일이 되어서였다. 대강의 보고를 받은 후, 즉시 통주로 가서 적정을 시찰했다.

산에 올라 살피니, 통주 주변은 완전히 요새화해 있었고 땅이 질척거려 행군 자체가 쉽지 않았다. 공격하여 뚫으려고 한다면 아군도 엄청난 인명 손실을 볼 것이었다.

만일 야율분노가 북쪽에서 동시에 공격해준다면 해볼 만했으나 그런 움직임은 없었다. 통주 북쪽에서 야율분노의 움직임이 없다는 것은 그의 신변에 문제가 생겼다는 뜻이었다.

선봉부도통 야율홍고가 평야 쪽을 가리키며 말했다.

"저곳을 이틀에 걸쳐 강력하게 공격했으나 뚫지 못했습니다. 선봉도통이 내륙 길로 간 후, 저희는 적들을 견제하고 교통로를 확보하기 위해 소규모 전투를 매일 벌였습니다."

유신행이 야율홍고에게 물었다.

"그런데 선봉도통의 연락이 있었소?"

야율홍고가 근심스러운 표정을 지으며 고개를 가로저었다.

야율화가가 평야 쪽을 가리키며 말했다.

"적들이 아무리 저곳을 요새화했다고 하더라도 공격하면 뚫릴 것입니다. 선봉도통이 북쪽에서 공격하든, 하지 않든 우리는 저곳을 공격하여 길을 내야 합니다."

야율팔가가 우려 섞인 목소리로 말했다.

"우리는 모두 지쳐 있고 저들은 힘을 비축하며 기다리고 있습니다. 저곳을 공격한다면 저들의 의도대로 일이 돌아가는 것입니다. 우리는 엄청난 희생을 각오해야 할 것입니다."

논의가 계속되는 가운데 야율적로가 목발을 짚고 도착했다.

소배압이 야율적로에게 물었다.

"우리는 회군로에 대해서 논의 중이었소. 상온은 어떻게 생각하시오?"

야율적로가 무거운 표정으로 말했다.

"통주의 적들의 방비는 나날이 견고해지고 있습니다. 더구나 땅이 질척거려 행군 자체가 쉽지 않습니다. 신속히 내륙 길로 회군하는 것이 가장 좋은 방법입니다."

야율화가는 야율적로가 공격에 찬성하기를 내심 기대하고 있었는데 내륙 길로 가자는 의견을 내놓자 실망했다. 그러나 야율적로의 부상을 보자 이해되는 측면도 있었다.

야율화가가 말했다.

"내륙 길에도 반드시 적의 매복이 있을 것이오. 여기보다 더 쉽다고 장담할 수는 없소."

야율팔가가 말했다.

"저곳을 저토록 굳건히 요새화하고 있다는 것은 곧 저곳이 취약지라는 뜻입니다. 저들은 병력과 물자를 대부분 저곳에 투자했을 것입니다. 적들이 모든 내륙 길을 다 막고 있을 수는 없습니다. 갈 수 있는 모든 길로 한꺼번에 진격하면, 내륙 길에 적들이 매복하고 있더라도 처리할 수 있습니다."

소배압은 결론이 나지 않은 상태에서 일단 회의를 파한 후, 어영도통소로 갔다. 야율융서는 없으나 한덕양과 의견을 나누기 위해서였다.

소배압을 보자 한덕양이 우려 섞인 목소리로 말했다.

"북쪽에서 나타나기로 했던 선봉도통이 나타나지 않는다고 들었소. 폐하께 무슨 일이 생긴 것은 아니겠지요?"

"저도 우려스럽지만 그렇지는 않을 것 같습니다. 폐하께서는 선봉도통이 시간을 버는 와중에 무사히 빠져나가신 것으로 생각됩니다. 만일 폐하께서 무슨 일을 당하셨다면 저 고려인들이 조용히 있지 않을 테지요."

한덕양이 고개를 끄덕였다. 소배압이 다시 말을 이어나갔다.

"그러나 선봉도통에게는 확실히 문제가 생긴 듯합니다. 그래서 회군로에 대해서 의견이 대립 중인데 결정하기가 쉽지 않습니다."

"통주 쪽을 공격하느냐, 내륙 길로 가느냐겠지요."

"예, 그렇습니다."

"여기서도 의논해보았는데 결코 쉬운 결정이 아니더군요. 어느 쪽을 선택해도 난점이 있습니다. 도통이 통주 쪽을 시찰하였으니 어떻습니까? 우리가 지친 군사들을 이끌고 그곳을 공격하여 뚫을 수 있겠습니까?"

소배압이 고개를 갸웃하며 말끝을 흐렸다.

"전쟁 초반이라면 가능하다고 말할 수 있으나⋯."

한덕양이 조용한 어조로 말했다.

"군사들은 매우 지쳤습니다. 지금은 공(功)이고 뭐고 오직 무사히 돌아갈 생각만을 하고 있을 것입니다. 그런 군사들에게 적들이 날카로운 기세를 한껏 드러내고 있는 저곳을 공격하라고 명령을 내린다 한들 전혀 힘을 내지 못할 것입니다."

소배압이 말없이 고개를 끄덕였다. 한덕양이 말을 이어나갔다.

"그러나 내륙 길로 회군한다고 하면 군사들은 고향에 돌아간다는 생각에 힘을 내어 움직일 것입니다. 적이 매복해 있다고 하더라도 일단 그 날카로움이 보이지 않으니 군사들은 기세를 떨치며 북쪽으로 나아갈 것입니다."

이십팔일 새벽, 선봉군에 속한 부대들은 통주 쪽을 맹렬히 공격했다. 적어도 맹렬한 듯이 보이려고 했다. 그리고 나머지 부대들은 나아갈 수 있는 모든 내륙 길로 행군하기 시작했다. 비교적 덜 지친 황피실군이 다른 부대보다 조금 일찍 출발하여 고려군을 유인하는 미끼 역할을 하기로 했다.

한편, 양규는 여리참에서 죄피실군 등을 패배시킨 후, 더는 거란군들의 진출 시도가 없자 배나무벌로 이동했다.

이십팔일 사시(9~11시)가 되자 척후가 와서 보고했다.

"적 기병, 이·삼백 기가 쑥밭에 들어서고 있습니다."

적의 척후병이 보이면 보이는 대로 격살했다. 어차피 매복이 있다는 것을 거란군들도 다 알게 되었으니 가릴 필요가 없었다. 그러자 거란군의 척후 활동은 현저히 줄어들었고, 그 대신 이·삼백 기 단위로 적당한 곳까지 왔다가 물러가기를 반복했다.

잠시 후, 다시 척후가 와서 보고하였다.

"거란군들이 배나무고개를 오르고 있습니다."

쑥밭까지만 들어왔다가 가는 것이 아니라 배나무고개를 오른다면 단순한 정찰이 아니었다. 더구나 통주에서 전령이 와서 새벽부터 거란군들이 통주 쪽을 공격 중이라는 사실을 알렸다. 그렇다면 적의 본격적인 회군이 시작되었을 가능성이 농후했다. 양규는 즉시 군사들을 준비시켰다.

김숙흥은 배나무고개 북쪽에 매복해 있다가 척후의 보고대로 이백여 기의 거란군 기병들이 배나무고개를 넘어오는 것을 보았다.

거란군이 매복지점을 지나자 구주군들은 맹렬히 그들의 후미를 공격했다. 대부분의 거란군이 화살에 맞아 말에서 떨어졌고 수십 기의 살아남은 자들은 몸을 말 등 위에 바짝 붙이고 길 아래로 무작정 달렸다. 그러나 그들은 고개 아래에서 대기하고 있던 홍위위 초군들과 조우했고 한 명도 살아남을 수 없었다. 겨울이라 산속이 훤히 보였고 그래서 방심한 결과였다.

양규는 거란 기병들을 몰살시키고 잠시 생각에 잠겼다. 이전과 다르게, 거란 본대의 회군이라면 여러 길로 나누어 한꺼번에 움직일 것이다. 서쪽에서 배나무벌로 넘어오는 고갯길은 여러 개 있었고 그 길을 모두 막을 수는 없었다. 잘못하다가는 거란군에게 앞뒤로 포위당할 가능성이 있었다. 양규는 김숙흥의 의견대로 안의진과 용만 사이 어딘가에 매복할 생각을 했다.

하늘은 아침부터 흐렸다. 양규의 이마에 빗방울 하나가 떨어졌다. 양규는 왼손으로 빗방울을 닦아내며 고개를 들고 하늘을 보았다. 무수한 빗방울들이 점점이 눈에 들어왔다.

그 무수한 빗방울을 보며 무엇에 끌린 듯 양규가 즉시 명령을 내렸다.

"흥위위 초군들은 즉시 앞으로 나아가 적들을 맞는다! 구주군은 그 뒤를 받친다!"

양규의 명령에 다른 제장들 모두가 놀랐다. 안의진과 용만현 중간지점으로 후퇴해서 매복하는 것으로 의견이 모이는 중이었기 때문이다. 김숙흥은 내리는 비에 유삼을 꺼내 입으며 양규의 갑작스러운 명령을 들었다. 명령은 전진해 맞받아치라는 뜻이었다.

김숙흥이 오른손으로 챙을 만들어 눈을 살짝 가린 후 하늘을 올려다보았다. 아침부터 흐렸던 하늘은 지금 두터운 구름으로 가득했다. 왼손바닥을 펴서 하늘에서 떨어지는 빗방울을 모으자 금세 제법 많은 양이 모였다.

김숙흥이 제장들에게 말했다.

"비가 오고 있습니다. 여기서 우리가 시간을 끌면 끌수록 적들은 더욱 어려움에 빠질 것이고 결국 자멸할 것입니다. 그렇다면 이제 우리가 이 전쟁을 마무리 지을 수도 있습니다."

양규는 명령을 내리고 선두에 서서 즉각 움직였다. 배나무고개를 넘어 남쪽으로 십 리 정도 나아가 쑥밭에서 불시에 적과 조우하였고 바로 전투가 벌어졌다. 흥위위 초군들은 용맹하게 거란군을 공격했다. 잠시 후, 거란군들은 천여 명의 사상자를 내고 후퇴했다.

거란군들은 금세 다시 몰려왔다. 양규는 군사를 물리다가 구주군이 당도하자 다시 진세를 갖추고 싸웠다.

구주군들이 방패를 앞세워 첩진(疊陣)을 세우고 전진과 후퇴를 반복하며 유리한 위치로 거란군들을 끌어들였다. 적당한 시점이 되면, 흥위위 초군들이 기습적으로 첩진을 빠져나가 맹렬히 공격했다.

고려군들은 양규의 지휘 아래 일사불란했고 거란군들은 조금씩 전진하고 있었으나 고전을 면치 못하고 있었다.

한창 교전 중에 채굉이 먼 곳을 가리키며 흥분된 목소리로 말했다.

"거란주의 본대입니다!"

양규는 군대를 지휘하다가 채굉의 말을 듣고 앞을 보았다. 과연 이삼 리 밖에 수많은 기치가 보였다. 흥화진에서 본 거란주의 기치와 같았다.

드디어 거란주의 본대와 야전에서 만난 것이었다.

I04
벼락갈이

: 신해년(1011년) 일월 이십팔일 미시(14시경)

소배압은 앞으로 나와 고려군을 관찰했다. 고려군들은 지형을 이용해서 싸우기와 후퇴하기를 반복하며 아군의 회군을 두 시진 이상 막아서고 있었다. 내원성으로 가는 내내 저들이 이런 작전을 계속 펼친다면, 아군은 심대한 타격을 입을 것이다.

더구나 비가 오고 있다. 비는 추위를 몰고 오고 있었고 시간이 지연될수록 저들의 손에 죽기 전에 추위와 피로 때문에 이미 반쯤 죽을 것이었다.

소배압은 초조했다. 그러나 아군은 대군이다. 갈 수 있는 모든 길에 군사들을 보냈으니 저들이 한자리에서 계속 지킨다면 조만간 아군의 부대 중 일부가 저들의 뒤로 돌아갈 것이다.

그런데 저들은 영리하게도 뒤로 조금씩 움직이고 있었다. 분명 뒤로 돌아오는 아군을 의식하고 있는 것 같았다. 그렇다면 어떻게 해서라도 이곳에 잡아 두어야 한다.

야율팔가가 소배압에게 말했다.

"남은 고려인 포로들을 저리로 보내는 것이 어떻겠습니까? 저들이 자기 동족들을 죽인다면 사기가 떨어질 것이고, 살리고자 한다면 우리는 그 틈을 노려볼 만합니다."

사람은 가장 비싼 재물이므로 거란까지 끌고 가야겠지만 길을 열 수만 있다면 지금은 그 값어치를 재고 말고 할 계제가 아니었다. 더구나 시간은 아군 편이 아니다. 비가 왔지만 행군하는 동안에는 몸에 열이 나서 그럭저력 추위를 견딜 수 있었다. 그러나 고려군에게 막혀 행군이 두 시진 이상 지체되자 뼛속 깊숙이 추위가 몰려오기 시작했다. 어떻게 해서라도 앞으로 나가야 한다.

소류가 근심하고 있는 소배압을 보며 말했다.

"우리도 지쳤지만, 고려군은 더욱 지쳤을 것입니다. 제가 군사들을 거느리고 고려인 포로들 사이에 들어가 틈을 엿보겠습니다."

소배압은 가장 어려운 임무에 소류가 나서자 대견함과 근심이라는 두 가지 감정이 마음속에서 교차했다.

벌써 시각은 미시(13~15시)를 지나고 있었고, 거란군들은 희생을 무릅쓰고 계속 달려들고 있었다. 그동안 공격하던 거란군들의 부대 기(旗)도 세 번이나 바뀌었다. 체력 유지를 위하여 거란군들은 돌아가며 전투를 수행하고 있었다.

흥위위 초군과 구주군들은 계속된 전투에 흠뻑 지쳤고, 싸우고 후퇴하기를 반복하여 배나무고개 남쪽 오 리 떨어진 곳까지 물러나 있었다.

이보량이 양규에게 말했다.

"구주군이 너무 지쳤습니다."

아무래도 앞에서 직접 방패를 들고 적과 대결을 벌인 구주군들이 좌우에서 기습작전을 수행한 흥위위 초군들보다 피로도가 높을 수밖에 없었다.

이곳은 좌우 폭이 이삼십 보밖에 되지 않는 좁은 회랑이었다. 지금까지처럼 후퇴하다가 흥위위 초군이 적당한 곳에서 매복한 후 공격하는 전술을 쓸 수 없었다. 양규는 거란군들이 잠시 물러난 틈에 흥위위 초군들을 말에서 내리게 하고 구주군과 교대시켰다.

김숙흥이 와서 말했다.

"조금 더 있으면 적들이 다른 고갯길로 나아가 배나무고개 북쪽에서 나타날 수 있습니다. 곧 후퇴해야 합니다."

양규 역시 후퇴 시점이 다가왔다는 것을 알고 있었다.

"황낭대는 말들을 이끌고 배나무고개를 넘어가서 대기하라! 구주군은 배나무고개 남쪽 입구에 매복하라!"

구주군은 미리 배나무고개 양쪽에 매복지점을 설정해놓고 많은 돌과 화공에 쓸 재료들을 쌓아 놓고 있었다. 지금은 비가 와서 화공을 쓸 수 없지만 적어도 수백 명 이상의 거란군 돌무덤은 만들 수 있을 것이다.

앞에 다시 거란군들이 몰려오는 듯했다. 그런데 이들은 전혀 조심성이 없었다. 그저 마구 달려왔다. 이들은 거란군들이 아니었다.

"쏘지 마시오! 우리는 고려인이오!"

좁은 들판 가득히, 수천 명은 될 것 같은 고려인들이 머리를 풀어 헤친 채 엉거주춤한 자세로 달려오고 있었다. 가까이 다가온 사람들을 보니 다리에 포승줄이 묶여 있었다. 그래서 엉거주춤했던 것이다.

양규는 즉시 고각군들에게 외치게 했다.

"십 보 안으로 들어오지 마시오! 그 안으로 들어오면 적으로 간주하겠소!"

고각군들의 외침에, 달려오던 사람들의 발걸음이 둔화하는 듯싶다가 다시 꾸역꾸역 밀려오기 시작했다. 고려인의 움직임이 둔해지자, 거란군들이 후미의 고려인들을 베며 압박했기 때문이다.

군중이 다시 밀려들자 채굉이 양규에게 다급히 말했다.

"우리의 퇴로를 막으려는 수작입니다! 저들 중에는 반드시 거란군들이 섞여 있을 것입니다. 대의를 위해 격살해야 합니다!"

양규는 채굉의 말에 반응하지 않고 머릿속에 근처 지형을 그렸다. 분명 어떤 방법이 있을 것이다.

뒤에서는 거란군들이 압박하고 있었고 앞에서는 고려군들이 버티고 서서 받아주지 않자, 기력이 있는 사람들은 다리에 묶인 밧줄을 벗어버리고 좌우의 길도 없는 산으로 오르기 시작했다. 그러나 어린아이와 늙은 사람들에게는 그것마저 용이하지 않았다.

늙은이 하나가 도순검사라는 깃발을 알아보고 다리에 힘이 풀린 듯 주저앉으며 울부짖는 목소리로 외쳤다.

"도순검사 각하! 저희는 이제 어떻게 해야 합니까?"

이 사람이 이렇게 외치자 많은 사람이 역시 따라서 외쳤다.

"각하! 제발 살려주십시오!"

"우리는 고려인입니다. 부디 살길을 열어주십시오!"

처절한 울부짖음과 하소연이 계곡을 가득 메웠으나 양규는 미동도 하지 않았다.

채괴은 양규를 보았다. 양규는 차마 격살하라는 명령을 내리지 못하고 있을 뿐, 이들을 살릴 방법이 없다는 것을 잘 알고 있을 것이다. 난민들이 지금은 하소연하고 있지만 조금만 지나면 그대로 밀고 들어올 것이다. 저들 중에 반드시 거란군이 섞여 있을 것이고 잘못하면 진이 붕괴될 수 있다. 지금 해결을 보아야 한다.

채괴이 양규에게 다시 힘주어 말했다.

"지금 격살해야 합니다!"

양규는 난민들을 물끄러미 바라본 후, 드디어 명령을 내렸다.

"우리는 배나무고개로 후퇴한다. 난민들은 배나무고개 동쪽 길로 보낸다!"

배나무고개 앞에서 길이 갈라지는데 배나무고개 길이 대로였고 배나무고개 동쪽 길은 지도에도 나오지 않는 소로였다. 길은 좁고 험하고 멀리 돌아가야 하지만 그래도 그리로 가면 북쪽의 배나무벌로 갈 수는 있었다.

양규는 군사 둘을 시켜 난민들을 동쪽 길로 인도하게 했다. 채괴이 놀라서 다급히 말했다.

"난민들을 그쪽 길로 가게 하는 것은 그 길을 적에게 알려주는 것과 같습니다!"

양규가 말했다.

"우리는 배나무고개에 머물지 않을 것이오! 바로 북쪽으로 퇴각할 것이오."

배나무고개는 매복의 적지였다. 여기서 적을 막아서면 상당한 시간을 끌 수 있을 것이고, 전투를 벌이면 수백에서 수천을 주살할 수가 있다. 양규는 아쉽지만 배나무고개에서 전투를 벌이지 않고 그냥 물러나려는 것이었다.

양규의 명에 흥위위 초군들이 후퇴해서 배나무고개 바로 앞까지 갔다. 그런데 난민 중에 숨어 있던 거란군들이 갑자기 뛰쳐나와 흥위위 초군들을 덮쳤다. 순식간에 난전이 벌어졌다. 양규도 스스로 활을 뽑아 들고 거란군들을 쏘았다. 온통 혼란스러웠다.

거란군들이 흥위위 초군을 공격하자 난민들은 그런 거란군의 뒤를 따랐다. 그저 앞의 움직임에 따른 것이었다. 흥위위 초군들에 거란군이 섞이고 거기에 난민들까지 섞였다.

김숙흥이 배나무고개에서 보니 상황이 대단히 안 좋게 돌아가고 있었다. 급히 어떤 조치를 취해야 했다. 김숙흥은 일단 난민들을 전장에서 빼어내는 것이 급선무라고 생각했다. 주위 군사들에게 난민들을 향하여 소리치게 했다.

"좌·우 어느 길로 가도 산을 넘을 수 있소. 어디로든 가시오!"

김숙흥은 배나무고개의 길을 열어 난민들이 지나갈 수 있게 했다. 길을 열면 난민들과 섞여서 거란군들도 진입할 가능성이 농후했지만 흥위위 초군들을 도우려면 어쩔 수 없었다.

양규는 주변을 살폈다. 양규의 눈에 배나무고개 동쪽의 언덕이 눈에 들어왔다. 이 언덕은 배나무고개 동쪽 산을 이루는 부분이다. 길에서 빗겨나 있으므로 이 언덕으로 약간만 오르더라도 난민들이 이곳으로 진입할 일은 없을 것이다.

양규는 목청껏 소리쳤다.

"초군들은 언덕을 오르라!"

양규가 소리치자 고각군이 뿔나팔을 길게 불었다.

"뚜웅~~~~~~~~."

양규는 흥위위 초군과 거란군, 난민들이 뒤섞인 사이를 헤집으며 언덕을 올랐다. 양규 주위에서 싸우던 흥위위 초군들은 양규의 목소리를 직접 들었고, 먼 쪽의 군사들도 뿔나팔 소리를 듣고 도순검사의 깃발이 언덕으로 움직이는 것을 보았다. 흥위위 초군들은 각자 사투를 벌이면서 언덕을 오르기 시작했다.

양규는 언덕에 오르자 전체적인 상황을 조망할 수 있었다. 세 무리가 뒤섞여 극도로 혼란한 와중에 난민들은 좌·우의 길로 달아나고 있었다. 그나마 다행한 일이었다. 난민들이 빠져나가면서 적과 아군이 구분되며 서서히 전장이 정리되고 있었기 때문이다.

난민으로 위장한 거란군은 수백 명 정도 되어 보였다. 흥위위 초군과 비슷한 숫자였으나 흥위위 초군들은 혼전 중에도 최소 항(5명) 단위로 작은 진영이라도 유지한 채로 싸우고 있었다. 난입한 거란군들은 난민으로 위장하기 위해서 단병기 하나만을 감춘 최소한의 무장만 하고 있었다. 전투는 점차 아군에게 유리하게 돌아갔다.

그러나 뒤쪽에서 다른 거란군들이 난민들을 마구 쳐 죽이며 압박하고 있었다. 그들이 들이닥쳐서 다시 혼전이 벌어지면 사태는 수습할 수 없게 된다. 그전에 흥위위 초군들이 언덕에 올라 진영을 갖추어야 한다.

양규가 초조하게 상황을 지켜보고 있는데 오십여 명의 초군들이 언덕에 올라 대열을 갖추는 데 성공했다. 양규는 그들을 즉시 전진시켰다. 대열을 갖추어 언덕 아래로 전진하자 점차 대열에 합류하는 홍위위 초군 군사들이 늘어났다.

이제 난민들은 거의 빠져나가고 있었으나 후미의 거란군대는 턱 밑까지 압박해왔다. 저 파도가 몰려와 홍위위 초군들을 포위하면 숫자가 적은 아군은 분전은 하겠지만 오래 버티지는 못할 것이다.

양규는 구주군이 지키고 있는 배나무고개 쪽을 흘끗 보았다. 구주군의 실력은 대단히 뛰어났고 지금까지 큰 전공을 세웠다. 여기서 홍위위 초군들이 전멸하더라도 구주군은 후퇴하면서 계속 거란군들을 공격하여 자신들의 역할을 다할 것이다.

양규는 마음을 다잡고 고각군에게 명했다.

"북을 울려라! 우리도 전진한다!"

고각군이 북을 울리며 막 전진하는데 배나무고개에서 지축을 울리는 큰 함성이 터져 나왔다.

"구주~~~~~!"

"악! 악! 악!"

김숙흥이 구주군을 이끌고 선두에 서서 배나무고개에서 뛰쳐나오고 있었다.

김숙흥은 상황을 보고 있다가 선택의 기로에 서게 되었다. 지금 나가면 홍위위 군을 구할 수 있을 것이다. 그러나 그렇게 하면 배나무고개를 적에게 내어주는 것이 된다. 퇴로를 완전히 잃어버리게 되는 것이다. 갈등하던 김숙흥은 거란군들이 턱밑까지 다가오고 그것이 홍위위 군에 위험이 된다고 판단되자 본능에 따라 결정했다.

그리고 고각군에게 북을 세 번 치게 했다.

"둥, 둥, 둥."

북소리가 세 번 울리자, 구주군들이 일제히 '구주'를 외쳤다.

"구주~~~~~!"

김숙흥은 창을 들고 그대로 달려 나갔고 구주군들은 뒤를 따랐다.

한편, 소류는 추추(무기용 망치)를 휘두르며 고려군들과 싸우고 있었다. 그런데 큰 함성이 들리며 고갯길에서 매복하고 있던 고려군들이 쏟아져 나오는 것을 보았다. 저들이 나와서 진영을 갖추면 지금보다 훨씬 퇴치하기에 어려울 것이다.

소류는 앞에 대치하고 있던 고려군 하나를 밀어내고 고갯길에서 선두에서 달려오는 고려 군사를 향해 달렸다. 그가 지휘관인 듯했다. 그를 무력화시키면 달려 나오는 고려군들의 기세가 약화될 것이다.

소류는, 전속력으로 달려오는 그 고려 군사를 향해 맞서 나갔다. 가까이 다가가자 그자가 창을 내질렀다. 소류는 그가 내지르는 창끝을 주시하며 몸통을 비틀어 창끝이 오른쪽 옆구리를 스치게 한 다음, 추추를 들어 그자의 머리를 향해 내려쳤다. 적기(適期)를 잡은 공격이었으나 그자 역시 머리를 틀어 피하며 서로가 서로를 스쳐 지나갔다.

소류가 몸을 돌려 다시 공격하려고 하는데, 그자는 자신을 그냥 지나쳐 앞에 오는 아군을 향해 가고 있었다. 소류는 갑자기 등 쪽에 큰 충격을 느꼈다. 뒤따라 달려오던 고려군의 창에 등을 찔린 것이다.

등에 큰 충격을 느끼자, 소류는 본능적으로 두 다리를 약간 공중으로 띄웠다. 이렇게 하면 충격을 상당 부분 약화시킬 수가 있다. 대신에 앞으로 나뒹구는 것은 피할 수 없었다. 소류의 몸이 공중에 잠시 떠 있다가 오른쪽 옆구리부터 땅에 떨어졌다. 소류는 순간 정신을 잃었다.

구주군의 지원으로 흥위위 초군들은 다시 진영을 갖추기 시작했다. 구주군은 방진을 치고 싸웠다. 그런데 소수의 병력으로 넓은 곳을 모두 메울 수는 없었기 때문에 일단의 거란군들이 구주군의 오른쪽을 돌아 배나무고개를 차지해버리고 말았다.

양규는 흥위위 초군들이 대열을 갖추자 즉시 전진시켜 구주군을 돕게 했다. 맹렬히 거란군을 공격하여 그들을 약간 물러나게 한 뒤, 언덕 쪽으로 천천히 후퇴했다. 벌판에 그대로 있다가는 사면(四面)에서 적을 맞게 될 것이다.

언덕으로 후퇴하는 것이 성공하여 합진(合陣)하자, 양규는 김숙흥을 보았다. 양규는 무슨 말을 하려다 아무 말도 하지 않았고, 김숙흥은 양규를 보고 깊이 고개를 숙였다.

양규는 피난민을 구하려고 하면 안 되었고, 김숙흥은 흥위위 초군들을 구하려고 하면 안 되었다. 둘 다 병법에 어긋나는 행동을 했기 때문에 벗어나기 힘든 위험에 빠진 것이었다.

거란군들은 파상공세를 펼쳤다. 무수한 화살들을 날린 다음 진격해오기를 거듭했다. 양규는 군사들이 소지한 화살이 얼마 되지 않았으므로 꼭 필요한 순간에만 화살을 날리게 했다. 그러나 반 시진 가까이 격전을 거듭하자 화살은 모두 떨어지고 말았다.

거란군 역시 그 사실을 알아차렸다. 거란군 중에는 진·퇴할 때 방패 뒤에 숨지 않는 자가 많아졌다.

삼 면에서 공격해 오고 있는 적들을 힘겹게 격퇴하고 있는데 고각군 하나가 다급히 외쳤다.

"산 정상에 적입니다!"

의지하고 있는 산의 북쪽 정상에 결국 거란군들이 나타난 것이다. 거기에서 거란군들이 아군을 내려다보며 공격하면 대단히 위태로워질 것이다.

양규 역시 거란군이 그쪽에서 나타날 거라고 예상은 하고 있었다. 그러나 너무 빨리 등장했다. 양규가 놀라서 바라보니 그들은 거란군이 아니었다. 거의 누운 상태에서 가파른 산비탈을 미끄러지듯이 내려오는 사람들은 초군 황낭대 군사들이었다. 그들은 잔뜩 짐을 지고 있었다.

황낭대 낭장 임수림이 진 안으로 들어오며 양규에게 태연히 말했다.

"화살 등을 챙겨왔습니다."

마치 일상적인 보급을 하러 온 듯한 태도였다. 임수림은 사태가 심상치 않자 날랜 군사 한 명을 산 위로 올려보내 상황을 살피게 했다. 곧, 아군이 포위된 것을 알자 전마(戰馬)와 복마(卜馬)에 실려 있던 화살을 모두 챙겨서 도보로 산을 기다시피 하여 넘어 온 것이었다.

양규는 거란군들이 눈치채지 않게 화살을 분배했다. 산을 넘어오는 고려군을 본 거란 군사들이 많았으나, 방심이라는 것은 쉽게 고쳐지지 않는 법이다. 거란군들이 한바탕 공격하고 물러갈 때 일제히 화살을 발사하게 하여 백여 명 이상을 거꾸러뜨렸다.

황급히 물러나는 거란군을 보며 양규가 제장들에게 말했다.

"좀 있으면 거란군들이 산 위로 올라 공격할 것이오. 그렇게 되면 우리가 할 수 있는 것은 없소."

다들 알고 있는 사실이었지만, 양규가 직접 말하자 모두 비장한 표정을 지었다.

김숙흥은 양규의 말을 들으며 주변을 살폈다. 양쪽 길은 모두 막혔고 거란군은 단단하게 포위망을 형성하고 있었다. 여기서 빠져나갈 길은 없었다. 그렇다면 길은 오직 한 가지뿐이었다.

김숙흥이 고개를 들고 힘주어 말했다.

"지금 우리가 할 수 있는 일은 오직 하나밖에 없습니다."

이렇게 말하며 창을 들어 어딘가를 가리켰다. 양규와 제장들이 가리키는 방향을 보니, 거기에는 거란주의 깃발이 있었다.

양규가 천천히 고개를 끄덕였다. 김숙흥이 이어서 차분한 어조로 말했다.

"거란주의 깃발이 코앞에 있습니다. 우리는 거란주를 잡으러 진격하는 것입니다."

진격해서 거란주를 잡는 것은 아마 불가능할 것이다. 그러나 가만히 수동적으로 있는 것은 더욱 좋지 않다. 시도한다면 만에 하나라도 어떤 기회를 잡을 수 있으나, 가만히 있으면 그런 가능성은 애당초 없는 것이다.

양규가 우렁찬 목소리로 군사들에게 말했다.

"우리는 북적들에 맞서 누차에 걸쳐 믿을 수 없는 승리를 거두었다. 북적들도 이제는 우리나라에 사람이 있다는 것을 알게 되었을 것이니, 우리를 업신여기지 못할 것이다. 이것은 모두 그대들의 공이다! 나는 이전에 이런 훌륭한 군사들에 대해서 들은 적이 없었고 본 적은 더욱이 없다. 그대들과 전우가 된 것이 내 생애 가장 큰 영광이다!"

이렇게 말하고 군사들을 향해 고개를 깊이 숙여 목례했다.

모두 비장한 표정을 짓는데 군사들 중 누군가가 큰 목소리로 말했다.

"각하! 우리는 모두 '벼락같이' 내달릴 준비가 되어 있습니다. 하명만 하십시오!"

양규가 보니 이관이었다. 이관은 투구를 쓰지 않은 채였고 머리에서 피를 흘리고 있었다. 아마도 적 병장기에 머리 부분을 얻어맞은 듯했다. 이관의 수하들도 대부분 크고 작은 부상을 입은 것 같았다. 양규는 그중 한 젊은 군사와 눈이 마주쳤는데 그의 이름이 바로 생각나지는 않았다. 그의 왼쪽 가슴에 붙어 있는 명찰을 보자, 그의 이름이 '선명'이라는 것이 떠올랐다. 양규는 선명에게 가볍게 고개를 끄덕여 보였다.

흑낭대 낭장 원태가 병장기를 높이 들며 외쳤다.

"우리는 거란주를 잡으러 간다! 내가 앞장설 것이다!"

원태의 외침에 흥위위 초군들이 병장기를 높이 들며 우렁차게 외쳤다.

"흥위위가 간다!"

흥위위 초군들이 기세를 올리자 김숙흥이 구주군에게 말했다.

"구주군, 나의 형제들이여! 우리 구주는 과거에 그랬듯이 오늘 또 다른 전설을 쓸 것이다. 우리는 지금 거란주를 잡는다!"

구주군 역시 힘차게 외쳤다.

"구주~~~~~!"

"악! 악! 악!"

구주군이 함성을 지르자, 이보량이 구주 도령기를 스스로 높이 들었다.

양규가 모두에게 명했다.

"우리가 거란주를 잡아 이 전쟁을 끝낼 것이다! 진격하라!"

고려군들은 이제는 기다려서 방어하지 않고 전진했다. 거란군들을 밀어붙이면서 조금씩, 조금씩 계속 나아갔다.

오직 거란주의 깃발을 목표로!

105
압록강으로
: 신해년(1011년) 일월 이십팔일 신시(16시경)

염가칭은 행렬이 멈추고 앞에 함성과 병장기 부딪치는 소리가 들리자 고려군과 거란군이 교전을 벌이고 있다는 것을 알았다.

행렬은 한참 움직이지 못했고 염가칭은 새삼 놀랐다. 고려군의 저력은 자신이 생각했던 것보다 훨씬 더 대단했다. 염가칭의 눈에 이제 거란군이 승전한 군대로 보이지 않았다. 남의 집에 급히 들어왔다가 주인에게 내쫓기는 도둑 같았다.

염가칭은 앞을 막아서고 있는 고려군이 승리하기를 마음속으로 기원하고 또 기원했다. 거란에 끌려가면 낯선 환경에서 노비보다도 못한 삶을 살아야 할 것이다. 살아도 산 것이 아니다.

그러나 한나절이나 비를 맞으며 추위와 굶주림에 지치자 누가 이기든지 빨리 끝났으면 하는 마음뿐이었다. 그런 마음이 들자 나약한 스스로를 탓했다.

해가 거의 질 무렵이 되어서야 대열은 다시 움직이기 시작했고 염가칭은 고갯길 앞에 수천 구의 시체들이 널브러져 있는 것을 보았다. 격전이 벌어졌음을 알 수 있었다. 매우 참혹한 장면이었다.

거란군 한 부대가 전장을 급히 정리하고 있었는데 거란 장수 하나가 하공진에게 다가가는 것을 보았다. 그는 피를 뒤집어쓰고 있었는데 왼발을 살짝 저는 것이 부상을 입은 듯했다.

그가 깃발 두 개를 펼치더니 하공진에게 몇 가지를 물었다. 염가칭이 그 깃발들을 보니 '도순검사'와 '구주'라는 글자가 선명히 새겨져 있었다.

염가칭은 하공진과 그의 대화에서 양규 등이 적은 병력으로 대군을 맞아 끈질기게 전투했고 전원 전사했다는 것을 알게 되었다. 염가칭은 가슴이 먹먹해졌다. 잠시나마 전투가 빨리 끝나기를 바랐던 자신이 너무 초라하게 느껴졌다.

염가칭은 굳게 다짐했다.

'세월이 얼마가 걸리더라도 반드시 돌아오리라!'

통주 부근을 맹렬히 공격하던 우피실군 등의 거란군들도 이날 날이 저물자마자 어둠을 틈타 은밀히 향산고개 등을 통해 퇴각했다.

정성은 해시(21~23시)쯤에 척후로부터 보고를 받았다.

"통주 앞에 진을 치고 있던 거란군들이 보이지 않습니다."

정성은 제장들을 소집하고 척후를 요소요소의 길로 보내서 정확한 사정을 정찰하게 했다.

자시(23~1시)가 되자 배나무고개 쪽으로 갔던 척후가 돌아와서 보고했다.

"배나무고개 남쪽에 아군의 시체가 즐비합니다!"

정성은 즉시 기병 몇 기를 이끌고 비를 맞으며 배나무고개로 향했다. 횃불을 들어 확인하니 흥위위 초군과 구주군 모두가 이곳에서 전사한 듯했다. 정성은 모든 시신을 즉시 통주성으로 옮기게 했다. 시신을 옮기는 와중에, 양규의 시신을 확인한 정성은 오열을 터트렸다.

시신을 모두 통주성으로 옮기자 묘시(5~7시)경이 되었다. 시신들을 염하기 위해 갑옷을 벗겨내는데, 이관의 갑옷을 벗기자 품속에서 기름종이로 만든 봉투 하나가 나왔고 군사 하나가 그것을 정성에게 가지고 왔다.

정성이 열어보니 이런 글귀가 쓰여 있었다.

이 땅에 침략 무리

천만 번 쳐들어와도

고려의 자식들

미동도 하지 않는다네

후손들도 나같이 죽음을 무릅쓴 채 싸우리라 믿으며

나 긴 칼 치켜세우고

이 한 몸 바쳐 벼락같이 내달릴 뿐이라네.

– 도순검사·형부낭중 양모(某)가 흥위위 초군 대정 이관에게

정성은 그제야 한 달 전쯤에 이관이 찾아와서 양규에게 글귀를 하나 써 달라고 부탁한 것이 생각났다. 글을 읽으며 자신도 모르게 눈물을 흘렸다.

정성은 흥위위 보승군들을 모아서 양규가 이관에게 써준 글을 읽어 주었다. 모두 비분강개한 표정으로 흐르는 눈물을 닦았다.

정성이 묵직한 목소리로 흥위위 보승군들에게 말했다.

"우리가 지금 적이 물러갔다고 안도할 때가 아닌 듯하다."

군사들이 강개한 어조로 말했다.

"적을 추격하여 섬멸합시다!"

"당장 북으로 갑시다!"

군사들이 여러 말을 쏟아내는데 낭장 안보가 말했다.

"지금 내륙 길로 적을 쫓는 것은 위험하기도 하고 적의 뒤를 잡지 못할 수도 있습니다. 그러나 해안 길을 택해 압록강으로 가면 강을 건너는 적을 칠 수 있을 것입니다."

낭장 안보의 말에 정성이 고개를 끄덕이자, 장군 고연적이 군사들에게 명했다.

"즉시 전속력으로 해안 길을 따라 북상한다! 복마병들은 복마에 화살을

최대한 많이 싣고 뒤를 따르라. 우리는 적의 뒤를 잡는다!"

　정성과 흥위위 보승군들은 해안 길로 거의 뛰듯이 북상했다. 그날 오후에 내원성이 보이는 압록강가에서 드디어 거란군들과 조우했다. 거란군들은 배를 이용하여 압록강을 건너고 있었다. 그러나 배가 많지 않았기 때문에 여러 번 왕복하며 군사들을 실어 나르는 중이었다.

　정성 등이 한꺼번에 들이치자, 지친 거란 군사들은 대항할 생각도 못 하고 병장기와 갑옷을 벗어버리고 앞다투어 물로 뛰어들었다. 강변에 있던 거란군들이 한꺼번에 강으로 뛰어들자, 강에는 사람이 그득하였고 정성 등은 그들의 등에 대고 화살이 떨어질 때까지 계속 쏘아댔다.

　거란군들은 화살에 맞아 죽고 물에 빠져 죽었다.

에필로그

거란군들은 물러갔으나 이제 시작이었다. 이후 거란군의 침공이 십 년 이상 계속되기 때문이다.

양규와 김숙홍은 이 전쟁을 스스로 끝내지는 못했지만, 거란에 막대한 피해를 줘서 거란의 그 후 침공을 늦추게 된다. 그 시간 동안 고려는 내부적 힘을 기를 수 있었다.

팔 년 후, 소배압이 다시 한번 개경까지 밀고 들어오나….

양규는 원군도 없이 한 달 사이에 모두 일곱 번을 싸워 많은 적군의 목을 베었고, 포로가 되었던 남녀 삼만여 명을 되찾았다. 그 전공으로 양규에게 공부상서(工部尙書)가 추증되었고, 아들 양대춘(楊帶春)은 교서랑(校書郎)에 임명되었다.

현종은 손수 다음과 같은 교서를 지어 양규의 처 홍씨(洪氏)에게 내려주었다.

"그대 남편은 장수로서의 지략을 갖추었고 또한 올바른 정치의 방법을 알고 있었다. 항상 올곧은 절개를 지니고 밤낮으로 직무에 충실하였다. 그리하여 끝까지 나라에 충성을 바쳤으니, 그 충정은 비할 데가 없는 것이다. 북쪽 국경에서 전쟁이 일어났을 때, 용맹을 떨치면서 군사들을 지휘하니, 그 위세는 돌과 화살을 압도했다. 적을 추격하여 생포하고 그 힘으로 국토를 안정시켰다. 한 번 칼을 뽑으면 만 명의 적군들이 다투어 달아나고, 강궁을 당기면 모든 적이 항복했다. 여러 차례 승리를 거두어 나라를 구했으나 불행히도 전사하고 말았다. 그 빼어난 전공을 항상 기억하여 이미 관직을 높였으나 다시 보답할 생각이 간절하다. 따라서 양규의 처인 그대에게 해마다 벼와 곡식 일백 석을 내려줄 것이다."

김숙흥(金叔興)에게는 장군을 추증했으며, 또 그의 모친 이씨(李氏)에게 교서를 내렸다. 교서의 글은 다음과 같다.

"추증한 장군 김숙흥은 변방의 성을 지킬 때부터 적과 용감히 싸워 파죽지세의 승리로 전공을 세웠으나, 적군이 쏜 화살에 맞아 끝내 전사하고 말았다. 그 공을 기념하여 마땅히 후한 상을 주어야 할 것이다. 이에 그의 모친에게 매년 곡식 오십 석을 종신토록 주노라."

현종 10년(1019)에는 양규와 김숙흥에게 공신녹권(功臣錄券)이 내려지고, 15년(1024)에 다시 두 사람에게 삼한후벽상공신(三韓後壁上功臣)의 칭호를 내려주었다.

문종*(文宗)이 즉위하자 다음과 같은 조서를 내렸다.
"경술년(1010) 거란이 침략했을 때, 서북면도순검사(西北面都巡檢使) 양규와 부지휘(副指揮) 김숙흥 등은 몸을 바쳐 힘껏 싸워 연전연승하였으나, 화살을 온몸에 맞고 함께 진중에서 전사하였다. 그 전공을 추념하여 마땅히 표창해야 할 것이니, 공신각(功臣閣)에 초상을 걸어서 뒷사람들에게 권장하도록 하라."

---

*   문종(文宗): 재위 1046~1083, 현종의 셋째 아들. 현종의 비(妃)인 원혜태후(元惠太后) 김씨(金氏)의 소생으로 원혜태후는 김은부의 둘째 딸이다.

양규의 아들 양대춘(楊帶春)은 아버지의 공으로 교서랑(校書郎)에 임명되었고 그 뒤 여러 직책을 거쳐 정종*(靖宗) 6년(1040년)에 안북대도호부부사(安北大都護府副使)가 되었다.

그때 최충은 양대춘이 외직에 나가는 것을 반대하며 이렇게 간한다.

"대춘은 뜻이 높고 빼어나며 지략이 많아 군사의 일에 능합니다. 만약 변경에 우려스러운 일이 발생할 경우, 이 사람을 대신해서 보낼 만한 사람은 없습니다. 지금은 외직에 보임하지 말아야 합니다."

---

* 정종(靖宗): 재위 1034~1046, 현종의 둘째 아들. 현종의 비(妃)인 원성태후(元成太后) 김씨(金氏)의 소생으로 원성태후는 김은부의 첫째 딸이다.